LA THÉORIE DES CONTRASTES

Violet & Blake 1

De la même autrice chez Addictives

Bad Boy Crush

LOU EVERLY

LA THÉORIE DES CONTRASTES

Violet & Blake 1

addictives

À tous mes lecteurs, ma famille, mon éditrice
et ma maison d'édition, sans lesquels
rien de tout cela n'aurait été possible.

AVERTISSEMENT

Certaines scènes peuvent heurter la sensibilité des lecteurs (addictions, agression sexuelle, relation toxique et abusive, cyberharcèlement...).

Si vous êtes une femme victime de violences, vous pouvez appeler le 3919.

Ce numéro est ouvert 7j/7, 24h/24.

Si vous avez des problèmes d'addiction, vous pouvez appeler :

Alcool Info Service : 0 980 980 930

Drogues Info Service : 0 800 23 13 13

Ces numéros sont ouverts 7j/7, de 8 heures à 2 heures.

L'appel est gratuit et anonyme : il ne figure pas sur les factures de téléphone.

PROLOGUE

Violet

Debout devant le miroir de la salle de bains, mes mains tremblantes posées sur la vasque en marbre, j'observe le triste reflet qu'il me renvoie. Le teint pâle, cireux. Les yeux gonflés de larmes sans qu'ils soient brillants pour autant. Les lèvres craquelées de douloureuses gerçures. Bien que j'arrive à me reconnaître, ce n'est pas vraiment moi, mais plutôt une copie de moi-même. Une version abîmée et ternie, à des années-lumière de ce que j'étais avant de *le* rencontrer.

Mon corps me fait horriblement souffrir. Ce n'est pas seulement dû au fait que je me suis frotté la peau comme une démente avec un gant de toilette rugueux. J'ai mal, à l'intérieur. En dégageant ma longue chevelure blonde de mon cou, de mes épaules, je vois que les marques rouges sont toujours là. L'eau ne les a pas atténuées. Encore moins fait disparaître. Je m'arme de mon fond de teint et j'en badigeonne une bonne couche sur les nombreuses marques rouges qui couvrent ma peau écorchée, encore et encore, dans l'espoir de parvenir à les estomper. Les picotements que cela me provoque sont intenses. Ça me lance, me brûle, mais je continue à tapoter les hématomes avec mes doigts malgré la douleur. Sauf que chaque fois que je finis d'en cacher un, un autre apparaît. Et ce ne sont pas ces quelques ecchymoses, le véritable problème, mais mon corps tout entier.

Lentement, je m'effondre sur le carrelage et je m'autorise à libérer le violent sanglot qui nouait ma gorge depuis le moment où j'ai quitté cette soirée. Et les larmes n'arrêtent pas de se déverser, au contraire, elles affluent face au constat suivant : *il n'existe aucun fond de teint, aucun produit miracle qui puisse camoufler le mal invisible dont je suis maintenant prisonnière.*

1

Violet

Je suis loin de ma famille, de mon pays, et pourtant, je suis en train de revivre. Cela fait à peine vingt minutes que je déambule dans les rues de Londres, mais je sens déjà un changement qui s'opère en moi. C'est comme prendre une grande bouffée d'air frais après des mois de suffocation, comme se réveiller d'un long et sombre cauchemar. La sensation est bien plus forte que tout ce que je pouvais imaginer : je suis apaisée, sereine même. Ça faisait bien longtemps que je ne m'étais pas sentie comme ça. Je peux marcher la tête haute et le cœur léger sans craindre de *le* croiser. Ici, je suis libérée de mes chaînes.

Après l'obtention de mon baccalauréat, mon père était tellement heureux qu'il m'a demandé de lui dresser une liste de tout ce qui me ferait plaisir. C'était sa façon de me féliciter, et surtout, de m'encourager à poursuivre sur la même voie que lui, celle de la réussite. Il s'attendait sûrement à ce que je lui réclame un chien, de l'argent, des vacances sur une île paradisiaque, une nouvelle voiture ou peut-être même un stage au sein de sa grande entreprise.

Alors, quelle a été sa surprise lorsque je lui ai remis ma liste en main propre et qu'il a découvert mon souhait le plus cher : « Passer une année sabbatique comme fille au pair à l'étranger. » Au début, il a cru à une blague. C'est vrai, j'avais été acceptée dans l'une des universités les plus réputées de Los Angeles, non loin de notre ville, Riverside, donc il était impensable que je renonce à cette place qui, pour lui, valait de l'or. Mais au dernier moment, je l'ai refusée. Et les disputes ont alors éclaté. Jusqu'à mon départ, elles n'ont jamais vraiment cessé.

Comme si j'avais besoin de ça.

Heureusement, ma mère était là pour apaiser les tensions entre nous. C'est même elle qui l'a convaincu de me laisser partir. Tout d'abord, ils m'ont proposé d'aller vivre à New York pendant quatre mois, au maximum, chez ma tante que je n'ai pas revue depuis mes 9 ans. Bien sûr, ce deal ne me convenait pas. J'ai insisté. Je voulais impérativement une famille d'accueil avec des enfants à garder dans un autre pays. Pour un an. Non négociable.

Mon père a mis du temps avant d'accepter mes conditions, tellement de temps qu'au bout d'un moment, j'ai fini par renoncer à mon besoin de partir. Puis un miracle s'est produit. Et ce miracle, je le dois à ma mère. Quelques mois auparavant, elle avait repris contact avec une de ses amies d'enfance qui habite maintenant Mayfair, un quartier chic de Londres. Et lorsqu'elle m'a dit qu'elle avait besoin d'une nourrice pour son bébé, je n'ai pas hésité une seule seconde. C'était la chance de ma vie, alors je l'ai saisie ! Bon, je suis là seulement pour six mois, mais c'est mieux que rien. Mes parents ont la certitude que je ne vais pas atterrir dans une famille de tordus. Quant à moi, je suis loin de ma ville et de ce mec qui m'a pourri la vie. Finalement, tout le monde y trouve son compte.

Avant de monter dans l'avion, il faisait à peu près trente-cinq degrés. Maintenant, la température ne doit pas dépasser les vingt degrés. Dès que j'ai posé un pied sur le sol anglais, ça a été le choc thermique. Je pensais qu'en plein mois de juillet, il faisait un peu plus chaud que ça, à Londres. Mais non, il fait un froid de canard. Et moi, ignorante que je suis, je n'ai pas pensé à apporter des vêtements plus épais qu'une tranche de prosciutto. Avec mon débardeur, ma jupe volante – sans collants, je le précise – et mes sandales, je me sens drôlement stupide. En plus, je me retrouve pile sous une averse. Pas une petite avec quelques gouttelettes qui tombent par-ci par-là, mais la bonne pluie, celle qui te fait ressembler à un rat mouillé. *Bienvenue à Londres !* Mais avec tout ce que j'ai traversé, ce n'est pas un épisode pluvieux qui va me plomber le moral.

Il était convenu que l'amie de ma mère vienne me récupérer à l'aéroport, mais manque de bol, elle a eu un empêchement de dernière minute. Je n'ai pas eu d'autre choix que de me débrouiller par mes propres moyens. Pour commencer, j'ai dû prendre le métro, puis un bus bondé, et enfin, un autre complètement vide avec comme seule compagnie un vieux pervers qui n'a fait que me reluquer de la tête aux pieds. Le tout encombrée de mes deux grosses valises qui, à elles deux, pèsent le poids d'un âne mort. J'éviterai de parler de mon périple à mes parents, de peur qu'ils ne me rapatrient illico presto en Californie.

Chargée comme une mule, je traverse des rues désertes en claquant des dents. J'entre l'adresse de la maison sur le GPS de mon téléphone, mais je capte mal. Je tends le bras en l'air afin de conserver ma seule et unique barre de réseau, et c'est ainsi que je finis par me repérer et trouver mon chemin.

220 Mount Street, Mayfair.

À travers l'épais rideau de pluie, je plisse les yeux et regarde la pancarte sur laquelle est inscrit le nom de la rue. Mount Street ! Je suis sur la bonne voie. Après quelques minutes de marche active, je tombe sur une immense bâtisse victorienne en briques rouges, typiquement anglaise, et je lis sur la boîte aux lettres le numéro deux cent vingt. C'est ici. Tant bien que mal, je traîne mes valises dans l'escalier, jusqu'à me retrouver sur le perron où un vent frisquet me fouette le visage. Ne trouvant aucune sonnette, je toque à la porte et attends patiemment qu'une âme charitable vienne m'ouvrir. J'observe mes pieds mouillés lorsque, enfin, une femme passe la tête dans l'entrebâillement de la porte. Elle a l'air méfiante.

– Je suis Violet Springs. La fille d'Ellen, l'informé-je en la voyant froncer les sourcils. La jeune fille au pair.

Craignant de m'être trompée de maison, je reprends mon téléphone pour vérifier l'adresse et vois le visage de la femme s'adoucir. Un large sourire naît sur ses lèvres peintes.

– Mais oui, bien sûr ! Où avais-je la tête, dit-elle en se décalant pour me laisser passer. Viens, je t'en prie. Entre.

Une fois que je suis à l'intérieur, elle claque la porte et pose ses yeux foncés sur moi.

– Oh ! Mais tu es trempée ! constate-t-elle, catastrophée. Je suis désolée de ne pas être venue te chercher à l'aéroport. La petite me faisait une crise de larmes.

– Ça va, c'est rien.

Non, hormis le fait que j'ai dû affronter un blizzard en habits d'été avec des valises qui pèsent une tonne chacune, tout baigne. Mais, en même temps, je ne peux pas me permettre de faire preuve de sarcasme. Tout est ma faute. Si j'avais vérifié le temps qu'il ferait à mon arrivée, j'aurais pu éviter ce désagrément. La femme, Rachel, je crois, est une grande brune élancée au style strict. Alors que je détaille son tailleur gris, elle se met à rire.

– Toi, ça se voit que tu débarques tout droit de Californie ! Tu vas vite déchanter avec le temps qu'il fait ici en ce moment.

– Oui, je n'ai rien pris de très chaud. J'irai faire quelques emplettes dans les prochains jours, si vous m'y autorisez, madame.

– Je rêve ou tu viens de m'appeler « madame », là ? me demande-t-elle en prenant un air faussement offusqué. Je suis certes moins jeune que toi, mais je n'ai pas 60 ans non plus ! Et tu n'as pas besoin de me demander mon accord pour aller faire du shopping. Rassure-toi, tu auras aussi du temps pour toi. Je ne compte pas faire de toi ma prisonnière.

Son anglais est teinté d'un fort accent américain. Ma mère m'a raconté qu'elle avait rencontré Rachel durant ses années de lycée et qu'elles s'étaient perdues de vue après son départ pour l'Angleterre. Rachel est venue là pour ses études supérieures, mais aussi pour suivre son amour de jeunesse.

Je m'apprête à lui répondre, mais je suis coupée par des hurlements de bébé qui proviennent de l'étage.

– Ah, la petite terreur est réveillée, annonce-t-elle en riant.

– Vous voulez que j'y aille ?

– Non, tu viens à peine d'arriver ! Je vais m'en occuper. Mais tu peux monter avec moi, ta chambre est aussi à l'étage.

Ma chambre ? Je ne pensais pas bénéficier d'un tel privilège. À vrai dire, je m'attendais à dormir sur un vieux canapé convertible au milieu du salon. C'est une bonne surprise. Je vais pouvoir garder mon intimité et m'isoler de temps en temps, quand j'en ressentirai le besoin. C'est-à-dire, souvent. Rachel m'aide à porter mes bagages dans l'escalier et, du menton, elle me désigne une porte blanche.

– Je te laisse découvrir ta chambre, le devoir m'appelle.

Tout en hochant la tête, je la regarde s'enfermer dans la pièce d'à côté. Je pensais qu'elle me présenterait sa fille, mais j'imagine que ce sera pour plus tard. De toute façon, il n'y a pas le feu, j'ai six mois pour faire sa connaissance.

En ouvrant la porte, je découvre une chambre spacieuse, entourée de quatre murs peints en noir et agrémentée de meubles gris acier. C'est plutôt glauque, comme ambiance. En termes de décoration, les Anglais ont vraiment des goûts spéciaux. Je place mes valises près de la table de chevet et contourne le tapis poilu pour inspecter l'armoire à la porte coulissante. Il y a pas mal de rangements là-dedans, en tout cas, bien assez pour accueillir toutes mes affaires. Quelque chose de fuchsia attire mon œil dans le fond du placard. Je prends l'objet non identifié du bout des doigts avant de m'apercevoir que c'est un string… sale, visiblement. Un haut-le-cœur me prend et, par réflexe, je jette ce truc immonde sur le sol. Est-ce à Rachel ? Je la connais depuis seulement cinq minutes, mais elle n'a pas l'air du genre à porter des sous-vêtements aussi tape-à-l'œil. Une autre idée encore plus tordue commence à germer dans mon esprit. Je sais qu'elle est mariée à un homme depuis quelque temps déjà, donc il y a une infime possibilité pour que cette chose répugnante appartienne à une éventuelle maîtresse ? Franchement, je n'espère pas. Je suis venue ici pour souffler, pas pour me retrouver au cœur d'une situation familiale délicate. Avec mon pied, je cache le string sous un meuble. En voulant aller me laver les mains, je m'aperçois qu'il y a une salle de bains attenante. Je suis aux anges, c'est vraiment le grand luxe. Je prends des vêtements secs dans ma valise, m'enferme dans la salle de bains et me déshabille. Après avoir affronté onze heures de vol et une tempête, je vais enfin pouvoir me détendre.

Je me jette sous la douche et ferme les yeux, laissant l'eau brûlante apaiser mon corps éreinté. En sortant, après m'être enroulée dans une serviette moelleuse, je me plante devant le miroir et reste clouée devant mon propre reflet, comme paralysée. Mon mascara coule le long de mes joues trop roses, mes yeux scintillent comme des diamants et ma cicatrice sur le menton est apparente.

Où est passé mon masque ? Celui que je m'efforce de porter tous les jours pour cacher mes bleus à l'âme ?

Avec empressement, j'essuie mes joues et attache mes cheveux blonds en une queue-de-cheval bien haute, plaquant chaque mèche sur mon crâne, de sorte qu'aucune d'entre elles ne s'échappe. Je m'empare de ma trousse de maquillage et charbonne mes yeux ambrés pour les rendre plus sombres, étale une couche de fond de teint, puis encore une autre, jusqu'à obtenir un visage parfaitement lisse et sans émotion.

Maintenant, c'est parfait.

Après m'être habillée, je sors de la chambre et descends l'escalier. Rachel m'attend en bas avec sa fille dans les bras.

– Tu veux que je te fasse visiter le reste de la maison ?

– Oui, ça pourrait m'être utile.

Elle lâche un petit rire.

– C'est vrai. Mais d'abord, laisse-moi te présenter Rosie. (Elle tourne sa fille vers moi, puis elle lui glisse à l'oreille :) Rosie, voici la jolie Violet. Elle va s'occuper de toi pendant quelque temps.

La petite Rosie, une adorable brunette aux yeux bleus, m'adresse un grand sourire. Sans même la connaître, je sais d'avance que tout ira bien entre nous. D'après ma mère, j'ai un véritable don avec les bébés. Je fais régulièrement du baby-sitting depuis mes 14 ans, ce qui fait de moi une experte en la matière. Je suis habituée à garder les enfants, même les tout-petits.

– Quel âge a-t-elle ?

– Treize mois. Cette flemmarde sait marcher, mais elle adore être portée.

– Elle te ressemble beaucoup.

Sauf pour la couleur des yeux. Mais sinon, elles ont les mêmes traits.

– Attends de voir mon mari, réplique-t-elle avec un sourire resplendissant. C'est son portrait craché.

– Il travaille ?

– Oui, tout le temps ! Il est directeur d'une banque. Et moi, grâce à toi, je vais enfin pouvoir retourner dans mon salon d'esthétique.

Elle est esthéticienne ? En me fiant à sa tenue, je l'aurais plutôt vue dans un bureau d'avocat ou professeure de maths dans un lycée. Comme quoi, les apparences sont trompeuses.

– D'ailleurs, tu te maquilles vraiment bien, me complimente-t-elle avec un clin d'œil complice.

Pour moi, ce n'est pas un art, plutôt un besoin – un camouflage. Mais j'imagine qu'elle cherche à tisser un lien avec moi en nous trouvant un point commun, alors je lui rends son sourire.

– Merci.

– Viens, suis-moi. Ce serait bien que tu voies autre chose que l'entrée.

Elle avance et je la suis.

– Ici, c'est le salon. Un peu plus loin, il y a la cuisine, et cette porte que tu vois là-bas, ce sont les toilettes. Et... c'est tout ! On a vite fait le tour !

Certes, ce n'est pas une grande maison, mais je m'y sens presque bien. Le parquet est lustré, les meubles sont dépoussiérés et une odeur fleurie, très agréable, règne dans le salon. L'ensemble détonne avec l'ambiance de la chambre qui m'a été attribuée.

– Pour ce qui est de l'étage, poursuit-elle, il y a la chambre d'amis qui est désormais la tienne, celle de Rosie, la nôtre et le bureau.

J'observe ce qui m'entoure ; des tableaux, d'interminables draperies en velours, des fauteuils capitonnés et des miroirs aux cadres argentés garnissent la pièce.

– La décoration est vraiment...

– Vieillotte ? me coupe-t-elle en lâchant un profond soupir. Je suis d'accord, mais souviens-toi que je suis mariée à un Anglais.

– En fait, j'allais dire *différente*. Mais j'aime beaucoup, ça change des grandes villas californiennes.

– C'est certain, approuve-t-elle. Avec des réflexions de ce genre, mon mari va t'adorer.

Sa réponse me paraît étrange, sûrement à cause de ma trouvaille dans l'armoire. J'espère sincèrement que ce string fuchsia appartient à Rachel et non pas à une autre femme ! Pire encore, à une adolescente ! Je n'ai pas envie de tomber sur un homme obsédé par les filles de mon âge. Sinon, je vais me retrouver encore une fois en mauvaise posture. Et je n'en ai franchement pas besoin ! Une sonnerie de téléphone retentit. Pendant un instant, je crois que c'est le mien mais c'est celui de Rachel. Elle le sort de sa poche et fronce les sourcils.

– Je dois répondre. Est-ce que je peux te confier Rosie ?

– Bien sûr.

Aussitôt, elle me tend la petite, qui vient naturellement dans mes bras. Je regarde Rachel gravir l'escalier avant de disparaître à l'étage. Ne sachant que faire, je m'installe sur le canapé avec Rosie sur les genoux. Après quelques sourires et grimaces échangés, nous voyons Rachel refaire son apparition dans le salon avec une couche supplémentaire de mascara et un rouge à lèvres plus intense.

– Elle a l'air de bien t'aimer, constate-t-elle en prenant son sac à main. Je n'ai pas vu l'heure tourner, il est déjà dix-sept heures trente et je dois être à Piccadilly Circus dans dix minutes. Mon mari organise un dîner d'entreprise.

– Dans ce cas, mon boulot à moi commence maintenant, en déduis-je.

Je pensais avoir ma soirée pour me remettre du décalage horaire, mais tant pis, je me reposerai une fois que j'aurai couché la petite.

À condition qu'elle fasse ses nuits correctement…

– Désolée, mon mari m'a quelque peu forcé la main pour que j'y assiste. Je t'ai laissé une liste dans la cuisine ; normalement, je n'ai rien oublié. Et si tu as une question, n'importe laquelle, je reste joignable toute la soirée. Tiens, voilà un double des clés de la maison.

Je m'apprête à me lever pour le prendre, mais elle me fait signe de rester assise et pose le trousseau de clés sur la table basse. Des traits d'inquiétude se dessinent sur son visage. Les bons parents le sont toujours un peu au moment de confier leurs enfants à quelqu'un.

– Tout se passera bien.

– Oui, je sais. Mais c'est la première fois que je la laisse seule, enfin, en compagnie d'une autre personne.

– Si ça peut vous rassurer, je ne l'autoriserai pas à jouer avec les prises électriques et les produits détergents. Vous pouvez partir l'esprit tranquille.

Au lieu de la faire rire, ma remarque lui fait écarquiller les yeux. C'est limite si elle n'est pas en train de remettre en question sa décision d'avoir pris une jeune fille au pair pour s'occuper de sa fille.

– C'était une blague, la rassuré-je, sentant qu'elle est sur le point de renoncer à son dîner pour rester à la maison.

De mauvais goût, manifestement.

– Évidemment ! Je suis un peu tendue, excuse-moi. À plus tard, Violet. (Elle se penche sur sa fille pour l'embrasser sur le front.) Et toi, sois bien sage.

Après le départ de Rachel, je prends connaissance de la liste qu'elle m'a laissée sur le comptoir de la cuisine et je suis ses instructions à la lettre. Je donne le bain à Rosie à dix-huit heures tapantes, je la fais manger à dix-huit heures trente et je joue avec elle pendant une bonne heure avant de la coucher.

– Alors, petite Rosie, chuchoté-je en l'emmitouflant dans sa gigoteuse. On s'est bien amusées toutes les deux. T'es partante pour recommencer demain, et tous les autres jours pendant six mois ?

Elle sourit, comme pour approuver, avant de fermer les yeux. Je crois bien l'avoir épuisée. Penchée au-dessus de son lit à barreaux, je la regarde dormir d'un air attendri. Sa chambre est trop mignonne, toute rose, avec des papillons un peu partout sur les murs. Seul bémol, la collection de poupées en porcelaine qui trônent sur l'étagère et qui me donnent l'impression constante d'être observée. Je traficote le babyphone afin de le mettre en route, lorsque soudain de la musique retentit en provenance du rez-de-chaussée. Je me fige sur place. Rachel est déjà rentrée ? Impossible, il n'est que vingt heures. Et elle m'aurait prévenue. Soit cette maison est hantée, soit un inconnu s'y est introduit. Dans les deux cas, ce n'est pas rassurant. Mais quel genre de fantôme ou de voleur mettrait « Where Is My Mind » des Pixies à plein volume ? Par précaution, je vais dans ma chambre pour récupérer ma bombe au poivre et, sur la pointe des pieds, je descends l'escalier. Il n'y a personne dans le salon, mais la porte d'entrée est grande ouverte. Pendant une seconde, j'ai cette peur qui surgit en moi, celle qu'*il* m'aurait retrouvée. Puis, je me dis que je suis tout à fait ridicule et que je devrais arrêter de m'imaginer des scénarios. Les pyjama-parties entre amies où nous regardions des films d'épouvante ne m'ont définitivement pas aidée.

À l'époque où j'avais encore des amies.

Le cœur battant, j'approche de la cuisine, bombe au poivre dans une main, téléphone dans l'autre, et je surgis si brusquement que je manque de me cogner contre un tabouret. Ce n'est pas Casper ou un cambrioleur qui me fait face, mais un garçon qui est en train d'engloutir une bière et qui fait le même bond que moi au moment où j'apparais. Il éteint la musique qui émane de son téléphone avant de me dévisager, surpris.

– Putain, mais t'es qui, toi ?

Je reste silencieuse, immobile, horrifiée. Aucun mot ne parvient à sortir de ma bouche. *Ce n'est pas possible…* J'ai changé de continent uniquement afin de m'éloigner de cette pourriture d'Aaron et voilà que je me retrouve devant son sosie. Je tente de maîtriser ma respiration pour me calmer, en vain. Mon cœur bat toujours aussi vite. C'est presque comme s'il allait bondir hors de ma poitrine.

– T'es qui ? répète le garçon, menaçant. Bon sang, tu es muette ou quoi !

Il fait un pas vers moi et je recule automatiquement en brandissant la bombe au poivre devant moi, comme une arme, espérant que ça suffise à le dissuader d'avancer plus.

– Reste là où tu es, articulé-je, le souffle court.

– Ouh là, doucement ! (Il agite sa main tatouée comme pour vouloir me calmer.) Je ne voulais pas te foutre la trouille, mais je peux savoir ce que tu fais chez mon père ?

– Chez ton père ?

Je suis surprise, Rachel m'a seulement parlé de Rosie. Pas une fois, elle n'a mentionné un fils.

– Ouais, Andrew, mon père ! Et Rachel, sa femme. (Il prononce ce dernier mot avec une grimace de dégoût.) Je vis ici. Enfin, occasionnellement. Maintenant que je sais que tu n'es pas muette, tu vas me dire qui tu es, oui ou merde ?

Je sens qu'il perd patience. Avant de lui répondre, je le détaille furtivement. Le garçon à l'accent anglais prononcé est grand et mince, me dépassant bien d'une tête. Ses cheveux bruns sont longs sur le dessus tandis que les côtés de son crâne sont rasés au millimètre près. Quelques mèches rebelles lui tombent sur le front. Mes yeux parcourent brièvement les tatouages qui cachent la peau fine de ses mains, de ses bras, de son cou, et dès que ses yeux bleus perçants croisent les miens, je détourne le regard. Autrefois, j'étais attirée par les garçons dans son genre comme un papillon de nuit par la lumière. Aussi, lorsque j'ai rencontré Aaron, je n'ai pas voulu voir le danger qu'il représentait et les problèmes qu'il allait m'apporter, et inévitablement, j'ai fini par me brûler les ailes. Depuis notre rupture, je me suis fixé pour nouvelle règle d'éviter les « mauvais garçons » comme la peste. Parce que c'est ce qu'ils sont : toxiques et dangereux pour la santé. Je sais bien qu'un style ne définit pas forcément le tempérament d'une personne, mais c'est comme ça. Aaron m'a trop fait souffrir. Par conséquent, je ne pourrai plus jamais sortir avec un garçon qui lui ressemble. En vérité, les séquelles qu'il m'a laissées sont si profondes que je ne suis même pas sûre de pouvoir ressortir un jour avec un garçon, tout court.

– T'étais en train de me mater, là ?

J'ignore volontairement sa question et lui réponds, sèchement :

– Je suis Violet. Tes parents m'ont engagée comme jeune fille au pair pour m'occuper de ta petite sœur.

– Rachel n'est pas ma mère. Et Rosie n'est pas ma sœur. Pigé ?

Je secoue la tête de haut en bas pour lui montrer que j'ai compris.

– Et donc toi, tu es la boniche, c'est ça ? continue-t-il.

– La jeune fille au pair, corrigé-je, toujours de ma voix la plus hostile.

L'Anglais ricane, creusant une fossette sur chacune de ses joues.

– Laisse-moi deviner… Américaine, hein ?

– Californienne, spécifié-je.

– Ouais, je me disais bien aussi… Blonde, bronzée, plutôt bien roulée. (Il penche la tête sur le côté pour me reluquer et je croise les bras sur ma poitrine dans un réflexe de protection.) Un vrai cliché sur pattes. Je parie qu'à l'école tu étais la capitaine de ton équipe de cheerleading et que tout le monde t'adulait. Et à la maison, tu étais la fille à papa par excellence ? Puis, lasse de ce bonheur, tu es partie pour fuir ta petite vie parfaite. Mais tu aurais pu choisir mieux que boniche. Pour mon père, en plus.

J'ai envie de lui répondre que lui aussi est un cliché ambulant ! Le parfait stéréotype de l'Anglais tatoué, hautain et arrogant, accro à la bière qui pense tout savoir sur tout. Mais il ne sait rien. Il croit m'avoir cernée, mais ce n'est pas le cas. Piquée au vif, je me mords la lèvre pour garder toute remarque acerbe pour moi. Je ne suis pas venue ici pour me faire des ennemis.

– Rachel ne m'a pas prévenue de ta venue, lui dis-je simplement.

Disons plutôt de son existence.

– C'est parce qu'elle n'est pas encore au courant.

Comprenant que j'attends des explications, il ajoute :

– Je suis en première année à l'école de commerce ESCP. Et ce sera aussi la dernière, vu que j'ai foiré mes exams et qu'ils ne veulent plus de moi. Tu me suis ? Plus d'école, plus de campus, alors je reviens vivre ici. Pour le plus grand plaisir de tout le monde. Et surtout, de mon très cher père.

Je fais comme si cette annonce ne me faisait ni chaud ni froid mais, en vérité, je suis terrifiée. Ce n'est pas ce qui était prévu et je me sens complètement déstabilisée. Avec un sourire narquois, il porte sa bière à ses lèvres et finit ce qu'il en reste.

– Je te laisse jeter ça, reprend-il en posant la bouteille vide sur le comptoir. Je sors.

Non, mais, je rêve ! Il m'a vraiment prise pour sa femme de ménage !

– Non, je ne suis pas là pour ramasser ton merdier. Je suis…

– Violet, je sais, me coupe-t-il. Moi, c'est Blake. Je t'aurais bien proposé de venir avec moi, mais il semblerait que tu sois prisonnière de cette maudite piaule. Alors, salut.

Il me contourne et s'en va d'un pas nonchalant vers la porte d'entrée sans ajouter un mot, ce qui m'arrange. J'ignore quand il sera de retour, mais il a l'air du genre à traîner dans des endroits louches toute la nuit. Je ne veux plus être seule en sa présence, alors je n'ai qu'à prier pour que Rachel et son mari rentrent avant lui.

***

J'enchaîne chaque mouvement avec aisance. Mes pieds sont profondément ancrés au sol du gymnase. Quant à mes jambes, elles sont tendues et puissantes, j'ai une totale maîtrise de mon corps. Je virevolte et saute parfois si haut que j'ai la sensation de voler. J'agite mes pompons dans tous les sens – j'ai répété cette chorégraphie tant de fois que je n'ai même plus conscience de la faire. C'est habituel. Le monde, les projecteurs, la musique, les cris, la transpiration, les égratignures, la violence des corps de filles qui s'entrechoquent, se heurtent, les muscles endoloris à force de tordre son corps comme un chewing-gum trop mâché. Mais je supporte la douleur physique, c'est ce qu'on nous apprend lors des entraînements.

Souris et souffre en silence.

Parce que c'est la seule émotion qu'une cheerleader se doit de montrer. Elle sourit, comme si elle n'était pas en train de crever à l'intérieur. Elle sourit, comme si le fait de se cacher derrière ce masque rendait la douleur plus supportable.

Tout le monde m'acclame. Je sais ce qu'ils attendent, ce qu'ils sont venus voir. Les filles forment une pyramide parfaite et me voilà propulsée au sommet de ces corps abîmés et fatigués. Mais qu'importe, à cet instant, je vole. Je brille. C'est moi, la star, la voltige. Au signal de la coach, j'attrape ma jambe et la tends au-dessus de ma tête pour former un Y parfait. Aussitôt, une salve d'applaudissements retentit dans l'immense gymnase. Tout se déroule parfaitement comme prévu, jusqu'à ce que j'aperçoive Aaron assis dans les gradins. Un sourire est plaqué sur son visage. Pas le genre bienveillant, mais plutôt glaçant. Celui qui dit: « Je suis là. Qu'est-ce que tu vas faire maintenant ? » Je me doutais qu'il ne respecterait pas ma volonté de ne plus le voir, mais ce que je ne savais pas, en revanche, c'est qu'il oserait se pointer en pleines qualifications pour les championnats nationaux. Mais il m'avait prévenue qu'il briserait ma vie et c'est précisément ce qu'il fait.

Mes jambes deviennent cotonneuses, elles tremblent tant que les filles ont du mal à me porter. Et soudain, je suis prise d'un vertige insurmontable. La main de Betty est toujours agrippée à ma cheville, mais je sens bien qu'elle aussi est en grande difficulté.

– Qu'est-ce qui se passe là-haut, Violet ? me hurle-t-elle.

Son visage constellé de paillettes est relevé vers moi et elle me regarde d'un air inquiet. Je crois qu'elle me dit autre chose, mais je ne l'entends plus. Mon souffle, trop rapide, résonne à mes oreilles. J'ai l'impression d'étouffer. Un poids – son poids – me compresse de nouveau la poitrine, l'air n'atteint plus mes poumons. Ma vue se trouble, je perds l'équilibre et l'inévitable se produit: je tombe. Dans ma chute, mon pied heurte violemment quelque chose. Le nez de Betty. Moi aussi, je sens mon menton taper contre le sol avec une brutalité inouïe. Quelque chose de chaud coule le long de mon cou. Je me redresse péniblement, mes bras pantelants, ma tête alourdie par le choc. Je vois des taches rouges sur le sol, il y a du sang partout autour de moi. Et quelque part, au fond de la salle, Aaron me sourit toujours.

C'est là que je comprends. Je ne suis plus la Violet pétillante et rayonnante d'autrefois. Je suis la Violet fanée et écrabouillée sous la grande botte d'Aaron. Je ne suis plus maître de moi-même. Je ne contrôle plus mon corps ni mon esprit, depuis qu'il s'en est emparé.

***

Je me réveille au milieu de la nuit, en nage, les vêtements trempés de sueur. Ma chambre est allumée. Ai-je oublié d'éteindre la lumière avant de m'endormir ? Je ne crois pas. Suspicieuse, je tourne la tête et remarque avec horreur que Blake se tient dans l'embrasure de la porte.

2

Violet

Je me redresse précipitamment pour attraper le drap et couvrir mon corps dénudé. Je reste figée, paralysée, incapable d'articuler le moindre mot alors que les yeux de Blake, bleus et injectés de sang, s'enfoncent dans les miens.

– Putain, c'est pas vrai. Tu sais que c'est ma chambre que tu squattes, là !

Il a l'air furieux. Et ivre, en plus. Il se tient toujours à quelques mètres de distance, mais je peux sentir les effluves d'alcool qu'il dégage.

– Rachel me l'a attribuée.

Ma voix est calme, en totale contradiction avec la panique qui me submerge.

– Rien à foutre ! Je veux que tu prennes gentiment toutes tes affaires et que tu débarrasses le plancher. *Tout de suite.* Je suis sûr que tu vas adorer le canapé, il est très confortable. Et si c'est pas le cas, tu finiras par t'y habituer. Tu n'es que la boniche, après tout.

Sans me laisser le temps de lui répondre, il s'avance dans la chambre en martelant le sol, et se saisit de mes deux valises avant de les jeter dans le couloir.

– Mais qu'est-ce que tu fais…

Je n'ose pas parler fort, de peur de réveiller Rosie, dans la pièce d'à côté, ou ses parents – il me semble que leur chambre est aussi au premier étage. D'ailleurs, j'ignore s'ils sont rentrés de leur soirée. Mais avec tout le raffut que ce bouffon fait, j'imagine que je ne vais pas tarder à le savoir.

– Sans déconner, on aura tout vu, se murmure-t-il à lui-même en s'emparant de mon sac à main. La boniche dans *ma* chambre !

Mon sac à main subit le même sort que mes valises en se faisant éjecter dans le couloir. Bien sûr, il était ouvert, ce qui fait que tout son contenu se déverse sur le sol. Tampons, miroir de poche, porte-monnaie, maquillage, rien n'est épargné. Je crois même voir ma poudre préférée se casser en mille morceaux. J'assiste à cette scène, effrayée et impuissante. J'aimerais faire quelque chose, pourtant. Lui mettre la plus belle gifle de sa vie et lui ordonner de me laisser tranquille, mais je me contente d'imaginer cette scène. Et je n'en peux plus de me voir comme ça, aussi fragile et vulnérable. Aussi brisée et démunie. Mais c'est ce que je suis. C'est ce qu'Aaron m'a fait croire durant ces longs mois de torture psychologique, et avec le temps, j'ai fini par y croire, moi aussi. Une fois qu'il a terminé, qu'il a viré toutes mes affaires de sa chambre, Blake me désigne la porte d'un geste rageur.

– Maintenant, tu sors, aboie-t-il, ses yeux étincelants de fureur.

Pour la première fois depuis longtemps, je parviens à faire taire la petite voix apeurée dans ma tête. Je relève le menton plus haut et gonfle ma poitrine riquiqui aussi fort que je le peux. Je refuse de me faire chasser de cette chambre comme une malpropre. S'il veut la récupérer, il ferait mieux de se comporter comme un être humain, poli et civilisé, et non comme une bête enragée.

– Non.

Ses sourcils se haussent sous le coup de la surprise.

– Non ?

Il répète ce mot, comme s'il n'en comprenait pas la signification.

– Puis merde, comme tu voudras.

Et avant que je n'aie pu réagir, avant même que je n'aie pu paniquer, suffoquer ou m'évanouir, il s'avance furieusement vers moi.

– Me touche pas !

Je crie à m'en éclater les cordes vocales. Il peut faire tout ce qu'il veut : malmener mes valises, casser mes produits de maquillage, m'insulter, m'humilier, me détester, absolument tout, sauf me toucher. Je n'ai aucune idée de ses intentions, mais il ne doit pas m'approcher et encore moins m'effleurer. Il tend sa main tatouée et les larmes commencent à monter. Cette vision me ramène à la nuit où Aaron m'a asséné son dernier coup de massue. Encore aujourd'hui, je sens ses mains se balader sur mon corps, la douleur lancinante qui se propage entre mes cuisses. J'entends toujours mes cris intérieurs et je panique. Pendant une seconde, ce n'est plus Blake que je vois là, mais Aaron. Ce n'est plus dans cette chambre que je suis, mais dans ce *dorm* miteux. Parce que tout me renvoie sans cesse à ce moment, mon corps et mon âme sont pollués par le souvenir d'Aaron. Sans attendre de savoir ce que Blake va faire, je prends la bombe au poivre que j'avais cachée sous l'oreiller et la vide sur lui. Il s'éloigne immédiatement pour se protéger les yeux.

– Mais ma parole, tu es cinglée !

Je l'observe, tétanisée, s'agiter dans tous les sens.

– Putain ! Est-ce que tu te rends compte que tu as failli me cramer les yeux ?

Il arrête de se dandiner pour me dévisager d'un air dur. Ses yeux sont rouges, mais pas autant qu'ils le devraient. De toute évidence, j'ai loupé ma cible.

– Dommage, parce que c'était le but, confessé-je tout bas.

– Tarée, siffle-t-il entre ses dents serrées.

Et il s'en va en claquant la porte derrière lui. J'attends quelques secondes avant d'aller ramasser le foutoir qu'il a semé dans le couloir. J'ai besoin de remettre un peu d'ordre dans mes émotions, mon rythme cardiaque bat des records. Quand je l'entends quitter la maison, je me lève pour récupérer mes affaires et je les rapporte directement dans la chambre. Pour l'instant, je les laisse telles quelles. Je sais qu'il m'a cassé pas mal de produits de maquillage, mais je suis trop fatiguée pour constater les dégâts maintenant.

Je ferai le tri demain matin, à tête reposée. Alors que je me rallonge dans le lit, Rosie se met à pousser des hurlements. Je tends l'oreille pour savoir si quelqu'un se lève, mais comme je m'en doutais, il n'y a personne. La maison est vide. En regardant l'heure affichée sur mon téléphone, je soupire : une heure trente. Moi qui voulais profiter de cette nuit pour récupérer du décalage horaire, c'est raté. Pas tant à cause de Rosie, mais à cause de l'énergumène tatoué et irrespectueux qui se croit tout permis. S'il pense avoir une chance de m'atteindre en m'insultant, et en me traitant de boniche, il se goure.

Désolée, Blake, mais tu arrives trop tard. Il ne reste plus rien à briser de moi, je suis comme cette poudre que tu viens d'exploser au sol : en mille morceaux.

***

Le dimanche matin, je me lève aux aurores pour aller courir. J'aurais pu essayer de dormir plus longtemps, mais je n'y arrive pas. Je fais du cheerleading depuis sept ans maintenant et, avant l'accident, je pratiquais ce sport environ vingt heures par semaine. Autant dire que je ne m'arrêtais jamais et que les grasses matinées ne faisaient pas partie de mon quotidien. Après avoir fracturé le nez de Betty et nous avoir fait perdre les qualifications, j'ai pris la dure décision de me retirer de l'équipe. Plus personne ne me faisait confiance, pas même moi. De ce fait, je ne voyais plus l'intérêt de continuer. D'autant qu'Aaron était le fils de ma coach, ce qui fait que j'aurais continué à le voir à tous mes entraînements. D'ailleurs, c'est comme ça que je l'ai rencontré. Il venait souvent voir sa mère bosser, et moi comme une idiote, je pensais qu'il était là pour soutenir l'équipe, alors qu'en vérité, il était en repérage pour choisir sa prochaine victime. Et la suite, on la connaît tous. Il m'a choisie. Moi, la jeune lycéenne avec un besoin d'attention à la limite du maladif. Moi, la petite Violet facilement influençable et malléable qui était du genre à tomber amoureuse au premier regard. Pour ma défense, je n'étais pas la seule à craquer sur lui. Aaron était un mec de l'université, tatoué, un peu rebelle. Toutes les filles de l'équipe rêvaient qu'il s'intéresse à elles, mais c'est sur moi qu'il a jeté son dévolu. Pas parce qu'il me trouvait jolie et intelligente comme je le croyais au début, mais parce que j'étais une proie facile.

Repenser à tout cela me fait atrocement souffrir. J'accélère la cadence, mes jambes brûlent, une douleur en déloge une autre. J'ai aimé Aaron de tout mon cœur, de tout mon être, mais lui n'a fait que me détruire à petit feu pendant neuf mois.

Ne t'habille pas comme ça, on dirait une pute.

Je n'ai jamais aimé quelqu'un comme toi, Vi.

Dis à ma mère que tu ne veux plus être meneuse. Je n'aime pas que tous les mecs aient les yeux rivés sur toi.

Tu es tellement belle.

Ce que tu peux être ennuyeuse !

Pardonne-moi, Vi. Je sais que parfois je peux me montrer dur et froid avec toi. Mais c'est pour ton bien et celui de notre relation.

Pour une fois que tu n'en avais pas envie…

Sans m'en rendre compte, je cours plus vite dans la ville endormie et bifurque à droite, dans St James's Park. Les mots, *ses* mots, tournent en boucle dans ma tête, tandis que j'essaie de contenir les larmes qui m'embuent les yeux. Les émotions me submergent comme un véritable tsunami. Si je ne les libère pas maintenant, je crains de m'y noyer. Le souffle saccadé, je m'arrête net, me prends la tête entre les mains et hurle tout ce que je peux. Seuls quelques écureuils curieux m'observent, tapis dans des buissons. J'extériorise un cri de rage comme je ne l'ai jamais fait avant. Et puis, tout redevient silencieux.

De retour à la maison, je trouve Rachel en train de donner le biberon à Rosie dans la salle de séjour. En m'approchant pour les saluer, j'entends des voix masculines émaner de la cuisine. Je reconnais tout de suite l'une d'entre elles, celle de Blake. Quant à l'autre, je devine que c'est celle de son père. On dirait bien qu'ils se disputent.

– J'étais surprise de ne pas te trouver dans ton lit ce matin ! s'exclame Rachel assez fort pour couvrir les voix dans la cuisine. Ton footing s'est bien passé ?

– Oui, dis-je à bout de souffle. Presque dix kilomètres. J'aime bien aller courir le matin, c'est plus calme.

– Ah oui, ta mère m'a prévenue que tu étais une vraie sportive dans l'âme ! Elle m'a envoyé quelques-unes de tes vidéos, c'est fou ce que tu es douée. D'ailleurs, je crois qu'il y a un club dans le quartier. Bon, ça doit être un niveau nettement inférieur au tien, mais tu pourrais continuer à t'entraîner là-bas. Qu'est-ce que tu en dis ?

Ça sent le mauvais coup de ma mère à plein nez. Je sais qu'elle veut me pousser à continuer ce sport, mais pour l'instant, ce n'est pas dans mes priorités.

– Je préfère faire une pause.

– Comme tu voudras. Café ? Thé ? Smoothie ?

– Ça va, merci.

Si je bois quelque chose maintenant, je vais vomir. Les voix vont crescendo en cuisine, je perçois des bribes de phrase :

« C'est toujours ma chambre… »

« … Quand tu étais encore à ton école de commerce, tu ne venais plus nous voir, Blake. Je pensais que c'était parce que tu étais investi dans tes études – études que je t'ai gracieusement payées d'ailleurs – mais non, j'apprends aujourd'hui que tu as été viré… »

« … Bah cette nouvelle devrait te réjouir puisque je suis là, maintenant. Donc tu vas dire à ta boniche de libérer ma chambre… »

Rachel se racle la gorge, gênée.

– Vous ne m'aviez pas dit pour…

– Blake ? devine-t-elle. Oh, non, ce n'est rien. Il restera ici quelques jours, histoire d'embêter son père et lui extorquer un peu d'argent, et une fois qu'il aura obtenu ce qu'il veut, il disparaîtra et ne donnera plus aucun signe de vie jusqu'à sa prochaine visite. C'est ce qu'il fait tout le temps.

– Vous devriez changer les serrures.

Elle lâche un petit « oh » choqué, mais je vois bien que l'idée lui a déjà traversé l'esprit. Un sourire lui échappe.

– C'est le fils de mon mari ! Puis, sous ses airs de gros dur, il n'est pas si méchant. Tu l'as déjà rencontré ?

– Oui. Et j'ai cru comprendre qu'il tenait absolument à récupérer sa chambre.

– En effet. Mais s'il veut rester ici, il y a un beau lit pliant qui l'attend dans le bureau. Il faut qu'il apprenne à devenir un gentleman.

Blake ? Un gentleman ? D'après l'aperçu que j'ai eu hier soir, je dirais que c'est peine perdue.

– Sinon, je peux déménager dans le bureau.

– Violet ! me réprimande-t-elle, comme si j'avais dit une énorme bêtise. Je t'assure que ça lui fera les pieds. Si tu ne t'imposes pas un peu, il te mangera toute crue. Tu ne vas quand même pas te laisser marcher dessus !

Non, ce n'est pas ça. C'est juste que je ne veux pas m'attirer d'ennuis. Je n'ai pas la force de me battre pour un sujet aussi dérisoire qu'une chambre.

– Je vous laisse décider, capitulé-je après un moment de silence. Je peux monter prendre ma douche avant de m'occuper de Rosie ?

– Non, aujourd'hui, tu te reposes ! C'est dimanche. Puis, je dois avouer que j'aimerais bien profiter de ma petite princesse avant de reprendre le travail.

Compréhensive, je hoche la tête et me précipite dans l'escalier pour m'enfermer dans la chambre. Mes affaires sont toujours en vrac près de l'armoire. Une poudre, une palette entière de fards à paupières et un fard à joues. Voici la liste des choses que Black m'a cassées. Ce matin, j'ai dû jeter tous ces produits dans la poubelle de la salle de bains avec un pincement au cœur.

Je prends une douche, longue, bien chaude, pour détendre mes muscles noués par le sport et tout le reste. C'est peut-être la dernière fois que je vais profiter de cette douche spacieuse, alors je ne me presse pas. Après m'être séchée, coiffée et maquillée, j'enfile un short en jean et un crop top. Mais au bout de quelques secondes d'hésitation, je le retire. On voit la moitié de mon ventre, je ne voudrais pas faire mauvais genre devant Rachel et son mari. Je me rappelle avoir mis un sweat-shirt dans l'une de mes valises. En soutien-gorge, je sors de la salle de bains pour aller le récupérer, et c'est alors que je vois Blake, adossé à la porte de la chambre, tout sourire.

3

Violet

Blake ne bouge pas d'un cil, quand je sursaute en le voyant dans l'encadrement de la porte. Pas plus de réaction lorsque je me cogne le dos contre le mur, de surprise. Je m'attends à ce qu'il fasse preuve d'un minimum de décence en baissant les yeux, ou même en faisant semblant de regarder ailleurs, mais il continue à me regarder bien fixement sans cesser de sourire. Instinctivement, je croise les bras en travers de ma poitrine pour la cacher.

– Tu aurais pu frapper, lui reproché-je.

J'essaie de prendre un ton autoritaire, mais le tremblement de ma voix donne tout l'effet inverse.

– Pour accéder à ma propre chambre ? rétorque-t-il, sarcastique. Pas question. La prochaine fois, évite de te désaper sur mon territoire… À moins que la boniche n'aime jouer à l'allumeuse.

Son sourire en coin et son air suffisant me tapent sur les nerfs, bien plus encore que son insinuation désobligeante et son surnom rabaissant. Sachant pertinemment qu'il cherche à me provoquer, je ne relève pas et prends sur moi pour lui demander :

– Est-ce que tu pourrais… enfin, tu vois…

– Non, je ne vois pas.

Il se met à ricaner à la manière d'un grand méchant de dessin animé. Je ne sais pas si c'est moi et mes bégaiements qui le font marrer ou bien le contexte en lui-même – certainement un peu des deux. En tout cas, j'ai du mal à trouver cette situation comique.

– Tu pourrais sortir, ou au moins te tourner, pour que je finisse de m'habiller ?

– Si tu veux, bien que j'aie déjà eu le temps de tout voir. Enfin, tout, c'est un grand mot. Il n'y a rien de transcendant là-dessous, se moque-t-il, un doigt insolent pointé en direction de ma poitrine dissimulée sous mes bras.

Sa remarque me vexe, mais je ne laisse rien paraître. J'ai mis du temps à accepter mes petits seins, la génétique et le sport intensif ne m'ayant pas aidée à les faire grossir, mais aujourd'hui, je les assume pleinement. Et jusqu'ici, personne ne s'était jamais permis de les critiquer. Personne… hormis Aaron, bien sûr. Je le foudroie du regard et il rit davantage. Dès qu'il me tourne le dos, je m'accroupis près de ma valise en soupirant. Je me permets de jeter un coup d'œil vers lui pour vérifier qu'il ne me regarde pas à la dérobée et, alors que j'observe ses épaules larges, ses avant-bras tatoués, mon esprit se met à divaguer. L'espace d'une seconde, je me demande où il a bien pu passer la nuit après que je l'ai chassé. Et la seconde d'après, je m'en fiche. Sans doute qu'il doit avoir des plans cul éparpillés dans tout Londres.

– J'ai pas la journée ! râle-t-il, ce qui me fait accélérer.

Je fouille au fond de ma valise avec l'espoir que mon sweat-shirt beige soit dans celle-ci, et bingo ! il y est. Je me dépêche de l'enfiler, craignant que Blake ne s'impatiente et ne se retourne trop tôt.

– C'est bon.

Il pivote vers moi tandis que je me redresse en époussetant mon short.

– J'ai un deal à te proposer.

Intriguée, je relève lentement la tête et plante mes yeux dans les siens. Son sourire vaguement blagueur vissé aux lèvres et son regard scrutateur ne me disent rien qui vaille.

– Et si on partageait ma chambre ? Tu n'as pas l'air très chaude pour bouger dans le bureau ou sur le canapé, moi non plus, mais comme je n'ai pas envie de me bagarrer avec toi, je suis prêt à faire des concessions. Surtout que tu as déjà pris tes marques. Ça sent la meuf partout, ici.

– Tu veux dire que tu serais d'accord pour dormir sur le tapis et me prêter ton lit ?

En tout cas, il est hors de question que j'accepte, mais je suis curieuse de savoir jusqu'où il peut pousser les concessions.

– Mon lit est assez grand pour accueillir deux personnes.

C'est bien ce que je pensais.

– Attention, mon offre ne va pas durer éternellement, m'avertit-il en se mordillant la lèvre.

– La réponse paraît plutôt évidente, non ? dis-je en commençant à rassembler toutes mes affaires. Je choisis le bureau.

Je retourne alors dans la salle de bains, la tête haute, les épaules rejetées en arrière. Avec le plus de dignité possible, je prends mes produits de maquillage sur la vasque, ceux qui ont échappé aux mains destructrices de Blake, et les place dans mes valises au moment où le tatoué éclate de rire dans mon dos. Je fais comme si je n'entendais rien et referme tout.

– Évidemment ! Rassure-toi, je ne m'attendais pas à un coup de folie venant de ta part. Tu as l'air chiante à souhait.

Je serre fort les mâchoires, me retenant à grand-peine de le descendre à mon tour. Je déteste la façon qu'il a de me juger, comme s'il savait qui je suis. La vérité, c'est que personne ne me connaît, pas même mes anciennes amies ou bien encore mes parents. Personne n'a la moindre foutue idée des horreurs que j'ai endurées, des épreuves que j'ai surmontées. Alors, un inconnu ?

Eh bien, si ça lui fait plaisir de penser le contraire, qu'il en soit ainsi. Mes bagages en mains, je m'avance vers la porte pour quitter la chambre, sauf que Blake bloque toujours le passage. Je pourrais le contourner, mais il se tient en plein milieu, ce qui veut dire que je devrais forcément l'approcher pour atteindre la sortie. Or, j'en suis incapable.

– C'est quoi, ton problème ? demande-t-il en remarquant mon hésitation. Tu as perdu l'usage de tes jambes ?

– Tu pourrais te pousser ?

– Pourquoi ? Tu as largement la place pour passer, insiste-t-il, ce qui me fait littéralement sortir de mes gonds.

– Tu as gagné ! Tu as ta chambre ; maintenant, je te demande simplement de te décaler. Tu crois que tu vas pouvoir faire cet effort ou tu ne peux vraiment pas t'empêcher d'être un connard ?

Je n'avais pas l'intention de hurler si fort ni de l'insulter, même si ce dernier mot me brûlait les lèvres depuis hier soir. Cependant, bien que ça m'ait soulagée sur le moment, je m'attends désormais à ce que Blake se venge puissance mille. Mais, alors que je me prépare à recevoir une réponse cinglante, il reste étonnamment silencieux. Contre toute attente, il se pousse même sur le côté pour me laisser passer. Ce revirement d'attitude me déstabilise, mais je me reprends tout de suite en m'éloignant de sa chambre. Je commence à ouvrir chaque porte de l'étage pour savoir où se trouve le bureau, quand soudain, la voix de Blake retentit dans le couloir.

– Celle-là, m'indique-t-il en désignant la porte face à sa chambre.

Je le remercie d'un faible hochement de tête et, en entrant, je dépose mes valises dans un coin de la pièce. En fermant la porte, je m'aperçois que ses immenses yeux bleus m'observent toujours. Nos regards restent arrimés l'un à l'autre pendant un court instant, jusqu'à ce qu'il décide de rompre ce contact visuel en refermant précipitamment sa porte.

Quelques heures plus tard, je suis allongée sur le lit pliant en train d'envoyer un message à ma mère sur WhatsApp. Je lui raconte mon arrivée pluvieuse à Londres, ma rencontre avec Rachel et sa fille, tout en omettant volontairement de mentionner l'existence de Blake. Vu qu'il est quatre heures du matin à Riverside, je ne m'attends pas à une réponse immédiate, mais il semblerait qu'elle ne dorme pas. Je lis son message en me tournant sur le ventre.

Maman_Coucou, ma Violet.
Avec ton père, nous sommes très contents

d'apprendre que tu te plais bien à Londres.
Pour nous, c'est plus difficile,
ça fait bizarre de ne plus t'avoir ici.
Cette première journée sans toi a été drôlement vide !
Et apparemment, nous ne sommes pas les seuls
à souffrir de ton absence
puisque ton petit ami est venu à la maison
pour demander de tes nouvelles.
Rachel t'a parlé du club de cheerleading ?
Ce serait bien que tu continues les entraînements.

Tout à coup, mon cœur s'affole, je l'entends cogner à grands coups saccadés dans ma poitrine. Je m'assieds sur le lit, le souffle coupé.

De nouveau cette sensation de suffoquer.

Après m'être un peu calmée, j'écris une réponse à ma mère. Mes doigts tremblent alors que je cherche la touche « envoi ».

Moi_Tu as vu Aaron ?

Maman_Oui, il n'avait pas l'air au courant
que tu t'envolais à Londres pour six mois…
Vous avez eu une dispute ?

Je ferme les yeux pour tenter de contrôler la panique qui grimpe en moi, sans succès. Évidemment que je n'ai pas mis au courant Aaron de l'endroit où je partais vivre, puisque c'est lui que j'essaie de fuir. J'ai bien conscience d'être tombée amoureuse d'un monstre, mais je ne pensais pas qu'il aurait l'audace d'aller voir mes parents. Après tout ce qu'il m'a fait subir, comment a-t-il pu les regarder en face et leur parler comme si de rien n'était ? Comme s'il n'était pas responsable de ma longue descente aux enfers ? *Comme s'il ne m'avait pas salie ?* Rien que d'imaginer son interaction avec ma mère, j'en ai la nausée. L'envie de vomir monte, me submerge, et je cours jusqu'aux toilettes où je me vide violemment l'estomac. Heureusement que j'avais repéré la pièce tout à l'heure en cherchant le bureau. Au bout de quelques minutes, ma respiration s'est apaisée et j'essaie calmement de me persuader que je ne verrai jamais Aaron débarquer à Londres. À l'heure actuelle, il doit probablement être à une rave-party en train de choisir son prochain jouet. Adossée contre le mur des toilettes, je réponds une nouvelle fois à ma mère.

Moi_On n'est plus ensemble.
Il ne t'a rien demandé ?

Ma seule crainte, c'est qu'il obtienne mon nouveau numéro. Je prie pour que ma mère ne le lui ait pas donné.

Maman_Oh, tu ne me dis vraiment plus rien…
Et non, du tout. Pourquoi ?

Moi_La prochaine fois qu'il se pointe
à la maison, ne lui ouvre pas et ne lui donne
surtout pas mon numéro. Il m'a trompée.
Mais ça va. Je t'aime, maman. J'essaie
de t'appeler dans les prochains jours.

Je mens. Enfin, qu'à moitié. Aaron m'a trompée des millions de fois, mais ce n'est pas la partie la plus grave. Loin de là, même. Seulement, si je dévoilais tout à ma mère, elle en serait malade. Alors je préfère garder ces secrets dévastateurs pour moi. Je me relève difficilement pour me rincer la bouche au lavabo. En sortant, je traverse rapidement le couloir pour regagner le bureau, souhaitant à tout prix échapper à Blake. Comme les toilettes sont proches de sa chambre et que je n'ai pas réussi à vomir dans le silence le plus complet, je m'attends à le voir apparaître dans le couloir et à me lancer une remarque du style : « La boniche n'est pas dans son assiette ? » Mais non, sa porte reste fermée. Avec un peu de chance, il n'a rien entendu.

M'ennuyant à mourir dans mon petit bureau, je décide de faire quelques étirements. Le cheerleading me manque terriblement, je dois bien l'admettre. Cette passion occupait une grosse partie de mes journées, elle m'a donné un but, un objectif, celui d'aller jusqu'aux championnats nationaux. Mon monde ne tournait plus qu'autour de ça, mais Aaron s'est fait un malin plaisir de me voler aussi ce rêve.

Avant de réaliser ma figure, j'analyse la pièce afin de ne rien casser. Ne pas pencher trop sur la droite pour ne pas renverser le lampadaire trépied ni trop sur la gauche pour ne pas envoyer valser l'ordinateur. Une fois que j'ai intégré les emplacements de chaque objet, je me lance. J'exécute un poirier parfait et, alors que j'ai la tête en bas, je vois des jambes masculines entrer dans le bureau. Croyant que c'est Blake, je me redresse brusquement.

– Désolé de te déranger ! s'excuse l'homme que je suppose être le mari de Rachel. Je voulais me présenter et te souhaiter la bienvenue à Londres. Je suis Andrew, le père de Rosie.

Je trouve curieux le fait qu'il ne cite pas Blake, mais j'imagine que ça ne doit pas être simple d'assumer un fils aussi débile que lui. Andrew est plutôt bel homme, des cheveux poivre et sel et de grands yeux bleus. Rachel avait raison, Rosie lui ressemble beaucoup. Et si on lui enlève tous ses tatouages, Blake aussi, d'une certaine manière.

– Et moi, Violet. Merci de m'accueillir chez vous.

– Ne me remercie pas, c'est normal. Tu es bien installée dans le bureau ?

– Oui, c'est parfait.

À son visage, je vois bien que quelque chose le tracasse.

– À la base, tu devais dormir dans une vraie chambre… sauf qu'il y a eu un problème. Mais ne t'inquiète pas, je suis sûr que tu pourras la récupérer d'ici quelques jours.

Je devine sans difficulté qu'il veut parler de Blake. À sa place, je n'aimerais vraiment pas que mon père me voie comme un « problème » mais sans doute que ça doit être mérité.

– Je ne m'inquiète pas.

– Tu viens déjeuner avec nous ? Rachel a fait des *fish and chips*.

Ah, le moment que je redoutais tant est enfin arrivé. J'ai souvent entendu dire que les plats typiquement anglais étaient immangeables pour nous, étrangers, mais en me fiant à son appellation et à son odeur de friture qui embaume toute la maison, je pressens que ce mystérieux « fish and chips » est loin d'être le plus mauvais de tous.

– Avec plaisir.

Pendant tout le repas, Rachel et Andrew me questionnent sur ma vie à Riverside. Ça me met un peu mal à l'aise au début, mais je comprends vite qu'Andrew est simplement curieux, et Rachel, nostalgique. Je leur parle de mes parents, de mon lycée, de l'accident au sein de mon équipe de cheerleading sans révéler toutefois la cause de ma chute, et je suis bien contente que l'autre sauvage ne soit pas à table avec nous pour m'écouter. Et c'est à ce moment précis que Blake choisit de sortir de sa tanière pour aller dans la cuisine.

Il semblerait que j'aie parlé trop vite.

– Ça n'a pas été trop dur de quitter la Californie ? me demande Andrew en me resservant à boire.

– Euh non. Pas tant que ça.

Je parle doucement pour que Blake ne m'entende pas. Mais en le regardant du coin de l'œil, je vois qu'il est occupé à se préparer un sandwich et qu'il ne s'intéresse nullement à notre conversation.

– C'est étonnant pour une fille de ton âge. Franchement, bravo ! Moi à 18 ans, je n'aurais jamais eu le courage de quitter mon pays. Tes amis ne te manquent pas trop ?

– Un peu, mais je les reverrai dans six mois.

C'est faux. À part mes parents, personne d'autre ne m'attend à mon retour. Avant Aaron, j'avais des tonnes d'amis, j'étais même ce qu'on appelle communément « une fille populaire ». Et puis, lentement, sans que je m'en rende vraiment compte, Aaron m'a éloignée de tout le monde et j'ai fini par me retrouver seule. Betty était la dernière personne à être encore là pour moi jusqu'à ce que je la défigure. Mais Andrew et Rachel n'ont pas besoin de savoir tout ça. Je préfère leur faire croire que je suis une adolescente saine et bien entourée, pour qu'ils ne me trouvent pas trop bizarre.

– Je ne doute pas que tu te feras plein d'amis ici, dit Rachel en enfournant une cuillère de petits pois dans la bouche de Rosie, qui grimace.

Je ne vois pas trop comment je pourrais rencontrer des gens étant donné que mon boulot consiste à rester enfermée avec sa fille, mais je ne la contredis pas. Qui sait, peut-être que dans quelques mois, je trouverai un moyen d'entrer en communication avec les poupées en porcelaine à l'étage.

– Moi non plus, commente Andrew. Tu verras, tout est fait pour les jeunes ! À quinze minutes en métro, tu as Camden Town, Brixt…

Il s'interrompt en voyant son fils traverser le salon et remonter l'escalier avec son sandwich à la main.

– La prochaine fois, ce serait bien que tu nous fasses l'honneur de ta présence !

– Quel intérêt ? marmonne-t-il en mordant dedans. Je n'apprécie personne autour de cette table.

– Si c'est pour te montrer aussi exécrable, tu sais ce qu'il te reste à faire !

Pour seule réponse, il a droit à un beau claquement de porte, qui ne manque pas de faire sursauter Rosie. Le visage d'Andrew prend la même teinte que la bouteille de ketchup posée sur la table, et Rachel, sentant la panique croissante de sa fille, la rassure d'un geste doux de la main sur sa joue rebondie.

– Il est… s'agace Andrew.

– Sois indulgent avec lui, le coupe Rachel sans cesser de caresser Rosie, dont les coins de la bouche continuent de s'étirer vers le bas.

Sentant que je ne devrais sans doute pas assister à la suite de cette conversation, je me lève pour débarrasser la table, mais Rachel m'en empêche.

– Je le ferai, Violet. Est-ce que tu peux aller coucher Rosie, s'il te plaît ?

– D'accord.

En sortant la petite de sa chaise haute pour la prendre dans mes bras, j'en profite également pour lui faire un énorme câlin et, au moment de quitter la pièce, j'entends Rachel chuchoter :

– Tu sais bien qu'il n'y est pour rien.

– Mais contrairement à ce qu'il pense, je n'y suis pour rien non plus, lui répond amèrement Andrew. Moi aussi, j'en ai souffert, mais j'ai choisi d'avancer. Ça fait trois ans maintenant, tu te rends compte ? Trois ans.

Le son de leurs voix commence à décliner à mesure que je m'éloigne.

– Il a besoin de plus de temps, chéri. C'est tout à fait normal.

– Je ne crois pas qu'il arrêtera un jour de m'en vouloir.

Arrivée en haut de l'escalier, je n'entends plus rien. Je couche Rosie comme Rachel me l'a demandé et, avant de m'enfermer dans le bureau, je reste quelques secondes devant la chambre qui m'avait été initialement assignée. Du peu qu'il m'ait été donné de voir, Blake s'acharne à faire en sorte que tout le monde le trouve détestable.

Mais ne porterait-il pas un masque, tout comme moi ?

4

Violet

En début de soirée, je suis installée sur le canapé d'angle avec Rachel, qui m'explique mon planning de la semaine. Pour faire simple, je travaille tous les jours sauf les samedis et dimanches. Et comme les horaires de Rachel sont relativement flexibles, je devrai m'occuper de Rosie de dix heures trente jusqu'à dix-sept heures. Sans oublier d'aider de temps en temps aux tâches ménagères, comme passer l'aspirateur ou débarrasser le lave-vaisselle.

– Et tiens, c'est pour cette semaine, poursuit Rachel en me tendant de l'argent.

Je la remercie et prends les billets sans oser les compter devant elle. À vue d'œil, je dirais qu'il y a cent livres. Alors que je les range dans la poche de mon sweat-shirt, Blake se met à dévaler l'escalier en faisant autant de bruit qu'un troupeau d'éléphants. Il a troqué son tee-shirt noir de tout à l'heure contre un blanc, ce qui fait ressortir ses multiples tatouages. Et comme il est transparent, je remarque qu'il en a aussi dans le dos. Lorsque Blake se trouve au niveau de la porte d'entrée, Andrew lève les yeux de son journal. Je crois qu'il va bondir hors de son fauteuil pour l'empêcher de poser un pied dehors, mais il reste confortablement assis.

– Tu sors ? lui demande-t-il simplement, les sourcils froncés.

Après un gros soupir, Blake lâche la poignée de la porte et se tourne vers nous.

– À ton avis ?

Le sarcasme est clairement perceptible dans sa voix.

– Tu as l'intention de rentrer tard ?

– Oui ! Je peux y aller maintenant, m'sieur l'agent ?

Ce garçon n'a décidément aucune patience. Deux questions et il est déjà sur la défensive.

– Pas tout de suite. Tu vas à Camden Town ?

– Merde, c'est quoi, cet interrogatoire… C'est nouveau ?

D'un geste agacé, il se passe les mains dans ses cheveux en pétard.

– Après ça, je ne t'embête plus.

– Ouais ! répond-il en laissant retomber ses bras le long de son corps.

De là, Andrew esquisse un sourire satisfait en posant les yeux sur moi.

– Dans ce cas, tu emmènes Violet. J'aimerais que tu lui fasses visiter ce quartier, elle va l'adorer. Bonne soirée à vous deux, conclut-il en se replongeant dans la lecture de son journal, comme pour nous empêcher de répliquer.

Sans nous concerter, nous nous exclamons en chœur :

– *Quoi ?*

Blake se sent dans l'obligation d'en rajouter une couche, tandis que je reste là, sonnée, complètement abasourdie par l'idée saugrenue d'Andrew.

– C'est mort ! Je suis ni sa nounou ni son putain de guide touristique ! Si tu veux absolument qu'elle visite ce quartier, tu n'as qu'à t'y coller toi-même.

Pour une fois, je suis d'accord avec lui.

– De toute façon, je n'y tiens vraiment pas, complété-je. Je préfère rester ici pour me reposer.

– Tu vois ! Elle n'a même pas envie de venir. Alors, inutile de la forcer.

Rachel lui lance un regard sévère avant de se rapprocher de moi pour murmurer :

– Tu as tout le temps pour te reposer, ma belle, je te rappelle que tu ne commences le travail qu'à partir de dix heures trente. Puis, tu es aussi là pour profiter de la ville, non ? Ce serait dommage qu'en six mois tu ne voies que l'aéroport et cette maison.

– Ça ne me dérange pas.

Si je suis venue ici, c'est avant tout pour me ressourcer. Pas pour suivre Monsieur Désagréable dans des endroits inconnus, donc potentiellement dangereux. Je suis presque sûre qu'il serait capable de se débarrasser de moi à la première occasion.

– Et si je te disais que cette petite escapade en ville fait aussi partie de ton travail ?

– Je répondrais que c'est totalement injuste, soufflé-je.

J'espère l'attendrir avec un air de chiot abattu, mais il semblerait que ça n'ait aucun effet sur elle.

– Tu n'as aucune inquiétude à avoir. Si la soirée se passe mal, tu nous passes un coup de fil et on viendra directement te chercher.

En me basant sur les rares échanges que j'ai eus avec Blake, je peux d'ores et déjà prévoir que ça va mal se passer. Néanmoins, je suis rassurée de savoir que je peux compter sur Rachel et Andrew en cas de pépin. Même si, quelque part, ce sont eux qui me poussent vers ce traquenard. J'aimerais encore insister pour rester cloîtrée dans mon bureau mais, en même temps, je ne voudrais pas qu'ils pensent que je ne suis pas intéressée à l'idée de découvrir leur ville. Je finis par pousser un long soupir avant d'accepter, ce qui ne semble pas plaire à Blake.

– Et moi, personne ne me demande mon avis ?

Rachel soupire de lassitude.

– On le connaît déjà tous, ton avis.

– Oui et c'est non ! Je suis le larbin de personne, et encore moins de la boni…

– Bien, intervient son père. Alors, tu ne verras aucun inconvénient à ce que je reprenne tes deux cents livres ?

Face à ce chantage, tout le corps de Blake se raidit, ses deux poings sont fermement serrés. Après avoir longuement dévisagé son père, ses yeux de saphir se posent sur moi. Il me regarde comme Drago Malfoy regarderait Harry Potter, comme le Joker regarderait Batman. Nul doute qu'il me considère comme son ennemie jurée. Je parie même qu'il est en train de me maudire sur neuf générations pour avoir accepté de sortir.

– Fait chier ! lâche-t-il soudain d'un ton rageur. Tu as deux minutes pour te préparer, alors dépêche-toi. Je ne t'attendrai pas.

À contrecœur, je me lève pour monter à l'étage. J'enfile des bottines à lacets, même si ces dernières ne vont pas du tout avec le reste de ma tenue, mais je ne suis pas là pour plaire à l'autre crétin antipathique qui m'attend en bas – ou pas. Ça fait déjà deux minutes que je suis dans le bureau ; peut-être a-t-il déjà mis ses menaces à exécution en mettant les voiles ? Entre nous soit dit, ça m'arrangerait. Lorsque je passe devant le miroir, je vois qu'une mèche blonde s'échappe de ma queue-de-cheval haute. Je me sens obligée de la plaquer avec mes doigts. Le cheerleading m'a créé ce tic, on nous apprend à être parfaite, irréprochable en toutes circonstances. Au passage, je remets un peu de fond de teint pour m'assurer que ma cicatrice sera bien cachée toute la soirée.

En descendant, je comprends vite que ma prière n'a pas été exaucée. Blake est toujours devant la porte, les yeux rivés sur son téléphone. Lorsqu'il les relève, c'est pour me toiser, m'analyser de haut en bas.

– Sérieusement, là ?

– Quoi ?

Il continue à m'examiner avec dédain et je comprends alors que c'est ma tenue qu'il passe au crible. J'ignorais qu'il était styliste à ses heures perdues.

– Tu restes avec cette dégaine ?

– Absolument, réponds-je d'un ton faussement assuré.

Il hausse les épaules sans me répondre et ouvre la porte pour sortir. Même silencieux, je le trouve toujours aussi désagréable. Je le suis en restant quelques mètres derrière. Mais quand je le vois avancer vers une voiture et saisir la portière côté conducteur pour s'y engouffrer, je m'immobilise sur le trottoir.

– Putain, ce que t'es lente ! hurle-t-il en faisant descendre sa vitre. Tu viens ou tu préfères rester plantée là toute la nuit ?

– On ne prend pas le métro ?

– Pourquoi j'irais m'emmerder à prendre le métro alors que j'ai une super bagnole ? Arrête de faire chier ton monde et ramène-toi.

Comme pour vouloir couper court à la conversation, il remonte la vitre. Prenant une grande inspiration, je fais le tour du véhicule et, au moment d'ouvrir la portière côté passager, je change d'avis et prends place à l'arrière. Il m'a demandé – *enfin, ordonné est un terme plus exact* – de monter à bord de sa voiture mais il n'a pas précisé où. Alors que j'attache ma ceinture, Blake se tourne vers moi pour me dévisager d'un air ahuri.

– Tu fais quoi ?

– Je suis là. Tu peux démarrer.

Son regard sur moi se fait encore plus insistant, comme si j'étais une énigme à moi seule.

– T'es vraiment trop bizarre.

Sur ces doux mots, il se replace correctement dans son siège pour commencer à faire sa manœuvre. Une fois engagé sur la route, il allume la radio, dont il monte le volume à fond, message peu subtil pour me faire comprendre de garder le silence.

Comme si j'avais envie de le briser.

Je consulte l'écran de mon téléphone, il est presque vingt et une heures. Je me donne une heure avec lui, si je ne craque pas avant. Pour visiter un quartier, ce sera largement suffisant. Et si à vingt-deux heures, Blake n'est pas décidé à me ramener à Mayfair, j'appellerai Rachel. Je tourne la tête pour regarder le paysage défiler, c'est vraiment différent de Riverside. Ici, il n'y a aucun coucher de soleil flamboyant, pas de montagne rocailleuse à l'horizon ou de larges trottoirs agrémentés de hauts palmiers. Le ciel londonien est nuageux, les pavés sont constellés de gouttelettes de pluie tombées plus tôt dans la journée et toutes les rues se ressemblent parfaitement. Quand on a vu un quartier, on les a tous vus. C'est du moins l'impression qui se dégage de cette ville. Je me demande ce que Camden Town peut avoir de si exceptionnel.

– Tu aurais pu t'installer à l'avant, tu sais, ironise soudain Blake en me lançant un coup d'œil dans le rétro. Je n'aurais pas essayé de te violer.

Avec la musique, je ne l'entends pas clairement, mais il y a un mot qui parvient à se frayer un chemin jusqu'à mes oreilles. Un mot qui me fait l'effet d'un coup de fusil dans le ventre. Ma poitrine se serre, je détourne le regard vers la vitre.

– Allô, tu m'entends ?

– Pas vraiment, maugréé-je en désignant le poste de radio.

– Tu n'as qu'à lire sur mes lèvres.

Il me sourit sournoisement dans le rétro et je me surprends à appliquer ce qu'il me dit de faire. Sauf que ce n'est pas pour m'essayer à la lecture labiale, mais pour le détailler, *lui* – son cou couvert d'une immense rose traversée d'une épée, la courbe de sa mâchoire aux bords tranchants, ses lèvres pleines à l'arc de Cupidon bien défini, son nez parfaitement droit. Progressant plus haut, j'observe ses prunelles d'un bleu limpide, concentrées sur la route, lorsqu'il me lance un nouveau coup d'œil. Je baisse la tête vers mes genoux, franchement gênée qu'il m'ait surprise en train de le zieuter. Cette fois, il baisse sa musique.

– Je peux te poser une question ?

Une étincelle d'amusement passe dans ses yeux. Ma conscience me suggère de lui dire non, mais ma fichue curiosité l'emporte.

– Vas-y.

– Pourquoi tu te tiens toujours loin de moi, comme si tu avais peur que je te saute dessus ? Si ça peut te rassurer, les p'tites bourges dans ton style ne m'intéressent pas.

Toujours écouter sa conscience.

Après mes seins inexistants, c'est au tour de mon style d'en prendre un coup. Que va-t-il critiquer, ensuite ? C'est dingue, je le connais seulement depuis vingt-quatre heures, mais les réflexions à mon sujet vont bon train. À croire que les mots gentils lui coûtent une fortune.

– Tu ne me fais pas peur, articulé-je en martelant mes mots.

Et c'est en partie vrai. Après avoir côtoyé le diable, on ne peut s'empêcher de trouver tous les autres démons insipides. C'est d'ailleurs le seul avantage que je retire de ma relation avec Aaron. Puis, avec Blake, au moins, je sais à quoi m'attendre. Pas de sourire charmeur déguisé. Pas de belle parole pour mieux m'anéantir par la suite. Il me déteste, je le déteste, et tout est plus clair ainsi. Cependant, à peine ai-je fini de parler que je regrette déjà ce que j'ai dit. Il tourne brusquement le volant pour s'écarter de la route et il écrase la pédale de frein. Seule la ceinture de sécurité m'empêche de percuter le siège devant moi. Tandis que j'essaie de reprendre mon souffle, Blake se tourne vers moi, sourire aux lèvres. Je le regarde durement.

– Ah ouais ? Prouve-le en venant t'asseoir à côté de moi.

Il a les yeux brillants, tel un gamin joueur qui lancerait un défi. Pour lui, je sais que c'en est un, mais je n'entrerai pas dans son jeu malsain. J'ai tout juste le temps de voir son sourire s'élargir avant de regarder une nouvelle fois par la vitre.

– C'est bien ce que je pensais, lâche-t-il en retrouvant son air méprisant.

Je continue de fixer un point imaginaire sur la devanture d'une épicerie, jusqu'à ce que j'entende sa portière claquer, me faisant sursauter.

– Allez, sors de là. On est arrivés.

Sourcils froncés, je regarde Blake rejoindre le trottoir avant de m'aventurer à l'extérieur. Alors c'est ça, le fameux Camden Town ? Quand j'imaginais ce quartier, je m'attendais à voir des passants pressés, des cafés animés, des bars bondés, enfin de la vie, quoi ! Mais il n'y a rien d'autre qu'une rue déserte et des maisons à perte de vue. Quelle déception ! À moins que… on ne soit pas du tout à Camden Town et que Blake n'ait décidé de m'emmener ailleurs ? C'est possible. Déjà parce que je n'ai aucun sens de l'orientation et, en plus, il ne doit rien y avoir de plus facile que de duper une étrangère dans une ville aussi vaste que Londres. Maintenant que ce doute s'est insinué dans mon esprit, je ne peux plus penser à autre chose.

– Où sommes-nous ? demandé-je en le rattrapant.

– Ouh là, fais attention ! s'exclame-t-il en s'éloignant de quelques pas. Et tes distances ? Tu m'as frôlé l'épaule !

Il se moque ouvertement de moi en prenant un air effrayé.

– On ne devait pas aller à Camden Town ?

– Parce que tu as vraiment cru que j'étais un garçon sage et obéissant qui dit tout le temps à son papa chéri où il va ? demande-t-il, amusé, sans se douter à quel point cette révélation m'irrite. Si tu veux aller à Camden Town, vas-y. C'est à cinq minutes en métro.

Je n'en reviens pas de m'être fait avoir comme ça. Intérieurement, je peste contre moi-même d'avoir accepté de le suivre, mais je dois arrêter. Dans cette situation, râler ne me sera d'aucune aide. Le résultat, c'est que je suis bloquée avec Blake. Je pourrais très bien utiliser le métro comme il me l'a suggéré, mais j'ai la trouille. Le prendre seule en journée, c'est surmontable, mais maintenant que la nuit est tombée, je suis terrifiée. Je n'ai plus qu'à appeler Rachel à la rescousse… ou découvrir où va Blake. Étrangement, je me sens davantage attirée par cette seconde option.

– Et tu comptais m'emmener où, au juste ?

Il avance à grands pas, comme pour vouloir me semer.

– Au début, nulle part, puisque je te rappelle que c'est toi qui as tapé l'incruste ! Moi, je vais à une soirée. Toi, ce serait cool que tu foutes le camp à Camden Town. Même s'il semblerait que mon père ait oublié de te dire que c'est le quartier préféré des tatoués. Et ils sont bien plus effrayants que moi, ajoute-t-il avec un petit rire. Punk, goth, emo… Putain, j'aurais tellement aimé voir ta gueule en débarquant là-bas ! Mais bon, tu m'excuseras, j'ai mieux à faire.

C'est trop ! Chaque fois que j'essaie de me montrer sympa avec lui, il en profite pour me casser. Et là, c'est la goutte d'eau qui fait déborder le vase. Mes nerfs explosent comme de la dynamite.

– Tu sais quoi, ce sera toujours mieux que d'être avec toi ! Moi, je prends cette direction, lâché-je en bifurquant dans une autre rue. On se revoit chez ton père. Salut.

Sans réfléchir, je pique un sprint vers la bouche de métro la plus proche. Bien sûr, je n'ai pas l'intention de le prendre, mais j'aimerais lui faire croire le contraire. Et dès que je serai hors de sa vue, j'appellerai Rachel pour qu'elle vienne me chercher. Lorsque je ralentis l'allure, je suis surprise d'entendre Blake derrière moi.

– Ça va, fais pas ta susceptible ! Je disais ça pour déconner !

Il semble essoufflé.

– Est-ce que tu pourrais t'arrêter deux se…

Je le sens arriver et essayer de me choper le poignet. J'anticipe son geste et fourre mes mains dans les poches de mon sweat-shirt avant de lui faire face. Obéissant au même instinct de protection, je recule vivement de quelques pas. Blake lève la main en signe d'apaisement.

– Désolé de casser ton délire, mais je ne vais pas pouvoir te laisser vadrouiller seule dans Londres. T'es sous ma responsabilité, tu comprends ? Alors, arrête de faire ton emmerdeuse et suis-moi.

– Tu m'as demandé de foutre le camp.

– Tu n'es pas sensible à l'humour.

Pas au sien, en tout cas.

– Mon père me tuerait s'il t'arrivait le moindre truc, reprend-il plus sérieusement. Ou pire, il me chasserait de chez lui. Et comme j'en ai fini avec l'école, je tiens à conserver ma chambre. Tu captes ?

Ce que je comprends surtout, c'est qu'il ne m'a pas rattrapée parce qu'il a bon cœur. Mais vu le personnage, je ne suis pas vraiment surprise.

– Tu vas à une soirée étudiante ?

– Ouais. Tu verras, tout le monde est sympa.

Ça, j'en doute fortement. S'ils sont tous comme lui, je préfère me tirer une balle dans les deux pieds plutôt que d'y aller.

– Je vais appeler Rachel pour qu'elle vienne me récupérer.

En voyant son regard se durcir et ses mâchoires se contracter, je devine qu'il n'approuve pas mon idée.

– Pour qu'elle aille cafter à mon père qu'au lieu de t'emmener à Camden Town, je suis allé à une soirée ? Pas question ! Tu viens avec moi et tu vas tellement t'éclater là-bas que tu ne leur diras rien non plus. Tu vas voir, ces fêtes sont toujours bondées de nanas comme toi, tu t'entendras forcément avec l'une d'entre elles. Je parie même que tu me supplieras de t'emmener à la prochaine. Mais t'inquiète, personne n'en saura rien. Ce sera notre petit secret.

Je n'ai aucune envie de partager un secret avec Blake, surtout si celui-ci implique une soirée. La dernière en date, c'était avec Aaron. Et ça a été une nuit cauchemardesque.

– Non, lâché-je, catégorique.

– Quoi, non ?

Décidément, il a du mal à intégrer la définition de ce mot.

– Non, je ne viendrai pas avec toi.

Je tourne les talons et commence à m'éloigner. Au moment de sortir mon téléphone pour composer le numéro de Rachel, je laisse échapper un cri de protestation en sentant Blake me l'arracher des mains. D'un bond, je me tourne vers lui et le foudroie d'un regard empli de colère. Fidèle à lui-même, il agite sous mon nez mon téléphone portable avant de le cacher dans son dos.

– Rends-le-moi.

Ses fossettes me narguent, me défiant de venir le chercher, mais je ne peux pas.

Et ça, il l'a très bien compris.

– Maintenant, tu n'as plus le choix. Tu dois me suivre.

Mon téléphone a beau être protégé d'une empreinte digitale et d'un code à quatre chiffres, je ne suis pas à l'aise à l'idée de le laisser en sa possession. Imaginons que je reçoive un message de ma mère qui citerait Aaron ? Il s'afficherait alors sur l'écran et je doute que Blake parvienne à réfréner sa curiosité. Je dois le récupérer à tout prix !

– Ça va, c'est d'accord ! m'exclamé-je, vaincue. Je veux

bien venir avec toi, mais à condition que tu me rendes mon téléphone.

Blake s'avance d'un pas et, veillant à ne pas trop s'approcher de moi, il tend son bras pour me le donner. Je le reprends d'un geste brusque.

– Tu vois, quand tu veux, répond-il, un sourire triomphant aux lèvres.

Il repart dans la direction inverse en sifflotant. Et je le suis, de la même façon qu'un prisonnier va vers son lieu d'exécution.

5

Violet

– Voilà, on y est, m'annonce fièrement Blake en s'arrêtant devant une longue bâtisse plongée dans la pénombre.

S'il n'y avait pas un peu de musique qui s'en échappait, je croirais qu'elle est vide. Comme un gamin surexcité, Blake se précipite vers la porte d'entrée pour sonner, les yeux baissés vers l'écran de son téléphone. Les soirées sont pour l'instant la seule chose qui l'enthousiasme et qui ne le rende pas de mauvaise humeur. Je me tiens derrière lui, espérant que personne ne vienne lui ouvrir, mais évidemment rien ne se passe jamais comme je le voudrais. La porte fait un bruit d'enfer en s'ouvrant et un garçon apparaît sur le seuil. Contrairement à Blake, il n'a aucun tatouage – du moins visible, ce qui me rassure. Au milieu des ronds laissés par ses lunettes, ses yeux noirs à peine bridés lui confèrent un air chaleureux, presque sympathique. Il donne une brève accolade à Blake, qui s'empresse de lui demander :

– Salut, Travis. Y a du monde ce soir ?

– Comme toujours ! lui répond le dénommé Travis avant de me regarder. Dis-moi, c'est qui, ce canon que tu nous as ramené ?

– C'est…

– Je suis Violet, le coupé-je avant que Blake ne me présente comme sa femme de ménage. La famille de Blake m'a engagée comme jeune fille au pair.

– Ravi de faire ta connaissance, Violet. Tu ne serais pas américaine par hasard ?

Avec mon accent, il est facile de deviner d'où je viens.

– Oui, californienne, précisé-je en souriant.

Il a l'air impressionné.

– La grande classe ! Viens par là que je te fasse un câlin, dit-il en m'attrapant par la main pour m'attirer vers lui. C'est bien comme ça qu'on se salue chez toi, hein ?

Blake avance le bras, comme pour l'en empêcher.

– Fais pas ça, elle ne supporte pas qu'on la touche…

Mais il se tait presque aussitôt, voyant que je me laisse faire. Je ris tandis que Travis me donne une brève tape dans le dos avant de me relâcher. En risquant un coup d'œil vers Blake, je m'aperçois qu'il me dévisage avec une expression complètement déconcertée. Pendant ce court laps de temps où il me fixe, j'ai même l'impression qu'il a l'air blessé. Puis, ses yeux redeviennent aussi froids qu'un lac gelé.

J'ai probablement dû rêver.

Après avoir refermé la porte, Travis passe son bras autour des épaules de Blake et l'entraîne dans le salon rempli de monde et de packs de bières. Le sol en est littéralement recouvert. J'aimerais ne pas avoir à les suivre comme un petit chien, mais comme je ne connais personne, je n'ai pas vraiment le choix. À cause de la musique, beaucoup trop forte, et des corps dégoulinants de sueur qui sautent, dansent et se meuvent en tous sens, j'ai l'impression d'être dans un sauna. Il fait tellement chaud qu'avec mon sweat-shirt, je risque le malaise. À cet instant, je regrette de ne pas avoir laissé mon crop top en dessous.

– Em' va piquer une crise en la voyant ! s'exclame soudain Travis en me pointant du doigt.

– En voyant qui ? Violet ? rétorque Blake, vomissant presque mon nom. Elle n'est rien de plus que la boniche de mon père, que je dois me trimballer comme un boulet toute la soirée.

Travis me lance un regard gêné, ne se doutant pas que j'ai eu droit à des remarques comme celles-ci dès mon arrivée. Je ronge mon frein en silence tandis que nous entrons dans ce qui me semble être la cuisine. Avec toutes ces bouteilles empilées un peu partout dans la pièce, le plan de travail et l'évier sont difficilement discernables. Travis sert un verre à Blake, qui le boit d'une traite et il en prépare un deuxième, bien chargé en tequila et triple sec, qu'il me tend ensuite. C'est ce que je craignais. Ça fait trois semaines que je n'ai pas bu une seule goutte d'alcool, le chemin vers la guérison a été long et pénible. Et je n'ai pas traversé tous ces moments difficiles pour céder à une soirée à laquelle j'ai été forcée d'aller. Alors que je refuse poliment, je suis coupée par une voix féminine, fluette et haut perchée :

– Bébé ! s'écrie une rousse avant de s'écraser contre le torse de Blake. Tu en as mis du temps ! Qu'est-ce que tu faisais ?

Comment l'a-t-elle appelé ? *Bébé ?* La rouquine n'attend pas la réponse de son « bébé » et plaque ses lèvres carmin sur celles de Blake, m'apportant alors la confirmation qu'ils sortent ensemble. Je reste bête quelques secondes, me remémorant sa proposition de partager son lit. Non seulement il est odieux, mais en plus il est infidèle. On dirait bien qu'il accumule les défauts ! Après un long baiser langoureux, d'où résonnent des bruits de succion absolument répugnants, la rousse reprend son souffle et finit par croiser mon regard.

– C'est qui, elle ?

– Em', voici Violet. Elle est venue avec Blake. Et Violet, voici la petite amie de Blake, Emily, énonce Travis en nous présentant l'une à l'autre.

Ses sourcils roux se froncent durement. Elle redresse les épaules et gonfle sa poitrine opulente, si fort qu'elle me fait penser à un bison prêt à me foncer dessus. Bon, un bison affublé d'une robe, de chaussures et d'accessoires Gucci, mais mieux vaut rester sur ses gardes. C'est presque comme si je voyais de la fumée sortir de son nez et des cornes lui pousser sur la tête.

Soudain, une pensée ironique me traverse l'esprit : lorsque nous étions encore dans sa voiture, Blake m'a dit ne pas être intéressé par – je cite – « les p'tites bourges dans mon style ». Or, plus bourgeoise que sa copine, il n'y a pas.

– Comment ça, tu es venu avec elle ? demande-t-elle en levant la tête vers le tatoué.

Blake hausse les épaules d'un air désinvolte, et avant qu'il n'ouvre la bouche, je le devance :

– Je suis au pair chez la famille de Blake. Ils m'ont engagée pour m'occuper de sa sœur.

– Demi-sœur, me corrige Blake d'un ton grinçant.

– Elle est californienne ! lui souligne Travis, comme s'il s'agissait là d'une information capitale. C'est trop stylé.

Emily a l'air bien moins passionnée par les États-Unis que Travis. Elle me toise de la tête aux pieds avant de m'adresser un petit sourire froid.

– Ah d'accord. Tu n'es ni plus ni moins que la femme de ménage, quoi. Pas besoin de te la jouer star avec des mots savants.

Blake pouffe. Le proverbe « qui se ressemble s'assemble » n'a jamais eu autant de sens qu'à ce jour. Avec toute la rage qui bouillonne en moi, je suis sûre que je pourrais les pulvériser tous les deux. Je devrais me calmer, pourtant. Je devrais me rappeler qu'en venant ici, je me suis fixée comme règle de ne pas me faire d'ennemis et de ne surtout pas me faire remarquer. Mais cette fois, c'est plus fort que moi, je l'enfreins.

– Il n'y a rien de savant là-dedans. Quand on est un minimum cultivé, ajouté-je à travers mes dents serrées.

Avec la musique, je crois qu'elle ne m'a pas entendue ou bien elle fait simplement la sourde oreille, car elle se fiche royalement de ce que je dis. Je penche plutôt pour la deuxième option. Elle doit me voir comme celle qui s'amuse à changer les couches de la demi-sœur de son petit ami. Point barre. Maintenant qu'elle sait que je ne représente aucune menace pour son couple, elle ne se fatigue plus à me parler.

La rousse se hisse sur la pointe de ses talons aiguilles pour chuchoter quelque chose à l'oreille de Blake. Ça doit être hilarant car je les entends glousser tous les deux avant de disparaître dans la foule. Me voilà seule au monde, à présent. Travis m'a déjà abandonnée en allant rejoindre un groupe d'amis, mais j'en aurais fait tout autant à sa place. Il n'allait pas rester avec une fille qu'il connaît depuis cinq minutes à peine.

Comme je ne sais pas quoi faire, je m'assieds dans le premier fauteuil libre que je trouve. Enfoncée dans le dossier, j'observe les allées et venues des gens avec une curiosité lasse. Si je dois attendre que Blake daigne me ramener à la maison, l'ennui risque d'être mortel. Je ne peux même pas tuer le temps avec mon téléphone car il ne me reste plus que dix pour cent de batterie. Au bout d'un moment, après avoir examiné le salon en long, en large et en travers, je me force à regarder les étudiants qui m'entourent avec ce regard vide et humide. Ce sont les mêmes gens qui dansent et crient à en perdre haleine, la même ambiance insouciante, les mêmes musiques populaires étourdissantes. Il n'y a rien de différent avec les house-parties de Riverside. Malgré mes efforts pour repousser mes souvenirs, je me revois inéluctablement à une soirée comme celle-ci, un mois et demi plus tôt. L'esprit embrumé par l'alcool, je cherchais Aaron partout dans la maison où nous étions, avant de le trouver finalement dans une chambre à l'étage, sur le point d'embrasser une autre fille. Je me rappelle avoir ressenti une rage terrible de le voir me traiter avec si peu de respect. Mais comme toujours, je me suis laissé distraire par son baratin. Je l'ai laissé me manipuler, faire de moi ce que je suis devenue aujourd'hui. Je revois cette fille quitter la chambre, me laissant alors seule avec lui.

Si seulement elle n'était pas partie.

Je sens encore ses lèvres humides sur ma peau, remontant de ma gorge le long de ma mâchoire, pour venir trouver ma bouche. Au début, je lui rendais ses baisers parce que je pensais en avoir envie, moi aussi. Puis tout s'est dégradé lorsqu'il a soulevé ma jupe et qu'il s'est positionné sur moi. Je lui ai demandé d'arrêter. Il m'a ignorée. Je lui ai crié « non ». Il a entendu « encore ». Je me revois, allongée sur ce lit, étouffée par son poids, par sa main étrangleuse enserrant mon cou, les yeux clos, à compter les secondes jusqu'à ce que le cauchemar prenne fin. Cinq cent quarante secondes – neuf minutes. Une fois ce temps écoulé, j'étais de nouveau libre, oui, mais dans quel état ?

J'étais en pièces.

Il a suffi de cinq cent quarante secondes pour que ma vie bascule à tout jamais. Je revois tous ces inconnus que j'ai croisés en quittant cette fête, mais aucun d'entre eux ne savait, ne voyait qu'une partie de moi m'avait été brutalement arrachée. Ce n'est qu'une fois arrivée chez moi que j'ai vu les fines traînées de sang qui coulaient le long de mes jambes jusqu'à mes Converse blanches. Mais je n'avais plus mal. Nulle part. J'étais comme une poupée sans vie, anesthésiée et dénuée de sensibilité. Vide, tout simplement.

Longtemps, j'ai essayé de me persuader que les viols au sein du couple n'existaient pas, et pourtant, je l'ai bel et bien vécu : j'ai été salie. Humiliée. Utilisée.

Mais qui m'aurait crue ?

J'étouffe. J'ai besoin de respirer de l'air frais et vite. Sans perdre une seconde, je me lève et bouscule tout le monde pour atteindre la sortie. Mes yeux s'emplissent de larmes, je suis en sueur et mon sang bat si fort dans mes oreilles que mes tympans semblent perforés. Mes crises d'angoisse reviennent à la charge. Je me dirige vers un muret dans le fond du jardin. Avant de m'effondrer, je m'assieds dessus, me serrant la tête entre mes mains, tentant de recadrer mes pensées, et je souffle. Je répète l'opération trois fois et dès que je sens l'ouragan passer, je me force à me remettre debout.

– Hey, toi, là-bas ! Ça va ?

Je jette un coup d'œil paniqué vers l'entrée de la maison d'où vient la voix. La lumière du porche éclaire en partie une fille assise sur le perron, tenant une cigarette à la main. Je profite d'être dans l'obscurité pour m'essuyer les yeux, et tandis que j'avance vers elle, je placarde mon habituel sourire de façade sur mes lèvres.

– Oui, merci. J'avais juste besoin de prendre l'air.

Je remarque tout de suite la couleur inhabituelle de ses cheveux nattés, argentée.

– Je comprends. Je suis la seule qui se donne la peine de sortir pour ne pas intoxiquer les autres, répond-elle en tirant une latte. Il ne me semble pas t'avoir déjà vue en soirée… ou à l'école.

Ses yeux noirs alourdis par de longs faux cils me détaillent avec curiosité, comme intriguée.

– C'est normal, je ne suis pas d'ici. J'accompagne juste quelqu'un.

– Tu viens d'où ?

– Californie, dis-je, un peu lassée de devoir toujours me répéter.

Sa bouche transpercée d'un anneau doré forme un « oh » choqué.

– Sérieux ? Alors, permets-moi de reformuler ma question : qu'est-ce que tu viens faire à Londres en plein été ? À ta place, je serais restée au soleil !

La vérité, c'est que je serais prête à aller construire des igloos au pôle Nord, si c'était là ma seule solution pour m'éloigner d'Aaron.

– Quand on a vécu dix-huit ans au même endroit, on a envie de voir autre chose.

– Ouais, j'imagine, acquiesce-t-elle, pensive. Mais qu'est-ce que tu fais ici ?

Je sens qu'elle attend que je lui dévoile mon nom.

– Violet, achevé-je en souriant. Je travaille pour une amie de ma mère en gardant son bébé.

– Oh, je vois ! Tu es au pair. Moi, c'est Amber. Enchantée de faire ta connaissance, Violet.

Enfin quelqu'un qui ne me réduit pas au statut de « femme de ménage ».

– Enchantée de faire ta connaissance aussi, bien que l'endroit soit carrément glauque.

À part le faible halo de lumière qui éclaire le dessus de nos têtes, tout est sombre autour de nous.

– N'aie pas peur, je suis là, me rassure-t-elle en riant. Du coup, t'es venue avec qui ?

Après un quart de seconde d'hésitation, je lui réponds :

– Blake. En fait, c'est pour sa famille que je bosse.

– Blake ? répète-t-elle, hébétée. Blake Wood ?

Je hoche la tête en poussant un long soupir.

– Alors là, chérie, je ne sais pas si je dois te plaindre ou t'envier, reprend-elle en finissant sa cigarette d'une seule bouffée.

Le choix m'a pourtant l'air simple.

– Si tu avais déjà discuté avec lui, tu le saurais. Crois-moi.

– J'ai déjà discuté avec lui ! rétorque-t-elle, indignée. Enfin, un peu… En fait, c'est surtout sa petite amie que je connais.

– Emily ?

Amber a l'air étonnée que je connaisse son nom.

– Tu l'as déjà vue ? C'était ma meilleure amie pendant toute la période du lycée. Mais cette année, avec l'école et tout le reste, on s'est éloignées.

– Pour quelle raison ?

– Tu dis l'avoir rencontrée, hein ? (J'approuve d'un signe de tête.) Eh bien, le fait que c'est une vraie garce ne t'a sans doute pas échappé. Elle a toujours été plus ou moins comme ça, à se taper tous les mecs de notre lycée, et à écraser les autres pour se sentir exister. Moi comprise, ajoute-t-elle avec amertume. Mais j'ai fini par ouvrir les yeux sur elle et notre prétendue amitié.

Cette Emily l'a fait souffrir, à en juger par le ton triste de sa voix.

– Ça fait combien de temps qu'elle sort avec Blake ?

J'ignore pourquoi je pose cette question, la réponse m'importe peu.

– Six mois ! C'est sa plus longue relation. À ce stade, on peut même parler d'un exploit. C'est l'amour fou entre eux, au sens propre du terme, dit-elle, au comble de l'exaspération. Tu vois le schéma ? Dispute, réconciliation, dispute et encore dispute, et oh ! réconciliation.

– Oui, je vois.

Je me demande qui de Blake ou d'Emily est le plus toxique. Sans doute qu'ils doivent l'être un peu tous les deux, à leur façon.

– D'ailleurs, Emily n'a pas pété un câble quand elle a appris que tu logeais chez son petit ami adoré ?

– Non, du tout. Pourquoi ?

– Regarde-toi ! s'exclame-t-elle, comme si c'était l'évidence même. La réponse crève les yeux, tu es canon. Je serais prête à parier qu'avec ce sweat-shirt, tu as fait plus sensation que la plupart des filles à moitié à poil à l'intérieur.

Je lâche un rire gêné.

– C'est pas le cas.

Elle lève brièvement les yeux au ciel.

– Bien sûr, j'aurais dû m'en douter. Le syndrome de la nana splendide qui n'a pas conscience de sa beauté, un classique, dit-elle à voix très basse, comme si elle se parlait à elle-même. Suis-moi, je vais te prouver que je ne dis pas de balivernes.

D'un bond, elle se lève et avant même que je n'aie pu réagir, elle me saisit par le poignet. Alors que nous traversons le salon à petits pas, Amber se penche pour me murmurer à l'oreille :

– Là, juste devant toi, le beau mâle qui essaie de se la jouer discret en te jetant des regards furtifs. Tu le vois ? (Puis elle me fait légèrement pivoter sur la droite.) Sans parler de lui qui ne se gêne pas pour te lorgner de la tête aux pieds. Et il y en a encore un autre là-bas ! Quelle surprise. Alors, qui avait raison ? Tu as pas mal de prises. Et des belles, en plus.

Non, en fait, c'est plutôt l'inverse. J'ai l'impression d'être un vulgaire bout de viande jeté dans les profondeurs de l'océan. Une sorte d'appât pour des requins affamés. Avant de croiser la route d'Aaron, je jouais sans cesse de mes charmes. Je me sentais forte et puissante, j'avais besoin d'attirer tous les regards – et plus particulièrement ceux des hommes. Ma rencontre avec Aaron a tout changé.

À commencer par mon estime de moi.

– Aucun d'eux ne me plaît.

Je ne les ai même pas regardés.

– Et ce n'est pas moi qui vais te blâmer pour ça ! Tu es sûrement trop bien pour les imbéciles de mon école, de toute façon. Mais, un conseil, ne doute jamais de ton sex-appeal, me lance-t-elle avec un clin d'œil. On va se chercher un verre ? Il y a mes amis là-bas, je peux te les présenter.

– C'est gentil, mais je pense que je vais rentrer.

Il est déjà vingt-trois heures trente et je voudrais me reposer un peu avant d'attaquer ma semaine de travail. Mais il y a autre chose, c'est vrai. Mon manque de sommeil n'est pas la seule raison de mon départ précipité. Amber a l'air très sympa, mais je ne veux pas me faire d'amis. Elle me poserait forcément un tas de questions personnelles auxquelles je n'aurais pas envie de répondre – fatalement, je devrais lui mentir pour garder mes secrets bien au chaud. Alors en toute objectivité, il n'y a aucun intérêt que je me rapproche d'elle ou de ses amis. Je me sens cruelle à l'instant même où cette pensée me vient en tête, mais c'est la triste vérité.

Amber a l'air déçue, mais elle n'insiste pas.

– Tu as quelqu'un pour te ramener ?

– Blake… Je suppose.

Elle a une moue crispée.

– Si j'étais toi, je ne compterais pas trop sur lui. Je l'ai rarement vu partir avant quatre heures du matin.

Et moi, je dis qu'il est hors de question qu'il me fasse poireauter aussi longtemps.

– Je vais aller lui parler, dis-je, soudain déterminée.

– D'accord. J'espère te revoir bientôt, Violet.

Tout en m'éloignant, je lui fais un signe de la main et retourne dans la cuisine avec l'espoir d'y trouver Blake. Mais évidemment, il n'y a aucune trace du tatoué et de la rouquine. Ce serait trop facile, sinon. Heureusement, je repère, juché sur un tabouret devant le comptoir, Travis, qui semble être extrêmement sollicité pour préparer des cocktails. Je me précipite vers lui en me frayant un chemin à travers cette marée humaine.

– Excuse-moi, tu sais où est Blake ?

Trop occupé à couper des citrons verts, il pointe simplement son index vers le haut. Sans prendre le temps de le remercier, je fonce vers l'escalier, puis monte les marches deux par deux, le regard braqué sur l'une des portes à l'étage. Il y a une forte probabilité pour que lui et son aimable petite amie soient occupés, mais je m'en contrebalance ! Je ne vais quand même pas rester plantée là toute la nuit, attendant que Monsieur finisse d'assouvir ses pulsions. D'abord il me ramène et seulement ensuite il sera libre de faire ce qu'il veut. J'ai déjà fait preuve de beaucoup de patience à son égard, de bien plus qu'il n'en mérite. Quelque chose siffle sur mon chemin. Je m'arrête net. Au moment de me tourner, je vois un mec qui me sourit. Ses yeux bruns m'observent, comme un ivrogne louchant sur une bouteille de Jack Daniel's. Un frisson me parcourt l'échine tant le sourire de ce type est malsain. Je force mes jambes tremblantes à poursuivre ma course.

Arrivée à l'étage, je jette un coup d'œil anxieux en contrebas pour vérifier que le mec ne me suit pas. À mon grand soulagement, il n'est plus là. Tout mon corps se détend. En me postant devant une porte, j'hésite un long moment avant de toquer. Ça me gêne de devoir les déranger mais, en même temps, aucune autre possibilité ne s'offre à moi. Vu l'heure tardive, je me vois mal appeler Rachel. Et je n'ai pas tellement envie de dépenser une fortune dans un taxi. Bien que je sois réticente à l'admettre, Blake est mon seul recours – rentable – pour rentrer à Mayfair.

Je frappe deux coups secs à la porte, histoire de ne pas me laisser le temps de changer d'avis. Pas de réponse. Je frappe plus fort, mais le résultat n'est pas plus concluant. Avec la musique, je n'arrive pas à entendre s'il y a du mouvement à l'intérieur. À vrai dire, je ne suis même pas sûre que ce soit la bonne chambre. Dans un élan d'adrénaline et de ras-le-bol intense, j'ouvre la porte d'un geste brusque et regrette presque immédiatement mon culot.

6

Violet

Je vais mettre des mois, que dis-je, des années, avant de pouvoir effacer cette vision répugnante de ma tête. Blake est assis en tailleur sur le lit avec pour seul vêtement ses tatouages, tandis qu'Emily est sur lui, seins à l'air libre et jambes serrées autour de la taille du brun à la manière d'un koala qui s'agrippe à son eucalyptus. Bien que le drap cache leurs parties intimes, tout est explicite, bien trop explicite. La gêne me fait monter le rouge aux joues ; elle est si intense que je pourrais m'enflammer sur place.

La rousse frôle l'arrêt cardiaque en me voyant, alors que de mon côté, je frôle une brûlure de la rétine. Je m'apprête à poser la main sur la poignée métallique de la porte pour la refermer quand la voix criarde d'Emily retentit :

– Merde, mais qu'est-ce qu'elle fait là ? hurle-t-elle en attrapant le drap pour recouvrir sa nudité. Dis à ta bonne de foutre le camp !

À l'écoute du surnom dégradant dont elle vient de m'affubler, je me ravise et décide de laisser la porte grande ouverte. Si d'autres personnes pouvaient passer à ce moment-là pour profiter du spectacle, ce serait jubilatoire. Mais elle a de la chance, le couloir est désert. Alors que je continue d'espérer voir quelqu'un monter à l'étage, je croise le regard furieux de Blake. Ses yeux bleus perçants, trop intenses, ressemblent à deux rayons laser, prêts à m'exterminer. Je ferais mieux de ne pas le provoquer, sous peine de voir sa colère prendre trop d'ampleur et Blake refuser de me raccompagner. Je ferme vite la porte en effaçant le début de sourire qui étirait mes lèvres, puis j'attends dans le couloir.

Après quelques minutes d'agitation et de cris provenant de la chambre, la porte s'ouvre de nouveau, cette fois brusquement. Blake n'est vêtu que d'un jean gris foncé et, au lieu d'affronter son regard bleu glacial, je laisse le mien s'égarer sur son torse sculpté, ses abdominaux à peine tracés et ce V qui disparaît plus bas. Il a un seul tatouage, près du cœur, ce que je trouve curieux puisqu'il en a partout sur les bras, le cou et le dos. J'observe celui-ci en forme d'ailes de papillon, plus sophistiqué, plus délicat lorsque la voix grave de Blake m'arrache soudainement à ma contemplation.

– J'espère que tu es là pour une bonne raison.

– J'ai besoin de toi pour me ramener, dis-je très vite.

Bras croisés sur le torse, il me considère d'un air renfrogné.

– Ça, tu vois, c'est pas assez solide pour justifier ton voyeurisme.

– J'ai toqué plusieurs fois ! m'exclamé-je, indignée qu'il puisse me prêter une telle intention.

– Expédie-la ! s'impatiente Emily derrière lui.

Blake ferme les yeux en soupirant. Quand il les rouvre, j'ai l'impression qu'il s'attendait à ce que je me sois volatilisée. Ses mâchoires se contractent et ses larges prunelles azurées me fixent, menaçantes.

– Démerde-toi pour rentrer par tes propres moyens. Tu n'es pas une enfant, à ce que je sache.

Tiens, tiens. Pour m'emmener à sa satanée soirée, j'étais sous sa responsabilité, mais maintenant qu'il a retrouvé sa petite amie, il se moque complètement de ma sécurité.

– Sauf erreur de ma part (mon ton vire à l'ironie), c'est toi qui m'as obligée à venir ici. Il serait donc logique que tu me ramènes aussi.

– Ouais et je le ferai, mais plus tard ! En attendant, va boire, va danser, va t'envoyer en l'air avec quelqu'un, n'importe qui, au lieu d'épier les autres en train de baiser. Avec un peu de chance, tu seras moins frustrée, ajoute-t-il plus bas, mais assez fort pour que je l'entende. Bref, fais ce que tu veux, mais moi, tu m'oublies pendant quelques heures.

Je fais appel à tout mon self-control pour retenir le flot d'insultes qui me monte aux lèvres. Ça s'annonce délicat, mais si je veux obtenir quelque chose de lui, je dois me forcer à rester calme.

– Écoute, ce que je te propose, c'est que tu me reconduises jusqu'à Mayfair, et une fois que tu m'auras déposée, tu reviendras ici pour profiter de ta soirée aussi tard que tu le souhaites. Je ne te demande pas de rentrer avec moi, simplement de me ramener. C'est l'histoire d'un aller-retour…

– Un aller-retour de trente minutes ! me coupe-t-il, agacé. Et au cas où tu ne l'aurais pas remarqué, je suis assez occupé. Alors, salut !

Sans même me laisser le temps de répliquer quoi que ce soit, il me claque la porte au nez. Je pousse un grognement exaspéré et tente de comprendre ce qui m'a pris de penser que je pouvais compter sur lui. J'ai du mal à faire redescendre la pression. Blake a le don de mettre mes pauvres nerfs à rude épreuve en seulement quelques secondes. Et maintenant, par sa faute, je vais devoir payer un taxi hors de prix pour rentrer à Mayfair.

Je redescends, dépitée, et au moment de sortir mon téléphone pour chercher le numéro d'un taxi, je m'aperçois qu'il ne s'allume plus. Ma batterie est à plat. Il ne manquait plus que ça, tiens ! Ce soir, la chance n'est définitivement pas de mon côté. Je commence à me triturer le cerveau pour essayer de trouver un autre moyen de rentrer, et de préférence sans risquer ma peau, mais les idées me manquent. Je dois me résigner à attendre Blake, aussi pénible soit-il. D'autant que je suis prête à parier qu'il ne va pas se gêner pour me faire poireauter jusqu'à l'aube. Et rien que d'y penser, je suis déjà au bout du rouleau. Alors que j'hésite à retourner dehors ou à rester assise dans un fauteuil en mode plante verte, la tignasse argentée d'Amber apparaît comme venue de nulle part dans mon champ de vision.

– Tu t'en vas ?

– J'aimerais bien, mais tu avais raison au sujet de Blake.

Il n'est pas décidé à me ramener maintenant.

Elle semble réfléchir un bref instant avant de me répondre.

– Moi, je peux le faire.

– Quoi ? demandé-je, pas sûre d'avoir bien entendu. Vraiment ?

– Oui, vraiment, affirme-t-elle. Je n'allais pas tarder à rentrer de toute façon.

– Merci ! m'exclamé-je, soulagée d'un grand poids. Tu me sauves la vie !

– N'exagérons rien, mais je suis contente de pouvoir te rendre service.

Non, elle ne se rend pas compte du calvaire que j'endurais. Là, elle m'épargne de longues heures mortelles d'attente et d'ennui. Elle me fait signe de la suivre, je m'exécute sans me faire prier et nous quittons le vacarme de la maison pour retrouver la rue silencieuse. Après quelques minutes de marche, Amber manque de heurter un réverbère car elle a la tête plongée dans son sac. Elle l'évite de justesse et s'arrête.

– C'est ma voiture, m'informe-t-elle en désignant une Opel Corsa rouge piment. Faut juste que je retrouve ces fichues clés…

Elle pousse un profond soupir puis, sous mes yeux ébahis, elle s'accroupit pour déverser le contenu de son sac sur le trottoir. Avec un sourire triomphant, elle extrait ses clés de tout son fouillis avant de remettre le tout en vrac dans son sac.

– C'est bon, on peut y aller !

Amber ouvre la portière du conducteur et se glisse au volant tandis que je m'installe à côté d'elle.

– Je te dépose où ?

– 220 Mount Street, à Mayfair, la renseigné-je en posant ma tête contre la vitre. C'est sur ton chemin au moins ? Parce que sinon, je peux te payer.

En plongeant une main dans la poche de mon sweat-shirt, je suis soulagée de sentir mes billets froissés entre mes doigts. Mais Amber n'a pas l'air de s'en faire pour son essence, car elle balaie ma proposition d'un geste flou de la main en entrant l'adresse sur son GPS.

– Mais non, t'inquiète ! Bon sang, je n'arrive toujours pas à croire que tu vives chez Blake Wood.

– C'est si incroyable que ça ? demandé-je, blasée.

– Un peu, admet-elle en démarrant. Ce mec a du succès, même Emily a fait des pieds et des mains avant d'attirer son attention.

– Nous, les filles, on n'est qu'une bande d'idiotes qui s'intéressent uniquement aux mauvais garçons.

Oups, j'aurais sans doute dû garder cette réflexion pour moi.

Amber quitte la route quelques secondes des yeux pour me jeter un coup d'œil perplexe et, avant qu'elle ne me pose des questions sur ma vie sentimentale, je m'empresse d'ajouter :

– Je connais Blake depuis seulement hier, mais il m'a l'air vraiment con. Et imbu de lui-même.

– Tu n'as pas tout à fait tort, approuve-t-elle en tapotant son volant de ses longs doigts manucurés. Mais j'ai entendu dire que sa mère s'était suicidée. (Après une demi-seconde de silence, elle secoue énergiquement la tête en s'exclamant :) Ah non, je dis n'importe quoi ! En fait, elle est morte dans un accident de la route. Ou c'était peut-être un cancer ? Merde, je ne sais plus.

J'ai envie de lui répondre que toutes ces causes sont diamétralement différentes, mais elle a l'air de ne vraiment plus s'en souvenir. Quoi qu'il en soit, même si j'ignore de quelle façon sa mère est décédée, cette découverte éclaire pas mal de zones d'ombre sur le mystère que représente Blake. Maintenant, je comprends mieux sa haine envers sa belle-famille, et plus encore envers son père. Mais au risque de me faire traiter de sans-cœur, ce n'est pas suffisant pour déclencher ma pitié. Blake est un abruti fini, ce n'est pas parce que sa mère n'est plus de ce monde que mon opinion sur lui va changer.

– Je n'étais pas au courant, dis-je simplement.

– J'imagine que ce n'est pas le genre d'info qu'on place facilement dans une discussion…

Oui et je suis sûrement la dernière personne à qui Blake viendrait se confier. J'en viens naturellement à m'interroger sur Amber : est-elle proche de lui ? Tout à l'heure, elle m'a affirmé le contraire, mais je ne vois pas comment elle pourrait savoir quelque chose d'aussi personnel à son sujet.

– Blake t'en a déjà parlé ?

Dans la voiture, il fait très sombre, toutefois, je la vois ouvrir de grands yeux choqués.

– Non, pas du tout ! La seule fois où on a échangé quelques phrases, c'était en cours de droit commercial. Et il voulait juste m'emprunter mon chargeur. C'est Emily qui me l'a dit en début d'année scolaire, peu de temps avant que ça clashe entre nous. Dis-toi qu'elle ne s'est mise en couple avec Blake qu'à partir du mois de janvier, mais elle savait déjà plein de choses sur lui, une vraie psychopathe ! Elle était convaincue qu'il cachait des tas de secrets. Je n'invente rien, ce sont ses propres mots. Ce mec, c'était devenu son obsession numéro un. À l'époque, elle s'était renseignée sur ses hobbies, son plat préféré et même sur sa situation familiale. D'ailleurs, c'est à ce moment-là qu'elle a appris qu'il avait perdu sa mère trois ans avant. J'imagine que maintenant, elle doit connaître toute sa vie depuis le premier jour de sa naissance.

La conversation que j'ai surprise entre Rachel et Andrew me revient brusquement en tête. Je me demandais ce qu'il avait bien pu se passer il y a trois ans ; aujourd'hui, j'ai ma réponse. Un nouveau mystère de résolu dans la famille Wood.

Merci, Amber.

– Flippant, commenté-je.

– Tellement. Et encore, Em' a fait des choses bien plus tordues, chuchote-t-elle, comme se parlant à elle-même.

Je pense qu'elle fait allusion à certaines crasses que la rousse a dû lui faire. Mais comme je ne veux pas raviver de douloureux souvenirs, je ne lui pose aucune autre question. Je regarde la route qui défile, faiblement éclairée par quelques lampadaires. Mon esprit se met à divaguer et je pense inévitablement à Betty. Amber lui ressemble beaucoup, elle a la même joie de vivre, le même humour que ma meilleure amie. Ou devrais-je plutôt dire, ex-meilleure amie. Si les ruptures amoureuses vous arrachent le cœur, les ruptures amicales, elles, ne se contentent pas de vous l'arracher. Elles le piétinent sous vos yeux jusqu'à le réduire en miettes. Mais ce serait mentir de dire que je ne l'ai pas cherché. Betty ne m'a pas tourné le dos sans raison. Aaron a tout fait pour m'éloigner d'elle et, même s'il est vrai que j'étais sous son emprise, j'aurais pu faire preuve d'un peu plus de résistance. Parfois, j'aimerais avoir le courage de l'appeler pour m'excuser de tout le mal que je lui ai fait. Je voudrais lui demander pardon d'avoir fait semblant d'être malade pour ne pas aller à sa fête d'anniversaire et ainsi pouvoir me rendre à une autre soirée avec Aaron.

Mais vu le déroulement de cette dernière, j'imagine que j'ai été sévèrement punie.

Pardon de l'avoir laissée de côté, de lui avoir cassé le nez et de ne même pas être venue lui rendre visite à l'hôpital. Pardon de l'avoir autant évitée dans les couloirs du lycée. Comme une idiote, j'ai laissé Aaron faire de moi la pire des amies. Et voilà où j'en suis aujourd'hui : seule, forcée de m'exiler à Londres, soit à environ neuf mille kilomètres de chez moi, le cœur noyé par les regrets.

– Et toi alors ? reprend-elle, mettant fin à ma rêverie. Raconte-m'en plus, ça doit être trop excitant de vivre sous le soleil de la Californie !

Je commence à paniquer sur mon siège, mais je suis instantanément soulagée de voir que nous arrivons devant la maison des Wood. Amber se gare et je lâche d'un ton neutre, tout en détachant ma ceinture :

– Non, au contraire, ma vie n'a rien de passionnant. En tout cas, merci de m'avoir ramenée, je ne sais pas comment j'aurais fait sans toi. À la prochaine !

J'ouvre la portière, m'extirpe de la voiture, et à peine

ai-je fait quelques pas que j'entends Amber m'interpeller.

– Violet ! Attends ! (Elle sort de la voiture à son tour et accourt vers moi.) Si tu ne me donnes pas ton numéro, on va avoir du mal à se revoir.

Elle glousse et je ris aussi, mais nerveusement. Lui filer mon numéro de téléphone revient à garder contact avec elle et c'est justement ce que je voulais éviter. Mais avec ce qu'elle vient de faire pour moi, je n'ai pas d'autre choix que de le lui donner.

– Exact.

Elle dégaine son portable plus vite qu'un flic son arme. Après l'avoir déverrouillé, elle me le tend pour que j'entre mes coordonnées et je m'exécute. Une fois que j'ai tapé tous les chiffres, je le lui rends.

– Parfait, dit-elle avec un sourire satisfait. Je t'enverrai un message pour que tu aies aussi le mien. On essaie de se revoir vite ?

– Euh oui, bafouillé-je.

– Alors à plus ! s'exclame-t-elle en s'éloignant vers sa voiture. Et bonne nuit !

– Merci, toi aussi.

J'entends la portière claquer et le moteur vrombir au moment où j'approche de la porte d'entrée. Aussi discrète qu'une souris, j'insère la clé dans le trou de la serrure et j'entre en refermant doucement la porte derrière moi. À pas feutrés, je grimpe l'escalier et rejoins le bureau avant de réaliser que je ne peux pas y faire ma toilette.

Il doit y avoir plusieurs salles de bains dans cette maison, mais pour l'instant, je n'en connais qu'une : celle de Blake. Même si je n'ai aucune envie de m'aventurer une fois encore sur son territoire, je dois impérativement me rafraîchir. Puis, après tout, il n'est pas là. Il n'en saura rien. Après avoir pris ma trousse de toilette dans l'une de mes valises, je file dans sa chambre. Je me lave le visage, me brosse les dents à toute vitesse et saute dans la douche. Comme je crains de voir Blake débarquer d'une seconde à l'autre, je la prends en deux minutes chrono. Une fois propre, je me sèche tout aussi rapidement et j'enfile un pyjama avant de retourner dans le bureau, ni vue ni connue. Au moment de me glisser sous le drap, je prends conscience de mon niveau de fatigue. Je n'ai pas le temps de compter jusqu'à trois que je m'écroule sur l'oreiller.

***

En deux jours, c'est la soixante et onzième fois qu'Aaron m'appelle. Rien qu'à l'idée d'entendre le son de sa voix, j'ai des haut-le-cœur. J'ai mis quarante-huit heures avant de poser un mot sur ce qu'il m'avait fait.

Viol.

J'ai essayé de le chasser de ma mémoire à coups de siestes interminables et de longues douches froides, durant lesquelles je frottais mon corps comme une forcenée, jusqu'à me faire saigner, mais les souvenirs sont tenaces. Peu importe le nombre de douches que je prends, mon corps porte toujours la trace de cette nuit. Et mon cerveau me le répète sans cesse, même dans mes rêves les plus sombres.

Viol. Viol.

C'est comme un mauvais refrain dont on peine à se débarrasser. Ce mot tambourine dans ma tête, jour et nuit, parfois si fort que je le sens cogner sur les parois de mon âme fissurée. Je ne comprends pas comment cela a pu m'arriver à moi. Dès mon plus jeune âge, mes parents m'ont appris à faire attention. J'ai toujours gardé les yeux ouverts. Quand je voyais un mec louche dans la rue, je changeais de trottoir. Je n'ai jamais fait d'auto-stop, je ne me suis jamais rendue dans des endroits lugubres, je n'ai jamais pris les transports en commun après vingt-deux heures. Pourquoi ne nous apprend-on pas à nous méfier des personnes les plus proches de nous? Ce n'est pas un homme croisé malencontreusement dans un métro qui m'a blessée, mais celui qui était censé me décrocher la lune.

Et après cette nuit, j'ai pris conscience de tous les autres dommages collatéraux qu'Aaron m'avait infligés. Tout m'est revenu, comme une claque. Il ne m'a pas brisée en une nuit, mais en neuf mois. Naïve que j'étais, je trouvais ça mignon, un mec possessif et jaloux... jusqu'à ce qu'il finisse par tout contrôler. Mes tenues, mes fréquentations, mes activités, mes sorties, et même mes propres humeurs. Mon portable continue de sonner. Je ne veux pas lui répondre, mais si je continue à l'ignorer, je sais qu'il n'hésitera pas à se pointer chez moi. Et si je peux choisir, je préfère largement l'affronter au téléphone plutôt qu'en face. Après une longue, très longue inspiration, je décroche.

– C'est pas trop tôt ! Qu'est-ce qui te prend, Vi ? Je n'ai pas arrêté de t'appeler !

Mes jambes tremblent. Je m'assieds au bord de mon lit avant de m'effondrer.

– J'étais malade.

Ma voix sonne étrangement à mes oreilles, aussi faible et assourdie qu'un murmure.

– Et ? Ça ne te dispense pas de répondre à mes appels.

Sa voix à lui est dure, presque agressive. Je ne peux pas voir son visage, mais je devine aisément ses traits déchirés par la colère et la frustration.

– Alors tu ne te doutes vraiment de rien, lâché-je dans un souffle.

C'était à prévoir, bien sûr, mais une infime partie de moi pensait qu'il s'excuserait. La vérité, c'est qu'il n'a pas la moindre idée de ce qu'il m'a fait. J'ai l'impression de chuter du vingtième étage. De brûler vive. De me noyer dans mes sanglots étouffés. Pour lui, c'était une soirée comme une autre, et rien qu'à cette constatation, je crève de douleur.

– De quoi tu parles ? aboie-t-il. Merde, ne me dis pas que tu es encore furieuse à cause de cette fille ? C'est elle qui m'a coincé dans la chambre, je te l'ai déjà dit. Avant que tu débarques, j'étais sur le point de la dégager.

Ce n'est que maintenant que je me rends compte à quel point son explication est débile. Je me demande même comment j'ai pu y croire. Mais c'est fini, je n'écouterai plus son blabla habituel. Je ne le laisserai plus me bander les yeux; ses manipulations n'auront plus aucun effet sur moi.

– Je pensais qu'après cette partie de jambes en l'air, c'était une affaire oubliée, reprend-il, un sourire dans la voix. Hein, Vi? Ça ne t'a pas empêchée de me sauter dessus.

Je sens mon estomac se nouer. Ainsi que des picotements dans les tripes et des brûlures insoutenables dans tout le corps. Le chagrin n'en finit pas de monter… inlassablement et continuellement. Et de manière irréversible, comme un volcan endormi depuis trop longtemps, je finis par exploser.

– Tu m'as violée, Aaron! (Un bruyant sanglot s'échappe de ma gorge.) Cette nuit-là, tu m'as violée.

Je hoquette, renifle et cherche l'air, mais il ne vient pas à mes poumons. Un lourd silence s'étire dans le combiné avant que la voix rauque et détachée d'Aaron ne reprenne:

– Qu'est-ce que tu racontes? Comment j'aurais pu te « violer » alors qu'on est en couple? On a couché ensemble, comme toutes les autres fois. Tu as encore forcé sur l'alcool pour débloquer comme ça ou quoi?

Je secoue la tête, bien qu'il ne puisse pas me voir.

– Non, ce n'était pas comme les autres fois. Je ne voulais pas. Et tu m'as forcée.

– Pour une fois que tu n'en avais pas envie.

Il ricane. C'est très léger, mais je l'entends clairement. Je reste interdite quelques secondes, quelques longues secondes pendant lesquelles je fixe un point invisible sur le mur de ma chambre. Je suis incapable de dire quoi que ce soit; même mes larmes ne coulent plus. Elles semblent s'être arrêtées net sur mes joues. Je suis en état de choc. De toutes les réactions que je m'étais imaginées, celle-ci sort tout droit de mes pires cauchemars.

– Tu peux arrêter ? C'est ridicule. Je t'aime et je ne te ferai jamais aucun mal, Vi. Tu devrais pourtant le savoir.

Et pour la première fois depuis neuf mois, à la place de son « je t'aime et je ne te ferai jamais aucun mal, Vi », j'entends « je te tue et tu ne sens rien, pauvre idiote ».

– Je ne veux plus te voir, le coupé-je d'un ton soudain glacial. Tu m'entends ? Que ce soit devant chez moi, à mon lycée, à mes représentations ou même dans la rue. Je ne veux plus jamais te voir nulle part.

Le fait que je me montre aussi hargneuse envers lui est aussi une première. Au nouveau silence qui s'ensuit, je comprends qu'il est trop surpris pour me répondre, mais son mutisme ne dure qu'un court instant, car il finit par dire d'une voix calme et parfaitement maîtrisée :

– Ou sinon quoi ? Je pourrais détruire ta vie en claquant des doigts, tu sais. Tu veux vraiment que je te le prouve ? Parce que…

Je ne le laisse pas finir sa phrase et, d'un geste tremblant, je raccroche précipitamment. Je suis à la fois soulagée et terrifiée. Terrifiée à l'idée d'être de nouveau confrontée à lui sans pouvoir me cacher derrière mon téléphone cette fois, et soulagée d'avoir enfin eu le courage de le quitter. Mais voilà, j'aurai beau tout faire pour m'éloigner de lui, Aaron a quand même marqué mon âme au fer rouge. J'ignore s'il existe un moyen d'effacer un traumatisme long de neuf mois, ni même s'il est possible de s'en sortir. Indemne. Pour l'instant, je suis bloquée sous une eau trouble et agitée, à quarante mètres de profondeur, et tout ce que je peux espérer, c'est retrouver un jour le chemin vers la surface.

***

Encore une nouvelle nuit où je me réveille en sursaut et en nage, les draps jetés en tas sur le sol, et qu'affolée, je touche mon corps à l'aveugle pour m'assurer qu'Aaron n'est pas sur moi. Une nouvelle nuit d'angoisse, à ressasser toujours les mêmes instants, les mêmes mots et les mêmes questionnements. Je me demande si j'arriverai un jour à les expulser de mon esprit. La douche que j'ai prise tout à l'heure n'aura pas servi à grand-chose car je sue à grosses gouttes. Je suis dans le même état qu'après des heures entières de footing. En regardant l'heure sur mon téléphone, je vois qu'il est presque deux heures du matin. Peut-être que Blake est encore là-bas et que je peux utiliser sa salle de bains pour me passer un coup d'eau froide ?

Alors que j'hésite à me lever, j'entends des chuchotements étouffés et des gloussements dans le couloir. Il ne me faut pas longtemps pour reconnaître ces voix. Je ne pense pas qu'Andrew accepterait que son fils ramène sa petite amie à la maison en pleine nuit, mais Blake semble se foutre royalement des interdits que son père tente vainement de lui imposer. Tout de suite, je repense à ma découverte immonde dans l'armoire. Je suis prête à parier qu'Emily est la propriétaire de ce string fuchsia. En faisant ce lien, une grimace dégoûtée vient déformer mon visage. Avant d'essayer de me rendormir, je prends mon oreiller pour le poser sur mes oreilles au cas où des bruits suspects s'échapperaient de la chambre de Blake.

7

Violet

Le lendemain matin, lorsque je me réveille, j'ai les paupières gonflées et les cils collés, si bien que je mets un certain temps avant d'ouvrir les yeux. Je passe une main sur mes joues, elles sont inondées de larmes. Les cauchemars ne m'ont pas lâchée de la nuit. Je me tourne sur le côté pour attraper mon téléphone et panique en voyant l'heure : dix heures vingt et je suis censée être en bas pour m'occuper de Rosie dans dix minutes ! Après m'être essuyé les joues, je bondis hors du lit, m'habille en quatrième vitesse et passe les sept minutes restantes à me maquiller. Faute de temps, je renonce à l'idée de faire mon éternelle queue-de-cheval haute et laisse mes cheveux blonds voleter librement sur mes épaules. J'attrape mon déodorant, une pulvérisation sous l'aisselle droite, une autre sous la gauche, mince loupé – mes cheveux sentiront légèrement la rose musquée. Un coup de parfum, une couche de brillant à lèvres, ma cicatrice camouflée, et je peux enfin descendre.

Dans le salon, je trouve Rachel apprêtée jusqu'au bout des ongles, qui donne un biberon à Rosie sur le canapé. Avec son sac à main sur l'épaule, je comprends qu'elle est sur le point de partir. J'accours vers elle, gênée d'avoir fait ma lève-tard.

– Je vous ai mise en retard ? m'affolé-je. Je suis désolée, je n'ai pas pensé à mettre un réveil hier soir.

À ma grande surprise, elle lève vers moi un visage radieux.

– Mais non voyons, tu es pile à l'heure pour la garder !

Puis ne t'en fais pas, j'ai bien compris que tu avais besoin de récupérer de ton décalage horaire. (Elle me sourit avant de jeter un rapide coup d'œil à sa montre.) Par contre, là, je vais devoir filer.

Elle se lève et me confie Rosie, que je réajuste dans mes bras, puis je la regarde prendre ses clés de voiture. D'un pas pressé, elle se dirige vers la porte d'entrée en faisant claquer ses talons aiguilles sur le carrelage.

– Je serai de retour à dix-sept heures. En cas de problème, tu n'hésites surtout pas à m'appeler, dit-elle en me désignant son téléphone qui dépasse de son sac. Je t'ai laissé une nouvelle liste sur le comptoir de la cuisine.

J'acquiesce, et avant qu'elle n'ouvre la porte, je l'arrête :

– Au fait, je voulais vous demander une chose : maintenant que Blake a récupéré sa chambre, où est-ce que je peux me doucher ?

– Pourquoi ? Il ne veut pas te prêter sa salle de bains ?

À vrai dire, je ne lui ai pas posé la question. Et vu nos rapports, quelque peu tendus, je ne compte pas le faire.

– Euh bah, disons que…

Rachel semble douée en décryptage de charabia car elle hoche simplement la tête d'un air compréhensif. Au fond d'elle, je pense qu'elle a conscience que le fils de son mari est un idiot – pour rester polie – et qu'il est donc inutile d'aller le questionner à ce sujet. À tous les coups, il m'enverrait balader ou, pire encore, il me proposerait un autre de ses deals foireux.

– Tu peux prendre la nôtre, réplique-t-elle en abaissant la poignée. Notre chambre est au fond du couloir. Passe une bonne journée, Violet.

– Merci, vous aussi.

Après un dernier sourire, elle sort en refermant la porte derrière elle.

Quelques minutes plus tard, je place Rosie dans sa chaise haute avec son bavoir autour du cou et je m'installe face à elle pour lui donner sa compote à la framboise. À en juger par l'expression de son visage et ses diverses grimaces, elle n'aime pas trop ça. Je la goûte, c'est vrai qu'elle est un peu acide. Dans une dernière tentative, j'essaie la technique de l'avion, ce qui fonctionne pour quelques bouchées mais, au bout d'un moment, son attention est captée par quelque chose derrière moi. En jetant un bref regard par-dessus mon épaule, je vois Emily traverser la salle à manger en petite culotte et soutien-gorge.

Elle ne connaît pas les vêtements? Surtout qu'elle n'est même pas chez elle!

Réflexe purement féminin, je me sens obligée de nous comparer. Mon fessier est plus bombé que le sien, mes jambes plus fuselées, mes abdos plus visibles. Bon, le seul point où elle me bat à plate couture, c'est la poitrine. Agacée par ce détail ridicule, mais frustrant, je retourne à mes occupations en plongeant la cuillère dans la compote. Je ne prends pas la peine de lui parler. De toute façon, je sais qu'elle ne m'apprécie pas. Et je dois dire que c'est parfaitement réciproque. Je l'entends farfouiller dans les placards de la cuisine puis, à mon grand désespoir, elle revient sur ses pas pour me lancer d'une voix faussement surprise.

– Mince alors! Tu es là! Je ne t'avais pas vue.

À moins d'être bigleuse, je ne vois pas trop comment elle aurait pu me rater. Après avoir lâché un long soupir intérieur, je tourne la tête vers elle, sourire hypocrite aux lèvres.

– Eh oui, je suis là. J'habite ici, tu sais.

– Oui, je sais. Qu'est-ce que tu fais? demande-t-elle en s'avançant.

Je prépare un nouveau spectacle de claquettes, ça ne se voit pas?

Toutefois, je parviens à retenir mon sarcasme pour lui répondre.

– Je donne à manger à la petite.

– Elle est tellement mignonne! s'exclame-t-elle en lui tapotant le haut du crâne, comme si elle était en train de féliciter un chien.

– Tu ne l'avais jamais vue? m'étonné-je.

– Non, réplique-t-elle, gênée.

Je lève un sourcil, curieuse d'en savoir plus.

– Blake ne m'a jamais présentée à son père et à sa belle-mère. Pas parce que ce n'est pas sérieux entre nous, c'est très sérieux au contraire ! se hâte-t-elle de préciser. Mais comme tu as pu le remarquer, il n'est pas proche d'eux.

Donc, mes suppositions étaient bonnes. Il l'a fait bien venir en cachette.

– Je peux essayer de la nourrir ?

Ce n'est pas vraiment une question puisqu'elle s'empresse de m'arracher la compote et la cuillère des mains et d'enfourner une bouchée, sans délicatesse, dans la bouche de Rosie. La réaction du bébé est sans appel : elle hurle si fort que mes oreilles se mettent à siffler.

– Je te laisse prendre le relais, reprend la rousse, mal à l'aise.

Après me l'avoir bien énervée, merci.

Elle me rend tout avant de s'enfuir lâchement dans l'escalier. Je passe les minutes suivantes à essayer d'apaiser Rosie. Je la berce dans mes bras, puis dans sa poussette, je mets de la musique douce, j'agite ses jouets devant elle, mais tout cela ne fait qu'accentuer sa crise de larmes. Quand je commence à désespérer, au point de vouloir presque m'effondrer avec elle, elle se calme comme par miracle. Je m'assieds sur le canapé en la positionnant sur mes genoux et je pousse un soupir de soulagement. Il n'y a rien de plus agréable que le silence. Alors que je profite de cet instant de quiétude, un autre bruit, d'une tout autre nature, s'élève à l'étage. *Oh, non. Pas ça.* J'essaie tant bien que mal d'ignorer les gémissements embarrassants d'Emily, mais lorsqu'ils font place à des cris, mes nerfs lâchent. Cette garce sait très bien que je suis dans la maison, donc pourquoi s'amuse-t-elle à imiter une truie à l'agonie ?

– Ma puce, je suis au regret de te dire que ton demi-frère et ta belle-sœur sont deux gros porcs.

Rosie sourit et babille en se tripotant les cheveux, sans se douter une seconde de la scène effroyable qui est en train de se dérouler à quelques mètres de nous.

– Là, tu ne te rends pas compte de la chance que tu

as d'être un innocent bébé, je te jure! continué-je de me lamenter sous son sourire candide.

Puis, comme si ce n'était pas suffisant, le grincement régulier du lit vient s'ajouter aux hurlements. Ne supportant plus tout ce ramdam, je prends mes écouteurs, que j'avais laissés dans la poche arrière de mon jean, les branche à mon téléphone et lance une chanson au hasard. Je monte le son à fond et, dès les premières notes de « West Coast », je me sens plus détendue. En même temps, je pose Rosie dans son parc, au milieu d'une multitude de jouets, et je pars dans la cuisine pour prendre quelque chose à grignoter. En posant un pied dans la pièce, ma mâchoire manque de s'écraser au sol. Le plan de travail est sali de confiture, et tous les tiroirs sont ouverts. En seulement quelques minutes, Emily a mis une pagaille monstre. Ma paranoïa me reprend, je suis presque certaine qu'elle l'a fait exprès. Mais si elle attend que je nettoie son foutoir, elle peut toujours se brosser. Je me fais des tartines et me sers un jus d'orange, que je bois d'une traite, ignorant le beau bordel qui m'entoure et, lorsque je retourne dans le salon, Blake et Emily se tiennent près de la porte d'entrée. Je me fige un instant, puis, après avoir vérifié que Rosie joue bien avec ses Lego mous, je me rassieds sur le canapé, comme si de rien n'était, sans même retirer mes écouteurs. Plus question que je montre le moindre signe de politesse envers deux abrutis qui, depuis le début, ne font que me manquer de respect.

Je fais semblant de consulter l'écran de mon téléphone, résistant à l'envie de jeter un coup d'œil dans leur direction. Je tiens une minute... deux minutes... À la troisième minute, j'échoue lamentablement. Dès qu'Emily comprend que je m'intéresse à eux, elle saute aussitôt sur Blake pour l'embrasser à pleine bouche, tout en me regardant du coin de l'œil pour s'assurer que je n'en perds pas une miette. Ses ongles rouge vif, qui ressemblent plus à des griffes acérées, s'enfoncent dans les épaules du brun, comme pour vouloir marquer son territoire. Je saisis la teneur de son message: si je m'approche de lui, elle me fera la peau. Instantanément, je détourne le regard. Si elle savait à quel point je n'en ai rien à battre d'elle, de son mec et de tout le reste ! Malgré la musique assourdissante qui tambourine dans mes oreilles, j'entends la porte claquer. Emily est partie. En relevant la tête, je vois Blake qui me fait signe d'enlever mes écouteurs. Je n'en retire qu'un.

– Quoi ? aboyé-je.

– Sympa, l'accueil, dit-il, ironique. Tu t'es levée du mauvais pied ?

– Ta petite amie a foutu le bazar dans la cuisine. Ne compte pas sur moi pour nettoyer.

Pendant quelques instants, Blake semble surpris par le ton à la fois sec et las de ma voix.

– D'accord… Y a un truc qui va pas ?

C'est à mon tour d'être surprise. Je me demande même si je ne suis pas en train de rêver. Discrètement, je me pince le bras, mais je suis toujours enfoncée dans le canapé, avec Rosie qui babille plus loin, et les billes bleues de Blake qui me dévisagent avec une intensité déroutante. C'est la première fois qu'il fait preuve d'un peu de sympathie envers moi. Je suis troublée, si bien que je ne sais pas comment réagir. Mon instinct me dicte de rester méfiante, ce soudain élan de gentillesse doit forcément cacher quelque chose.

– La prochaine fois que tu fais venir Emily dans ta chambre, essaie de penser à ta demi-sœur.

Et à mes oreilles.

– Elle a à peine un an, répond-il avec un rire nerveux. Pas sûr qu'elle s'en souviendra. Mais pour notre défense, on ne savait pas que tu étais là. Em' m'a dit t'avoir vue quitter la maison avec Rosie, on pensait avoir un peu de temps devant nous avant que tu reviennes.

Je reste bouche bée l'espace d'une seconde, stupéfaite, et sans que je puisse la retenir, une bouffée de colère m'envahit. Le niveau de perversité de cette garce est encore plus élevé que je ne l'imaginais !

– Je n'ai pas bougé d'ici.

J'essaie de lui faire comprendre qu'elle ne s'est pas gênée

pour lui mentir, mais à part un bref haussement d'épaules, ma réponse ne lui provoque aucune autre réaction.

– Dans ce cas, elle a dû se gourer.

Je n'aurais jamais cru que Blake appartenait à la catégorie des mecs amoureux, stupides, et donc trop aveugles pour voir la réalité en face. Mais tant pis. S'il a envie de faire le canard, c'est son problème. Je ne me suis pas sortie d'une relation destructrice pour me mêler d'une autre.

– Sans doute, rétorqué-je froidement en me levant.

Je me baisse pour prendre Rosie dans mes bras, et alors que je commence à marcher vers l'escalier, Blake m'arrête d'une main sur mon bras. Mon cœur s'affole dangereusement. L'étonnante douceur avec laquelle il m'a retenue me perturbe tant que je ne pense pas à reculer tout de suite. Mes yeux s'enfoncent dans les siens et se noient dans le bleu profond de l'océan. Nous sommes si près que je sens son souffle caresser mes joues. Si près que je peux voir quelques taches de rousseur consteller l'arête de son nez, comme s'il avait été saupoudré d'un soupçon de cannelle. Pour une fois, il n'a pas l'air terrifiant.

– T'es sûre que ça va ?

Sa voix, un brin inquiète, me fait reprendre mes esprits. D'un geste brusque, je me libère de son emprise et impose une certaine distance entre nous. À la suite de quoi, je déclare, sèchement :

– Ça va.

Mon mouvement de recul le fait lourdement soupirer.

– Ah ouais, c'est vrai. J'ai oublié que j'avais la gale.

– Non, c'est pas ça.

– C'est quoi, alors ?

Où est passé le Blake d'hier ? Celui qui ne pouvait s'empêcher d'être imbuvable ? Qui ne cessait de me balancer des vacheries ? En faisant un pas en arrière, je me prends les pieds dans un câble. De justesse, je me rattrape à la rampe de l'escalier. Quel malheur si, dès ma première journée de travail, je tombais avec le bébé dans les bras ! Blake me regarde toujours, ma perte d'équilibre n'a pas dû lui échapper. Je suis désorientée par son changement de comportement radical. Mais je le suis encore plus par sa question et l'intérêt qui perce dans sa voix.

– Rien, bredouillé-je.

Au contraire, c'est tout.

Mais j'ai pris soin de fermer mon cœur à double tour. De cadenasser mes pensées. Je me suis fait une promesse à moi-même, celle de ne plus jamais me dévoiler à personne. Parce qu'un jour, j'ai fait confiance à quelqu'un au point de tout lui révéler à propos de moi. Et le jour d'après, il m'a détruite. Il m'a suffi d'une seconde d'égarement pour déposer mon cœur dans sa paume, pensant naïvement qu'il y ferait attention. Et la seconde d'après, il l'a écrabouillé sauvagement entre ses doigts. C'est ce qui arrive quand on ne se protège pas.

Sans attendre la réponse de Blake, je file à l'étage, comme une biche effrayée qui chercherait à semer un chasseur.

Aux alentours de seize heures, je suis dans le bureau, allongée sur le lit qui couine à chaque mouvement. Rosie fait sa sieste et, en attendant qu'elle se réveille, je m'octroie une pause bien méritée. Je n'ai pas recroisé Blake. Après notre semblant de conversation, je l'ai entendu remonter dans sa chambre, s'y enfermer et il n'en est pas sorti de la journée. Pour une raison qui m'échappe, je repense à sa bienveillance aussi soudaine qu'étrange, et j'ai beau essayer de comprendre, je ne sais toujours pas quelle mouche l'a piqué. Soit il souffre de sautes d'humeur, soit… c'est son père qui lui a demandé de s'adoucir avec moi sous menace de perdre sa précieuse chambre. Après réflexion, ce serait l'explication la plus logique. Mais bon, dans le fond, tout ça n'a que très peu d'importance. Je ne vais tout de même pas commencer à cogiter pour si peu. Surtout que je suis presque certaine que lui ne se prend pas autant la tête que moi.

Je me relève légèrement, appuyant mon dos contre le mur, et pose mon carnet sur mes genoux repliés. Ma mère avait craqué pour le bouquet de violettes peint sur la couverture et avait donc décidé de me l'acheter pour mon entrée au lycée. Un clin d'œil peu subtil à mon nom, d'ailleurs. Ça faisait des années qu'il pourrissait sous mon lit. Je n'avais jamais ressenti le besoin de coucher mes maux sur ce papier… jusqu'à ces six dernières semaines.

Je l'ouvre et griffonne les mots suivants : *coquille vide*.

Je me force chaque jour à décrire brièvement mon état d'esprit. Cela me permet ainsi de constater l'évolution de mon moral au fil du temps. Et clairement, il est en dents de scie. En faisant défiler les pages vers le début du carnet, je m'aperçois qu'hier j'ai manqué à mon devoir. Je remonte à la page de la veille de mon départ où seulement deux mots sont écrits : *nouveau départ*.

Je vais plus loin et lis ceci : *bousillée*. C'était il y a deux semaines.

Puis encore plus loin, à la nuit fatidique. Mon souffle se coupe, comme si pendant un instant son poids continuait de m'étouffer.

Morte.

J'ai écrit ce mot d'une main tremblante. En passant mes doigts sur le papier froissé, je sens toujours mes larmes séchées. Mes yeux débordent de larmes, des fraîches cette fois et, avant de les laisser couler, je referme brutalement le carnet.

Souvent, j'aimerais mettre mon cerveau sur pause. Arrêter de penser. Avoir quelques minutes de répit, rien qu'une fois. Respirer de nouveau sans avoir la douloureuse sensation d'avoir les poumons encombrés. Le cœur abîmé. Réussir à écrire un jour sur ce foutu carnet : *aujourd'hui, je me sens bien*.

Pour certains, c'est la routine. Pour d'autres, c'est une quête perpétuelle vers l'impossible. Une guerre infinie contre soi-même.

Le tintement de mon téléphone m'interrompt dans mes pensées moroses. Je regarde l'écran, c'est un texto venant d'un numéro inconnu. Comme toujours, mon cœur, ou plutôt ce trou béant au creux de ma poitrine, s'alarme et s'affole.

Inconnu_ Salut, c'est Amber.
Que dirais-tu d'une sortie shopping ?

Je peux souffler.

Moi_ Salut. Ça aurait été avec plaisir,
mais je travaille toute la journée.

Amber_ Ah mince, c'est vrai que
tu n'es dispo que le soir ! Si je passe
te prendre à 22 heures pour qu'on aille
boire un verre à Camden Town, ça te va ?

Cette fois, je ne sais pas quoi répondre. Je suis prise de court. Je serais bien tentée de lui dire que je fais aussi du baby-sitting ce soir mais, à moins d'être exploité, personne ne travaille autant. Puis, je dois bien admettre que je ne suis pas totalement contre l'idée de revoir Amber. Je ne sais pas si c'est parce qu'elle me fait penser à Betty, ou si c'est ma solitude qui commence vraiment à me peser, mais je lâche prise.

Moi_C'est OK pour moi.

Alors que je lis sa réponse, un « super » très enthousiaste, suivi d'une ribambelle de points d'exclamation, le babyphone se met en route. Comprenant que Rosie est réveillée, je vais dans sa chambre.

***

Après avoir passé plus d'une heure au téléphone avec ma mère, je raccroche. Il est vingt et une heures quarante, ma journée de travail est finie depuis un bon moment déjà, et il me reste vingt minutes avant l'arrivée d'Amber. Je rafraîchis mon maquillage, je passe des vêtements propres, une robe moulante et un string sans couture, et je finis par faire mon habituelle queue-de-cheval bien serrée. En me regardant dans le miroir en pied, j'ai un tremblement si violent que mes genoux s'entrechoquent. C'est la robe que je portais le soir où j'ai voulu séduire Aaron, avec succès d'ailleurs, puisqu'il m'a embrassée pour la toute première fois. Je me souviens du sentiment de légèreté qui m'a enveloppée cette nuit-là. De la brise fraîche qui caressait nos visages. Ses lèvres étaient si douces et ses yeux si brillants que mon cœur, encore intact, s'est liquéfié sur place.

Malheureusement, j'ai su trop tard que le poison est souvent déguisé.

C'est quelque chose de terrible, l'insouciance. Se sentir comme sur un nuage, à rêvasser et laisser son cœur s'enflammer, sans voir venir l'orage foudroyant et la chute suffocante qui nous attend. Je la regarde encore. Cette robe que j'aimais tant porter et qui s'est retrouvée enfouie en boule au fond d'un tiroir, comme toutes celles qui moulaient trop mon corps d'après Aaron. Ses remarques résonnent toujours en moi.

Ta tenue est parfaite…

… pour faire le trottoir.

Machinalement, comme un robot programmé, je la retire pour enfiler autre chose. Puis, une force invisible me pousse à la remettre. Aaron n'est plus là et, en observant mon reflet dans la grande glace ovale, je le réalise enfin. Avec cette robe, je le sens, tout est de nouveau possible.

8

Violet

Le temps qu'Amber trouve une place pour se garer, je regarde défiler le quartier haut en couleur de Camden Town à travers la vitre. La nuit est tombée. Des lumières jaunes, roses et violettes illuminent les façades des bâtiments extravagants, et les sons qui se dégagent des pubs et des salles de concert forment une grande cacophonie. Ça m'embête de le reconnaître, mais Blake avait raison sur un point : des jeunes aux cheveux hérissés et décolorés, tatoués de la tête aux pieds, peuplent les trottoirs, ce qui fait que je ne me sens plus totalement à l'aise dans ma robe moulante. D'un geste nerveux, je tire sur l'ourlet qui n'arrête pas de remonter. Quant à Amber, elle semble très décontractée avec sa minijupe et ses talons vertigineux. Je devrais peut-être me relaxer en prenant exemple sur elle.

– C'est toujours la misère pour se garer, ici ! se plaint-elle en coupant le contact. Je n'ai même pas pensé à réserver une table, espérons qu'il y aura encore de la place.

Ce n'est pas pour être pessimiste, mais ça m'étonnerait. Une foule impressionnante grouille dans les rues ; la dernière fois que j'ai vu autant de monde, c'était à Universal Studios. Je sors timidement de la voiture et vais rejoindre Amber qui m'attend sur le trottoir.

– On va où ?

Aussitôt, elle m'agrippe par les épaules pour me faire pivoter dans l'autre sens, et je me retrouve alors face à ce qui me semble être un bar. La vitrine est peu éclairée, la façade, sombre, et la musique qui vient de l'intérieur est si forte qu'on doit l'entendre à des kilomètres à la ronde.

– Au Lock Tavern ! claironne-t-elle gaiement. Pour moi, c'est le meilleur pub de tout Camden Town. Ils ont une terrasse d'enfer qu'ils n'ouvrent qu'en été, tu vas voir, c'est dément ! Il n'y a plus qu'à prier pour qu'on ait une table, ajoute-t-elle d'une voix peu confiante.

Elle me tient la porte et, en m'engouffrant à l'intérieur, je suis saisie à la gorge par une chaleur étouffante. Je regrette déjà l'air frais du dehors, alors que ça ne fait même pas une minute que je suis dans ce bar. À croire qu'ils ne connaissent pas la clim… mais il y a pire encore ! À la chaleur s'ajoutent le monde, l'odeur de la bière mêlée à celle de la sueur – sublime mélange au passage – ainsi que le son des guitares furieuses et des basses qui font vibrer le sol. Je me demande comment le volume de la musique peut être aussi élevé, jusqu'à ce que j'aperçoive un groupe de rock jouer près du comptoir. Ils sont sûrement la raison pour laquelle la salle est blindée. Amber a choisi le mauvais soir pour sortir, il n'y a aucune table de libre à l'horizon. En fait, il n'y a aucun centimètre de libre nulle part.

– Attends-moi ici. Je vais aller parler au serveur, c'est un bon pote à moi, me glisse Amber avant de s'éloigner hâtivement.

En attendant qu'elle revienne, je pars m'adosser à un mur proche de l'entrée, seul espace où je ne me sente pas oppressée. Je ne sais pas pourquoi Amber aime tant cet endroit, il rendrait n'importe qui ochlophobe. Après avoir fait un rapide tour de mes messages, je range mon téléphone dans mon sac à main et lève la tête, dans l'espoir de voir Amber réapparaître. Sauf que ce n'est pas le visage doux et amical d'Amber que je distingue parmi la foule, mais un visage sombre et familier. *Le sien.* Celui qui peuple mes cauchemars depuis des semaines. Cette vision produit sur moi l'effet d'un uppercut en plein ventre. Cette fois, je ne rêve pas. Aaron est bien réel et il avance vers moi, lentement, avec ce même sourire malveillant accroché aux lèvres. Je ne bouge pas. Je ne cligne pas des paupières non plus ; en fait, je ne respire même plus. La panique me submerge, aussi puissante qu'une vague glaciale et haute de vingt mètres, et de fait, j'ai l'impression de me noyer. Je suffoque. À travers mes yeux brouillés de larmes, je le vois, qui avance toujours et je suis obligée de décrocher mon regard du sien lorsque je sens une main s'enrouler autour de mon poignet. Je sursaute, c'est Amber qui me dévisage d'un air soucieux.

– Violet ?

Je ne lui réponds pas et, en regardant de nouveau dans la direction d'Aaron, je réalise qu'en fait, je l'ai confondu avec un autre type. Qui, après une longue analyse, ne lui ressemble même pas physiquement. Qu'est-ce qui m'arrive ? Mes mains sont moites, tout tourne autour de moi, et je halète si fort que c'en est douloureux pour mes poumons. Je suis déboussolée et mets quelques secondes à me remettre.

– Violet ? répète Amber en serrant mon poignet. Je t'ai fait des signes pour que tu viennes me rejoindre, mais tu semblais carrément à l'ouest. Ça va ?

– Oui, oui. Mais avec la musique, le monde et tout… Je n'ai pas fait gaffe, excuse-moi.

– Mon pote a réussi à nous trouver une table en terrasse, m'informe-t-elle. Tu vas voir, en haut, c'est beaucoup plus calme. Tu me promets que ça va, hein ?

Je hoche la tête, un peu trop pour que ce soit crédible, mais Amber semble gober ce mensonge car elle m'entraîne vers l'escalier qui mène à la terrasse sans insister. Une fois que nous sommes à l'extérieur, je me sens mieux. L'air est frais et respirable, il y a moins de monde et la musique est atténuée. Je peux me détendre. Il n'y a plus aucun risque que mon cerveau me rejoue un mauvais tour.

– Si on s'installe là, c'est bon pour toi ? demande-t-elle en m'indiquant la seule table vide.

– Ce sera toujours mieux que le sol.

Ma réponse la fait rire.

– Pas faux, répond-elle en s'asseyant. Je ne pensais pas qu'il y aurait autant de monde un lundi soir.

À mon tour, je m'empare d'une chaise pour m'y asseoir et

pose mon sac à main sur la table. Alors qu'Amber s'empiffre de gâteaux apéritifs, j'inspecte rapidement la terrasse jusqu'à ce que mes yeux s'arrêtent sur des bras extrêmement tatoués. Et un regard bleu cristallin. Super, comme si je ne le voyais pas assez au quotidien ! Non mais, franchement, quelle était la probabilité pour que l'on se retrouve dans le même bar que Blake ? Et bien sûr, qui dit brun lunatique dit aussi rousse détestable. Je ne l'aurais pas reconnue, sa crinière de feu est tirée en arrière en une queue-de-cheval basse et son maquillage est très léger. À leur table, il y a aussi Travis qui sirote tranquillement une boisson ambrée. *Aïe, pas cool de tenir la chandelle.* Je continue de les observer du coin de l'œil lorsque, catastrophe, Travis me repère et commence à me faire de grands gestes de la main. Immédiatement, je reporte mon regard sur Amber qui a les joues aussi pleines qu'un hamster.

– Merde, soufflé-je.

– Comme tu dis, réplique-t-elle en prenant une nouvelle poignée de crackers. Je les ai déjà repérés en entrant.

– Sauf qu'eux aussi, ils nous ont repérées. Enfin, Travis m'a repérée, corrigé-je. Je n'ose plus regarder dans leur direction, mais je crois bien qu'il m'a reconnue. Et qu'il ne va pas tarder à débarquer à notre table.

Surprise, Amber manque de s'étouffer.

– Sérieux ?

– Ouais…

Quelques secondes plus tard, hélas, mes prévisions s'avèrent correctes car nous sommes coupées par une voix extrêmement enjouée :

– Violet ! C'est bien Violet, n'est-ce pas ?

Je quitte le regard désespéré d'Amber et tourne la tête vers Travis, qui, à en juger par son sourire inamovible, semble très heureux de me voir.

– Exact.

J'essaie d'avoir une attitude avenante, mais impossible, ma voix est aussi tendue qu'une corde de violon. Je n'ai rien contre Travis, qui a l'air vraiment sympa, mais j'en ai contre le couple diabolique qui est resté planté à leur table et qui observe Travis dans l'incompréhension la plus totale, comme si le fait qu'il soit venu nous parler était le plus affreux des crimes.

– Qu'est-ce que vous fichez seules dans votre coin ? nous demande Travis sans abandonner son sourire Colgate. Venez plutôt nous rejoindre.

Avec Amber, nous échangeons un coup d'œil horrifié. Je sais qu'elle ne peut plus blairer Emily, et de mon côté, on ne peut pas dire que ce soit l'entente parfaite entre la rouquine et moi. Sans parler de Blake et de ses drôles de changements d'humeur. Alors, m'installer avec eux et les supporter toute la soirée ? Merci, mais non, sans façon ! Néanmoins, je ne peux pas répondre de façon aussi abrupte à Travis. Je compte bien décliner son invitation mais, comme à mon habitude, en employant la méthode douce.

– Vous êtes entre amis. On ne veut pas taper l'incruste…

– Mais non, au contraire ! me coupe-t-il, offusqué. Vous êtes les bienvenues à notre table. (Il se tourne pour s'adresser à Amber.) Tu étudies aussi à l'ESCP, non ?

Elle acquiesce brièvement de la tête sans pour autant croiser son regard.

– Je me disais bien que je t'avais déjà vue quelque part. Donc, j'imagine que tu vas aussi à la fête de ce soir ?

– Oui, mais…

Une fête ? Amber ne m'a pas parlé d'une fête. Travis, aussi rapide que l'éclair, l'interrompt avant qu'elle ne finisse sa phrase :

– Bah voilà ! C'est l'occasion d'y aller ensemble. Vous venez ?

Amber me lance un nouveau regard, suppliant et plein de détresse, qui signifie sûrement : « Dis quelque chose. » J'entrouvre la bouche pour intervenir, mais Travis a déjà fait demi-tour pour retourner à sa table. *Ça m'apprendra à ne pas dire les choses franchement !* La prochaine fois, j'utiliserai la méthode forte. Résignée à passer la soirée la plus pénible de sa vie, Amber se lève avec autant d'entrain qu'un enfant à qui l'on demande de manger une assiette de brocolis, et je la suis, avec ce même manque d'enthousiasme. Je l'entends ronchonner à voix basse, et alors que nous avançons vers leur table, elle me chuchote discrètement :

– On peut encore s'enfuir à toutes jambes.

– Et tu risquerais une belle entorse avec tes échasses.

Malgré le fait que nous nous dirigeons tout droit vers les flammes de l'enfer, elle rit.

– Possible ! D'ailleurs, ça me fait un mal de chien. C'est pas super glamour, mais j'ai déjà des ampoules partout. Et dire que je vais devoir les garder aux pieds toute la nuit…

– À ce propos, tu ne m'as pas dit que tu comptais aller à une fête.

– Je me suis décidée au dernier moment. Et tu as plutôt intérêt à te joindre à moi, ça te sortira de ton quotidien « couches biberons ».

Elle prononce ces deux derniers mots avec une grimace de dégoût.

– Désolée, mais non, ce sera sans moi.

Elle joint ses mains en forme de supplique, sort sa lèvre inférieure et me fait les yeux tristes du Chat Potté, ce qui ne manque pas de m'arracher un lourd soupir.

– OK, OK. On verra.

Pourquoi ai-je tant de mal à dire « non » ? Je me donne une bonne claque virtuelle alors qu'Amber pousse un petit cri surexcité en tapant des mains. Mais sa joie est de courte durée. Quand elle voit que nous approchons de la table d'Emily, elle se calme sur-le-champ.

– Attention, début du cauchemar dans trois, deux, un…

Lorsqu'on arrive, Emily ne se gêne pas pour nous fusiller du regard et Blake ne prend même pas la peine de lever la tête vers nous. Au moins, ça annonce la couleur. Ni Amber ni moi n'osons nous asseoir. Le long silence qui s'installe est tellement embarrassant que j'en viens à me dire que le plan d'Amber n'était pas une si mauvaise idée, et qu'on aurait dû fuir quand il était encore temps. Une entorse aurait été moins désagréable que le moment que l'on s'apprête à subir.

– Vous vous êtes perdues ? siffle soudain la rousse d'un ton venimeux.

– C'est moi qui les ai invitées ! s'empresse d'intervenir Travis. Elles vont aussi chez Marcus tout à l'heure, je me suis dit que ce serait cool d'y aller tous ensemble.

– Quelle merveilleuse idée, ironise Emily en buvant une longue gorgée de son cocktail.

Travis ignore sa remarque et nous invite à prendre place. Nous nous exécutons à contrecœur sous les yeux furibonds d'Emily. Puis, un nouveau silence électrique s'ensuit. Le malaise qui m'envahit est indescriptible.

– Bon, je vais aller me recommander un whisky, reprend Travis en agitant son verre vide. Je te reprends une bière, mec ?

Toujours absorbé par son téléphone, Blake hoche furtivement la tête.

– Et vous, les filles ? nous demande Travis en se levant.

– Un mojito très, très chargé, répond Amber, sarcastique, ce qui lui vaut un autre regard assassin de la part d'Emily.

– Pour moi, un verre d'eau, s'il te plaît, ajouté-je.

– Un verre d'eau ? relève Emily avec ce qui semble être une pointe de moquerie dans la voix. Relax, ici, tu n'es pas aux States. Tu peux consommer tout l'alcool que tu veux à condition que tu aies bien 18 ans. Il n'y a pas non plus écrit « chaperon » sur mon front, ajoute-t-elle au bord de l'exaspération.

– Je ne bois pas, l'arrêté-je sèchement.

La vérité, c'est que je ne bois plus. Plus depuis que j'ai compris que je ne pouvais plus m'en passer et que ça me tuait peu à peu de l'intérieur. Au début je ne voyais pas le mal, je buvais en soirées, en grande partie par mimétisme, mais aussi parce que je faisais partie de cette catégorie de personnes qui pensent bêtement qu'une fête sans alcool n'est pas une fête réussie. Je buvais essentiellement pour m'amuser, pour ressentir de l'euphorie et amplifier mes sensations, jusqu'à cette nuit où j'ai bu pour des raisons bien plus obscures. Après ce qu'Aaron m'a fait, j'ai commencé à cacher des bouteilles sous mon lit et j'ai développé cette habitude destructrice, celle de les boire tard dans la nuit, quand mes parents étaient endormis. L'alcool m'aidait à m'évader, à respirer, à lâcher prise. Il chassait mes cauchemars, mes craintes, mes angoisses. Pour quelques heures, il me permettait d'oublier la personne anéantie que j'étais. Je noyais tout mon chagrin dans cette boisson à la fois amère et libératrice. Mais lorsque j'ai pris conscience que j'en étais rendue au stade de l'addiction, j'ai décidé de vider ces litres de poison dans l'évier de ma salle de bains. Ça n'a pas été facile, mais j'y suis arrivée. Et aujourd'hui, cela fait vingt-deux jours que je n'en ai pas bu une seule goutte.

Emily lève un sourcil méprisant, comme si elle était face à un extraterrestre.

– Étrange.

– C'est pas une pochtronne comme toi ! plaisante Travis en s'éloignant.

Emily brandit son majeur manucuré dans sa direction avant de s'emparer de son téléphone. Durant quelques secondes, son regard vise en alternance mon visage et l'écran lumineux.

– Au fait, l'autre jour, j'ai voulu t'ajouter sur les réseaux sociaux mais je ne t'ai trouvée nulle part. Quel est ton pseudo ?

Doigts en suspens au-dessus des touches, elle attend ma réponse.

– Je ne suis pas sur les réseaux sociaux. C'est pas mon truc, précisé-je en voyant ses sourcils roux se froncer.

Ça aussi, c'est à moitié faux. En plus d'avoir changé de numéro, j'ai désactivé mon Twitter, Instagram, Facebook – tout ce dont Aaron pouvait se servir pour entrer en contact avec moi.

– Alors, récapitulons : tu as 18 ans, tu es californienne, tu ne bois pas et tu n'as ni Instagram ni Twitter. On s'enfonce de plus en plus dans la bizarrerie. Et qu'en est-il de tes amis ? Tu dois forcément en avoir là-bas. Ou même un petit ami ?

C'est à cet instant que Blake se décide à relever la tête.

Ses prunelles claires, presque transparentes, entrent brutalement en collision avec les miennes. J'essaie de ne pas paraître déboussolée, mais à l'intérieur, je perds pied. Son regard est si intense, si scrutateur que j'ai l'impression qu'il peut lire toutes les vérités que j'ai soigneusement cachées au plus profond de mon âme. *Pourquoi ne peut-il pas retourner à la contemplation de son téléphone ?* Son intérêt subit pour moi est un grand mystère. À moins qu'il ne m'accorde son attention avec comme seul objectif pervers celui d'assister à mon humiliation ? Parce que, je le sens, Emily ne va pas me lâcher en si bon chemin.

Je déglutis le plus discrètement possible avant de répondre.

– Non plus.

– Soit tu mens, soit tu vis dans une grotte, rétorque Emily, railleuse.

Amber, qui depuis tout à l'heure rongeait silencieusement son frein, finit par craquer.

– Tu ne peux pas lui lâcher un peu la grappe ?

– Détends-toi, je ne suis pas en train d'attaquer ta nouvelle protégée. Et même si c'était le cas, je pense qu'elle est assez grande pour se défendre toute seule. (Puis, toujours avec cet air hautain, genre reine Élisabeth, elle tourne son buste vers moi.) Tu devrais te méfier, Violet. Ce n'est pas une amitié qu'elle cherche avec toi, mais une relation plus intime, si tu vois ce que je veux dire. Elle ne peut pas m'avoir, donc elle se rabat sur toi.

Là, je suis larguée, j'ai du mal à comprendre les insinuations d'Emily. Mais je n'ai pas le temps de demander des précisions à Amber qu'elle se lève, furieuse, et crache à l'intention de la rouquine :

– Je t'emmerde, Emily ! Figure-toi que tu n'es pas le centre du monde. Tu penses que la terre entière est amoureuse de toi, mais réveille-toi, tout le monde te déteste ! Et la seule raison pour laquelle tu es si populaire, c'est parce que les gens te craignent, pas parce que tu es aimée. Rentre-toi bien ça dans le crâne.

Sans attendre sa réponse, elle quitte la terrasse, tremblante de rage. Amber n'est pas mon amie. Je ne crois pas qu'elle le sera un jour. Mais à cet instant, j'ai une peine immense pour elle, et comme je n'ai aucune envie de rester à cette table, à subir un nouvel interrogatoire ou d'autres commentaires sardoniques de la part d'Emily, je me sens obligée de la suivre. Je descends l'escalier, traverse la salle bondée et, après quelques secondes de recherche, je retrouve Amber, adossée à un mur. Les paupières closes, elle fume en inhalant profondément la fumée, comme si fumer était une sorte de thérapie. En m'entendant arriver, elle rouvre les yeux, puis les baisse aussitôt.

– Je suis bisexuelle, chuchote-t-elle, comme si c'était un secret honteux.

– Et ?

– Je préfère que ce soit moi qui te le dise plutôt que cette garce sournoise… même si ses indications à la con ont dû te mettre sacrément sur la voie. Mais contrairement à ce qu'elle dit, je ne l'aimais pas. Et je ne t'aime pas non plus, enfin, pas dans ce sens-là. T'es super jolie, mais je ne tombe pas amoureuse de toutes les personnes que je rencontre…

Je lève une main pour qu'elle arrête de parler.

– Tu n'as pas à te justifier.

– Si, au contraire, objecte-t-elle en secouant énergiquement la tête. Quand j'ai avoué ma bisexualité à Em', c'était en octobre dernier et c'est à ce moment-là qu'elle m'a rejetée. Tu sais ce qu'elle a osé me dire ? Qu'elle ne se sentait pas en sécurité en ma présence, qu'elle avait peur que je me rince l'œil à ses soirées pyjamas de merde, que des conneries dans ce style.

D'un geste énervé, elle prend une dernière bouffée de sa cigarette avant de l'écraser sous son talon.

– C'est une conne. Tu ne devrais pas faire attention à ce qu'elle dit.

– J'ai été amie avec elle pendant trois ans. C'est impossible de ne pas se sentir blessée par les gens qu'on a aimés.

J'en sais quelque chose.

Mais comme je ne peux pas lui donner cette réponse ni

aucune autre d'ailleurs, je me tais. Amber non plus ne dit rien. Nous restons un court moment ainsi, plongées dans nos pensées respectives, jusqu'à ce que je voie la silhouette massive de Travis sortir du bar et s'élancer vers nous.

– Les filles ! nous interpelle-t-il en s'approchant. Je vous ai vues passer à toute vitesse pendant que je commandais. Qu'est-ce qui se passe ? Vous voulez bouger maintenant ?

– Écoute, commence maladroitement Amber. Ne le prends pas mal, mais on préfère se rendre chez Marcus seules.

– Seules ? répète-t-il, comme si ce mot lui était inconnu.

– De notre côté, quoi, précise-t-elle afin que le message soit plus clair.

Travis semble paumé, mais garde son sourire inébranlable.

– Pourquoi ? Il s'est passé un truc ?

– Emily se fera certainement une joie de tout t'expliquer.

Brusquement mal à l'aise, il perd son large sourire. Il doit savoir que la copine de son ami est dotée d'un caractère épouvantable.

– Ah d'accord, je... (Il a l'air de vouloir dire quelque chose, mais se ravise.) On se reverra peut-être sur place, alors.

Et il retourne dans le bar, l'air tout penaud.

– Ce mec en pince grave pour toi ! s'exclame Amber en allant rejoindre sa voiture.

Je hausse un sourcil, étonnée par sa remarque, tandis qu'elle déverrouille les portières et s'installe au volant du véhicule.

– N'importe quoi, fais-je en prenant place à mon tour sur le siège passager. Qu'est-ce qui te fait dire ça ?

– Il ne m'a pas calculée de toute l'année, et là comme par hasard le soir où je sors accompagnée, il ne nous lâche pas d'une semelle. Et t'as vu sa tête quand il a compris qu'on n'irait pas à cette fête ensemble ? C'est forcément pour toi, conclut-elle avec un petit sourire taquin en coin.

– Non, je ne crois pas. Il sait que j'habite chez Blake, donc j'imagine qu'il essaie de m'intégrer à leur bande. Voilà tout. Et quand bien même, Travis n'est pas mon style.

Plus personne ne l'est, en réalité.

– Ouh, mademoiselle est difficile ! dit-elle en riant.

Pas vraiment, non. Mais j'aime mieux la laisser croire que je suis le stéréotype de la Californienne orgueilleuse et inaccessible qui ne s'intéresse à personne parce que ses critères sont trop élevés. Amber fait vrombir le moteur et, une fois qu'elle s'est engagée sur la route, elle me demande :

– Du coup, tu es partante pour faire la fête ou tu veux que je te ramène ?

Son poste radio affiche vingt-deux heures cinquante-cinq, ce qui veut dire que nous sommes ensemble depuis à peine trois quarts d'heure. Je préférerais rentrer, et de loin, mais je ne voudrais pas la vexer en écourtant la soirée.

– Je viens avec toi, mais j'aimerais rentrer un peu avant minuit.

– *No problemo*, Cendrillon ! Je serai ton carrosse.

– Tu n'as pas peur de recroiser Emily ?

– Je la croise tous les jours à l'école, tu sais. Puis, je ne suis pas du genre à m'empoisonner la vie pour des détails. Je ne me priverai jamais d'aller à une soirée à cause d'elle.

Moi, je me suis privée d'aller au bal de fin d'année de mon lycée parce que Aaron y était. Logiquement, ce n'est pas un événement auquel il aurait dû participer vu qu'il n'était plus lycéen, mais il avait réussi à obtenir une invitation par le biais de ma coach, qui est aussi sa mère. Alors voilà comment s'est déroulée cette soirée qui devait censément être mémorable : seule, à simuler une grippe, avec la robe de mes rêves qui me narguait, pendue à un cintre, dans un coin de ma chambre. J'admire Amber pour sa force d'esprit. Personnellement, je ne pourrai jamais me rendre dans un lieu en sachant qu'Aaron y est.

Durant le trajet, Amber allume son poste et met de la musique, volume à fond, histoire de se mettre dans une ambiance festive. Au bout d'un moment, alors que j'ai les oreilles en compote, nous arrivons devant une villa luxueuse pleine à craquer. Les murs sont enrubannés de papier toilette, et le bruit qui s'échappe des fenêtres est si fort qu'il couvre la musique dans la voiture. Amber ralentit, en quête d'une place pour se garer, et après quelques minutes, elle finit par en trouver une parmi les nombreux véhicules qui longent le trottoir. Tout excitée, elle ouvre la portière et saute à terre, trébuchant sur ses hauts talons. Au lieu de la suivre, je reste figée sur mon siège, à regarder cette masse de gens agglutinée sur la pelouse. La seule chose qu'ils ont en commun, c'est un gobelet greffé à la main. Et je sais d'expérience que ce n'est pas du jus de goyave. Je vais encore devoir passer ma soirée à refuser des verres, à lutter pour ne pas craquer, et j'en ai déjà des nœuds à l'estomac.

– Tu viens ? me lance Amber, impatiente.

Je m'extrais de la voiture en prenant une grande inspiration.

9

Violet

Je suis Amber, qui réussit à se frayer un chemin à travers la foule effervescente, et comme je l'avais prédit, je dis « non » à une dizaine de verres qui me sont tendus sur le chemin jusqu'à la porte d'entrée. Arrivée dans le salon, je lâche un hoquet de surprise. Tout a été aménagé pour l'occasion ; un bar immense trône dans le salon et il y a même une piste de danse lumineuse qui est déjà noire de monde. On se croirait en boîte de nuit. Je ne suis plus friande de soirées, mais je dois reconnaître que celle-ci est particulièrement réussie. Alors que je m'extasie sur la décoration, Amber me laisse en plan pour se ruer vers un groupe de personnes accoudées au comptoir. Je plisse les yeux dans leur direction afin de les détailler : il y a deux mecs à l'allure gothique et une fille aux cheveux rouges avec laquelle Amber discute activement. Je ne bouge pas de là où je suis, n'osant pas m'immiscer dans leur bande d'amis. Je commence à sortir mon téléphone, réflexe machinal pour pallier la solitude, lorsque la voix d'Amber m'interpelle :

– Ramène tes fesses par ici, Violet !

N'ayant plus le choix, j'avance vers eux, un peu sur la réserve. Très vite, je remarque que la fille aux cheveux rouges me dévisage de haut en bas pendant qu'Amber fait les présentations.

– Les gars, voici donc Violet qui nous vient tout droit des États-Unis ! Et Violet, je te présente mes amis, Bartan, Maddox et Berry, dit-elle en me les pointant du doigt tour à tour.

Qu'on se le dise, même avec toute la bonne volonté du

monde, je n'arriverai jamais à retenir leurs noms. Violet, je trouvais ça déjà peu commun, mais ces trois-là m'ont battue haut la main.

– C'est la nana avec qui tu t'es cassée hier soir, c'est ça ? demande brutalement Berry, la fille aux cheveux rouges.

L'expression de son visage est froide et hostile.

– Je te l'ai déjà dit, elle avait besoin d'un chauffeur pour la raccompagner ! rétorque Amber, irritée. Maintenant tu veux bien arrêter ?

Les deux garçons qui sont là, Bartan et Maddox, se mettent volontairement en retrait, gênés. Je le suis aussi. Cela m'a tout l'air d'une dispute de couple. Ou alors, cette Berry est très exclusive en amitié. Quoi qu'il en soit, je suis l'élément perturbateur de ce conflit. J'aimerais pouvoir me retirer, moi aussi, mais je ne connais personne d'autre à part Amber. La Violet d'avant n'aurait pas hésité à engager la conversation avec des inconnus, mais celle d'aujourd'hui en est tout bonnement incapable. Donc je reste là, plantée comme un cactus en pot, à les écouter s'engueuler sans rien dire. Après quelques autres échanges houleux, ladite Berry se calme et finit par s'adresser à moi, arborant toutefois un sourire crispé.

– Alors, Violet… Qu'est-ce qui t'amène à Londres ?

– J'ai été engagée chez les Wood en tant que jeune fille au pair. Je suis ici pour six mois.

– *Wood.* Comme Blake *Wood* ?

– Oui, c'est avec lui que je suis venue hier soir. Je garde sa demi-sœur.

Et là, c'est le drame. Je ne pense pas avoir dit quelque chose d'offensant, mais elle se tourne de nouveau vers Amber, furieuse.

– Non, mais je rêve ! Elle traîne avec Emily ?

– Pas du tout ! Elle ne s'entend même pas avec Blake !

Amber pose les poings sur ses hanches pour se donner un air plus dur. J'apprécie ses tentatives de m'intégrer à son groupe, mais je sens d'ores et déjà qu'avec cette Berry, ça ne va pas le faire.

– Dans ce cas, pourquoi elle l'accompagne en soirée ?

– Je n'ai pas eu le choix, dis-je, ne supportant plus qu'elle parle de moi comme si je n'étais pas là. (Puis je me penche vers Amber pour lui murmurer à l'oreille :) Je vais aux toilettes.

Ce n'est pas une envie pressante, mais n'importe quel prétexte serait bon pour fuir ce moment. Je me dirige d'un pas rapide vers le couloir et tente d'ouvrir toutes les portes au passage. Au bout d'un moment, je finis par trouver les toilettes et m'y enferme. Mais au lieu de vider ma vessie, je m'assieds dans un coin pour réfléchir. Dans quel merdier me suis-je encore fourrée ? En venant ici, je pensais faire plaisir à Amber, mais à aucun moment elle ne m'a parlé de sa petite amie jalouse ! Ou de son amie possessive. Enfin, peu importe. Tout ce que j'espère, c'est qu'entre-temps elles se seront réconciliées et que cette Berry la laissera me raccompagner. J'essaie de préparer des solutions de repli, au cas où, lorsque deux coups impatients frappent à la porte. *Impossible de monopoliser les toilettes plus d'une minute…*

Quand je sors, je me fais fusiller du regard par une fille qui prend ma place. Je retourne dans le salon et me décompose en voyant Travis avancer dans ma direction. Maintenant qu'Amber m'a fait part de son point de vue, comme quoi il aurait le béguin pour moi, je n'arrive plus à me persuader du contraire. Je me fonds dans la foule pour éviter qu'il me voie, mais c'est un échec. Travis est un radar ambulant.

– Violet !

Il bouscule quelques personnes pour m'atteindre.

– Je suis désolé pour tout à l'heure, dit-il avec son éternel sourire. Emily n'a pas voulu me dire ce qui s'est passé, mais j'imagine qu'elle a encore fait des siennes. Elle est un peu… spéciale.

– Par spéciale, tu veux plutôt dire mauvaise ? rectifié-je amèrement.

C'est sorti tout seul. Travis a l'air surpris de ma réponse, mais je ne regrette pas ma franchise.

– Ouais, je comprends que tu l'apprécies moyennement. Mais je ne suis pas tout le temps avec elle, tu sais ! Ni avec Blake d'ailleurs. Là, je suis seul…

Aïe. Je le laisse finir de parler, mais je crains d'entendre la suite.

– Tu veux qu'on aille se chercher un verre ? Les cocktails, c'est grave mon truc. Tu peux me demander de te préparer n'importe lequel : caïpirinha, manhattan, tequila sunrise… C'est simple, je les maîtrise tous !

– Merci, mais ça va aller.

– Ah merde, quel con ! C'est vrai que tu ne bois pas. Si tu préfères qu'on aille dehors pour discuter, c'est cool aussi.

En parlant d'alcool, je vois Amber un peu plus loin, assise au comptoir, en train de s'enfiler des shots cul sec. Berry n'est plus dans les parages, ce qui me laisse penser que la situation entre elles ne s'est pas arrangée. En comptant les verres vides autour d'elle, quatre, je décide d'intervenir. Encore un et elle tombe raide morte sur le carrelage !

– Désolée de t'interrompre, Travis, mais je dois aller voir Amber.

– Oh, d'accord. Pas de souci.

Il ne cache pas sa déception ; son visage s'affaisse et son sourire disparaît. Mais je suis certaine qu'il s'en remettra. Je m'éclipse, et lorsque je suis près d'Amber, je lui retire le shot qu'elle s'apprêtait à engloutir. Tout de suite, elle émet un cri de protestation.

– Ton but, c'est d'être admise dans l'hôpital du coin ?

– Mais non… je… je vais parfaitement loin… je veux dire *bien*, pouffe-t-elle, hilare.

Sa voix est pâteuse, l'alcool n'a pas tardé à monter à son cerveau. Elle a oublié qu'elle devait me ramener, visiblement.

– Tu… tu peux me le rendre, s'te plaît ?

– Non, vaut mieux pas, dis-je en le poussant à l'autre bout du comptoir.

Loin, très loin, le plus loin possible de moi.

– Ton amie n'est plus avec toi ?

Elle grimace au ralenti, ce qui donne un drôle de résultat.

– Berry ? Nan, elle est partie avec les mecs.

– À cause de moi ?

– Non. Enfin si, un peu. Je… j'ai couché avec elle il y a

quelques semaines, juste comme ça, pour le fun, et on était toutes les deux d'accord pour rester amies.

Elle a des relents d'alcool chaque fois qu'elle ouvre la bouche, ce qui ne facilite pas ma concentration. Franchement, elle n'a pas intérêt à me vomir dessus.

– Sauf qu'elle ne supporte pas de me voir avec d'autres personnes. Elle me tape de ces crises de jalousie… C'est digne d'une collégienne bafflée !

– Bafouée, corrigé-je.

À présent, je comprends mieux pourquoi Berry me déteste. Elle me voit comme un danger. Mais bon, qu'elle se rassure, ce n'est pas parce que je suis tombée sur un connard que je vais me tourner vers les femmes. Sans vouloir être méchante, je ne me sens nullement attirée par Amber.

– Ouais voilà, c'est ça ! s'esclaffe-t-elle. Bon, trêve de blabla, on va danser !

Je suis surprise de la voir tenir debout. Elle n'est pas très stable sur ses pieds, mais elle parvient à avancer. Et à sautiller. Et plus fort encore, à faire un tour sur elle-même. Je la laisse m'entraîner sur la piste de danse sur laquelle se déchaîne une foule impressionnante. Mes mouvements sont timides, je n'ose pas me lâcher comme le fait Amber. Encore une autre séquelle qu'Aaron m'a laissée. Durant les derniers mois de notre relation, je ne pouvais plus me rendre à une fête sans lui. Et les rares fois où je l'accompagnais, je ne devais pas bouger d'un pouce. Si j'avais le malheur de danser, de m'amuser, de discuter avec des gens, j'avais droit à une crise de nerfs monstrueusement anormale. Alors pour ne plus le contrarier, je me suis effacée. Et je crois qu'à force, je me suis perdue moi-même. Avec un demi-sourire triste, je regarde Amber balancer sa tête d'avant en arrière et se déhancher en rythme dans la lumière stroboscopique. Quand elle s'aperçoit que je suis raide comme un piquet, elle fronce les sourcils, comme en proie à une réflexion intense.

– Je sais ! Un pingouin constipé sur la banquise !

J'ouvre des yeux aussi ronds qu'un ballon de basket. Soit

j'ai mal entendu, soit elle a pris autre chose que des shots vodka à la fraise Tagada.

– Quoi? crié-je pour couvrir la musique.

– Tu n'étais pas en train d'imiter un pingouin constipé sur la banquise? répète-t-elle en éclatant de rire. Lâche-toi un peu, Violet, parce que là, c'est catastrophique!

Je ris franchement en entendant cette comparaison tout à fait loufoque. Le pire, c'est qu'elle doit avoir raison. Amber se remet à danser. Je la suis, maladroitement au début, puis petit à petit une étrange allégresse m'envahit. Je danse et chante à tue-tête les paroles de « Black Out Days », de Phantogram, et je ressens une telle délivrance que je ne pense ni à Aaron ni au fait que je ne peux plus compter sur Amber pour me ramener à Mayfair, et donc que je vais rester bloquée ici encore un long moment. En fait, je ne pense plus à rien. Je m'amuse et, bon sang, ça faisait longtemps que ça ne m'était pas arrivé. Juste au moment où je commence à décompresser, je sens un frôlement au niveau de mes fesses. J'ai un sursaut de surprise, mais je me dis que ce n'était pas voulu – sans doute quelqu'un qui se colle un peu trop à moi en raison du manque de place. Sauf qu'au bout de quelques secondes, je sens clairement une main me toucher le derrière et l'empoigner avec force. Je me fige, paniquée.

– Salut, toi.

Un souffle humide et alcoolisé vient effleurer ma nuque. Je cherche de l'aide auprès d'Amber, mais elle a les yeux fermés et continue de danser sans rien remarquer.

– C'est quoi, ton petit nom?

En plus de se frotter contre mon dos, l'inconnu descend sa main le long de ma cuisse. Je suis pétrifiée. Mais je dois réagir – il faut que je réagisse. Je ne laisserai plus jamais personne me toucher contre mon gré. Le moment de choc passé, je force mes jambes molles à tourner, tout en chassant sa main de mon corps. Et là, je le reconnais tout de suite. C'est le mec louche qui m'a sifflée hier soir. Ses lèvres s'étirent en un sourire carnassier, absolument répugnant, pendant que ses yeux s'attardent sur mes formes.

– Je rêve ou tu viens juste de me…

– Oh, non, je ne voulais pas, m'interrompt-il en prenant un air faussement contrit.

Je reste immobile, les yeux grands ouverts, un peu larmoyants, et la bouche encore béante tandis qu'il s'approche de mon oreille.

– Mais c'est vraiment serré. Je veux dire, cette piste est vraiment serrée. Tu préfères que je mette ma main ici pour commencer ? dit-il en la posant sur ma joue.

– Non !

Je la retire, mais il la replace immédiatement, et ce manège infernal se répète plusieurs fois jusqu'à ce que, brusquement, sans que je comprenne ce qui se passe, il se retrouve projeté en arrière avant d'atterrir lourdement sur le coccyx. Des cris scandalisés s'élèvent, ceux des personnes qu'il a involontairement bousculées dans sa chute. En tournant la tête vers celle qui m'a libérée de ce calvaire, je crois rêver lorsque mon regard percute deux saphirs étincelants.

10

Violet

Blake. Le Blake qui m'a cassé des produits de maquillage en pleine nuit, celui qui m'a si gentiment surnommée « la boniche », qui m'a chassée hors de sa chambre, c'est ce Blake-là qui vient de pousser violemment le type qui m'a mis la main aux fesses. J'étais déjà étonnée par son attitude de ce matin mais, ce soir, la scène me paraît mille fois plus surréaliste. Je le dévisage dans l'attente d'une explication, quelque chose qui me permettrait de mieux le cerner, mais rien. Ses yeux à lui sont rivés sur le mec qu'il a mis à terre et il est aussi silencieux qu'une tombe. La musique se coupe et les gémissements plaintifs de l'autre obsédé finissent par se faire entendre. Des secondes s'écoulent avant qu'il ne parvienne à se relever, et lorsqu'il comprend que Blake est l'auteur de son humiliation, il fonce sur lui comme un animal enragé. Instinct de survie oblige, je me décale sur le côté pour éviter de me prendre une droite.

– Mais putain, c'est quoi, ton problème !

Blake ne recule pas. Au contraire, ses poings se serrent le long de son corps, signe évident qu'il se prépare à riposter. Heureusement – je n'arrive pas à croire que j'emploie ce mot –, des mecs immenses et baraqués s'interposent entre eux juste avant que le poing du sale type n'entre en collision avec la joue de Blake.

– Du calme ! hurle l'un d'eux en maintenant le pervers à distance. Quelqu'un peut me dire ce qui se passe ?

Blake a les bras fermement retenus par deux géants, mais

ça ne l'empêche pas de répondre abruptement :

– Ce qui se passe, Marcus, c'est que ton pote est incapable de garder sa queue dans son froc.

– Depuis quand tu joues au justicier avec moi, Wood ? récrimine le détraqué. Cette meuf, c'est même pas Emily ! Qu'est-ce que ça peut te foutre que je veuille me la taper ?

Il me pointe du doigt et tous les regards se posent alors sur moi. Des regards surpris, comme celui d'Amber. D'autres traduisant l'incompréhension, comme celui de Travis. Et enfin, le plus terrifiant de tous, celui d'Emily. Je voudrais me volatiliser. Disparaître de la surface de la terre. Mais avant cela, j'aimerais entendre la réponse de Blake. Je suis soulagée qu'il m'ait débarrassé de ce pervers, mais son comportement avec moi est encore plus difficile à décrypter qu'un texte en mandarin. Blake a l'air pris de court, mais se ressaisit aussi vite qu'il a dérapé.

– C'est pas elle, le problème, et tu le sais. L'autre soir, tu as essayé de te taper ma copine. N'essaie même pas de nier, l'avertit-il en le voyant ouvrir la bouche. Em' m'a tout dit.

– Et c'est maintenant que tu te réveilles ? demande le pervers avec un sourire railleur. Moi justement, je pense que c'est *elle*, le problème. Pas Emily.

Devant cette allusion acerbe et pleine d'épines, Blake est en proie à un nouvel accès de colère.

– Qu'est-ce que t'es en train d'insinuer, espèce de connard ?

– Rien du tout. Seulement, je pense qu'Emily devrait se méfier avant de se retrouver cocue.

C'est la remarque de trop. Blake parvient à se libérer des deux mastodontes qui le retenaient et Marcus se jette soudainement sur lui pour lui barrer la route, et ainsi, l'empêcher de commettre un meurtre dans sa maison. Ses deux amis bodybuildés reviennent à la charge pour l'aider à le maîtriser et, une fois que Blake est parfaitement immobilisé, Marcus lui souffle :

– Tu dois t'en aller.

– Quoi ?

– Tu m'as bien entendu. Je ne veux aucune embrouille

chez moi, et là, tu vois, tu es en train de foutre la merde.

Blake le regarde comme s'il attendait la chute de la blague. Puis, comprenant qu'il est sérieux, il a un rire amer, presque convulsif.

– J'y crois pas. Jasper est un putain de danger et c'est moi qui dois partir.

L'hôte de la soirée ne dit rien. En fait, personne ne dit rien. Pas même moi. Pourtant, j'aimerais m'élever contre cette injustice. Blake ne mérite pas de se faire chasser. Pour une fois, ce n'est pas lui, l'abruti dans l'histoire. Mais mon intervention pourrait être mal perçue par les autres. Au bout de quelques secondes de silence complet, Blake se résout à partir. Furieux, il s'éloigne, attrapant une bière au passage et, alors qu'il se dirige vers la porte, Jasper alias le pervers rit à gorge déployée.

– Je suis le danger ? C'est ironique, j'espère.

Blake s'arrête net. Sa main se resserre autour du goulot, à tel point que les veines bleutées de son avant-bras ressortent.

– C'est dommage d'en être arrivé là tout de même, continue-t-il en voyant qu'il a attiré l'attention de Blake. Il y a des fois où je regrette un peu le temps où nous étions amis. Pas toi, Wood ?

Et sans prévenir, sans que personne anticipe son geste ou comprenne les insinuations de Jasper, Blake se tourne en balançant la bouteille à travers la pièce. De toutes ses forces. Elle passe quelques centimètres au-dessus du crâne de Jasper avant de s'exploser contre le mur dans un bruit fracassant.

– La prochaine fois que t'ouvres ta grande gueule, j'te jure que je te raterai pas !

Comprenant qu'il vient d'échapper de peu à un séjour à l'hôpital, Jasper la boucle enfin.

– Dehors, exige durement Marcus après avoir constaté les éclaboussures de bière sur son mur blanc.

– Avec plaisir, lui répond Blake, un sourire hypocrite aux lèvres.

Et il sort en claquant la porte derrière lui. Aussitôt, la

musique reprend et les gens se dispersent à gauche et à droite, comme si rien ne s'était passé. Moi, au contraire, je reste clouée sur place, les yeux rivés sur la porte, essayant d'assimiler l'enchaînement d'événements de ces cinq dernières minutes. Malheureusement, cette réflexion intense ne s'avère pas d'une grande utilité car j'en arrive encore et toujours au même point : Blake est un casse-tête. Tous les Rubik's Cube du monde entier peuvent aller se rhabiller face à lui. Mais bien que les maths n'aient jamais été mon fort, après ça, je suis déterminée à résoudre l'énigme Blake. Parce qu'il m'intrigue plus que n'importe quel exercice d'algèbre n'a jamais pu le faire. Peut-être me fais-je des idées, mais je suis intimement convaincue qu'il est intervenu non pas pour Emily, comme il le prétend, mais pour moi. Il me reste maintenant à découvrir pourquoi.

Je me reconnecte à la réalité lorsqu'on me tire en arrière. Malgré son état d'ébriété, Amber me demande très sérieusement :

– Ça va ?

– Oui, oui.

– Je suis désolée, dit-elle en soupirant. Je n'ai même pas vu que ce gros lourdaud de Jasper t'avait mis le grappin dessus.

– C'est pas grave.

Au même moment, je croise le regard d'Emily qui se tient plus loin, près d'un sofa. Elle me jette un regard noir, foudroyant, un regard qui me rappelle que je n'ai pas traversé l'océan Atlantique pour me créer de nouveaux ennuis. Après cet avertissement visuel, je m'attends à ce qu'elle parte rejoindre Blake à l'extérieur mais, à ma grande surprise, elle tourne les talons et disparaît dans le couloir.

– Violet ?

– Quoi ?

– C'est moi ou Blake t'a défendue contre ce gros porc ? C'est dingue, il était à deux doigts de se battre pour toi.

Je bégaie.

– Oui. Je veux dire, n… non. Il l'a probablement fait parce que j'habite chez lui.

– Mais oui, bien sûr! Ou parce que soi-disant, Jasper aurait fait des avances lubriques à Em'? Sans rire, c'est la pire explication au monde.

Cette fois, j'ai beau chercher, je ne trouve rien pour la contredire. Intérieurement, je ne peux m'empêcher de penser la même chose qu'elle. Mais il doit y avoir une explication logique, n'est-ce pas? Blake ne peut pas me mener la vie dure un jour et me servir de garde du corps le lendemain. J'imagine que la seule façon pour moi de tirer tout cela au clair, c'est d'aller éclaircir cette situation avec le principal concerné.

– Je reviens. Je vais prendre l'air.

– D'accord! Si tu me cherches, je serai sur la piste.

Heureusement que l'alcool est là pour lui brouiller les idées. Autrement, elle aurait compris que je pars à la recherche de Blake. Je vérifie qu'Emily n'est pas tapie quelque part dans l'ombre avant de sortir. *La voie est libre.* En ouvrant la porte, je m'aperçois que le jardin n'a pas désempli. Je traverse la pelouse jonchée de flaques de vomi et de bières vides avant d'atterrir dans la rue déserte. Je soupire, il n'y a pas un chat. Blake est sans doute parti. Alors que je fais demi-tour pour retourner dans la maison, je le vois, assis sur le trottoir, caché entre deux voitures. Le visage levé vers le ciel noir, il fume une cigarette, recrachant la fumée dans l'air humide. Je ne crois pas qu'il m'ait vue passer. Hasardeuse, je m'avance vers lui et bloque mon souffle dans ma poitrine lorsqu'il regarde dans ma direction. Il m'observe. Je fixe ses yeux, ses iris bleus brillent d'un vif éclat, scintillant comme deux étoiles. Cet échange de regards est intense, électrique et étrange, au point que tout l'air contenu dans mes poumons s'échappe violemment.

– Merci pour ce que tu as fait à l'intérieur.

Je me risque à m'approcher encore de quelques pas, conservant néanmoins ma distance de sécurité habituelle. Je n'arrive pas à détacher mon regard de lui, je jurerais qu'il y a de la magie dans ses yeux. Blake a un petit quelque chose qui me captive et, aussi bizarre que cela puisse paraître, je le trouve de plus en plus différent d'Aaron. De moins en moins dangereux. Mais soudain, la magie se dissipe lorsque je l'entends souffler lourdement.

– Putain, dites-moi que je rêve. Toi aussi, tu as cru que c'était pour toi ?

– Non… bien sûr que non.

À son ton, il est clair que je me suis fait des idées. Mourant de honte et n'osant plus affronter son regard, je me concentre sur la cigarette qui se consume entre ses doigts.

– Au risque de te décevoir, c'était bel et bien pour Em'. Tu sais, ma copine, accentue-t-il volontairement, enfonçant davantage le couteau dans la plaie. Jasper est venu la draguer hier soir.

Il tire une longue latte et grommelle :

– Quand j'avais le dos tourné, évidemment. Ce soir, j'ai voulu lui faire comprendre qu'il ne devait plus l'approcher mais, manque de bol, quand je l'ai trouvé, il était déjà sur la piste de danse avec toi. Franchement, si tu veux tout savoir, j'ai bien vu qu'il était avec une meuf, mais j'étais tellement remonté que je n'ai même pas capté que c'était toi.

Je me sens tellement stupide que je ne sais plus quoi dire.

– Oui… ça paraît logique.

– Si ça te paraît logique, je peux savoir ce que tu fais encore là ? J'aimerais fumer ma clope tranquille.

De sa main libre, il sort son téléphone de la poche de son pantalon denim, coupant court à la conversation. Et là, devant le retour du Blake indifférent, méprisant et me traitant comme la dernière des bouses, je craque. Je renonce à ma dignité, au semblant d'assurance que j'avais, et je lui pose la question qui m'obsède depuis le début, bien que je ne veuille pas complètement l'admettre.

– Pourquoi tu me détestes à ce point ?

Il lève les sourcils comme si ma question était totalement incongrue. Peut-être ai-je été trop directe, mais tant pis. J'ai besoin de clarifier les choses entre nous, parce que, après tout, nous allons devoir cohabiter pendant un moment. Je continue sur ma lancée :

– Que ça te plaise ou non, je suis ici pour six mois. On pourrait essayer de bien s'entendre, d'être amis. Mais non, impossible, car tu es constamment exécrable avec moi. À part ce matin où, pour une raison inconnue, tu étais relativement sympa, lui fais-je remarquer avec un brin d'irritation dans la voix.

Il se lève, range son téléphone dans sa poche, prenant tout son temps, ce qui m'agace prodigieusement, et daigne enfin me répondre.

– Dis-moi, comment je pourrais être ami avec une fille qui ne me laisse pas l'approcher à moins de deux mètres ?

Je ne dis rien. Dans un sens, il n'a pas tort. Mes angoisses prennent le pas sur tout et il n'y a rien que je puisse faire pour reprendre le contrôle de mes émotions.

– Et pour répondre à tes interrogations, je me suis envoyé en l'air ce matin, reprend-il devant mon silence. Alors, forcément, j'étais de bonne humeur.

Il accompagne ses mots d'un large sourire arrogant. Sa réponse est tellement inattendue, tellement surprenante – et pas dans le bon sens, malheureusement – que je le regarde, bouche bée, jeter sa cigarette sur le bitume et l'écraser sous le talon de sa Dr Martens. Il nous abandonne, moi et le mégot, et même si je n'ai aucune envie de continuer à lui parler, je le suis, me rappelant qu'Amber n'est pas en état de me reconduire à Mayfair.

– Où vas-tu ? lui hurlé-je.

– Je rentre ! De toute évidence, je ne suis plus le bienvenu ici.

– Tu peux me ramener ?

Son rire caustique résonne dans toute la rue.

– Non, ce ne serait pas te rendre service ! Je ne veux pas continuer à nourrir ton fantasme. Trouve-toi un autre chauffeur !

Je m'arrête net, bouillonnant de rage.

– Sale…

Je m'interromps, ne trouvant pas le mot adéquat pour le décrire. On devrait créer un nouvel adjectif, une association entre connard, abruti et prétentieux, et de ce mélange infâme jaillirait un Blake dans toute sa splendeur. Il rit plus fort. Voilà, j'ai ma réponse. Je n'ai plus qu'à retirer tout ce que j'ai dit à son sujet. Le seul mystère qui entoure ce mec, c'est que c'est un con fini.

En retournant à l'intérieur, je suis toujours remontée à bloc. La musique tape sous mon crâne et j'ai beau chercher Amber sur la piste de danse, il n'y a aucune trace de sa chevelure argentée. Je tourne la tête en direction du bar, et c'est là que je la vois, dansant sur le comptoir, un shot à la main et sa jupe retroussée jusqu'en haut des cuisses.

Je sens que la soirée va être longue.

11

Blake

Non, mais quel con.

Je tape sur le volant à plusieurs reprises alors que je m'engage dans Mount Street. Pourquoi il a fallu que je me mêle des histoires de Violet alias l'emmerdeuse en chef ? Pourquoi je ne pouvais pas rester sagement dans mon coin et la laisser se démerder toute seule comme une grande ? Je ne sais pas ce qui m'a pris. Et maintenant, cette erreur va me retomber dessus. Emily va me prendre la tête, comme elle adore le faire, et je vais devoir ramer avant de réussir à la convaincre que mon pétage de plombs n'était pas lié à Violet. Je zieute l'écran de mon portable : rien. Mais je le sais, ce n'est qu'une question de temps avant qu'elle ne me harcèle d'appels et de textos incendiaires.

Je gare la Jeep et abaisse ma vitre pour m'allumer une autre clope. *Le calme avant la tempête.* Je m'en veux un peu d'avoir laissé Violet en plan, mais c'est largement mieux comme ça ; pour elle comme pour moi. Si Emily avait appris qu'en plus de l'énorme scandale que j'ai tapé chez Marcus, j'avais ramené Violet à Mayfair, ça aurait été encore plus la merde. Je peux essayer d'arranger ce qui s'est passé avec Jasper, mais la petite balade en voiture aurait été de trop. Dans l'obscurité de ma voiture, l'écran de mon portable s'allume. Quelle surprise ! Deux nouveaux messages. La paix a été de courte durée, comme toujours. Mais je ne les lis pas. Du moins, pas tout de suite.

J'ai besoin de me poser. D'arrêter de me prendre la tête. De m'empoisonner les poumons et de laisser retomber la pression des derniers jours. L'échec de ma première année en école supérieure, le retour forcé dans cette maudite baraque, les disputes avec mon père sur mon avenir et sur tellement d'autres sujets que je ne pourrais pas tous les énumérer. Sans parler d'Emily et de sa paranoïa. Mais parmi tous ces problèmes, il y en a un auquel je pense en permanence. Et ce problème a de grands yeux noisette, un visage angélique, de longs cheveux blonds et un cul à se damner. Il porte le nom de Violet et il occupe toutes mes pensées depuis maintenant quinze heures, si je me fie à ce que me dit ma montre.

Quinze putains de longues heures.

Dès le début, je l'ai trouvée canon. Je crois même le lui avoir dit, implicitement. Oui, j'ai une nana, mais j'ai le droit de trouver d'autres meufs à mon goût. Ne pas reconnaître que Violet est une bombe atomique, ça reviendrait à dire que les Pixies n'ont aucun talent. Aberrant. Et de mauvaise foi, en plus.

Mais ce n'est pas son corps de rêve qui m'obsède. Enfin, pas totalement. C'est son visage apeuré chaque fois que je m'approche trop d'elle, son attitude distante. C'est aussi le calepin mauve que j'ai trouvé dans sa valise ce matin. Je ne suis pas du genre à fouiner dans les affaires des autres, mais cette fille m'intrigue au plus haut point. De base, je n'avais aucune intention d'aller farfouiller dans le bureau, je le jure ! Mais quand je suis parti pisser aux toilettes ce matin, et que j'ai vu sa porte grande ouverte, je n'ai pas résisté à l'envie d'entrer. Et de regarder à l'intérieur de sa valise… et d'ouvrir son calepin… et de lire quelques pages. OK, très bien, je suis un putain de fouineur ! Mais pour une fois, j'ai une bonne excuse. Je voulais en savoir plus sur elle, comprendre pourquoi elle se comporte comme un chaton effrayé en ma présence. Sans déconner, elle me donne l'impression d'être le plus grand serial killer de cette planète.

Je n'ai pas eu le temps de trop décortiquer son calepin, parce que Emily m'attendait dans la chambre, et que Violet pouvait remonter à tout moment dans la sienne, mais j'ai pu en lire des bribes. Et le moins qu'on puisse dire, c'est que ce n'était pas joyeux. Je ne dirais pas que c'était un journal intime, il n'y avait aucune phrase, aucune idée exprimée, pas de longs passages où elle racontait sa vie, et les points sur ses *i* ne formaient pas de petits cœurs comme la plupart des meufs niaises adorent faire. C'étaient des mots. Juste des mots.

Et ces mots. Rien que d'y penser, j'en ai encore la chair de poule. J'ai conscience de perdre en points de virilité, mais c'est la vérité. Je me demande comment quelqu'un peut écrire des choses pareilles. Et les penser. Je n'ai eu qu'un aperçu de ce qui se passait dans sa tête, ce n'était pas grand-chose, presque rien en fait, et pourtant ces mots n'arrêtent pas de tourner en boucle dans mon esprit depuis ce matin.

Une fois qu'Emily est partie et que j'étais enfin libre de parler avec Violet, j'ai vu quelque chose que je n'ai pas été capable de discerner le premier jour de notre rencontre. Son regard est triste, éteint. Ses mots, ceux qu'elle a écrits sur ces pages froissées, se reflètent dans ses yeux. C'est flagrant. Enfin, ça ne l'était pas tellement avant que je ne mette la main sur son calepin, mais disons que j'étais trop occupé à faire mon connard avec elle pour m'en apercevoir. Je la voyais comme la petite Amerloque parfaite qui venait me voler ma chambre, la chieuse que j'allais devoir me coltiner tout l'été. Puis, avec toutes les engueulades que j'ai avec mon père, il est vrai aussi que j'ai déchargé ma haine sur elle. Dans le fond, j'aurais aimé continuer à la voir comme l'emmerdeuse de service. Bon, il est clair que, pour moi, elle le restera toujours un peu, mais maintenant, je perçois autre chose en elle. Un truc que j'aurais vraiment préféré ne pas voir. J'en veux à ma curiosité. Les choses auraient été tellement plus simples si je n'avais pas lu ce foutu carnet.

Parce qu'à cause de ma découverte, j'ai fait une connerie ce soir. Une grosse. À vouloir jouer les héros, je pourrais bien me retrouver dans le pétrin. Mais c'était plus fort que moi, je n'ai pas pu m'empêcher d'intervenir. J'ai vu cet enfoiré de Jasper lui tourner autour, ses mains se balader sur son corps, les grands yeux de Violet, absolument terrorisés. Et ces choses, mises bout à bout, m'ont fait vriller.

Maintenant, il est temps d'en payer le prix fort.

Mon portable vibre deux fois d'affilée, ne me laissant aucun doute sur l'identité du destinataire. Je suis prêt à parier un rein que dans l'un de ses quatre messages, Emily me menace de mort.

Emily_ On doit parler, toi et moi.
Emily_ Je suis deux voitures derrière toi. Sors.
Emily_ Regarde ton téléphone et sors de la voiture !
Emily_ Bien. Si tu veux la jouer comme ça, j'arrive.

Je jette un coup d'œil dans le rétro : Emily avance énergiquement dans ma direction, l'air renfrogné. Je n'arrive pas à croire qu'elle m'ait suivie jusque chez moi. Parfois, elle se comporte comme une vraie folle. *Souvent, même.* Après avoir poussé un long soupir, je sors de ma caisse en claquant la portière et je vais à sa rencontre.

– Parce que m'humilier devant tout le monde, ce n'était pas suffisant, il faut en plus que tu ignores mes messages !

– Détends-toi et dis-moi plutôt ce que tu me reproches, dis-je sur un ton las. Encore.

Je fais le mec ignorant, mais je sais exactement ce qu'elle va me dire. Et j'en ai déjà mal à la tête.

– Ça ne te paraît pas évident ? lâche-t-elle en croisant les bras sur sa poitrine. Qu'est-ce qui t'a pris ce soir ?

– Bah, c'est pas ce que tu voulais ? C'est pas toi qui m'as dit que Jasper t'avait fait des avances dégueulasses et que je devais aller le voir pour le calmer ? C'est fait maintenant. Histoire réglée. Problème résolu. Alors, change de disque.

Manifestement, elle est surprise et quelque peu déçue de ma réponse.

– J'aurais préféré que tu le fasses naturellement. Sans que j'aie à te le demander, tu vois. Et dans les bons délais.

– Les bons délais ?

– Oui, Blake, rétorque-t-elle sévèrement. Jasper est venu me draguer il y a plus d'une semaine. Tu avais toute la soirée de mardi, jeudi, samedi ou encore celle de dimanche pour t'expliquer avec lui. Mais non ! Toi, tu attends plus de sept jours pour t'activer enfin.

D'habitude, je trouve toujours un moyen pour rebondir sur mes pattes, mais là, je suis dans la merde jusqu'au cou. J'étais convaincu que ce connard de Jasper avait essayé de l'allumer hier soir, ça craint ! Je ne me souvenais plus que ça remontait à autant de temps. À croire que je perds la boule… enfin, non. Ma mémoire se porte à peu près bien, je dois arrêter de me voiler la face. Ces derniers temps, je ne prête plus vraiment attention à ce qu'elle me dit. Pas parce que je m'en fous, mais parce que j'ai trop de choses auxquelles penser. Trop de choses m'accaparent le crâne et le rongent.

– Mieux vaut tard que jamais.

Je lui lance mon sourire diaboliquement charmeur et elle déglutit, très difficilement. Je sais à quel point je lui fais de l'effet. S'il y a bien un domaine que je maîtrise à la perfection, ce sont mes pouvoirs de séducteur vis-à-vis de la gent féminine.

– En l'occurrence, j'aurais préféré que ce ne soit jamais, se reprend-elle. Pour moi, c'était l'humiliation totale.

Emily et son obsession de bien paraître en société…

C'est une des choses qui m'énervent le plus chez elle, bien au-delà de sa paranoïa légendaire et de ses crises de jalousie à répétition. D'ailleurs, je sens que ces deux autres traits de sa personnalité ne vont pas tarder à surgir. Je n'ai pas envie qu'elle aborde le sujet sensible *Violet*, mais après ce que j'ai fait, c'est inévitable. La connaissant, elle va me faire passer un interrogatoire en bonne et due forme, et je redoute le moment où elle me demandera d'expliquer mon geste. Parce que le truc, c'est que, moi-même, je ne le comprends pas.

– Tout le monde a capté que c'était pour *elle*. Tu m'expliques ?

Sa voix est tranchante comme une lame de rasoir. Pour éviter une dispute en pleine rue, je sors la première justification qui me traverse l'esprit.

Et loin d'être la bonne.

– Elle habite chez moi, Em'.

– Et ? C'est elle, la baby-sitter, pas toi.

– Mon père m'oblige à la surveiller.

Je mens seulement à moitié, puisqu'il m'a en effet demandé de l'intégrer à mon groupe d'amis et de jouer le guide touristique pour elle. En revanche, il ne m'a jamais dit d'avoir recours à la violence si un mec l'approchait un peu trop. Mais je préfère garder ce détail pour moi.

– Elle a 18 ans, pas 9. Mais même sans parler d'elle, je ne comprends toujours pas pourquoi tu n'es pas allé voir Jasper avant. J'ai l'impression que tu te fiches royalement qu'il ait essayé de m'embrasser pendant que tu étais dehors avec Travis…

– Je ne peux pas me créer trop d'ennuis avec Jasper, l'arrêté-je. Tu le sais pourtant bien, nan ? enchaîné-je tout de suite sans pouvoir contrôler l'intonation coupable dans ma voix.

On a un vieux passif, lui et moi, qui date de l'époque du lycée, dont Emily a parfaitement connaissance. J'ai failli me battre avec lui ce soir, et maintenant que je suis de nouveau calme, je pense aux retombées que ma perte de contrôle aurait pu avoir… non sans frissonner.

– Je ne te demandais pas de lui sauter à la gorge. Juste de t'expliquer avec lui.

– Franchement, je n'y pensais même plus. Jasper est un salaud, il fait ça avec toutes les meufs. C'est pas comme si c'était une nouveauté…

– Mais je ne suis pas n'importe quelle « meuf », me coupe-t-elle en mimant les guillemets. Je suis ta petite amie.

Ses yeux me foudroient sur place.

Trouve la bonne réponse, et vite.

– Comme si tu avais besoin de moi pour te défendre.

Son sourire revient lentement sur ses lèvres. Avec le temps, j'ai appris qu'en flattant son ego, je pouvais me sortir de n'importe quelle situation foireuse.

– Pas faux ! On peut dire que je suis tout le contraire de ta nouvelle bonne, badine-t-elle en retrouvant son enthousiasme – *et son machiavélisme*. Sérieusement, on dirait que cette fille est en sucre, tu ne trouves pas ? Toujours à chercher de l'aide auprès des autres.

Raté. Apparemment, elle n'est pas prête à me lâcher avec Violet. Je hoche la tête, bien que je ne sois pas vraiment d'accord.

– J'ai une super idée, continue-t-elle. Que dirais-tu de venir emménager chez moi ? Ton père ne pourrait plus te donner d'ordres, comme celui de protéger la petite princesse fragile, et tu aurais ta liberté.

Et me taper son père à elle ? Hors de question. Le mien est un beau connard, mais le sien n'est pas mieux : un sale hypocrite qui affiche un sourire jusqu'aux oreilles devant moi, mais qui n'arrête pas de me tailler dans mon dos. Emily m'a rapporté à plusieurs reprises qu'il trouvait que je faisais mauvais genre avec tous mes tatouages et que j'étais certainement un raté. Sur ce dernier point, je reconnais qu'il n'a pas franchement tort car mon dossier est tellement catastrophique qu'il m'empêche de retaper mon année. Et à l'heure actuelle, je n'ai toujours pas envisagé d'autres écoles. Mais à part la bière et les vieux groupes de rock, rien ne me passionne.

– Merci, mais non merci.

– Pourquoi pas ? Depuis que tu es retourné vivre chez ton père, tu n'arrêtes pas de te plaindre. Ça te ferait du bien.

Qu'est-ce qu'elle ne capte pas dans « non merci » ?

– J'en ai pas envie. Alors lâche l'affaire.

– Je croyais que tu ne voulais plus faire partie de leur famille. Ça doit être terrible de continuer à voir ta belle-mère remplacer ta mère…

Je serre les poings jusqu'à faire craquer mes phalanges, brûlant de les propulser dans un mur, une voiture, quelque chose, n'importe quoi. Chaque fois qu'on me parle de famille ou de ma mère, j'ai du mal à conserver mon sang-froid. Elle est morte il y a trois ans, mais je l'ai regardée s'éteindre pendant deux ans. *Saleté de cancer.* Je pensais que la maladie et le deuil seraient les deux épreuves les plus difficiles à surmonter, mais c'était compter sans l'immoralité de mon père. Quelques mois avant qu'elle ne rende son dernier souffle, il la trompait avec une autre femme. Bah ouais, elle allait crever de toute façon, alors autant commencer à refaire sa vie !

Le jour où je l'ai surpris main dans la main avec une grande brune, j'ai ressenti une haine puissante, pesante, dévastatrice. Et ce n'était que le début. Après la mort de ma mère, mon père a vendu notre maison à Northampton et en a acheté une autre à Londres, dans le quartier des riches, *a. k. a.* Mayfair, avec pour seul but celui de se rapprocher de sa maîtresse. Pas une seule seconde, il n'a pensé à moi. Blake se frappe tous les jours une heure de métro pour se rendre à son lycée ? *Pas grave.* Blake disparaît des nuits entières sans donner le moindre signe de vie ? *Aucune raison de s'en inquiéter.* Blake est en souffrance ? *Ça finira par lui passer.* Durant toute mon année de première, j'ai donc vécu seul avec lui en sachant pertinemment qu'il voyait une autre femme. Et à l'issue de cette année scolaire, il a jugé bon de me la présenter. Puis, de la faire emménager chez nous, deux jours plus tard. Avec Rachel, ils avaient tout planifié depuis le moment où le médecin nous avait dit que ma mère ne s'en sortirait pas. Classe, le daron, hein ? Il a décrété qu'un an, c'était largement suffisant pour faire mon deuil.

Comme si mon chagrin avait une putain de date d'expiration.

Cet été-là, j'ai passé mes matinées au cimetière, mes après-midi à traîner dehors et mes nuits à écumer des fêtes peu recommandables, à faire des choses tout aussi peu recommandables. Le cercle d'autodestruction dans lequel je me suis enfermé à l'orée de mes 16 ans redoublait de vitesse, tournoyait sans relâche – il faut dire aussi qu'il n'était pas seulement vicieux, il était tout ce qu'il y avait de plus parfait : je pouvais enfin m'évader.

À ce stade-là, je croyais que ma situation ne pouvait pas empirer, jusqu'à ce que Rachel m'annonce sa grossesse peu de temps après ma rentrée en terminale. Et ses fiançailles avec mon père. En tout, j'ai tenu une année avec eux. La pire de ma vie, à tous points de vue.

Au prix d'efforts terribles et de longues semaines d'insomnie, d'irritabilité et de dépression, je me suis finalement ressaisi. Je me suis servi des derniers neurones que je n'avais pas grillés pour obtenir mon diplôme, et je me suis barré dans la première école qui a bien voulu de moi. Je me fichais pas mal qu'elle ne soit pas raccord avec mes compétences et mon choix d'avenir. À ce moment de ma vie, je n'arrivais même pas à l'imaginer. Encore moins à y penser. Tout ce qui m'importait était de fuir mon père et certaines de mes mauvaises fréquentations au lycée. Sauf Jasper. Lui, c'est le seul démon qui reste de mon passé.

À l'ESCP, c'était la renaissance. J'allais mieux. J'ai maintenu mes distances avec Jasper. Je n'ai pas assisté à la naissance de ma demi-sœur. Je n'étais présent ni le jour de leur mariage ni le soir de Noël. Les rares fois où je venais les voir, c'était pour taxer de l'argent à mon père. Il arrivait aussi parfois que Travis prenne trop de place dans notre dortoir et que j'aille squatter la maison avec Emily pour plus de tranquillité – quand la joyeuse petite famille était de sortie, bien sûr. J'aurais eu tort de ne pas profiter de mon double de clés. Sauf que voilà, maintenant que l'école m'a éjecté, je retourne vivre chez mon père à temps plein. Ça m'emmerde, mais c'est provisoire.

– La ferme, Em', grogné-je.

– Pourquoi tu t'infliges ça ? Si j'étais à ta place, je ne resterais pas ici, insiste-t-elle. Ton père a quand même laissé Rachel prendre la place de ta mère, et Rosie prendre *ta* place. Sans parler de toutes ces nuits que tu as passées dans la rue sans qu'il s'en soucie…

Mon père est une crevure, c'est vrai. Mais je n'ai pas besoin de quelqu'un pour me le rappeler, je le sais mieux que quiconque. La colère m'envahit sans crier gare, mes tempes cognent et mon pouls pulse à la vitesse de la lumière. Je ne veux pas hurler sur Emily, mais ses mots me mettent hors de moi, me donnent envie de tout casser…

– J'ai dit, la ferme !

De rage, je flanque un méchant coup de pied vers l'arrière, dans la portière d'une bagnole. Aussitôt, une alarme stridente retentit dans la rue. *La poisse.* Je ferais mieux de me barrer avant que le propriétaire ne rapplique. Sous les yeux ébahis d'Emily, je commence à marcher vers la maison à grands pas furieux, priant pour qu'elle me laisse tranquille. Mais c'est mal la connaître.

– Tu es vraiment obligé de te mettre dans cet état ? C'est ridicule.

Je fais mine de ne rien entendre et continue de m'éloigner.

– Reviens ici ! On n'a pas fini de discuter !

– Non, c'est là que tu te plantes ! Moi, je vais me coucher !

– Bon sang, Blake ! Je proposais juste des solutions. Maintenant, si tu ne veux pas de mon aide, c'est tant pis pour toi !

Sa voix haut perchée s'évanouit dès l'instant où je referme la porte.

12

Violet

Je suis tirée d'un sommeil agité lorsqu'une lumière vive pénètre dans le bureau. Je me frotte les yeux, agressée par cette clarté soudaine, puis j'observe tout autour de moi. Comme je n'ai pas pensé à fermer le rideau, le soleil inonde la pièce. Je grogne en enfonçant ma tête dans l'oreiller. Bien sûr, la seule fois où je rentre à pas d'heure, il faut que je me fasse réveiller par un grand soleil et un ciel parfaitement bleu. Je me plaignais de la météo londonienne mais, pour ce matin, j'aurais préféré un temps pourri ! À cause de la fatigue, mes paupières me démangent. Je pourrais aller rabattre le rideau pour essayer de me rendormir, mais c'est impossible. Il fait une chaleur terrible dans le bureau. Je tends les bras vers le plafond et m'étire en repensant à cette fichue soirée.

J'ai attendu jusqu'à environ cinq heures du matin avant qu'Amber ne soit de nouveau capable de conduire. En attendant cette heure libératrice, j'ai dû lui tenir les cheveux pendant qu'elle vomissait au-dessus de la cuvette des toilettes, la surveiller pour qu'elle ne touche plus une goutte d'alcool et affronter les regards appuyés de plusieurs curieux qui se demandaient certainement qui j'étais pour que Blake Wood – qui, d'ordinaire, n'est pas du type chevaleresque – vienne me porter secours. Mais qu'ils se rassurent, cet élan de bonté n'était que passager. Et contrairement à ce que j'ai pu penser dans un moment d'égarement, c'était pour Emily, pas pour moi. Sur le moment, je me suis sentie honteuse, mais la colère a rapidement pris le dessus. Je n'arrive toujours pas à croire qu'il ait refusé de me raccompagner alors que nous vivons au même endroit. La cohabitation avec ce crétin va être encore plus difficile que je ne le pensais.

L'alarme de mon téléphone se met à sonner. Quoi, déjà dix heures quinze ? Je déplie mes membres, faisant craquer mes articulations, et je me lève péniblement. Du bout des doigts, j'attrape cet engin de malheur pour le mettre en sourdine et mes yeux s'agrandissent en voyant l'heure affichée sur l'écran : *dix heures cinquante !* J'étais tellement fatiguée que je n'ai pas entendu mon réveil sonner les quatre premières fois. Et maintenant, je suis en retard. À force, Rachel va vraiment finir par penser que je ne suis pas sérieuse…

Je dompte ma crinière blonde en deux coups de peigne, masque ma cicatrice avec une noisette de fond de teint et me glisse dans une robe fleurie avant de quitter le bureau à toute vitesse. Quatre à quatre, je dévale les marches et trouve un Post-it sur la table à manger. Mon ventre se noue, je m'attends à ce qu'elle me demande de plier bagage.

Bonjour, la marmotte !
J'ai donné un biberon à Rosie avant de partir et elle s'est rendormie tout de suite après. Tu as beaucoup de chance :) J'ai posé le babyphone à côté de ton oreiller au cas où elle se réveille. J'aurais besoin que tu ailles au supermarché cet après-midi pour lui acheter du lait en poudre. Profites-en pour te prendre ce que tu veux !
P.-S. L'argent est dans le tiroir de ma table de nuit.
À toute, ma belle.

Je laisse échapper un long soupir, rassurée de ne pas être mise à la porte. Rachel et Andrew sont vraiment des patrons en or. Certes, Rachel est proche de ma mère, mais elle ne me paie pas cent livres la semaine pour faire des grasses matinées. À partir de demain, je reprends mes footings aux aurores. Et terminé les fêtes mouvementées avec Amber ! Je ne me laisserai plus attendrir par ses yeux de cocker battu, il n'est pas question que je repasse une autre soirée comme celle d'hier soir. Plus détendue, je repars en direction de l'escalier pour récupérer le babyphone, lorsqu'une voix grave et éraillée surgit soudain de la cuisine.

– Bien dormi ?

Je me fige et me tourne, découvrant Blake à l'entrée de la cuisine, appuyé contre le chambranle de la porte. Mes yeux reluquent un peu trop longtemps son corps musclé et recouvert d'encre noire délavée. Vêtu seulement d'un bas de jogging gris, il se tient les bras croisés sur son torse nu, faisant ainsi ressortir ses muscles. Je reste bloquée devant ce spectacle matinal, comme envoûtée. À cet instant, je regrette de m'être dépêchée et d'avoir fait l'impasse sur le maquillage. Je dois avoir une tête cadavérique. *Non, mais qu'est-ce qui me prend à me soucier de mon apparence physique ?* Blake a peut-être l'air d'un top model, mais je ne dois pas oublier le sale coup qu'il m'a fait hier soir. Et toutes ses piques cinglantes depuis que je suis arrivée ici ! Je fronce les sourcils en reprenant contenance.

Il ne manquait plus que la bave au coin de la bouche et j'étais la caricature parfaite de la bécasse !

– Tu t'es encore envoyé en l'air pour être d'aussi bonne humeur ?

Ses yeux pétillent et ses fossettes apparaissent franchement. Je sais que je ne devrais pas m'en faire la remarque, mais lorsqu'il rit, son visage s'éclaire. Il semble accessible, plus chaleureux et moins haïssable.

– Non, pas cette fois.

Je ne m'attendais pas à ce qu'il réponde sincèrement à la question, mais je suis rassurée de savoir qu'Emily n'est pas dans sa chambre. Je n'aurais pas aimé la voir se balader à moitié nue dans la maison, comme l'autre matin.

– Ah, dis-je en veillant à ne pas lui montrer mon soulagement.

On ne sait jamais, il pourrait l'interpréter d'une autre manière, et je ne voudrais surtout pas lui donner d'autres raisons de croire que je craque pour lui. Le malentendu de la veille était déjà assez humiliant comme ça.

– Tu veux un café ? Tu as l'air crevée.

– J'aurais pu dormir plus longtemps si tu avais bien voulu me raccompagner.

Il rit encore mais, cette fois, d'une façon plus nerveuse.

– Ouais, désolé, marmonne-t-il à demi-mot.

Je rêve ou Blake vient de me présenter des excuses ? Bon, sa voix n'était pas très audible et ses yeux étaient baissés vers le sol, mais il l'a dit. *Désolé.* Je suis tellement choquée que je reste muette.

– Tu le veux, ce café, oui ou non ? enchaîne-t-il vivement, ce qui fait encore ressortir son accent britannique.

Au fond de moi, j'avais espoir qu'il me demande aussi pardon pour tout le reste, mes produits de maquillage cassés et le surnom dévalorisant, mais j'imagine que pour l'instant je vais devoir me contenter de ça. *Ce qui est déjà pas mal.* Blake n'a pas l'air du style à s'excuser très souvent, alors autant profiter de sa gentillesse occasionnelle pour essayer de repartir sur de bonnes bases. Je hausse les épaules pour lui signifier que je prendrais bien un café avec lui et il disparaît dans la cuisine. Quand j'entre à mon tour dans la pièce après être allée récupérer le babyphone, il est déjà derrière le comptoir, près de la machine à café. Je m'assieds sur un tabouret haut et le regarde sortir deux tasses d'un placard.

– Normal ou déca ?

N'étant pas une grande buveuse de café, je choisis la seconde option. Il en prépare un premier : noir avec une noisette de lait concentré, puis il s'occupe de la seconde tasse en faisant attention à choisir une capsule décaféinée. Une fois qu'ils sont prêts, il fait glisser mon café brûlant sur le comptoir et prend le sien. Au lieu de venir s'installer sur le tabouret à côté de moi, il reste derrière le comptoir, le dos appuyé contre le plan de travail. J'imagine qu'il veille à respecter *mes* distances, *mes* conditions. Je me surprends à être déçue qu'il ne les enfreigne pas. Nous buvons notre café dans un silence de mort. Puis, prise d'une impulsion subite, je lâche enfin :

– Je vais être honnête, c'est difficile de te suivre.

Il hoche la tête pensivement, comme s'il s'attendait à ce commentaire.

– Cette nuit, j'ai bien réfléchi à ce que tu m'as dit. Même si je ne pense pas rester dans cette piaule pendant six mois, ce serait cool qu'on essaie de ne pas s'entretuer durant le laps de temps où je serai là.

– Dans ce cas, tu devrais commencer par arrêter de passer tes nerfs sur mes valises. Et de m'appeler la « boniche ».

Ma voix est plus sèche que je ne le voulais. Blake passe une main sur sa nuque, visiblement gêné.

– Ça va sans doute te faire marrer, mais je ne voulais pas te paraître désagréable. Disons seulement que tu n'as pas atterri dans le meilleur climat familial. (Il laisse planer un nouveau silence, prend une gorgée de café, puis reprend enfin :) Non pas que j'essaie de me trouver des excuses, mais bon… En fait, si, avoue-t-il. Un peu.

Instantanément, je repense à ce qu'Amber m'a dit l'autre jour à propos de sa mère. Je ne sais toujours pas comment elle est morte ni ce qui s'est passé au sein de leur famille à la suite de ce drame, mais il ne faut pas être trop bête pour comprendre qu'il en veut à son père d'avoir refait sa vie. J'aimerais lui poser tout un tas de questions sur lui, ses relations avec son père, Rachel, Rosie, les raisons qui le rendent tantôt hostile, tantôt bienveillant, tantôt détaché, tantôt prévenant, mais je ne dois pas oublier que c'est seulement la deuxième fois que Blake ne se comporte pas comme un mufle avec moi. Alors ne nous emballons pas. Pour l'instant, ce semblant de quelque chose qui se construit entre nous est aussi fragile et cassant qu'un fil de coton.

– Aucune famille n'est parfaite, me contenté-je de répondre.

– Ouais, c'est sûr. Alors… amis ?

Il accompagne sa proposition d'un sourire ravageur, le genre de sourire qui ne laisse personne indifférent. J'avale difficilement ma salive. C'est moi qui lui ai fait cette demande en premier. Dans mon fameux moment de faiblesse, juste avant qu'il ne me plante au bord de la route. Après coup, je me suis trouvée ridicule et m'en suis même voulu de ne pas m'être tue. Mais cette fois, c'est Blake qui me le propose et il a l'air plus sérieux que jamais. Je suis prise au dépourvu et me mets à bafouiller :

– Euh, bah…

– Je sais bien qu'on ne va pas devenir amis en trente secondes, mais je te promets d'être plus sympa avec toi, l'emmerdeuse, m'assure-t-il avec ce même sourire au coin des lèvres, qui ne manque pas de faire accélérer mes pulsations cardiaques. Trinquons à un nouveau départ.

Étrangement, ce petit surnom pourtant péjoratif ne me dérange pas autant que l'autre. Blake lève sa tasse et la tend vers moi. Au moment où je m'apprête à lui rendre la pareille, je me rends compte que la mienne est vide.

– J'ai tout bu.

– Moi aussi, mais ça ne fait rien. Personne ne trinque avec des cafés, de toute façon. Alors faisons dans l'originalité jusqu'au bout.

Je lui souris.

– À un nouveau départ, poursuit-il, tandis que nos deux tasses s'entrechoquent.

De la même façon que nos regards se heurtent l'un à l'autre. Avec une intensité dont lui seul a le secret.

– À un nouveau départ.

Ces mots résonnent profondément en moi, un peu parce qu'ils font écho à ceux que j'ai écrits dans mon carnet, et surtout parce que je crève d'impatience de savoir à quoi ressemblera mon nouveau départ avec Blake. D'un bond, il s'assied sur le plan de travail en granit sans me quitter des yeux. Moi, je ne sais plus où diriger les miens. Vers son regard aussi bleu et profond qu'un lagon, les deux fossettes au creux de ses joues, les taches de rousseur sur l'arête effilée de son nez, son torse sculpté à merveille. J'essaie de refouler cette attraction naissante et interdite, mais tous mes sens sont à l'affût.

– Je ne devrais pas balancer, mais mon pote, Travis, il a comme qui dirait… un petit faible pour toi.

En seulement une seconde, je passe du septième ciel au trente-sixième dessous. La descente est brutale mais, au moins, j'ai de nouveau les pieds sur terre.

– Il te l'a dit ?

– Ouais, en quelque sorte.

Le rouge me monte aux joues, je baisse la tête. Maintenant, j'ai bien la confirmation que je plais à Travis. Je m'en doutais, mais j'espérais me tromper. Et je ne sais pas ce qui me rend le plus mal à l'aise : le fait que Travis se soit confié à Blake pour lui parler de son béguin pour moi, ou celui d'être de plus en plus attirée par cette oreille attentive, le seul qui m'a défendue, à savoir Blake Wood. En relevant la tête, je vois que ma réaction semble le surprendre. Il m'étudie attentivement avant de me demander d'un ton indéchiffrable :

– Il te plaît aussi ?

C'est à mon tour d'être interloquée.

– Non ! Enfin, il est mignon mais…

J'hésite un peu à poursuivre et Blake hausse un sourcil, curieux.

– Mais ?

– Je ne suis pas venue jusqu'ici pour me trouver quelqu'un.

Plus cette conversation avance, plus j'ai l'impression de lui révéler des choses intimes à mon sujet.

– Ces trucs-là, tu ne les contrôles pas, rétorque-t-il. Ça te tombe dessus d'un coup, sans prévenir.

Mes yeux rivés aux siens, je ne peux m'empêcher de trouver un double sens à ses paroles, un sens caché. Sans doute encore une erreur de mon imagination.

– C'était ouvert.

Nous détachons brusquement nos regards l'un de l'autre pour les reporter vers la tornade rousse qui vient de faire irruption dans la cuisine. Entre ses longs cils noirs, Emily nous dévisage tour à tour d'un air méfiant, puis ses sourcils se froncent davantage en apercevant les tasses de café que nous tenons à la main. Voilà pourquoi mon début d'attirance envers Blake doit cesser : il a une petite amie et moi je ne cherche personne. Je suis à Londres avec pour seul et unique objectif de me reconstruire. C'est tout ce que je dois garder en tête, afin d'empêcher Blake de me la faire tourner. Finalement, je me demande si je ne préférais pas son attitude déplaisante à ses sourires magnétiques. Au moins, ça me permettait de rester lucide.

Et de ne pas voir certaines évidences.

– Qu'est-ce que tu fais ? lui demande-t-elle, tendue.

Traduction : qu'est-ce que tu fiches avec elle ?

Blake quitte immédiatement le plan de travail pour la rejoindre.

– Rien d'intéressant, lâche-t-il, nonchalant.

– Je peux te parler ? En privé, ajoute-t-elle en surprenant mon regard posé sur eux.

– Ouais, on n'a qu'à rester ici.

– D'accord, sauf que...

Elle lui fait les gros yeux pour qu'il comprenne que je suis toujours dans la pièce.

– T'inquiète, elle va tout nettoyer et se barrer.

Il tourne la tête dans ma direction et me regarde longuement d'un air dur, me faisant comprendre de remballer mon expression sidérée et de me magner. Je reste bêtement figée sur mon tabouret, sans réaction, ma mâchoire se décrochant presque, avant d'être submergée par un soudain accès de rage. Comment ai-je pu me laisser prendre à son petit numéro de « faisons la paix et devenons amis » ? Sans parler de ses excuses bidon. Je peux parfaitement comprendre qu'ils aient besoin de se parler seul à seul, mais était-il vraiment obligé d'ajouter que je devais tout nettoyer avant de débarrasser le plancher ? Non. C'était gratuit. Et je commence à en avoir ma claque de son côté Docteur Jekyll et Mister Hyde. Il est vraiment trop lunatique. Trop toqué. Mais j'imagine qu'après cette énième humiliation, je ne me ferai plus berner aussi facilement. Blake me prend pour la bonne à tout faire et moi, je le vois comme ce qu'il est. C'est-à-dire un abruti de première. Il est vrai que, pendant un court instant, je me suis laissé aveugler par sa fausse sympathie et son physique de rêve, au point de ressentir un petit quelque chose pour lui. Mais quoi que ce fût, ce truc est mort aussitôt qu'il est né.

Sans piper mot, je me lève, récupère le babyphone, prends ma tasse et la pose dans l'évier, prenant bien soin de laisser la sienne sur le plan de travail. Du coin de l'œil, je vois Emily esquisser un sourire satisfait. Elle se précipite pour prendre ma place et, pendant qu'elle a le dos tourné, j'avance lentement vers Blake en m'efforçant de contenir ma colère. Mes yeux lui lancent des éclairs alors que les siens regardent partout sauf dans ma direction. Impossible de garder mon calme plus longtemps. Au moment où je passe près de lui, je lui assène un gros coup dans l'épaule et quitte la cuisine.

Au diable, les distances.

Au diable, Blake Wood.

13

Violet

Je grimpe l'escalier, une fois de plus, énervée comme jamais, et je claque la porte du bureau derrière moi… avant de me souvenir que Rosie dort dans la chambre d'en face. *Quelle cruche je suis !* Je regarde fébrilement l'écran du babyphone et suis soulagée de voir qu'elle ne s'est pas réveillée. Puis, la colère revient en force. J'aurais dû me douter que Blake n'était pas sincère. Il n'a pas l'intention d'être gentil avec moi, véritablement gentil, et encore moins de devenir mon ami. Aussitôt, je m'en veux pour cette pensée pathétique. Je me sens vraiment nulle d'avoir encore cru qu'il voulait apaiser les tensions entre nous. À l'heure qu'il est, il est sûrement en train de tout raconter à Emily et, ensemble, ils doivent se moquer allègrement de moi.

Essayant de focaliser mon esprit sur autre chose que les deux vipères en bas, j'empoigne mon téléphone. Je suis sur le point d'aller faire un tour sur YouTube quand je remarque l'icône WhatsApp clignoter, m'alertant d'un nouveau message.

Je l'ouvre.

Et à cet instant précis, je ne pense plus à Blake ni à Emily. Je n'entends plus rien, si ce n'est les battements erratiques de mon cœur et ma respiration en vrac.

Inconnu_ Salut, Vi. Alors comment se passent tes vacances secrètes à Londres ?

Je reste un long moment bloquée devant ce message venant d'un numéro inconnu, sachant toutefois de qui il provient. Je ferme les yeux, puis les ouvre tout d'un coup, et les referme brusquement. Je respire à pleins poumons et les rouvre pour la seconde fois. Un gémissement douloureux m'échappe. Ce n'est pas un mauvais coup de la part de mon imagination, cette fois. Ce que je vois est bien réel. Quelques larmes, que je ne peux retenir, dévalent lentement mes joues. Je pose une main sur ma bouche pour faire le moins de bruit possible, tenant toujours mon téléphone dans l'autre. *Qui a bien pu lui donner mon numéro ?* À part mes parents, je ne l'ai communiqué à personne. Mais peu importe comment il l'a obtenu, la finalité, c'est qu'Aaron a réussi à entrer en contact avec moi. Et je dois régler ça. Tout de suite. D'un geste rageur, j'essuie les larmes qui inondent mon visage et me mets à tapoter sur l'écran tactile de mes doigts tremblants.

Moi_Je suis en route pour me rendre
dans un magasin de téléphonie.
D'ici quelques minutes,
tu ne pourras plus me contacter.

Je ne le laisserai plus jamais m'atteindre. Il y a quelques jours encore, il pouvait venir me traumatiser devant chez moi, au lycée, dans la rue, lors de mes entraînements et compétitions de cheerleading – désormais, nous ne sommes reliés que par ce petit machin électronique. Mais plus pour longtemps.

Après m'être douchée dans la salle de bains parentale, je me rhabille. Les cheveux attachés en une queue-de-cheval haute et serrée, touche de maquillage pour avoir l'air plus fraîche et surtout cacher mes yeux rougis, je suis prête à sortir. Aaron croit peut-être que je bluffe, mais je compte bien passer dans une boutique pour l'empêcher de me harceler. J'en profiterai aussi pour me rendre à l'épicerie du coin et acheter le lait en poudre de Rosie. Me souvenant du mot de Rachel, j'ouvre le tiroir de la table de chevet et m'empare des quelques billets qui me sont destinés. De retour dans le bureau, je me fige en voyant l'écran de mon téléphone s'allumer.

Aaron m'a répondu.

Aaron_Pourquoi tant de haine ?
Tu m'as aimé un jour.

J'imagine son rictus moqueur, et mon estomac se tord à un point que la nausée me prend rapidement à la gorge. Fébrile, je me laisse tomber sur le lit et plonge mon visage dans l'oreiller pour dissiper les souvenirs qui défilent dans ma tête, en vain. Je vois toujours Aaron, ses regards accusateurs ; j'entends toujours ses mots rabaissants, mes cris étouffés ; je sens toujours cette douleur déchirante entre mes cuisses, le vide qui m'étreint à l'intérieur. Une nouvelle vibration me fait relever la tête. Aaron ne me lâchera pas tant que je n'aurai pas changé de numéro. Je dois le chasser de mon esprit et rassembler mes dernières forces pour sortir en ville. En chaussant mes bottines, mon regard glisse machinalement sur l'écran lumineux. Je ne devrais pas lire son nouveau message, mais mes yeux, ces traîtres, refusent de regarder ailleurs.

Aaron_J'ai quelque chose qui te fera
certainement changer d'avis.

Je fronce les sourcils. Que veut-il dire par là ? Il m'écrit un autre message, la petite bulle anxiogène avec les points de suspension s'affiche toujours. Et lorsqu'elle disparaît, mon sang se glace et mon souffle se coupe, comme si je venais de plonger tout au fond d'un lac. Aaron m'a envoyé une photo. Une photo de moi, nue. Une photo qui m'était complètement sortie de la tête. Maintenant, je m'en souviens avec horreur. À nos débuts, quand tout me semblait encore tout beau tout rose, il était parti une semaine en vacances avec ses amis de l'université et m'avait demandé de lui envoyer une photo de moi sexy. Mais les nuisettes ne lui convenaient pas, les sous-vêtements non plus. Il lui en fallait une où j'étais entièrement nue. Si j'étais réticente au début, je me suis vite laissé convaincre.

Manipuler, me corrige mon cerveau.

Aaron n'arrêtait pas de me répéter que toutes les filles qu'il connaissait faisaient ce genre de photos pour leurs copains et qu'il n'y avait rien d'anormal à cela. Alors, je l'ai fait aussi. Parce que j'avais peur de me faire jeter et de me voir remplacée par une fille de son entourage, plus cool, plus intrépide, plus excentrique. Je l'ai fait parce que je l'aimais déjà à en crever. Seule et mal à l'aise devant le grand miroir de ma salle de bains, j'ai pris cette photo à toute vitesse et l'ai envoyée, machinalement. L'idiote amoureuse que j'étais ne pensait ni à l'éventualité qu'il conserverait cette photo ni aux répercussions que cela pourrait avoir à l'avenir. Or, nous y voilà. Je pourrais évidemment aller trouver la police, en parler à mes parents, mais la honte que je ressens est si forte qu'elle annihile tout mon bon sens. Et si Aaron a été assez sournois pour garder cette photo, il se pourrait bien qu'il ait d'autres choses en sa possession. Des clichés compromettants de moi à des fêtes débridées sous l'emprise de l'alcool – ou pire, des enregistrements vidéo. Je ne suis pas proche de mes parents, mais je ne veux jamais lire la déception dans les yeux de ma mère. Le dégoût dans ceux de mon père. Je ne sais pas à qui parler, vers qui me tourner. Jamais, jamais de toute ma vie je ne me suis sentie aussi perdue qu'en ce moment. Je suis coincée et ne vois aucune issue. Ravalant un sanglot, je lui écris :

Moi_ Qu'est-ce que tu me veux ?

Aaron_ Une nouvelle photo.
Ça m'aidera à tenir jusqu'à ton retour.

Moi_ Efface l'ancienne, je t'en supplie.

Je supprime ce message, trouvant qu'il fait trop désespéré. *Bien que je le sois.*

Moi_ Je suis prête à te donner de l'argent.

Entre mon maigre salaire hebdomadaire et mes quelques économies, je ne peux guère espérer m'en sortir. Mais selon la somme qu'il aura le culot de me demander, je pourrai essayer de piocher dans le compte épargne que m'a créé mon père pour mes études futures.

Aaron_ Alors là, je suis choqué !
Je ne t'escroquerai jamais, Vi !
Pour qui tu me prends ?

Un monstre.

Aaron_ Je veux ma photo, c'est tout.

Avec Aaron, ce n'est jamais *tout*. Désemparée, j'éteins mon téléphone et le balance le plus loin possible, dans ma valise. Quand je pense à tout ce qu'il pourrait faire avec cette photo, j'en ai des sueurs froides. Il a brisé mon équilibre mental, sali mon corps, et maintenant il envisage de ternir mon image. Rien qu'à cette idée, j'ai de nouveau envie de pleurer. Mais je n'y arrive plus, c'est comme si mon corps avait épuisé tout son stock d'eau et de sel. Je n'ai aucune idée de ce que je vais faire. Pour l'instant, je préfère fuir la réalité en laissant mon téléphone éteint, même si j'ai bien conscience que cette solution est éphémère.

Les cris de Rosie m'extraient de mes pensées affolées. Je n'ai plus envie de faire ce job, plus envie d'être ici, à Londres, plus envie de sourire alors que tout va mal. En fait, je n'ai plus envie de rien. Mais je me suis engagée auprès des Wood. Je me lève, inspire profondément pour faire partir l'affreux vertige qui rend ma vue trouble, et me dirige vers la chambre de Rosie. En la voyant, en pleurs, je me précipite sur elle pour la sortir de son lit et la serrer dans mes bras.

– Chut, ma puce, c'est terminé, je suis là, chuchoté-je contre sa tempe.

Elle retrouve vite son calme, mais ça n'enlève ni n'adoucit en rien ma culpabilité. Et je ne parle pas seulement de mon étourderie avec Rosie… Tel un automate, je la coiffe et l'habille. Je suis tellement ailleurs que je mets son body à l'envers. Après avoir rectifié mon erreur, je la prends dans mes bras et descends précautionneusement l'escalier pour aller la placer dans sa poussette. J'ai besoin de sortir. Je l'aurais bien laissée dans son lit à barreaux le temps d'aller faire quelques courses et m'aérer l'esprit, mais je doute que Blake veille sur elle en mon absence. D'ailleurs, je l'entends toujours discuter avec Emily dans la cuisine. Quelques minutes plus tôt, j'aurais été intéressée par ce qu'ils se disent.

Mais plus maintenant.

Dans le supermarché, je mets rapidement la main sur le lait en poudre. Rachel m'a gentiment proposé de me prendre ce que je voulais, mais je n'ai pas le cœur à ça. Je ne suis pas ce genre de fille qui, quand elle déprime, dévalise les rayons confiserie et crèmes glacées. Non, je suis plutôt de celles qui se terrent dans le silence et qui noient leur désespoir dans des choses moins saines.

Alors que je parcours les grandes allées pour rejoindre les caisses, je m'immobilise devant la myriade de bouteilles d'alcool alignées sur cinq niveaux. Commence ensuite un véritable combat à l'intérieur de moi-même, contre moi-même. Mes mains se crispent sur le guidon de la poussette. Je lutte. Résiste. Puis, je repense à mon échange avec Aaron et je plonge la tête la première dans un gouffre ombreux, où m'attendent mes propres démons, rieurs et victorieux de me voir enfin faiblir. Je prends furtivement une bouteille de vodka, une autre de gin, et passe en caisse. Étant considérée comme majeure ici, je ne suis contrainte par personne d'aller les reposer, mais j'ai quand même droit à un beau regard scandalisé de la caissière que je feins de ne pas remarquer. La poussette n'arrange rien. Tête baissée, j'enfouis mes articles au fond d'un sac et paie le tout avec mon argent de la semaine pour évacuer ce sentiment de culpabilité, cette petite voix intérieure qui m'accuse et me juge durement…

Mais que je m'efforce à tout prix d'ignorer.

En rentrant, je trouve Blake avachi sur le canapé devant la télé. Emily n'est plus là. Lorsque je dépose le sac près de l'entrée, je surprends son regard furtif sur moi, ce qui donne lieu à une situation embarrassante, de quelques secondes tout au plus, avant qu'il ne replonge dans son film. Je m'apprête à aller ranger le lait en poudre dans la cuisine, mais les pleurs de Rosie provenant de la poussette m'arrêtent dans mon élan. Deux options : soit elle a faim, soit sa couche est pleine. L'odeur nauséabonde qu'elle dégage m'apporte une réponse. Je la sors de sa poussette et, retenant ma respiration, je la mène à l'étage pour la changer. Une fois qu'elle est propre, je la laisse jouer dans son parc et redescends pour m'occuper du sac de courses.

Mais il semblerait que quelqu'un s'en soit déjà chargé à ma place.

Blake m'accueille de son habituel regard sournois. Tenant d'une main la bouteille de vodka et de l'autre celle de gin, il agite le tout devant mon visage décomposé et ricane.

– Tu comptes faire picoler Rosie ? T'es plutôt fun, en fait, comme baby-sitter.

– J'ai fait des courses pour Rachel.

– Et elle t'a demandé d'acheter de la tise ?

Je hoche la tête, tout en le regardant droit dans les yeux.

– Impossible, elle déteste ça. Et mon snob de père ne boit que des bouteilles à plus de cent balles.

Me sentant soudain prise au piège, je ne réponds pas.

– Dois-je en déduire que c'est toi, la *poivrote* ? s'enquiert-il en secouant de nouveau les bouteilles sous mon nez.

– Repose-les tout de suite.

Il doit voir que je ne suis pas franchement d'humeur à le supporter, lui et son attitude fantasque, car il s'exécute sans broncher. Puis il se rembrunit à son tour, comme s'il n'avait pas envisagé que je le rembarre sèchement, comme s'il ne s'était pas lui-même comporté de façon odieuse avec moi dans la cuisine. C'est quoi, son problème, à la fin ?

– Tu es au courant que tu pourrais te faire virer pour ça, m'avertit-il d'une voix d'outre-tombe.

Ses mots résonnent en moi comme une menace. Tout mon corps se tend sous l'effet de la colère.

– Dans ce cas, qu'attends-tu pour aller tout leur raconter ? Je parie que ça t'arrange, hein. C'est vrai, quoi. Je sais à quel point tu rêves que je dégage d'ici. De toute façon, je n'en ai plus rien à faire, ni de ce job ni de cette ville. Alors, vas-y, ne te gêne surtout pas, sifflé-je. Au moins, je n'aurai plus à supporter de voir ta sale gueule tous les jours.

De toute évidence, il ne s'attendait pas à une réponse aussi brutale. Tandis qu'il reste interdit, je crois voir une lueur triste traverser ses yeux. Enfin, quelque chose qui s'apparente à de la tristesse. Mais à tous les coups, j'ai encore tout faux et il se moque simplement de moi. Un lourd silence s'installe et j'en profite pour prendre mes bouteilles et remonter à toute vitesse dans le bureau. Je cache les deux litres d'alcool dans l'une de mes valises que je ferme à clé et, après avoir redéposé l'argent dans la chambre parentale, je retourne m'occuper de Rosie.

Je me laisse glisser le long du mur rose poudré jusqu'au sol en regardant la fillette s'amuser avec ses jouets. Je l'envie tellement. Moi aussi, j'aimerais retourner à cette époque où tout était simple, où j'étais petite et insouciante. Mais avec le temps, on grandit et nos problèmes aussi. En plus d'avoir celui d'Aaron à gérer, je dois aussi m'attendre à ce que Rachel et Andrew me passent un savon ce soir. D'ailleurs, je ne vais pas trop traîner pour consulter les prochains vols pour la Californie. Je préfère prévoir le mauvais coup que me réserve Blake. Parce qu'il va tout leur balancer, c'est sûr. C'est l'occasion rêvée pour lui de se débarrasser de moi, alors autant se préparer au pire.

14

Blake

Avec Emily, Travis et un autre pote, on s'est donné rendez-vous à vingt-trois heures au Lock Tavern. J'ébouriffe mes cheveux et frotte ma barbe de trois jours en faisant la moue. D'habitude, je ne la laisse jamais pousser aussi longtemps. La raison ? Emily ne supporte pas quand je pique. Apparemment, ça abîmerait sa petite peau de pêche. Mais ce soir, elle va devoir faire un effort parce que je n'ai pas le temps de me raser. Ma montre affiche vingt-deux heures cinquante, ce qui veut dire que je suis grave à la bourre et que je n'ai pas une seconde à perdre dans des conneries du style « chasse aux poils ». J'enfile un jean noir et un tee-shirt de la même couleur, par-dessus lequel je passe ma veste denim. Mes Dr Martens aux pieds, je prends mes clés de voiture et quitte ma chambre.

Je tombe face à la porte du bureau, toujours close. Violet s'y est enfermée à dix-sept heures, heure à laquelle Rachel est rentrée du taf. Et depuis, elle n'a plus donné de signe de vie. Pendant que je matais un film sur le canapé, je l'ai entendue prétexter un gros mal de crâne à Rachel avant de monter l'escalier à vive allure, tout en évitant soigneusement de croiser mon regard. Même si elle fait mine de jouer les dures, je sais qu'elle est terrorisée à l'idée que j'aille tout cafter à Rachel. Contrairement à ce qu'elle a laissé paraître, ce séjour a l'air de lui tenir à cœur. Et si je le voulais, je pourrais la renvoyer dans son avion direction la Californie en un claquement de doigts. Ce serait la solution de facilité. Et de tranquillité, aussi. Sans

Violet, je n'aurais plus à supporter les crises de jalousie d'Emily, mon couple se porterait à merveille – *enfin, façon de parler* – et surtout je ne verrais plus son cul parfait se dandiner sous mon nez à longueur de journée.

Sauf que voilà, c'est justement à cause de cette foutue attirance que je n'ai rien dit à Rachel. Et je jurerais que je ne la laisse pas indifférente non plus. Je l'ai vu. À ses prunelles ambrées qui se dilatent lorsqu'elle soutient mon regard, au rythme de sa respiration saccadée et de son cœur battant trop vite. D'ailleurs, c'est cette réciprocité qui m'a poussé à mettre de la distance entre nous. Quand Emily s'est pointée à l'improviste dans la cuisine ce matin, j'ai dû rapidement rattraper la situation avant qu'elle ne se doute de quelque chose. Faire mon connard avec Violet était pour moi le seul moyen d'échapper à une énième crise. Pas cool, comme procédé, je sais. D'autant que ça a vraiment mis la blonde en rogne. Plus que je ne l'aurais imaginé, à vrai dire. Le coup qu'elle m'a donné à l'épaule était pour le moins…

… *inattendu.*

Cette pensée en entraînant une autre, je la revois s'énerver contre moi au moment où j'ai découvert ce qu'elle cachait dans son sac : deux bouteilles d'alcool hyper fort alors qu'elle disait ne pas boire. Franchement, ça m'a surpris. Je la voyais plutôt du genre fille modèle qui ne fait pas de vagues, mais une poivrote qui se pinte la gueule en cachette ? Non, du tout. J'étais loin du compte. Cela dit, ça colle bien avec les mots sombres dans son calepin. Et moi le premier, je sais combien il est facile de chuter. J'aimerais connaître sa raison à elle, celle qui l'a poussée au fond du gouffre.

Le tordu que je suis ne peut s'empêcher de se sentir attiré par sa détresse. Paradoxalement, j'aime les gens comme moi, ceux qui sont ravagés de l'intérieur, mais qui font comme si tout allait bien. Ceux qui sourient au grand jour, mais qui souffrent une fois la nuit tombée. Seul bémol, je ne dois pas succomber. Il ne faut surtout pas que je me sente proche d'elle, ou que je me rapproche d'elle, d'une quelconque manière. Violet a beau m'intriguer d'une façon que je ne saurais expliquer, je dois me la sortir de la tête.

Je détache mon regard de la porte et descends l'escalier d'un pas léger. Malheureusement, ma discrétion ne suffit pas à me faire oublier de Rachel qui regarde un feuilleton à l'eau de rose dans le salon. À l'instant où je prends mon double de clés, elle tourne la tête vers moi.

– Tu sors ?

– Ouais.

– Je crois qu'il y a un peu d'argent pour toi sur la commode. Ton père voulait te les donner en main propre, mais il était pressé.

En jetant un coup d'œil sur ma gauche, je vois qu'il m'a en effet laissé quelques billets sur le meuble en bois. Je m'en empare, les enfouis dans la poche de ma veste et regarde une dernière fois en direction de Rachel. Seule, allongée sur ce grand canapé, avec un pot de glace Ben & Jerry's posé sur les genoux, elle fait sacrément pitié. Je dois avouer que ce spectacle lamentable me procure une joie immense. Même avec elle, mon abruti de père continue d'organiser des repas d'affaires chiants, avec des types en costume-cravate tout aussi chiants, et je retire de ce constat une satisfaction mauvaise : il fera toujours passer son boulot avant sa famille.

– On est contents de t'avoir à la maison, Blake, me dit-elle avec un sourire faussement amical.

C'est plus fort que moi, j'éclate de rire.

– Tu parles…

– Je sais que tu ne m'apprécies guère, mais on pourrait essayer d'avoir une conversation un jour. N'importe lequel, quand tu seras prêt. Sans ton père… rien que toi et moi.

Je vais me faire un malin plaisir d'anéantir la lueur d'espoir qui brille dans ses yeux.

– Il n'y a rien à dire. À part le fait que tu as attendu que ma mère crève pour fonder ta petite famille avec mon père. Non, en fait, tu n'as même pas eu la décence d'attendre puisque tu te le tapais déjà quand elle se battait dans son lit d'hôpital. Alors tu vois, ta conversation, tu peux te la mettre là où je pense.

Ma voix est tellement glaciale que mes mots pourraient se désagréger en stalactites tranchantes. Un long silence tombe durant lequel Rachel me dévisage, bouche bée.

– Quelque chose à ajouter ?

Elle secoue énergiquement la tête et je sors en trombe de la maison. Pour la première fois, je lui ai dit ce que je pensais d'elle. J'ai pris ma haine, ma colère et ma rancœur, tous ces sentiments destructeurs qui me bouffent la vie depuis trois putains d'années et je les lui ai jetées en plein visage. *Rachel n'est pas ma mère. Andrew n'est plus mon père. Et je vais me trouver un job le plus rapidement possible pour foutre le camp de cette baraque.* Alors que j'avance vers ma voiture, mes jambes tremblent et mes poings sont serrés à m'en faire mal. Dans mes veines, de la lave en fusion coule. Ça pulse. Mon cœur, mes tempes, mes pouces. Mais la bonne nouvelle, c'est que j'ai tout le trajet pour décolérer.

Quand j'arrive au bar, tout le monde est attablé devant des bières. Travis et Garrett me saluent d'un geste de la main et, au moment où je me penche vers Emily pour l'embrasser, elle a un mouvement de recul.

– Tu ne t'es pas rasé.

Je soupire et m'empare de la chaise à côté d'elle.

– C'était ça où j'étais en retard.

– Tu l'es déjà.

– Commence pas à me prendre la tête, Em'. Ce n'est pas le moment.

En m'asseyant, je l'entends murmurer un vague « OK ».

– Alors, mec, tu lui as parlé de moi ? me demande Travis, tout excité.

Je lâche un soupir encore plus bruyant que le premier. Je viens à peine de poser mon cul sur cette chaise qu'il me saute déjà dessus avec ses questions. *Il ne peut pas me laisser le temps de m'installer ?*

– Tu ne lui plais pas.

Ses yeux s'arrondissent.

– Comment ça ?

– Tu n'es pas son style, déclaré-je durement.

– C'est ce qu'elle t'a dit ?

Pas vraiment, non. Elle m'a simplement exprimé son désir de ne pas vouloir se caser avec quelqu'un. Mais si je lui disais la vérité, il commencerait à la voir comme un défi, et il ne la lâcherait pas jusqu'à ce qu'elle cède. J'ai rencontré Travis à l'ESCP ; le secrétariat me l'avait attribué comme colocataire et, par la force des choses, nous avons commencé à traîner ensemble et sommes devenus de bons potes. C'est un mec vraiment cool, mais je dois reconnaître qu'il peut parfois faire preuve d'une lourdeur incroyable avec les filles.

– Ouais.

– Honnêtement, Travis, commence Emily de sa voix cristalline, je ne sais pas ce que tu lui trouves. Elle n'a rien d'exceptionnel.

– Rien d'exceptionnel ? répète-t-il, choqué. Tu rigoles, j'espère ! Cette meuf est super bonne.

Je me tends tout entier sur ma chaise.

– De qui vous parlez ? intervient Garrett, un peu perdu.

– Violet. Tu sais, l'Américaine qui a débarqué chez Blake. Elle était à la soirée de Marcus.

– Ah oui, la petite blondinette qui était avec l'autre fana des perruques. C'est vrai qu'elle envoie du lourd !

– Bon, bah ça va ! explosé-je en cognant mon poing sur la table. Vous n'allez pas commencer à vous branler devant nous non plus ?

Ma réaction surprend tout le monde, y compris les gens qui occupent la table la plus proche de la nôtre. Sentant le regard soupçonneux d'Emily peser sur moi, j'essaie de me rattraper du mieux que je peux.

– C'est relou de t'entendre toujours parler d'elle, Travis. Cette meuf, c'est juste la boniche de mon père.

– Jeune fille au pair, me corrige-t-il.

– C’est pareil, marmonné-je. On peut parler d’autre chose maintenant ?

– Avec grand plaisir ! s’exclame Emily avec un peu trop d’entrain.

Elle prend ma main sous la table et je dois me faire violence pour ne pas la retirer.

15

Violet

J'ai la tête saturée d'un trop-plein ou d'un « trop-vide ». Les pensées éparpillées à droite, à gauche, sans parvenir à les rassembler dans le bon ordre. Allongée sur le lit, je fixe le plafond en me demandant si je trouverai la force d'aller rallumer mon téléphone et de me séparer des bouteilles que j'ai achetées ce matin. Cette valise m'effraie car elle renferme mes plus grands cauchemars, tout ce que je cherche à éviter depuis des semaines. Mais je me souviens de ce que mes parents m'ont dit un jour : pour dépasser ses peurs, il faut savoir les embrasser. C'est le meilleur conseil qu'ils m'ont jamais donné. Petite, j'étais crispée et terrorisée par le vertige, mais ils m'ont aidée à me libérer de cette peur en me faisant passer toute une journée dans un centre d'accrobranche. Après avoir pleuré un bon coup, j'ai fini par la combattre. Et j'ai fait même mieux puisque je suis devenue la meilleure voltigeuse de Californie. Je sais bien que cette expérience n'est pas comparable à ce que j'endure en ce moment, mais j'essaie de puiser de la force là où je peux.

Déterminée à affronter mes démons, je me lève et avance vers ma valise. Je m'agenouille et l'ouvre silencieusement, tentant de maîtriser les tremblements de mes mains. Mes yeux se posent sur les bouteilles. Puis, sur mon téléphone. Chaque problème en son temps : je dois d'abord me débarrasser de l'alcool. Ensuite et seulement ensuite, je regarderai si Aaron m'a renvoyé un texto. Parce que si je fais l'inverse, je pourrais bien replonger selon le contenu de son message. Il ne faut pas que cela arrive. Il ne faut surtout pas que mes lèvres entrent en contact avec le goulot, que mon palais retrouve le goût de ce poison, sinon je ne serai plus en mesure de m'arrêter. J'attrape les bouteilles et, sans un bruit, je vais dans le couloir et m'introduis dans la chambre de Blake. Ça fait plus d'une heure qu'il est parti, je le sais, parce que je l'ai entendu sortir. D'ailleurs, je ne comprends pas pourquoi il n'a toujours rien dit à Rachel. Je pensais qu'à la seconde où elle franchirait la porte, il lui sauterait dessus pour tout lui rapporter, mais non. Pour une raison qui m'échappe, il est resté silencieux. Si c'est la vie qui m'offre une nouvelle chance de me rattraper, je ne dois pas faire n'importe quoi. *La vie ou Blake.*

Penchée au-dessus du lavabo, je vide une première bouteille et tourne le robinet d'eau froide pour atténuer l'odeur forte de l'alcool. C'est dur, mais je tiens bon. Je fais la même chose avec la deuxième jusqu'à ce qu'il n'en reste plus une goutte. Quand je suis de nouveau dans le bureau, je replace les bouteilles vides dans ma valise et, avant de la renfermer, je prends mon téléphone avec une pointe d'angoisse. Le temps qu'il se rallume, je tourne en rond dans la pièce.

Respire, respire, respire.

Mais brusquement, l'air refuse d'entrer dans mes poumons lorsqu'une notification s'affiche dans l'icône WhatsApp.

Un nouveau message, un nouveau coup de poignard.

Aaron_Alors, ma photo ?

Et encore un autre, histoire de m'achever en beauté.

Aaron_Voyons, Violet.
Tu sais bien que c'est inutile de m'ignorer.
La dernière fois que tu l'as fait,
ça s'est très mal passé pour toi.

Les deux textos ont été envoyés à vingt minutes d'intervalle. Dans le dernier, il fait allusion à ma chute lors des championnats nationaux et, en me remémorant ce moment pénible, les battements de mon cœur augmentent contre mon gré.

Moi_ Si je refuse de te l'envoyer,
tu vas faire quoi ?

Je n'ai pas envie de lui poser la question, encore moins de recevoir la réponse, mais je dois savoir jusqu'où peut aller sa perversité.

Aaron_ Tu ne veux pas le savoir.
Envoie-moi la photo et je te promets
de te laisser tranquille.

Si la situation n'était pas aussi critique pour moi, je pense que je rirais à gorge déployée. Il n'a tenu aucune des promesses qu'il m'avait faites et il s'imagine maintenant que je vais le croire ? Alors qu'il me fait le pire des chantages ? Je lui réponds que non, je ne la ferai pas, et dans la seconde qui suit, je suis la destinataire d'un autre message.

Aaron_ Tu n'as pas le choix, Violet.
Je ne te laisse pas le choix.
Dois-je te rappeler que tu n'es pas
en position de force ? Dépêche-toi
de m'envoyer ce que je veux
ou je ferai ce que tu redoutes
le plus : briser ta petite réputation
de merde. C'est assez clair comme ça ?

Avec difficulté, j'avale ma salive. La boule dans ma gorge m'obstrue la trachée. Je réalise avec dégoût qu'Aaron a raison, je suis celle qui se retrouve en position de faiblesse. *Encore une fois.* Je ne devrais pourtant pas être en train de converser avec le monstre qui m'a détruite. Je devrais profiter de ce séjour pour panser mes blessures et réapprendre à vivre loin d'Aaron. Mais à cause d'une photo, d'une malheureuse photo que je lui ai envoyée des mois auparavant, mon nouveau départ est fichu. Sans le vouloir, je lui ai donné le pouvoir de me blesser de nouveau. De prendre les morceaux qui restaient de moi et de les déchiqueter encore et encore jusqu'à ce que je redevienne poussière. Au fur et à mesure que je me déshabille, je suis envahie par les regrets.

Si je ne m'étais pas inscrite dans l'équipe de cheerleading de mon lycée, je n'aurais pas croisé sa route.

Si je n'avais pas accepté de sortir avec lui, je ne l'aurais pas embrassé.

Si je n'étais pas tombée amoureuse de lui, je n'aurais pas autant souffert.

Et je ne souffrirais pas encore aujourd'hui.

Mais tous les « si » du monde n'y changeront rien, ce qui est fait est fait. Uniquement vêtue de mes sous-vêtements, j'avance de quelques pas et me place devant le miroir. Munie de mon téléphone, j'observe mon visage cerné et, en un instant, mes yeux passent de la sécheresse du désert à l'humidité des larmes. Pareil pour mes poumons, qui se noient non pas dans l'eau, mais dans le vide, et c'est alors que je réalise que je retiens mon souffle, que mes mains sont moites, que mon cœur s'arrête presque de battre lorsque mon doigt effleure la touche de l'appareil photo. Je la prends rapidement, de la même façon qu'on arrache un pansement d'une plaie à vif. Puis sans réfléchir, sans même regarder le résultat, je l'envoie à Aaron. Je n'ai pas le temps de penser à ce que j'ai fait que sa réponse me parvient.

Aaron_ Tu te fous de ma gueule ?
Reprends-la dans un endroit plus lumineux
et retire tout.

En cliquant sur la photo, je constate qu'elle est sombre, floue et mal cadrée ; on ne voit qu'un bout de ma hanche et ma main qui tient fébrilement le téléphone. Je cherche partout dans le bureau s'il n'y a pas une autre source de lumière que celle émise par le lampadaire halogène qui trône près de l'ordinateur. Sans succès. J'essaie de régler son intensité en la poussant au maximum, mais c'est un second échec. L'éclairage de la pièce est toujours aussi faible. Je ne peux même pas utiliser le flash de mon portable puisqu'il ne fonctionne plus depuis des mois. Voulant en finir le plus vite possible, je retourne dans la salle de bains de Blake et pousse la porte. Tandis que je me poste face au grand miroir, je sens monter en moi une nouvelle vague d'angoisse que je tente de réfréner. Mais je n'y arrive pas, tout comme je n'arrive pas à retirer mes sous-vêtements. Mes larmes coulent en flot continu, déversant toutes ces émotions retenues : le dégoût, la haine, la douleur. Et tant d'autres. La vue de mon reflet dans le miroir, sous cette lumière trop vive, trop intense, trop orangée est la scène de trop. Les mêmes souvenirs défilent devant mes yeux noyés. Le viol. Le retour chez moi. L'observation silencieuse de mon cou couvert de marques de doigt dans la glace de ma salle de bains. La longue douche brûlante à essayer de me décrasser, de me débarrasser d'une plaie indiscernable mais résistante. Je ne peux pas prendre cette photo. *Je ne ferai pas cette photo.* D'une part parce que Aaron ne cessera jamais son chantage, et d'autre part parce qu'en lui envoyant ce qu'il veut, j'aurais l'impression d'être de nouveau salie. Je pose mon téléphone sur le bord du lavabo et entreprends de calmer ma respiration.

Oui, Aaron détient une photo de moi entièrement nue. Et oui, j'ai peur des retombées. Mais qu'importe ce qu'il en fera par la suite, à cet instant, ça ne peut pas être pire que de lui en envoyer une nouvelle. Je ne veux plus être sa petite chose docile, le laisser me manipuler à distance en tirant sur les ficelles comme si j'étais un vulgaire pantin. C'est fini. J'ouvre le robinet, me sers de ma main en coupe pour m'éclabousser le visage et, lorsque je relève les yeux, je sursaute en voyant le reflet de Blake derrière moi. Il se tient dans l'embrasure de la porte, immobile, entre la pénombre de la chambre et la clarté de la salle de bains. *Depuis combien de temps est-il là ? M'a-t-il vue pleurer ?* Affolée, je fais volte-face et me colle contre le lavabo.

– Je voulais prendre ma douche, mais il n'y avait que ta salle de bains de disponible, commencé-je, la voix enrouée par les larmes. Tu peux me laisser deux minutes ?

Il continue à me regarder, impassible, et je ne bouge pas d'un millimètre, les mains crispées sur la vasque.

– Tu pleures ?

Sa question répond à celle que je me suis moi-même posée quelques secondes plus tôt : Blake était là pour me voir au summum de ma vulnérabilité. Et pour comble de l'humiliation, je suis en sous-vêtements devant lui. Je maudis Amber qui m'avait certifié qu'il ne rentrait jamais de soirée avant quatre heures du matin.

– Non. Je… je vais te laisser.

D'un geste mal assuré, je prends mon téléphone et m'approche de la porte, espérant qu'il va libérer l'accès en se poussant. Mais c'est tout l'inverse qui se produit : sans que je m'y attende une seule seconde, il tend le bras pour s'emparer d'une serviette et m'attirer contre lui avec une force titanesque. Sous mes yeux écarquillés, il m'enveloppe dedans et m'enlace, m'attirant plus près de lui encore. Tout se passe vite, trop vite pour que je comprenne. En une fraction de seconde, je me retrouve prisonnière entre ses bras d'acier et, dans ma tête, c'est la confusion totale. J'aimerais détester ça, le contact de sa peau contre la mienne, mais je me sens étrangement protégée et en sécurité, si bien que je laisse ma tête reposer contre son torse. À ma grande surprise, Blake m'y autorise. Il n'a aucun mouvement de recul, aucun rire sournois, aucune moquerie acerbe à mon égard. Trouvant cela louche, je relève le visage vers lui et l'interroge du regard. Dès qu'il croise mes yeux, ses pupilles se dilatent à l'extrême et mon cœur bat, bat, bat, bat… si fort que je le sens palpiter dans mes tempes.

– Tu veux m'en parler ?

Je secoue violemment la tête, incapable d'émettre un seul son. Une dernière larme s'échappe du coin de mon œil, à la simple pensée de mes échanges avec Aaron.

– Violet, qui c'est qui t'a rendue comme ça ?

Sa langue claque contre son palais.

– Personne.

D'agacement, il place deux doigts sous mon menton et le relève.

– Ne me dis pas « personne » alors que je t'ai retrouvée en larmes dans ma salle de bains. Tu te mets souvent dans cet état sans raison, toi ?

– Non, mais dis-moi pourquoi, toi, tu t'en soucies tant.

Blake est manifestement un homme qui n'a pas l'habitude de perdre ses moyens, mais je vois bien que là, il perd peu à peu de son flegme. Je lui ai posé une sacrée colle.

– T'es pas belle quand tu pleures. Vraiment, je te jure, tu fais peur à voir. (Il parvient à me voler un sourire et il soupire.) Alors que, quand tu souris… Putain, tu te rends pas compte de la beauté que tu sèmes avec ton sourire, même s'il est plutôt rare…

Du pouce, il fait disparaître l'unique larme qui coule sur ma joue. Ce geste inattendu, mêlé à la douceur de ses mots, me procure de délicieux frissons dans tout le corps. C'est toujours aussi flou dans mon esprit, mais peut-être ai-je l'intention de rester dans le brouillard pour le moment. Peut-être n'ai-je pas envie de réfléchir à l'improbabilité de cette situation, de peur de tout gâcher avec mes doutes. Je ne veux pas que ça s'arrête. Ce dont j'ai besoin, là maintenant, c'est de laisser mes émotions s'exprimer. Et Blake aussi. Sa main est posée sur ma pommette ; nos yeux sont plongés dans ceux de l'autre ; ses lèvres viennent s'écraser naturellement sur les miennes. C'est insensé, délirant. Et fabuleux.

Je réponds à son baiser avec la même ardeur, tout en laissant sa langue se faufiler dans ma bouche. Je m'imprègne de son goût pendant que nos langues s'aimantent et s'entremêlent. C'est si bon que j'en oublie ma douleur, mes principes et tout ce qui m'entoure. Plus rien ne compte à part nous et cet instant. Mon corps est parcouru d'une nouvelle série de frissons lorsque Blake glisse ses mains sur mes joues rosies et humides, et m'embrasse avec plus de fougue. Puis lentement, il les fait descendre le long de mes épaules, de mes flancs, pour finalement les poser dans le creux de mes hanches. Le rythme de ses baisers ralentit sans pour autant cesser complètement.

– Violet, murmure-t-il contre ma bouche, comme une supplique.

Il y a un léger moment de flottement au cours duquel je comprends ce qu'il attend de moi. Il aimerait que je m'éloigne et que j'éteigne le feu qui nous embrase tous les deux. Mais je ne suis pas sûre de le vouloir.

– On ne peut pas faire ça, continue-t-il, le souffle coupé avant de replonger hâtivement sa langue entre mes lèvres.

Sa main agrippe toujours ma taille tandis que l'autre vient s'accrocher à mes cheveux. Les sourcils froncés, il m'embrasse plus fort, me serre plus fort contre lui. Et je comprends à cet instant, à son long baiser intense et désespéré, à l'expression torturée de son visage que tous les sentiments que j'avais réprimés jusqu'à présent, ce besoin constant d'autoprotection, ce conflit intérieur écartelé entre haine absolue et puissante attraction…

Nous étions deux à ressentir ce ballet d'émotions contradictoires.

Cette révélation silencieuse me fait l'effet d'une explosion, semblable à l'envol de milliers de papillons. Alors que nos langues continuent de s'explorer et de se savourer, je remarque que ses mains restent sagement sur mes hanches, mes joues ou dans mes cheveux. Pas une fois, il ne m'effleure les fesses. Il n'essaie pas non plus de retirer ma serviette ou de m'attirer dans son lit. Jamais un garçon ne m'avait traitée avec autant de respect. Ce constat me pousse à approfondir notre baiser et à y évacuer tout ce que j'ai ressenti durant ces derniers jours. Ma témérité lui arrache un gémissement, je sens que je perds peu à peu tout contrôle. À mon tour, je passe une main dans ses cheveux et tire sur les pointes, doucement. Mon cœur s'agite et j'entends aussi le sien qui bat au rythme de sa respiration, qui se fait de plus en plus rapide. De l'électricité passe dans mes veines. Je me consume dans ses bras, sous ses baisers lorsque, soudain, il m'attrape par les épaules pour me forcer à m'éloigner.

– On ne peut pas faire ça, répète-t-il plus fermement.

Je reste bête, à fixer ses yeux trop brillants, ses lèvres rouges, gonflées et meurtries par nos baisers. En quelques secondes, le feu qui nous dévorait s'est changé en une couche de glace épaisse. C'était à prévoir. Quelque part au fond de moi, je savais que ça ne durerait pas et que les regrets l'assailliraient d'un moment à l'autre. Mais j'aurais voulu retarder le plus possible ce retour à la réalité, suspendre le temps afin de rendre cet instant éternel.

– Dé… désolé, balbutie-t-il. Je n'aurais jamais dû faire ça, c'était une erreur.

Une erreur, à ce point-là ? La sensation de ses mains sur mon corps est encore bien présente dans mon esprit, tout comme le goût de ses lèvres, l'urgence de son torse pressé contre ma poitrine, la douceur avec laquelle il m'a rassurée et complimentée, et l'empressement avec lequel il m'a embrassée comme s'il le désirait depuis longtemps. Je serre la serviette contre mon corps.

– Ça ne ressemblait pas à une erreur.

D'un seul coup, son air effaré disparaît, ses lèvres se pincent et la tendresse qui s'était installée dans ses yeux laisse place à un regard plein de mépris. Mon cœur se contracte. Blake a retrouvé son masque familier d'indifférence.

– Je te rappelle que tu pleurais, lâche-t-il, cinglant.

– Et ?

Je ne suis pas certaine de vouloir écouter la suite de ses explications. Pourtant, j'en ai besoin.

– Et ça m'a fait pitié ! s'exclame-t-il, irrité. À la base, je voulais juste te filer une serviette et savoir ce que tu avais. Mais certainement pas t'embrasser. C'est parti en vrille, et je suis désolé pour ça, si c'est ce que tu veux entendre. (Après un temps d'hésitation, il ajoute :) J'imagine que je n'aurais pas dû boire toutes ces bières.

Ses mots me blessent plus qu'ils ne devraient. En plus de

susciter sa pitié, il est en train de me dire que son prétendu dérapage est dû à l'alcool. La distance entre nous prend tant d'ampleur que je peine à croire que nous avons été si proches. J'avale ma salive, j'essaie d'encaisser le coup tant bien que mal.

– Est-ce que tu embrasses toutes les personnes qui te font pitié ? demandé-je amèrement.

– Je suis bourré, d'accord ? Ce n'était pas intentionnel. Et tu n'avais rien à faire à moitié à poil dans ma salle de bains en premier lieu. Ça fait quand même deux fois.

Je m'attendais à ce qu'il n'assume pas vraiment ce qui vient de se passer entre nous. Mais pas du tout à ce ton réprobateur. C'est trop douloureux, trop insupportable, trop tout, de l'entendre m'accuser de l'avoir allumé. Je me masse les tempes un moment, puis je le contourne et sors de la salle de bains à toute vitesse. Je n'ai plus rien à faire ici. En posant ma main sur la poignée de la porte, je m'immobilise lorsque sa voix grave retentit dans le fond de la pièce :

– Évidemment, je compte sur toi pour n'en parler à personne.

Une bouffée de colère monte en moi et ma main se serre sur la poignée. Je me retiens de le traiter de tous les noms et quitte sa chambre sans lui répondre. Bien sûr, je n'ai pas l'intention d'en parler autour de moi. Emily est la dernière personne avec laquelle je voudrais entrer en conflit, mais je préfère laisser planer l'incertitude. Après tout, Blake le mérite.

À fleur de peau, je jette la serviette contre le mur et m'allonge dans le lit. Je ne sais pas ce qui m'a pris de le laisser m'embrasser. Finalement, nous sommes deux à avoir commis une erreur ce soir. J'aurais dû lui résister, ne pas écouter ces satanées émotions qui m'ont donné une mauvaise information, qui m'ont fait croire que Blake et moi étions sur la même longueur d'onde. *Mais de quelle longueur d'onde je parle, au juste ?* En fait, il ne me plaît pas vraiment. La seule raison pour laquelle je lui ai rendu ses baisers, c'est parce que je me sentais affreusement triste. J'essaie de ne pas penser au fait que je le suis encore plus maintenant. Voilà, avant de redevenir l'horrible Mister Hyde, Blake a été gentil avec moi et j'ai donc baissé ma garde. Ça n'arrivera plus. Refusant de perdre mon temps à penser à lui, j'attrape mon téléphone pour me changer les idées. L'application WhatsApp s'ouvre directement et ma conversation avec Aaron me revient alors comme un boomerang en pleine face. Toutes ces péripéties me l'ont fait oublier. Le doigt en suspens au-dessus des touches, j'inspire un grand coup avant d'appuyer sur « bloquer le contact ». Je me persuade que c'est la meilleure solution, tout en faisant taire la petite voix au fond de moi qui me hurle que je vais le regretter.

16

Blake

J'ai craqué, c'est aussi simple que ça.

Elle se tenait juste ici, dans ma salle de bains, toute secouée et tremblante, le visage raviné par les traces de larmes, et je n'ai pas hésité une minute à aller la consoler. Je ne connais pas sa vie. Je ne sais rien d'elle et de ses souffrances, mais j'ai senti qu'à cet instant, elle avait besoin que je la prenne dans mes bras. J'aurais dû m'en tenir là. Lui donner un peu de chaleur humaine et la renvoyer dans son bureau avant d'aller trop loin. Mais à la seconde où son corps s'est collé contre le mien, j'ai su qu'il était trop tard pour reculer, trop tard pour réfléchir. J'étais déjà foutu. Ses grands yeux noisette en amande, chargés de tristesse, me suppliaient de faire le premier pas, ses lèvres charnues appelaient les miennes, sa peau chaude et hâlée allumait en moi une flamme intense. Je me suis senti nu face à elle. *Exposé.* L'attirance insensée et inavouable que je ressens à son égard a jailli d'un coup, tel un torrent incontrôlable, elle m'a pris littéralement aux tripes et je l'ai fait. Je l'ai embrassée. Dans ma tête, c'était un bordel sans nom ; une flopée de sentiments aussi confus qu'interminables se livraient une bataille sans merci, alors que dans mon corps, la paix semblait enfin régner. Ses lèvres étaient aussi douces que je l'avais imaginé et l'odeur de monoï qui se dégageait de ses cheveux m'a complètement envoûté. Cette fille sent le soleil. Et elle a un goût de paradis. Mais, même si ce baiser m'a procuré un million de frissons, de décharges électriques et d'émotions indescriptibles, je persiste à dire que c'était une erreur. Une délicieuse erreur.

Je m'en veux de l'avoir embrassée, et en même temps, je m'en serais voulu de ne pas l'avoir fait. C'est sûrement égoïste de ma part, mais maintenant que j'ai cédé à la tentation, je vais pouvoir reprendre le contrôle de moi-même et l'expulser de mes pensées. Il le faut. Parce qu'il y a aussi Emily. Je ne l'aime plus. En réalité, je ne crois pas l'avoir déjà aimée, mais je ne peux pas la quitter. Pourtant, ce n'est pas faute d'avoir essayé. Après deux mois de relation, je me suis rendu compte que les sentiments ne venaient toujours pas et j'ai préféré rompre avant que les siens ne prennent trop d'ampleur. Sauf que je n'y suis pas arrivé jusqu'au bout, pour une raison très simple : elle a sorti la carte ultime, celle de révéler mon secret le plus honteux, celui que je m'évertue à cacher à tout le monde, au grand public. Dans un moment de faiblesse, enfin plutôt dans un moment où elle m'a poussé à l'être, je me suis vu forcé de lui raconter des bribes de ma sombre période lycéenne.

Les nuits passées sous un pont en compagnie de Jasper et de sa bande. L'impression de vivre à cent à l'heure, d'étouffer mes blessures, alors que le temps était simplement au ralenti, et la douleur, bien loin d'avoir disparu.

Franchement, je me serais bien passé de faire d'Emily ma confidente, mais ce n'était qu'une question de temps avant qu'elle ne me perce à jour. Elle me suspectait déjà de cacher quelque chose, de connivence avec Jasper ; du coup, elle me tannait à longueur de journée pour que je lui crache le morceau. Jusqu'au jour où elle m'a menacé d'aller voir directement Jasper, ce qui me passait d'abord au-dessus de la tête, puis ses intimidations ont passé le cran supérieur lorsqu'elle a voulu contacter des gens de mon ancien lycée pour qu'ils lui révèlent la vérité sur moi. À partir de là, j'étais cuit. J'ai essayé de me rassurer en me disant qu'après lui avoir dit ce qu'elle voulait savoir, elle me lâcherait enfin, mais que dalle. Aujourd'hui, c'est pire, puisqu'elle s'en sert contre moi.

Ouais, c'est dégueulasse. Et ça l'est encore plus quand on sait à quel point j'en ai bavé.

J'ai mis des mois à me détruire, consumé par le décès de ma mère et l'indifférence de mon père, et j'ai aussi mis des mois à me reconstruire, avec pour seule aide des inconnus croisés dans des salles vides, froides et dénuées de joie de vivre. Jasper et Emily sont les seuls à connaître cette partie de mon passé, l'un étant grandement responsable de ma déchéance, et l'autre, du fait que j'aie perdu toute confiance envers tout le monde. Quoi qu'il en soit, c'est une époque que je souhaite oublier et ne jamais voir remonter à la surface. Il n'est pas question que ce passé, et cette étiquette qui m'a trop longtemps collé à la peau, me rattrape alors que j'ai tout fait pour m'en sortir.

Malgré notre altercation chez Marcus, je ne crains en aucun cas Jasper. Je le sais, il me suffit de rester loin de lui et de ne pas trop le titiller pour qu'il continue de la boucler. Puis, s'il décidait un jour de se montrer plus bavard, je pourrais toujours le faire taire avec la montagne de dossiers croustillants que j'ai à son sujet. *L'avantage d'avoir été son ami.* Mais pour ce qui est d'Emily, c'est plus compliqué. Elle me tient par les couilles, il n'y a rien que je puisse faire pour l'empêcher de parler, à part rester avec elle.

Et quand bien même, imaginons un petit instant que je trouve le courage de la quitter et que, par miracle, elle s'abstienne de me nuire, que se passera-t-il ensuite ? Avec Violet, nous continuerons à nous rouler des pelles dans les coins, je la sauterai peut-être quelques fois jusqu'à ce qu'elle remonte dans son avion pour s'envoler vers la Californie. Elle n'est là que pour six mois, pas un jour de plus, et nous sommes juste deux personnes sans rien d'autre en commun qu'une attirance purement sexuelle. Alors, à quoi bon ? Je ne vais quand même pas tout risquer pour quelque chose d'aussi éphémère et futile.

En me laissant tomber sur le matelas, je pousse un profond soupir. Je ferme les yeux avant de presser les doigts sur mes paupières. Fort. J'ai besoin d'effacer ces images qui virevoltent dans ma tête, d'oublier le reflet de la petite blonde dans le miroir de ma salle de bains, ses larmes, notre étreinte, notre baiser et l'expression douloureuse qui déchirait les traits de son visage.

Je ne veux rien savoir à propos de cette fille, de sa vie, de son passé, de ses cicatrices, de l'étendue de son chagrin. Absolument rien. Et surtout, surtout…

Je ne veux pas savoir à quel point je l'ai blessée ce soir.

17

Violet

Ça fait une semaine que je vis sans aucun problème. Je n'ai plus de nouvelles d'Aaron, et avec Blake, nous nous ignorons royalement. Nous faisons comme si notre baiser n'avait jamais été que l'arrière-goût répugnant d'un milk-shake périmé. *Une erreur.* J'ai fini par digérer ses paroles et, mieux encore, j'ai réussi à en faire ma devise, mon slogan personnel : embrasser Blake était une grave erreur, alors ne t'approche plus de lui si tu tiens à ton cœur. C'est ridicule, je sais, mais ça a le mérite de fonctionner.

Ce matin, je suis dans une forme olympique. Et je ne manque pas de l'écrire dans mon carnet : *nouveau souffle*.

Nous sommes mercredi et il est sept heures moins le quart. Dans la maison, tout le monde dort encore. Je mets ma tenue de sport, une brassière, un short, des baskets et je n'oublie pas mes écouteurs avant de sortir. À petites foulées, je trottine dans les rues de Mayfair. Le froid pique mes joues, le bout de mon nez, brûle mes yeux, mais la course réchauffe progressivement mon corps. Musique à fond dans les oreilles, j'accélère le rythme et me concentre sur mes pas. J'adore ce quartier, mais plus encore le matin : le calme, les habitants qui promènent leurs chiens, le lever du soleil sur les façades des immeubles. À cela s'ajoutent la douce brûlure dans mes jambes ainsi que la voix ensorcelante de Lana Del Rey qui fait vibrer mon corps, et voilà ma recette pour bien commencer une journée. Courir me procure une sensation de bien-être intense. Dans ces moments, je peux me débarrasser de toute pensée négative. Je me sens libre, libre comme l'air et aussi légère qu'une plume.

Vingt kilomètres plus tard, je suis de retour chez les Wood. Il est huit heures passées et l'ambiance à la maison n'est plus aussi paisible que tout à l'heure, puisque je débarque au beau milieu d'une dispute. Blake et Andrew se tiennent tous deux dans le salon, et ils sont tellement occupés à se crier dessus qu'ils ne m'entendent pas entrer.

– Non, tu ne feras pas ce stage à la rentrée ! Je refuse de voir mon fils travailler dans des boîtes de nuit, ce n'est pas un vrai métier. Tu vas vite te remettre à chercher une école et, cette fois, tu vas bosser dur pour avoir des résultats corrects.

– Des salles de concert, putain ! vocifère Blake, exaspéré. Je veux faire ingénieur du son, pas strip-teaseur. Tu captes vraiment rien, c'est incroyable ! Pourquoi tu ne peux pas te contenter d'être heureux pour moi ?

– Je le répète, je serai heureux pour toi le jour où tu auras choisi un métier sérieux.

Blake a un rire sarcastique.

– Vas-y, c'est quoi, ta définition d'un métier sérieux, pour voir ? Merde, c'est quand même pas ma faute si je n'aime pas m'habiller en pingouin et lécher le cul des gens à longueur de journée comme toi ! Regarde-moi, bordel ! Est-ce que j'ai le physique d'un mec qui taffe dans des bureaux ?

Je voudrais aller boire un verre d'eau dans la cuisine, mais je n'ose pas bouger, et encore moins traverser la salle de séjour.

– Tu n'as que 19 ans. Avec des chemises opaques et un bon de fond de teint, tu pourras toujours cacher tout… *ça*, dit Andrew d'un air dégoûté, tout en désignant le torse nu et tatoué de son fils. Ce n'est qu'une mauvaise passe.

Pendant de longues secondes, Blake reste muet, anormalement calme ; je vois néanmoins les muscles de ses mâchoires se crisper.

– Une mauvaise passe ? Figure-toi que ce que tu viens

de pointer grossièrement du doigt, c'est le tatouage que j'ai fait pour maman. Et pour ta gouverne, sache que je ne le cacherai jamais. Je sais que pour toi, elle n'est rien d'autre qu'une « passade » dans ta vie mais, dans la mienne, elle représente bien plus que ça.

Ses yeux bleus s'emplissent de larmes, mais ses paupières battent violemment afin de les retenir. Le fait que sa voix s'est brisée de façon douloureuse et un peu mélancolique sur ces derniers mots me tord l'intérieur du ventre. C'est stupide, mais je ne pensais pas Blake capable de ressentir autre chose que de la colère ou de l'arrogance. *Et du désir, me glisse ma conscience.* Mais clairement pas de la tristesse. Je me mords les joues pour ne pas me laisser attendrir par cette scène, sinon le souvenir encore frais de notre baiser va remonter à la surface. Et je dois tout faire pour qu'il reste enfoui dans mon esprit.

Une erreur, une erreur, une erreur… Je me le répète, encore et encore, jusqu'à ce que mon cerveau finisse par l'imprimer.

– Tu sais bien que ce n'est pas ce que j'ai voulu dire, Blake, lui répond maladroitement Andrew. Elle me manque aussi, tous les jours, mais…

– Psssst, Violet ! Monte !

En levant la tête vers la voix qui m'a interpellée, j'aperçois Rachel en haut de l'escalier. Je m'empresse de la rejoindre sans trop faire de bruit. J'aurais voulu rester en bas, près de la porte d'entrée pour écouter la fin de leur conversation, mais j'estime avoir assez fait ma curieuse pour aujourd'hui.

– Allons dans la chambre de la petite, me chuchote-t-elle.

Je la suis et elle ferme la porte derrière nous. Rosie est assise dans un coin de la pièce, elle s'amuse tranquillement à empiler des cubes colorés. Je vais lui dire bonjour en déposant un baiser sur son front, puis je me tourne vers Rachel. Elle a l'air d'avoir peu dormi, de grands cernes noirs lui mangent le visage.

– Je suis vraiment désolée que tu aies dû assister à ça, commence-t-elle.

J'essaie l'humour pour détendre l'atmosphère.

– C'est rien. Au moins, ça fait un peu d'animation.

– Oui, c'est le moins qu'on puisse dire. Et ça risque de durer encore un moment.

Dans ma tête, je prie pour que ce moment ne soit pas trop long. Après l'incident de la semaine dernière, je ne sais pas si je supporterai la présence de Blake pendant six mois.

– Enfin, ce n'est pas ça dont je voulais te parler, reprend-elle d'un ton plus grave. Cette nuit, nous avons reçu une très mauvaise nouvelle. Andrew a perdu son ami d'enfance et nous sommes invités aux funérailles, ce qui fait que nous devons partir en urgence à Northampton.

– Oh.

– Nous prendrons la route ce soir, m'annonce-t-elle sans que je m'y sois préparée. Rosie vient avec nous, on ne s'absentera qu'une petite semaine.

Ce départ précipité me prend par surprise, mais je comprends parfaitement la raison qui les pousse à partir.

– Je resterai seule ?

Question bête, évidemment que je resterai seule ! Mais c'est le stress qui parle à ma place. Je vais devoir garder une maison que je connais à peine, où je n'ai pas encore pris mes marques, et qui plus est, dans une ville qui m'est presque inconnue. Les Wood étant mon unique repère, *enfin Rachel et Rosie plutôt*, je ne sais pas ce que je vais bien pouvoir faire pour occuper mes journées. Mes repas en leur compagnie vont sacrément me manquer.

– Avec Blake, oui. Mais nous te faisons suffisamment confiance pour tout gérer.

Par « tout gérer » je comprends qu'ils comptent sur moi pour faire en sorte que leur maison ne se transforme pas en champ de bataille. Mon stress augmente encore d'un cran à l'idée que je vais passer la semaine à venir seule, en compagnie de Blake.

Les problèmes font leur grand retour.

***

Les Wood sont partis sur le coup de vingt heures. Après leur avoir dit au revoir, je suis retournée dans le bureau et je n'en suis pas ressortie depuis. Je sais qu'il faudra bien que j'aille m'alimenter, prendre une douche, m'aérer l'esprit, mais j'essaie de retarder le plus possible le moment où je devrai quitter mon terrier. Je n'ai pas la moindre envie de voir Blake. Pour dire vrai, la perspective de me trouver face à lui me provoque une vague d'appréhension au creux de l'estomac. Avec du monde autour, je n'avais aucun mal à l'ignorer, mais maintenant que nous sommes seuls, la difficulté grimpe d'un cran.

Les écouteurs vissés dans les oreilles, je range Blake dans un coin de ma tête et me laisse emporter par les paroles de « Summertime Sadness ». Oui, je sais, j'ai une légère obsession pour Lana Del Rey. Mais je n'y peux rien si je me reconnais dans chacune de ses chansons. Parfois, j'ai même l'impression qu'elle les a composées en s'inspirant de ma vie.

J'essaie de me plonger dans cette mélodie familière, mais ce n'est pas facile de se détendre quand des images de pizza pepperoni, de pâtes carbonara et de crème glacée à la vanille viennent infiltrer son esprit. Mon ventre me rappelle qu'il est vide depuis trop longtemps, je le sens gargouiller très fort. J'essaie de résister, je repense à Blake, à l'éventualité que je pourrais le croiser dans la maison et à quel point cela m'angoisse, mais la faim finit malgré tout par l'emporter.

Au moment d'ouvrir la porte, je n'enlève pas mes écouteurs, je ne baisse même pas le son – la musique étant actuellement ma meilleure alliée pour empêcher toute communication avec Blake, si par malchance, il se trouvait en bas. Je progresse dans le couloir, descends quelques marches et m'arrête, interdite, en apercevant des gens, beaucoup de gens, amassés dans l'entrée. Et ça n'en finit pas, la porte s'ouvre toutes les vingt secondes, accueillant toujours plus de monde, toujours plus d'alcool et… *une fête*. Blake a organisé une fête alors que Rachel et Andrew sont partis il y a à peine quelques heures. À cet instant, je prends réellement conscience que cette semaine va être terriblement longue. Et aussi que je me tiens au milieu de l'escalier, en jogging large, brassière fluo, les cheveux rassemblés en un chignon plus qu'approximatif et, pour combler le tout, affublée d'horribles chaussons pelucheux devant pas moins de quarante personnes.

Je repars à toute allure dans le bureau avant que quelqu'un ne me voie dans cet accoutrement. En refermant la porte, je soupire et m'appuie contre celle-ci. J'aimerais rester ici en attendant que tout le monde parte, mais Rachel m'a demandé de garder un œil sur la maison. Même si l'idée ne me remplit pas de joie, je dois impérativement encadrer cette soirée afin qu'elle ne vire pas à la catastrophe. Je ne voudrais pas vivre un mauvais remake de *Projet X*. Et par la même occasion, perdre la confiance des Wood.

Comme je ne veux voir personne débarquer dans le bureau pendant que je me change, je bloque la poignée de la porte avec la chaise roulante. Je balance mon téléphone ainsi que mes écouteurs sur le lit, et j'enfile une robe lavande, toute simple, avant de refaire mon chignon. En bas, le volume sonore s'intensifie. J'entends des rires, des cris, des meubles qu'on déplace et qu'on traîne. Bientôt, les voisins n'hésiteront pas à appeler les flics. Blake me rend folle… de rage. En fait, c'est lui, le gamin incontrôlable que je dois surveiller cette semaine. Je récupère mon téléphone avant d'y retourner.

Dans l'escalier, ça grouille de monde, certains sont assis sur les marches, tandis que d'autres fument des cigarettes, accoudés à la rampe. *Des cigarettes… à l'intérieur de la maison.* Bon sang ! Je suis de plus en plus furieuse. Blake est peut-être en guerre contre son père, mais je ne veux pas que ses conneries me retombent dessus. Je le cherche partout, les nerfs en feu. Après plusieurs minutes passées à me faire bousculer et à mettre des objets qui semblent valoir une fortune à l'abri, je trouve enfin Blake agenouillé près du canapé, en train d'essayer de connecter son téléphone à une enceinte Bluetooth. Je me précipite sur lui comme une furie.

– C'est quoi, tout ça ?

Il sourit sans lever les yeux, continuant de triturer les boutons de l'enceinte.

– Tiens, je me demandais justement quand l'emmerdeuse allait débouler. Parfait timing !

Un remix de « Where Is My Mind » inonde soudain la pièce et je dois élever la voix pour qu'il m'entende.

– Je suis sérieuse. C'est quoi, tout ça ? répété-je en mettant les poings sur mes hanches afin de me donner plus d'envergure. Si ton père apprend qu'il y a eu une fête chez lui, il va nous tuer tous les deux.

Il se relève, me domine de toute sa hauteur. Niveau prestance, il n'y a rien à dire, il me ratatine comme de la bouillie. Je me sens toute petite, minuscule et, sous l'intensité de son regard bleu, ma peau frissonne. Je me remémore instantanément notre baiser passionné, l'étincelle qu'il a fait naître en moi, et je n'arrive plus à me concentrer sur quoi que ce soit d'autre que ses lèvres humides. Mais ce n'est pas le moment de divaguer. Je me racle la gorge, comme si ça pouvait m'aider.

– Ouais, bah, rien à foutre.

Sa voix tranchante comme du verre est là pour me remettre les idées en place, comme toujours.

– Toi, peut-être. Mais Andrew et Rachel comptent sur moi pour garder leur maison impeccable en leur absence.

Il éclate d'un grand rire ironique.

– Ah ouais ? C'est vraiment celle qui s'enfile des litres de tise dans le dos de ses *boss* qui dit ça ? Un conseil, ne joue pas à la meuf irréprochable avec moi. Ça pourrait te coûter cher. Aussi cher qu'un billet d'avion pour la Californie, par exemple.

Je me hérisse.

– Tu ne sais rien de moi.

– Voyons voir… Je sais que tu n'es pas aussi parfaite qu'il y paraît. Derrière ta p'tite gueule d'ange se cachent de *très* vilains secrets.

Son sourire s'élargit démesurément, et je pense alors à une seule chose, le lui faire ravaler.

– Oui, comme le fait qu'un mec en couple m'a embrassée.

Celui-ci est sans conteste le pire de tous.

De toute évidence, il ne s'attendait pas à une telle réplique. Les traits de son visage se tendent, se déforment sous l'effet de la colère qui l'envahit, et ses yeux plissés lancent des dards toxiques. Les miens aussi. Nous nous toisons l'un l'autre, sur la défensive.

– Si tu n'approuves pas cette soirée, va-t'en. La porte est grande ouverte. Mais ne reviens pas me faire chier avec tes leçons de morale, compris ?

Un dernier regard assassin et le voilà parti. Il me faut un petit moment pour me dire que, de toute façon, ça ne pouvait que finir comme ça. Chaque fois qu'on parle, c'est la même chose : l'un de nous s'emporte et balance des saletés à l'autre. Mais le plus souvent, c'est Blake qui réagit au quart de tour. *La preuve.* Bon, je n'ai pas été très sympa non plus, mais quand même ! Il l'a bien cherché !

D'un pas décidé, je me dirige vers la porte. Je ne vais pas quitter la maison comme il me l'a *si* gentiment recommandé, mais il faut que je limite les entrées. Hélas, je suis moins impressionnante qu'un vigile, et le prochain groupe d'étudiants qui se pointent devant la porte ne se gênent pas pour me le faire comprendre. Quand je leur demande de bien vouloir rebrousser chemin, ils me rient au nez avant de me pousser à l'intérieur pour s'introduire dans la maison. Je me masse les tempes pour réfléchir à une autre solution, mais je suis clairement dépassée.

– Violet ! Enfin, tu es là !

Le visage amical d'Amber apparaît devant moi mais, à la place de ses longues nattes grises, je vois des cheveux courts et roses. Le changement est radical et me déroute quelque peu. Mais si l'on omet cette parenthèse capillaire, je me sens plus sereine. C'est débile parce que la situation est loin d'être résolue : le bordel grossit à vue d'œil et la maison est au bord de l'explosion. C'est dingue, il y a tellement de monde qu'on croirait voir les murs se courber.

Mais au moins, j'ai Amber avec moi.

– Salut, Amber. Tu es passée chez le coiffeur ?

Je ne sais pas ce que j'ai dit de drôle, mais elle éclate de rire.

– Chez mon perruquier, plutôt. Je vais te faire une autre confidence, je n'ai pas la patience pour prendre soin de mes cheveux crépus.

– Oh, c'est dommage.

J'essaie de l'imaginer avec une coiffure afro, et cela lui irait très bien.

– On dirait ma tante, critique-t-elle avec un soupir. (Après avoir fini sa bière, elle poursuit :) Bref, assez parlé de tifs ! Je t'ai cherchée pendant plus de dix minutes, tu sais. Tu n'as pas reçu mon texto ?

En regardant l'écran de mon téléphone, je vois qu'effectivement, j'ai un nouveau SMS d'Amber.

– Euh si, mais je n'ai pas fait attention. Blake t'a aussi invitée ?

Le sourire fendu jusqu'aux oreilles, elle hoche vigoureusement la tête.

– Enfin, pas personnellement. Il a envoyé un message dans le groupe Facebook de l'école, c'est sa fête d'adieu, me précise-t-elle. Tu es au courant qu'il s'est fait virer ?

– À cause de ses résultats ?

– Eh oui, me confirme-t-elle. Certains ne sont pas faits pour le rythme éprouvant de la vie étudiante.

Cela me fait penser qu'à l'heure actuelle, je pourrais moi-même être sur le point d'expérimenter cette fameuse vie étudiante dont je rêvais depuis toujours.

Mais il n'y a plus grand-chose qui me fasse rêver aujourd'hui.

Amber regarde partout autour d'elle, faisant un tour sur elle-même, ébahie.

– Purée, je m'attendais à ce qu'il y ait du monde ce soir, mais pas autant !

– Ah, bah moi je ne savais même pas que Blake prévoyait de donner une fête. Alors, tu vois, je suis aussi surprise que toi.

Si ce n'est plus.

– Bonne surprise, alors !

– Pas vraiment, bougonné-je. Les Wood m'ont laissé la maison pour une semaine et je suis censée en prendre soin jusqu'à leur retour.

– Ah merde ! Mais ça va, une semaine, ça te laisse largement le temps de tout nettoyer. Je peux rester dormir pour te donner un coup de main, si tu veux.

– Non, c'est Blake qui va s'en charger, tranché-je. Je ne ferai pas la fée du logis à sa place. Et toi non plus, d'ailleurs.

C'est lui seul qui est à l'origine de tout ce bazar, donc il a plutôt intérêt à tout remettre en ordre. Voyant mon air renfrogné, elle rit.

– Ouh, il y a de la tension dans l'air !

– Toujours.

Amber pose ses mains sur mes épaules, son expression se fait soudain sérieuse.

– Bon, écoute, Blake est une andouille mais… une andouille avec d'excellents goûts musicaux ! s'exclame-t-elle en retrouvant son ton joyeux. Tu peux arrêter d'être ronchon et venir remuer ton popotin avec moi ?

Mauvaise idée. La dernière fois que j'ai accepté de danser avec elle, un mec m'a mis la main aux fesses. Mais, même sans reparler de cet épisode fâcheux, je ne suis pas d'humeur à faire la fête. Pas quand celle-ci a lieu dans la maison de mes patrons.

– Non…

– Oh, allez ! me supplie-t-elle. Comme tu l'as si bien dit, c'est Blake qui va se taper toute la partie ménage. Pas toi ! Alors tu aurais tort de ne pas en profiter, Vivi.

Ce surnom m'arrache un sourire malgré moi. Danser est la dernière chose que j'ai envie de faire. Mais Amber est tout excitée, alors je finis par céder et je me laisse traîner jusqu'à la piste de danse improvisée. Elle a raison : Blake passe du bon son, un remix de « Heads Will Roll » gronde autour de nous. C'est si ensorcelant que je me laisse aller. Bras au-dessus de ma tête, je bouge en rythme, j'ondule des épaules et des hanches. Chaque basse, chaque vibration pulse furieusement en moi. Je secoue la tête pour la vider, balayer cette douleur étouffante qui ne cesse de revenir. Moi, ce que je veux, c'est me sentir vivante. Exister, *vraiment exister*, comme à cet instant. Je ne veux pas que ça s'arrête. Je danse plus vite, plus fort, jusqu'au moment où je vois un type manipuler un vase en verre. Je m'immobilise net, lâchant un flot de jurons paniqués.

– Brady ! gronde brusquement Amber. Si tu ne reposes pas ça tout de suite, crois-moi que je vais venir te l'enfoncer dans le cul !

L'individu concerné ouvre de grands yeux choqués avant de s'exécuter. Je ne sais pas si je dois rire ou être étonnée, c'était tellement inattendu ! Je regarde de nouveau Amber, la bouche grande ouverte.

– Je ne te pensais pas aussi autoritaire.

– Moi non plus, admet-elle avec un petit gloussement satisfait.

Nous piquons un fou rire. Je me sentais déjà rassurée par la présence d'Amber, mais maintenant qu'elle vient de me dévoiler son caractère de lionne, je n'ai plus aucun souci à me faire pour la maison. Je recommence à danser, plus sereine. La sensation de légèreté revient m'emplir… et m'abandonne. À travers mes yeux mi-clos, j'aperçois Blake et Emily s'embrasser dans un coin de la pièce. Encore une fois, je cesse mes mouvements et observe cette scène, non sans un pincement au cœur. Jusqu'à présent, j'arrivais plus ou moins à ne pas accorder trop d'importance à notre baiser de la semaine dernière, mais le fait de voir Blake embrasser quelqu'un d'autre, là, sous mes yeux, me déclenche des haut-le-cœur à répétition. Je sais bien que nous deux, nos lèvres liées, nos langues entremêlées, nos corps pressés l'un contre l'autre, rien de tout cela n'aurait dû arriver. Et n'arrivera plus. Son cœur à lui est pris, le mien est définitivement scellé…

Mais cette vision n'en reste pourtant pas moins désagréable.

18

Violet

– Oh, oh ! C'est quoi, ce regard tout triste ?

La voix d'Amber me sort de mes pensées embrouillées et contradictoires. Elle m'observe, suspicieuse, et je déglutis difficilement. Durant une nanoseconde, je suis désarçonnée, mais je me reprends immédiatement.

– Quel regard ?

– Ne fais pas semblant de ne pas comprendre. Tu étais en train de les dévisager avec un air de Calimero, dit-elle en montrant discrètement le couple d'un geste de la tête. Est-ce qu'il y a quelque chose que je devrais savoir ?

Ma gorge s'assèche et j'ai le creux des paumes humides. Je suis grillée.

– Oh, merde, c'est vrai ! s'écrie-t-elle en écarquillant les yeux. La soirée chez Marcus ! Je viens de me souvenir de ce qui s'est passé avec Jasper. Il y a un truc entre Blake et toi ?

Doublement grillée. Je réfléchis à un subterfuge pour me sortir de ce guêpier, mais je ne vois que la fuite comme issue. Sauf que si je décidais de prendre mes jambes à mon cou, Amber n'aurait plus aucun doute quant au fait que je lui cache quelque chose. Je dois à tout prix essayer de rectifier le tir.

Pour cela, je prends mon ton le plus convaincant…

– Pas du tout.

… mais ma voix ressemble plus à celle d'une fillette prise en flagrant délit.

Pour me confirmer que je n'ai aucun talent de persuasion,

Amber me lance un sourire qui semble vouloir dire : je ne crois pas une seconde à tes salades.

– Alors, il y a bien un truc.

En règle générale, je sais mieux mentir que ça. Je garde des tonnes de secrets en moi, des secrets que ni mes parents ni les gens de mon lycée n'ont pu percer. Des secrets bien plus sombres qu'un simple baiser. Mais aussi fou que cela puisse sembler, c'est ce petit baiser de rien du tout qui pèse trop lourd sur mes épaules ; certainement parce que celui avec qui je l'ai échangé est à seulement quelques mètres de moi. Certainement aussi parce qu'en ce moment même, sa langue est fourrée dans la bouche d'une autre. Et là, tandis que je les regarde encore, je sens mon cœur grossir, s'alourdir, prendre une place immense dans ma cage thoracique. Je n'ai pas la moindre idée du poids exact qu'un cœur fait normalement, mais le mien est beaucoup trop lourd. Cette sensation est si pénible que j'éprouve finalement le besoin de me confier à Amber.

– On s'est embrassés, confessé-je tout bas, comme si une partie de moi ne voulait pas qu'elle m'entende.

Mais elle m'a entendue. Cette fois, ses yeux sortent carrément de leurs orbites et elle m'attrape précipitamment par le poignet pour m'attirer dehors.

– C'est encore plus chaud que ce que je pensais ! lance-t-elle une fois que nous sommes seules.

Je ne sais pas quoi lui répondre. Je ne sais même pas si je suis censée le faire. Nerveuse, j'attrape une mèche qui s'est échappée de mon chignon et tripote la pointe de mes cheveux.

– Mais tu n'as pas peur qu'Emily apprenne que tu as embrassé son…

Je l'arrête tout de suite.

– En fait, c'est Blake qui m'a embrassée.

De surprise, sa mâchoire manque de se décrocher.

– Tu bluffes, pas vrai ?

– Non.

Pourquoi est-ce si difficile à croire ?

– Putain, quel scoop !

Elle se laisse tomber assise sur les marches du perron et s'allume une cigarette.

– Mais je t'assure que ça ne fera aucune différence pour Emily. C'est le genre de nana débile qui n'en voudra jamais à son mec de l'avoir trompée mais qui, par contre, fera vivre un véritable enfer à l'autre fille.

– Elle n'en saura rien. C'était une erreur, affirmé-je, plus pour m'en persuader qu'autre chose. On en a tous les deux parfaitement conscience.

– Combien de fois tu as répété ce speech ? rétorque-t-elle, ironique.

C'est si évident que ça ?

Je recouvre mon visage de ma main, honteuse, et la regarde à travers mes doigts écartés.

– Je n'ai pas compté… Dix ? Vingt ? Peut-être même plus.

Elle rit.

– Comment c'est arrivé ?

Je soupire et m'assieds à côté d'elle.

– C'est difficile à dire. La semaine dernière, j'ai profité du fait qu'il n'était pas à la maison pour prendre sa salle de bains. Sauf qu'il est rentré plus tôt que prévu, et la suite de l'histoire, tu la connais déjà.

Ça semble tellement nul, raconté de cette façon. Et pourtant, pour avoir vécu ce moment aux premières loges, tout était parfait, du moins jusqu'à ce que Blake me repousse.

– Dans la salle de bains ? C'est *caliente*, commente-t-elle avec un accent espagnol complètement raté. Tu me jures qu'il n'y a eu qu'un baiser ?

– Oui ! Bien sûr que oui !

– OK, OK, répond-elle face à mon ton outré. Mon Dieu, j'imagine la tête que ferait Emily si elle savait ça !

– Pas moi, grimacé-je.

Je ramène les jambes contre ma poitrine et pose la tête sur mes genoux. Amber s'arrête de rire net.

– Oui, excuse-moi, c'est mon côté garce qui a parlé. Mais

j'ai une dernière petite question à te poser. (Elle tapote sa cigarette pour en faire tomber la cendre.) Si tu en avais l'occasion, tu voudrais réitérer cette… *erreur* ?

– Non !

Je ponctue ma phrase d'un rire, un peu faux, qu'Amber ne manque pas de remarquer.

– Je veux une réponse franche.

– Est-ce que j'ai droit à un joker ?

Elle fronce les sourcils, ne rentrant pas du tout dans mon jeu, et me réprimande :

– Violet !

– J'en sais rien ! m'exclamé-je à mon tour. Blake est tellement imprévisible et lunatique… Je ne sais jamais sur quel pied danser avec lui ! La plupart du temps, je crois que je le déteste. Non, en fait, j'en suis sûre : je le déteste.

Je passe volontairement sous silence le fait qu'il n'a pas assumé ce qui s'est passé entre nous au point de rejeter toute la faute sur l'alcool – *et sur moi* –, car c'était beaucoup trop humiliant. Amber a un sourire énigmatique.

– Ne t'a-t-on jamais dit que de la haine à l'amour, il n'y a qu'un pas ?

Elle me souffle sa fumée au visage et je la dissipe d'un revers de main.

– C'est l'inverse. De l'amour à la haine, il n'y a qu'un pas, rectifié-je. C'est ça, le vrai proverbe.

– On s'en fout ! T'as compris l'idée ! Mais plus sérieusement, tu devrais te méfier d'Emily. C'est un vrai pitbull, tu sais. Elle pourrait bien tout gâcher.

Je hausse les épaules.

– Il n'y a rien à gâcher.

Comment pourrait-elle gâcher quelque chose qui n'a jamais commencé ? Et, même dans l'infime éventualité où ce baiser signifierait quelque chose, elle n'en aurait pas besoin.

Blake y arrive déjà très bien tout seul.

***

La maison est tellement bondée que je n'ai pas revu Blake et sa sangsue rousse depuis un moment. Avec Amber, nous sommes retournées danser au milieu du salon, et je commence à vraiment apprécier cette soirée. Tout le monde remue, rit, se colle – sans qu'il y ait toutefois le moindre attouchement désagréable. Ici, je ne connais personne et c'est plaisant. La musique est toujours aussi entraînante et de bon goût, la playlist de Blake est définitivement plus sympa à écouter que lui. Je bouge au rythme de l'électro aux côtés d'Amber, qui se lâche complètement, jusqu'à ce qu'une main chaude empoigne mon bras. C'est Travis, ses yeux sourient à travers ses lunettes. Amber, ayant assisté à la scène, se retire volontairement pour le laisser me parler, ce qui ne m'arrange guère.

– Tu es tout en beauté ce soir, me complimente-t-il.

Pourtant, je n'ai pas fait de gros efforts pour me préparer. *Faute de n'avoir pas été prévenue par l'organisateur de cette fête...*

– Merci. Je ne t'avais pas vu arriver. Tu es là depuis longtemps ? demandé-je afin de changer de sujet pour un autre un tantinet moins gênant.

– Non, ça fait même pas cinq minutes. J'avais un repas de famille, grimace-t-il. Tu m'accordes une petite danse ?

Il pose cette question de façon adorable, et je me surprends à accepter, ce qui ne manque pas de l'étonner lui aussi. Travis est gentil, ça ne va pas me tuer de danser quelques minutes avec lui. Même si j'ai dit adieu aux relations sentimentales, ça ne veut pas dire que je dois faire ma louve solitaire tout le temps. Je me trémousse avec lui, et Travis, en bonne pipelette qu'il est, blablate plus qu'il ne danse.

– Tu fais quoi demain après-midi ?

– Euh, rien. Je crois.

– Tu crois ou tu en es sûre ? ironise-t-il.

Je sens le bourbier arriver de loin mais, cette fois-ci, impossible de le contourner.

– En fait, j'en suis sûre.

– Ça te dirait d'aller boire un verre ?

Bon, on ne peut pas dire que je ne l'ai pas vu venir…

Mon nez se plisse et je m'arrête net de danser.

– Travis…

– Ouh là, ce ton grave me fait peur.

– Je t'aime bien mais, en ce moment, je suis dans une phase où je m'interdis tout rendez-vous amoureux.

Je suis soulagée de le lui avoir dit. Bien que ça me fasse de la peine, il était grand temps que je mette les points sur les *i* et les barres sur les *t* avec lui.

– Qui t'a dit que c'en était un ? Les amis n'ont pas le droit d'aller boire des coups ensemble ?

Amis ? C'est un peu prématuré de considérer que nous sommes amis, mais je me vois mal le contredire. En plus, il semble réellement sincère.

Ça me fait penser que Blake aussi, en avait l'air, avant qu'il ne me reflanque une claque virtuelle en pleine figure. Puis, qu'il m'embrasse. Et que, de nouveau, je me reprenne un uppercut de réalité encore plus brutal que tous les autres.

Je chasse ces pensées parasites de mon esprit et me reconcentre sur l'instant présent, celui où Travis me dévisage en attendant ma réponse.

– Oui, mais…

– Si tu veux, je peux ramener d'autres potes à moi pour te prouver ma bonne foi. Mais pas Blake, bien sûr. Alors ? Ça te va ?

– Est-ce qu'il y aura aussi des filles dans le lot ?

Il a l'air de trouver ma question bizarre, mais qu'importe, si ça peut m'éviter de me retrouver attablée avec une brochette de garçons.

– Euh… ouais, carrément. Mais c'est oui, du coup ?

J'hésite encore un instant, puis je finis par hocher la tête en haussant les épaules. Les Wood sont partis pour une semaine, j'ai du temps libre devant moi, et ce serait bête de le gâcher en restant terrée dans le bureau. Autant voir la vérité en face : ce n'est pas en refusant tout lien social que j'irai mieux. Je dois essayer de me rouvrir au monde, sans le laisser m'engloutir… *N'est-ce pas ?*

– Génial ! Je viendrai te chercher vers treize heures mais, attends, je pense que c'est mieux si tu me donnes ton numéro. Je pourrai te prévenir au cas où j'ai du retard.

Nous échangeons nos coordonnées, et Travis me prend ensuite par surprise en m'attrapant la main pour me faire virevolter. Je ris, me remettant à danser. Je me sers de mes entraînements de cheerleading et donne tout ce que j'ai. Je me laisse guider par le flow saccadé de « Save Your Tears », et bientôt tous les gestes s'enchaînent aisément. La musique emplit la pièce, ni trop lente ni trop rapide, juste ce qu'il me faut pour onduler de façon sensuelle. J'en oublie même que je suis face à Travis. Je danse à perdre haleine pour chasser Aaron, Blake et Emily de ma tête, et chaque élément nocif qui m'empoisonne l'existence. J'ai les yeux fermés, l'esprit vide, vaguement consciente, remuant mon corps de la tête aux pieds, quand soudain, je sens deux bras encercler mes épaules par-derrière et un souffle s'infiltrer dans mon oreille.

– En tout cas, il y en a un qui croit moins à l'hypothèse de l'erreur, me chuchote ironiquement Amber. Tourne-toi discrètement vers moi, Blake ne fait que te regarder.

Mon cœur s'emballe, battant à un rythme frénétique, menaçant d'exploser d'une seconde à l'autre dans ma poitrine.

– Quoi ? Non, tu dois rêver.

– Tu n'as qu'à vérifier par toi-même, dit-elle en s'esclaffant.

Je ne comprends pas ce qui la fait rire comme ça. Elle me fait prendre sa place pour que je puisse le voir, car jusqu'ici j'avais le dos tourné. Je lève furtivement les yeux et le surprends en train de m'observer. Nos yeux s'accrochent dans la lumière tamisée de la pièce, et le bleu de ses prunelles devient aussi brûlant qu'un ciel en milieu d'après-midi de juillet. Assis dans un fauteuil, il a le menton posé sur ses doigts joints et tatoués, et les lèvres enfin libérées de l'autre pot de colle. Je sens qu'il ne me quitte pas des yeux, même quand je me libère parfois de son regard.

– Tout va bien ? s'immisce tout d'un coup Travis, ne saisissant pas bien ce qui se passe. Tu veux te joindre à nous ?

Amber me relâche avant de refuser sa proposition.

– Oh, non, je vous laisse ! Vous n'allez pas tarder à avoir de la visite, de toute façon.

C'est à mon tour de ne rien comprendre, et je n'ai pas le temps de lui demander des précisions, puisque cette lâche s'est déjà enfuie.

– Ça va, vous deux ?

Je me sens comme électrisée par cette voix soudaine et glaçante. Je tourne la tête et vois Blake se tenir immobile devant Travis et moi. Les muscles de ses mâchoires tressaillent, tandis que ses prunelles fixent furieusement Travis. Je comprends qu'il contient sa rage lorsque mes yeux se posent sur ses poings, qu'il serre et desserre nerveusement.

– Bah très bien, et toi ? réplique innocemment Travis.

Blake ne prend même pas la peine de lui répondre et me mitraille de haine avec ses billes translucides ourlées de grands cils.

– Violet, au lieu de te la couler douce, tu ferais mieux d'aller faire un tour en cuisine. Un invité a renversé un vase et il faut quelqu'un pour nettoyer.

Pardon, mais j'ai bien entendu, là ?

Si un regard pouvait tuer, il serait déjà mort et enterré.

– Arrête de faire ton connard, mec, balbutie Travis, rouge d'embarras. C'est vraiment pas cool…

Je lui fais signe de ne pas en dire plus, n'ayant pas besoin de lui pour me défendre, et je m'éloigne d'eux, la rage bouillonnant dans mes veines. On pourrait croire que je prends la fuite, mais pas du tout. Je vais lui rentrer dedans, à ce crétin ! Comme j'aurais dû le faire depuis le départ. Bousculant tout le monde, j'atteins rapidement le petit placard près de la porte d'entrée et je récupère tout ce qu'il me faut pour lui donner une bonne leçon. Remontée à bloc, je fais le chemin inverse avant de lui jeter un balai et une pelle au visage, qu'il rattrape par réflexe. Au passage, je me délecte de l'image d'un Blake agacé, mais qui tente de ne pas perdre la face devant tout le monde.

– Traite-moi encore une fois comme ta femme de ménage et c'est mon poing que tu auras dans la tronche, le menacé-je.

Des éclats de rire et des gloussements s'élèvent dans les airs, tandis que je tourne brusquement les talons pour aller à l'étage. En haut, tout est sombre et silencieux. Ça me calme. *Légèrement*. Après cette montée d'adrénaline, un coup d'eau froide sera plus efficace. Mes joues sont en feu et je tremble d'énervement à peine contenu. Dans la salle de bains des Wood, j'ouvre le robinet à fond et récolte au creux de mes mains de l'eau que je passe sur mon visage. Décidément, ce mec a un sérieux problème ! Je ne suis pourtant pas violente d'habitude, mais il joue carrément avec mes nerfs. J'ai comme l'impression qu'il essaie de me faire payer notre baiser, mais ce n'est tout de même pas ma faute s'il a pris l'initiative de m'embrasser ! Et j'insiste bien sur le *il*, car je n'y suis strictement pour rien. Et cette fâcheuse tendance à me rabaisser en permanence… c'est insupportable ! Avant d'exploser le miroir, je déverrouille la porte et je n'ai pas fait un pas dans le couloir que je me retrouve plaquée contre le mur. Je cligne frénétiquement des paupières quand je distingue les traits durs de Blake. Il m'empêche de bouger par sa masse musculaire et je manque de souffle.

– Recule, lui ordonné-je. Recule immédiatement.

Mais au lieu de m'obéir, ses mains se plaquent sur le mur de part et d'autre de ma tête.

– Ça t'a plu de me faire péter les plombs comme ça ?

Comme la mienne, sa respiration est sifflante et irritée.

– Tu n'avais qu'à pas me faire cette réflexion.

– Je parlais de ta petite danse avec Travis. Dis-moi, ça t'amuse de me faire perdre les pédales ?

Ma surprise est telle que l'oxygène déserte mes poumons deux fois plus vite. Je ne m'attendais pas à cela, et je pense que ça se voit. Assailli par toutes sortes de choses qui me dépassent, mon cœur frôle la tachycardie et mes lèvres s'assèchent tandis que les siennes se rapprochent.

– Blake ! Blake, où es-tu, bon sang ?

La voix d'Emily retentit en bas de l'escalier et Blake me délivre de son emprise en poussant un soupir de mécontentement, ce qui me plonge davantage dans le flou. Il redescend aussi vite qu'il est monté, me laissant alors pantelante, la tête surchargée d'un labyrinthe de questions.

***

Je me réveille avec des gargouillis dans le ventre. Après m'être fait coincer dans le couloir par Blake, je suis retournée auprès d'Amber, à qui je me suis empressée de tout raconter. Elle s'est bien marrée, contrairement à moi qui nage toujours dans un océan d'incompréhension. Blake est trop déroutant pour que j'arrive à le suivre, mais finalement ça devient presque de la routine.

J'ai attendu le départ d'Amber, vers trois heures du matin, et je me suis ensuite barricadée dans le bureau pour avoir la paix. Ma fatigue était telle que je me suis endormie tout habillée dans le lit. Je regarde l'heure sur mon téléphone, presque six heures. Dans la maison, tout est redevenu calme. Il n'y a plus de musique, plus d'allées et venues bruyantes dans le couloir, plus de bruit du tout. Sauf celui de mon estomac qui crie famine. J'ai voulu manger un bout avant d'aller dormir, mais la cuisine, en plus d'être jonchée de débris de verre, s'était changée en champ de bataille : certains faisaient un tournoi de bière-pong sur le comptoir, insultant quiconque gênait le passage, tandis que d'autres dansaient entre le four et les plaques chauffantes. Résultat des courses, je n'ai même pas pu accéder au réfrigérateur. Mais peut-être que maintenant la voie est dégagée.

Je me lève, retire la chaise que j'avais placée sous la poignée de la porte pour sortir et descends l'escalier, presque comme une somnambule. Le salon est vide. Mais le bordel, lui, est bien présent. Je l'ignore, trop fatiguée pour m'en soucier, et, en entrant dans la cuisine, mes jambes se bloquent. Blake est accoudé au plan de travail avec une bière à la main. J'hésite à faire demi-tour, mais je ne vais tout de même pas me priver de manger parce qu'il est là. Alors je décide de l'ignorer, lui aussi.

– La belle Violet… en robe violette.

À mon grand dam, sa voix basse et chargée de malice fait courir une onde de chaleur en moi. Je devine son regard perçant posé sur moi, aussi je garde le mien rivé au sol, ce qui me permet de constater qu'il n'y a plus aucun morceau de verre.

– Je vois que tu as fait bon usage des ustensiles que je t'ai donnés.

– Surprise ? Tu vois, au fond, je ne suis pas aussi méchant que tu le crois.

– Je ne crois rien du tout, hormis que tu adores me manquer de respect.

Je ne le regarde toujours pas mais, au vu de son silence qui dure plus que de raison, je comprends que ma réponse n'est pas celle qu'il imaginait.

– T'as pas capté que si j'ai fait ça, c'était pour que tu arrêtes de te coller à Travis ? J'ai même fait tomber ce putain de vase moi-même, parce que, franchement, c'était un supplice.

Si j'ai pu en douter, j'en suis sûre maintenant : il est torché.

– Ah, dis-je simplement en ouvrant le frigo.

– Pourquoi Travis peut t'approcher, et pas moi ?

Là, je suis contente d'être cachée par la porte du frigo. Sa question directe me déstabilise, mais pas autant que la sensation qu'elle me procure, au creux de ma poitrine.

– C'était une danse en tout bien tout honneur.

Et pourquoi je me justifie, d'ailleurs ?

Puis, lui aussi, m'a déjà approchée. Et de près. De trop près même, mais je me garde bien de le lui rappeler.

– Ouais, n'empêche que je n'ai pas aimé ça. Je trouve qu'on s'accorde beaucoup mieux, toi et moi.

Je m'autorise à jeter un coup d'œil derrière la porte du frigo. Blake m'observe, se mordant les lèvres sur un sourire en coin. Il a l'air franchement mort ; les minuscules vaisseaux sanguins dans ses yeux ont éclaté et ses iris sont mouchetés d'éclats encore plus clairs. N'empêche que j'aime de plus en plus ça, quand il boit. Je sais que je ne devrais pas, ce n'est pas lui, le vrai lui, mais j'aime à croire que l'alcool le rend plus honnête. *Bon sang, la fatigue me fait vraiment dire n'importe quoi.* Chassant cette pensée aussi vite qu'elle est venue, je replonge ma tête dans le frigo, prends une barquette de fraises juteuses et, au moment de refermer la porte, je me retrouve nez à nez avec Blake. J'ai un sursaut de surprise, visible, car le sourire de Blake s'agrandit.

Comment a-t-il fait pour m'approcher dans le plus grand silence?

– Pas toi?

J'essaie de ne pas penser à notre proximité, à sa respiration aussi fastidieuse que la mienne qui caresse mon visage, à ses yeux bleus qui embrasent les miens, mais je me sens hypnotisée, presque ensorcelée. Je suis en train de perdre les commandes de mon esprit. Exactement comme mardi dernier. J'ai l'impression que les battements irréguliers de mon cœur s'entendent jusque dans la pièce d'à côté. Je fais un pas en arrière, mais mon dos heurte le comptoir.

– Tu es saoul, Blake. Encore.

Au lieu de me répondre tout de suite, il me vole une fraise. Sans détacher ses yeux des miens, il croque dedans et je regarde ses lèvres prendre une teinte plus rouge. *Comme mes joues.* Je les sens s'échauffer quand il se penche jusqu'à mon oreille, lentement, pour me murmurer avec son accent britannique haché:

– Je n'étais pas saoul la semaine dernière. En fait, je savais parfaitement ce que je faisais.

Blake pose ses mains sur le comptoir, m'encerclant, m'empêchant de partir où que ce soit. Ses lèvres s'approchent dangereusement des miennes. Respirer m'est soudain impossible.

– Tu ne peux pas m'embrasser, tu as Emily. En plus, tu me détestes. Tu n'es pas dans ton état normal.

Un dernier et désespéré rappel à l'ordre qui n'a manifestement aucun effet sur lui. Ses lèvres me frôlent toujours.

– Non, tu te plantes. Là aussi, je suis pleinement conscient de ce que je fais. Mais sinon, je ne te déteste pas, toi. Je déteste seulement le fait que je ne peux pas garder mes distances.

– Et Emily ?

Mes entrailles se tordent. À la manière dont je viens de prononcer le nom de la rouquine, je prends conscience de ma jalousie. Mais de quoi ? Et surtout, de quel droit ? Blake n'est pas en couple avec moi, mais avec elle. Ce n'est pas avec moi qu'il échangeait des baisers fougueux cette nuit, mais avec elle. Je ne suis pas la seule à sentir mon corps se refroidir car Blake s'écarte aussitôt de moi en laissant sortir un bruyant soupir.

– Je ne l'aime pas, me lâche-t-il de but en blanc.

– Alors, je dois avoir une mauvaise vue car il m'a semblé t'avoir aperçu l'embrasser passionnément dans le salon.

La nouvelle giclée de jalousie qui jaillit hors de mes lèvres me laisse un goût amer en bouche.

– Une façon débile pour essayer de se convaincre qu'on n'est pas attiré par une autre.

Il se détourne et se plante face au mur, comme pour vouloir se cacher. Moi, je ne le quitte pas des yeux.

– Et… est-ce que ça a fonctionné ?

Ma question le fait se retourner.

– À ton avis ? rétorque-t-il, un peu tristement. Tu as bien vu comment j'ai réagi quand je t'ai vue danser avec Travis.

Ma tête tourne à plein régime tant je suis déboussolée.

– Je ne comprends pas. Pourquoi tu ne romps pas avec elle, tout simplement ?

Ma voix est une faible supplique. Mais à ma grande surprise, ma douceur semble produire l'effet inverse sur lui. Il s'énerve et se met à faire les cent pas dans la cuisine, tel un lion en cage.

– J'en ai pas la moindre idée, putain ! Parce que je n'ai pas le choix ? Parce que je ne mérite pas mieux qu'elle ? Parce que j'ai peur de me retrouver sans personne ? *Encore ?* Merde, je n'en sais rien. Mais ce dont je suis sûr, en tout cas, c'est que ce n'est pas aussi simple que tu le crois !

Je fronce durement les sourcils.

– Comment ça, tu n'as pas le choix ?

– Laisse tomber ! s'écrie-t-il, agacé. Je ne sais même pas pourquoi je te dis tout ça.

Sous tous ses tatouages, les veines de son cou sont gonflées et saillantes. Comprenant que la colère lui monte au nez, j'essaie de temporiser et de calmer le jeu.

– D'accord. Si tu ne veux pas en parler, n'en parlons pas. Mais je sais ce que c'est. Penser qu'on ne mérite pas mieux. La peur de se retrouver seule. Tous ces sentiments, je les connais aussi.

Je chuchote.

– Ouais, mais quand tu n'étais pas là, tout allait très bien. Je ne pensais même pas à toutes ces conneries.

– Ma présence est donc… un problème ?

Il s'arrête brusquement d'arpenter la pièce et fait volte-face vers moi. Dans ses yeux, une nouvelle tempête se lève et assombrit ses iris bleus.

– Bien sûr ! T'es un problème depuis le premier jour où t'as débarqué ici, la toute première seconde où je t'ai vue dans cette cuisine ! Je savais déjà que j'allais passer un été compliqué en retournant vivre chez mon père mais, avec toi au milieu, c'est encore pire, rugit-il. Et en même temps… aujourd'hui… te voir partir est la dernière chose que je veux.

Sa voix, irritée jusqu'ici, décline sur ces mots ultimes, comme le hurlement d'un loup dont le dernier écho s'éteint dans la nuit noire. Le silence retombe et je libère le souffle que je n'avais pas conscience de retenir. La tempête n'en était en fait pas une, ce n'était qu'un coup de tonnerre : la tension qui émanait de lui s'évanouit aussi vite qu'elle est apparue. Malgré l'interdit qui pèse dans cette révélation, le soulagement me dénoue l'estomac.

– Du coup… ce baiser n'était finalement pas une erreur ?

– Le fait même que tu y aies cru me surprend.

Blake me fixe avec une intense curiosité.

– Il faut dire aussi que tu es plutôt convaincant dans ton genre.

– Et là, tu ne me crois toujours pas sincère ?

Ses yeux scintillent quand il revient vers moi. L'un en face de l'autre, nous nous regardons en silence. *Un silence très révélateur.* Pendant une seconde, rien qu'une seconde, j'entrevois la vérité. Le doute qui persistait encore un peu s'efface complètement. Les remarques cyniques, les disputes constantes, les conversations tendues, les échanges de regards noirs, l'excuse de l'alcool… En fait, rien de tout cela n'était vrai. Blake s'est forgé une carapace. Pour lui, m'envoyer sur les roses était presque un réflexe, une sorte de mécanisme naturel visant à contenir son attirance envers moi, mais ce dernier comporte incontestablement des failles. Quelquefois, il lui arrive d'ôter son masque, et quelquefois, toute cette attirance refoulée nous explose en plein visage. Mardi dernier n'était pas une erreur. Mardi dernier a existé et aucun de nous deux ne faisait semblant.

– Dis-moi, Violet…

Mon prénom fond sous sa langue, jamais je n'ai autant aimé entendre quelqu'un le prononcer.

– Est-ce que j'ai l'air de jouer la comédie, d'après toi ?

Son souffle lourd est sur ma joue et, lorsqu'il replace une mèche de cheveux derrière mon oreille, mon cœur flanche. De nouveau, les papillons dans mon ventre se réveillent. Je secoue légèrement la tête car maintenant j'en suis convaincue jusqu'à l'évidence. C'est alors que, comme si c'était là le signal qu'il attendait, ses lèvres se pressent contre les miennes, et je retrouve son goût à la fois acidulé et mentholé. C'est mal ce qu'on fait, mais j'essaie de ne pas penser à Emily. Ni au fait qu'à tout moment, Blake peut revêtir son masque et me repousser de plus belle. Je me concentre uniquement sur les ondulations de ses hanches qui guident la cadence des miennes, la chaleur qui se dégage de son corps tandis qu'il me coince contre le plan de travail et sur les pulsations effrénées de son pouls. Le mien aussi s'accélère, frôlant de près l'arrêt total.

Blake et moi sommes comme deux comètes, fonçant à toute vitesse l'une sur l'autre et qui, dans leur collision, produisent des milliers d'étincelles. Je les sens crépiter au plus profond de moi.

Mes mains serpentent sur ses larges épaules, les siennes se posent sur mes joues. *Brûlantes.* Chaque geste nous vient aisément, chaque parcelle de mon corps répond naturellement au sien, c'en est presque surnaturel. Je ne sais pas si c'est une bonne idée de me laisser autant aller avec lui. Je ne sais pas non plus si cela va nous mener quelque part. Mais je refuse de me poser la question maintenant. J'ai envie de continuer à l'embrasser, de replonger dans le même torrent d'émotions que la semaine dernière. Parce que Blake me plaît et je ne peux rien contre ça. Ses mots à propos de moi, de nous, étaient si justes, si puissants qu'ils résonnent encore dans ma tête. Il a raison, une attirance ne s'explique pas. Elle ne se contrôle pas non plus. Elle apparaît brusquement et s'impose à nous de façon fortuite. Elle existe ; un point, c'est tout. Et comme lui, j'y succombe.

Contrairement à l'autre fois, Blake n'a pas l'air de vouloir s'arrêter. Ses lèvres bougent lentement sur les miennes, puis se font plus impatientes et avides. Bien vite, sa langue se fraie un passage entre l'ourlet de ma bouche et effleure, caresse, se lie à la mienne. Il me tient serrée contre lui, si fort que j'en ai le souffle coupé. Mais je ne m'en plains pas car c'est de loin la sensation la plus exquise que j'aie jamais connue. Sa main glisse de ma joue à mon cou, et un frisson, beaucoup moins agréable cette fois, me parcourt de la tête aux pieds. Ses doigts exercent dessus une légère pression. J'essaie d'en faire abstraction et de ne penser à rien d'autre qu'à nos lèvres soudées… Malheureusement, ce n'est pas suffisant pour faire disparaître Aaron de mon esprit. Les mauvais souvenirs prenant le dessus, j'ai la soudaine impression d'étouffer, de manquer d'air et, sans réussir à maîtriser la panique qui s'empare de moi, je repousse Blake de mes deux bras avec une force que je ne soupçonnais même pas.

Il semble tout aussi surpris que moi. Encore haletant, il m'observe avec une mine déconcertée.

– Je… j'ai fait un truc qu'il fallait pas ?

L'inquiétude perce dans sa voix. Que suis-je censée lui répondre ? Que je suis bêtement tombée amoureuse d'un mec qui m'a brisée et que certains gestes me rappelleront toujours cette nuit traumatisante ? Non, je ne peux pas. Ma seule réaction possible à cet instant est de fuir. Ma barquette de fraises en main, je quitte la cuisine, les jambes un peu tremblantes, laissant derrière moi un Blake paumé.

Dans le bureau, je prends douloureusement conscience que nos baisers m'ont presque fait perdre de vue les règles que je m'étais fixées. Je ne veux plus avoir mal.

Je ne peux plus avoir mal. Jamais.

19

Violet

Aaron me saisit à la gorge, ses doigts serrent mon cou et s'enfoncent profondément dans ma chair. Cette douleur se mêle à celle que je ressens plus bas, je voudrais crier, mais je ne respire plus.

***

J'avale une immense bouffée d'oxygène mais, pour autant, je mets de longues secondes avant de me calmer. *Le même cauchemar, encore et encore.* À mon réveil, il est neuf heures passées et je sais que je ne me rendormirai pas. Du coup, je me lève et pioche des vêtements propres dans ma valise, tout en me repassant en boucle notre baiser de ce matin. Afin de remettre de l'ordre dans mes idées, je vais prendre ma douche dans la chambre parentale. Je m'habille d'une tenue confortable et, en descendant l'escalier, je remarque avec surprise que tout le ménage est fait. Et aussi que Blake est assis au bord du canapé. Son pied droit tape frénétiquement le sol et il se ronge les ongles, l'air soucieux. Il m'entend arriver. Quand il tourne la tête, je découvre des cernes sombres qui s'étendent sous ses yeux. Il se lève, j'esquive son regard comme une souris esquive le coup de patte d'un chat, et je pars dans la cuisine. Alors que je me sers un verre d'eau, je déglutis en le voyant débarquer. La réalisation de mon plan pour l'ignorer s'avère hélas plus difficile que prévu. Je bois une gorgée pour tenter de desserrer le nœud dans ma gorge.

– On peut parler ?

– À propos de quoi ?

– Tu n'es pas sérieuse, là, hein ?

Ses yeux me fusillent.

– On s'est embrassés, au cas où tu ne t'en souviendrais plus, martèle-t-il sur un ton dur et froid. Je voudrais savoir ce que j'ai fait pour que tu te tailles aussi vite.

– Tu as une petite amie, Blake. Et moi, j'ai une conscience. J'ai bien compris que tu ne l'aimais pas, mais tu dois être honnête avec elle, avec toi-même. Je ne peux pas te servir d'échappatoire.

Quelques secondes passent durant lesquelles nos regards se verrouillent et, peu à peu, son expression change. S'adoucit.

– C'est pas comme ça que je te vois.

– Peu importe comment tu me vois. On ne peut pas continuer à faire ce qu'on fait.

Blake soupire en s'adossant contre le mur de la cuisine.

– Ouais, je sais. Mais toi, est-ce que tu peux être honnête avec moi sur un truc ?

Ma main se serre davantage autour du verre.

– Quel truc ?

– C'est vraiment ça, le problème ? Emily et rien d'autre ?

– Bah, c'est largement suffisant.

Il baisse la tête au même niveau que moi afin de capter mon regard fuyant.

– Tu me le jures ?

Non, il n'y a pas que ça. Il y a aussi mon histoire chaotique avec Aaron. Mon naufrage. Mes peurs. Mes doutes. Des questions comme celles-ci, des questions qui me rongent de l'intérieur : parviendrai-je à accorder de nouveau ma confiance à quelqu'un ? Serai-je un jour assez forte pour aimer un autre garçon ? Pour me débarrasser de mes souvenirs ? De mes douleurs ? De mes mauvais rêves ? Retrouverai-je une vie sexuelle ? Souffrirai-je… encore ?

– Je te l'ai déjà dit. Je ne veux pas d'une relation.

Ma réponse semble le décevoir. Son visage s'affaisse et il enfonce les mains dans les poches de son pantalon.

– Est-ce que ça veut dire que nous deux ce serait impossible, même si un jour je n'étais plus avec Em' ?

Sa question me laisse d'abord sans voix. Me transperce. Il me fait marcher, là, pas vrai ? Je ne peux pas croire qu'il envisage de la quitter. *Pour moi ?* Non, ce sont sûrement des paroles en l'air. Des paroles qui vont vite se perdre. Je suis même certaine qu'il ne rompra jamais avec Emily. Si ce n'est pas l'amour qui l'oblige à rester dans cette relation, ça doit être autre chose. L'attachement ? L'habitude ? Le confort ? Aucune idée. En tout cas, s'il ne ressentait vraiment rien à son égard, il l'aurait déjà quittée. Bien avant de m'avoir rencontrée.

– Oui, lâché-je, alors que l'organe qui bat frénétiquement dans ma poitrine crie le contraire.

Dire ces mots tout haut n'est pas aussi facile que je l'avais envisagé, c'était plus simple quand je les pensais seulement dans ma tête. Tout comme me tenir éloignée de lui, d'ailleurs. Je n'aurais pas imaginé une seule seconde que ce serait aussi éprouvant, mentalement comme physiquement. Mais je dois résister parce que je refuse de foncer tout droit dans un mur – et c'est l'image que j'ai de Blake : un mur qui pourrait à tout moment s'effondrer sur moi.

À moins que je ne m'effondre avant lui.

– Je peux te demander pourquoi ?

– Quel intérêt ?

Il passe une main agacée dans ses cheveux désordonnés.

– Je sais pas. J'essaie juste de te comprendre, c'est tout.

– Tu n'y arriverais pas… peu importe à quel point tu le voudrais.

Cette fois, je le regarde bien dans les yeux, et le regrette presque aussitôt. Les siens aussi me fixent intensément, fouillent en moi à la recherche de tout ce qu'ils pourront trouver. Les secrets ensevelis sous les faux sourires. Les vérités camouflées derrière un teint lisse, un regard charbonneux, une bouche peinte.

– Ne me sous-estime pas, Violet.

Ma gorge devient sèche. Je voudrais avaler une nouvelle gorgée d'eau, mais mon verre est vide.

– Ce n'est pas le cas. Je veux juste que… que tu arrêtes de me poser toutes ces questions, lui ordonné-je en me forçant à me reprendre.

Et que tu arrêtes de me regarder de cette façon.

– Moi, je n'ai pas insisté pour connaître la raison qui te pousse à rester avec Emily, ajouté-je.

– C'est vrai et je vais te répondre tout de suite, dit-il, ce qui ne manque pas de m'étonner. Je pense que tu l'as sans doute déjà remarqué, mais Em' se nourrit de rumeurs. Elle les fait circuler à une vitesse hallucinante et, si je lui parlais de rupture, je ne sais pas ce qu'elle irait inventer à mon sujet pour se venger. Même si aujourd'hui, je pense de plus en plus à la quitter, et de moins en moins aux répercussions que ça pourrait avoir.

Je la savais mauvaise, mais pas à ce point. Si je suis sortie avec un monstre, Blake, lui, sort avec une tarée.

– Alors ? reprend-il après quelques hésitations.

– Alors, quoi ?

Je me braque. Ce n'est pas parce qu'il m'a parlé de deux ou trois trucs que je dois le faire en retour.

– Et toi ? Est-ce que ton envie d'être seule a un quelconque rapport avec l'alcool que tu as acheté en douce l'autre jour ? Au fait que tu me laisses rarement t'approcher ? Que tu m'aies repoussé brutalement ce matin ?

– Non.

– Je ne suis pas aveugle, tu sais. Je sens bien qu'il y a un truc qui cloche.

Tout d'un coup, la pression monte et les larmes menacent de remplir mes yeux.

– Je t'ai dit que non ! explosé-je. Maintenant va-t'en, s'il te plaît. Vraiment, sors de la cuisine, je veux que tu me laisses tranquille.

Bouleversée, je prends mon visage entre mes mains. Je me cache de lui pour éviter qu'il ne lise les diverses émotions qui déforment mes traits. Je veux être seule. Je veux qu'il arrête de fouiner. Je veux qu'il cesse de se comporter comme s'il en avait quelque chose à faire de ma vie. *De moi.*

– Ouais… D'accord, l'entends-je dire après un moment de silence. Comme tu voudras. Mais juste une dernière chose avant que je me tire : on s'est embrassés. Deux fois. Le premier baiser, je pensais que c'était un accident. J'ai voulu croire que c'était un accident. Mais qui a envie de reproduire un accident ? Honnêtement, personne. C'est pour ça que ce n'en était pas un. Ni la première fois. Ni la deuxième fois. Ni toutes les autres fois qui suivront. Je ne regrette rien et je tenais à ce que tu le saches.

Ma respiration s'emballe tandis que je garde les yeux baissés, fixés sur le comptoir en granit noir. Au moment où je relève la tête, il a disparu.

***

Écouteurs enfoncés dans les oreilles, je finis de manger ma glace dans la cuisine. Blake est allongé sur le canapé du salon, devant la télévision, occupé à zapper. L'ambiance entre nous est tendue. Je fais tout pour ne pas lui laisser l'occasion de me parler, et ainsi terminer notre conversation de tout à l'heure, ce qui doit sans doute se sentir. Je suis restée en haut toute la matinée mais, à partir de midi, j'ai commencé à avoir un petit creux. Heureusement que la musique est là pour faire rempart entre nous. De temps en temps, je m'accorde néanmoins de rapides coups d'œil dans sa direction. Moi aussi, j'essaie de le comprendre, de l'analyser. Au-delà du fait que je ne veuille pas de relation amoureuse, je trouve son revirement de plus en plus bizarre. Pas plus tard que la semaine dernière, Blake me traitait comme la dernière des carpettes, et aujourd'hui il serait prêt à plaquer Emily pour être avec moi ? Ça m'a tout l'air d'une blague. Un coup monté qu'il aurait soigneusement élaboré avec la rouquine pour me ridiculiser en beauté. Bon, n'importe qui me prendrait pour une paranoïaque, mais depuis Aaron, je me méfie de tout et de tout le monde.

Ou peut-être suis-je en train de me chercher un prétexte pour ne plus l'approcher.

Quand je mets ma cuillère au lave-vaisselle, j'entends mon téléphone vibrer sur l'îlot. En le prenant, je vois que c'est un message de Travis.

[Prête pour notre rendez-vous
en tête à tête ?]

Mince, j'avais complètement oublié. J'avais tout oublié. Je ne réfléchis plus correctement depuis que Blake me retourne le cerveau. Mais comment ça, « en tête à tête » ? Il ne devait pas y avoir des amis à lui ? Je me dis qu'il y a eu un quiproquo entre nous, quand il me renvoie un message.

[Aucun de mes potes n'était dispo…]

Comme par hasard !

Mon intuition me souffle qu'il ment. De toute évidence, Travis n'a pas bien compris mon état d'esprit actuel, ou peut-être ne veut-il pas le comprendre. Quoi qu'il en soit, tant pis pour lui.

[Je suis désolée, mais je vais devoir annuler.
Je commence à être malade.]

Alors que je lis sa réponse, un émoji triste, j'en reçois un d'Amber.

[J'ai besoin d'une personne aussi fauchée
que moi pour m'accompagner faire du lèche-vitrines.
T'es partante ?]

Je souris et me précipite pour lui répondre positivement, heureuse d'avoir trouvé un plan B. Elle me sauve la vie ! Grâce à elle, je vais pouvoir continuer à éviter Blake et c'est tout ce qui compte.

***

Postée devant le miroir de l'entrée, je suis en train de parfaire ma queue-de-cheval en la serrant. Blake est toujours sur le canapé et, dans le reflet, je surprends ses yeux fixés sur moi. De peur qu'il n'ouvre la bouche, j'agrippe la poignée de la porte comme s'il s'agissait d'une bouée de sauvetage, et je sors vite de la maison. J'ai l'air d'une gamine, je sais, mais je ne me fais pas confiance quand il est dans sa phase Docteur Jekyll.

Aujourd'hui, Amber a les cheveux bleu nuit et une robe jaune qui met en valeur son teint cacao.

– Hey ! Comment va mon bourreau des cœurs ? C'est pas trop dur d'avoir une vie digne d'un épisode des *Feux de l'amour* ?

Elle m'adresse un sourire taquin pendant que je galère à boucler ma ceinture.

– Ah, ah ! Hilarant, réponds-je, blasée. Il n'y a pas une once d'amour dans ma vie.

– Tiens, c'est drôle. C'est exactement ce que dirait un bourreau des cœurs, commente-t-elle en redémarrant.

– Crois-moi, parfois j'aimerais l'être.

– En attendant, je me demande bien qui de Blake ou de Travis va être mis sur la touche, dit-elle en se grattant le menton.

– Travis ? répété-je en grimaçant. Non… il n'y aura jamais rien entre lui et moi.

– Donc… Blake est l'heureux gagnant ?

– Il est en couple avec Emily, lui rappelé-je, le visage encore plus crispé. Et même s'il ne l'était pas, ça n'y changerait rien.

Je ne lui dis pas que nous nous sommes encore embrassés ce matin, de peur de perdre toute crédibilité devant elle.

– D'accord, j'ai compris ! Les mecs sont tous des pourris et vive les filles ! Je ne peux qu'approuver ce style de vie, étant donné que je l'ai adopté… en partie, ajoute-t-elle avec un gloussement.

Elle m'arrache un sourire qui me sort de mon humeur maussade.

– Oui, et d'ailleurs, t'en es où, toi, dans ta vie sentimentale ?

Je comprends que c'est un sujet sensible pour elle aussi, quand elle lâche un soupir à fendre l'âme.

– Aussi inexistante que le talent des Kardashian.

Nos rires se mêlent et c'est dans cette ambiance joviale que nous passons l'après-midi.

***

À mon retour à la maison, il est bientôt vingt heures. Amber et moi avons mangé au McDonald's et j'en ai profité pour faire quelques emplettes. Remarquant que Blake végète toujours devant la télé, je file comme une flèche à l'étage, littéralement, et je dépose tous mes sacs sur le lit. Mais, alors que je retire les étiquettes, on frappe à la porte d'entrée. J'entends Blake se lever en marmonnant quelque chose d'inintelligible et le bruit de la porte qui s'ouvre. Je me demande qui cela peut bien être, lorsque la voix de crécelle d'Emily retentit dans le salon.

Pourquoi mon cœur se serre-t-il chaque fois qu'elle se trouve dans les parages ?

En redescendant, je me rends compte qu'Emily n'est pas venue seule. Travis est aussi là. Derrière ses lunettes à monture noire et épaisse, ses yeux croisent les miens et il me sourit. *Oh, non. La tuile.*

– Cache ta joie surtout ! reproche soudain Emily au brun taciturne. Qu'est-ce qu'il y a, on te dérange ?

En effet, Blake n'a pas l'air ravi de les voir. Chaque pore de son visage est fermé et tendu.

– Pas tellement, mais tu sais combien j'ai horreur que tu débarques à l'improviste, maugrée-t-il.

– Oh, là, là, pardon d'avoir voulu faire la surprise ! (Elle s'écroule sur le canapé en laissant échapper un long soupir dramatique et, au bout de quelques secondes, son regard se pose enfin sur moi.) J'espère que tu es de bien meilleure humeur que mon rabat-joie de petit ami.

– Facile, plaisante Travis, ce qui lui vaut une belle insulte de la part de Blake.

Je commence à sentir le malaise me gagner progressivement. Les yeux de Blake me scrutent et ma gêne prend de l'ampleur. Si Emily savait que son rabat-joie de petit ami m'avait embrassée à deux reprises, elle se jetterait sur moi pour m'étrangler à coup sûr. Je ne peux pas rester avec eux dans cette pièce. Je n'ai pas la moindre idée de ce qu'elle et Travis ont prévu de faire, mais je dois absolument trouver une excuse pour m'esquiver.

– En fait, j'allais monter me coucher.

Je feins un bâillement pour ajouter du poids à mes propos.

– À vingt et une heures ? raille-t-elle. D'accord, on a fait la fête hier soir, mais ce n'est pas une raison pour te coucher à l'heure des poules.

Travis esquisse une moue déçue.

– Laisse-la, elle est malade.

– Hein ? Pas du tout, intervient Blake en haussant les sourcils, à mon grand désespoir.

Travis me lance un regard confus, qui me donne envie de creuser un trou et de m'enterrer.

– En réalité, je vais un peu mieux.

– Ah cool ! J'étais déçu que tu annules notre rendez-vous, mais je suis content d'apprendre que tu es de nouveau d'aplomb.

Du coin de l'œil, je vois Blake ébaucher un demi-sourire satisfait.

– Ohhhh, tu es toute rouge ! me dit Emily, me faisant rougir de plus belle. Travis, tu ne t'es pas dit qu'elle s'était peut-être dégonflée au dernier moment parce qu'elle était trop timide ?

C'est bien ma veine ! Cette gourde n'a donc aucune limite ?

– Euh, non. J'avoue que je n'y ai pas pensé.

– Une chance qu'on soit venus ce soir, alors ! Vous allez pouvoir passer un peu de temps à vous rapprocher tous les deux.

Visiblement, non.

Travis est aussi rouge que moi.

– J'ai apporté du pop-corn et le DVD de *Ça*. J'espère que ça vous va.

Il agite le sachet en plastique qu'il tient à la main, tout en essayant de reprendre contenance. Une soirée film d'horreur ? Honnêtement, il n'y a pas besoin d'un clown maléfique assoiffé de sang pour qu'elle le soit. La rousse avachie sur le canapé est déjà bien assez terrifiante.

– Pas ce soir, déclare Blake d'un ton glacial. Je suis claqué.

– Pareil, me rallié-je à lui, pressée de réintégrer mon bureau.

– Quelle bande de chieurs vous faites ! On vous propose de mater un film, pas de sortir en boîte de nuit.

– C'est bon, Em'. S'ils sont fatigués, on va les laisser se reposer. On se fera ça une prochaine fois.

Travis nous lance un sourire compréhensif et se dirige vers la porte, prêt à repartir, mais Emily ne semble pas du tout décidée à le suivre.

– Non, non et re-non ! Il n'est pas question qu'on s'en aille. Je ne suis pas venue jusqu'ici pour me faire jeter à la porte. Avec Travis, on va rester ici pour regarder le film mais, vous deux, allez-y. Faites ce que vous voulez.

Elle s'enfonce davantage dans le canapé, résolue à y rester. Alors que je suis bouche bée devant son comportement d'enfant têtue et capricieuse, Travis et Blake finissent par céder en allant la rejoindre. *Non, mais j'hallucine ! Personne ne va lui tenir tête ?* Travis met le DVD en route et Blake s'installe à côté d'elle. *De toute évidence… la réponse est non.* Dès que le film commence, Emily se tourne vers moi pour me demander :

– Tiens, rends-toi utile. Tu peux aller éteindre la lumière ?

Son sourire hautain me donne des envies de meurtre.

– Pourquoi tu n'irais pas toi-même ?

– Hum, voyons… Peut-être parce que tu te trouves juste à côté de l'interrupteur ? Ou que tu as été précisément engagée pour effectuer ce genre de tâches ?

Cette fois, je dois me retenir pour ne pas lui sauter dessus et l'étouffer avec l'un des coussins. En général, je ne suis pas le genre à faire des histoires, mais cette fille me fait sortir de mes gonds. Je vois Blake jeter la tête en arrière avant de soupirer, comme si notre petit accrochage l'ennuyait profondément, et c'est la goutte d'eau qui fait déborder le vase. *Il ne va rien dire ? Il ne va vraiment rien dire du tout ?* Et Emily qui continue de me toiser avec son air supérieur. Mes nerfs vont finir par me lâcher. Pour de bon. À cet instant, j'aimerais lui balancer que son mec m'a embrassée. Deux fois. Et qu'il m'a révélé qu'il n'était pas contre l'idée de recommencer. Mais je me mords la langue pour garder le silence car je le regretterais sûrement. Je pars façon fusée, monte l'escalier et suis freinée dans mon élan lorsqu'on me rattrape par le poignet. Je m'attends à tomber sur Blake, mais ce n'est que Travis.

J'ai honte de moi rien que d'avoir pensé que ça pouvait être lui.

– Hé, Violet, chuchote-t-il. Je sais qu'elle est relou mais essaie de l'ignorer. Je n'ai pas envie que tu t'enfermes là-haut pendant qu'on sera tous les trois dans le salon.

– Mais tu as entendu ce qu'elle vient de me dire ? Non, désolée, mais Emily et moi dans la même pièce, ça ne peut pas le faire.

Je ne lui donne pas la vraie raison de ma haine envers Emily. Bien sûr, ses petites piques rabaissantes m'ont irritée, mais je serais encore plus contrariée de voir Blake et Emily se peloter toute la soirée.

– Moi, tout ce que j'ai entendu, c'est une fille qui manque de confiance en elle et qui se sent menacée.

– Menacée ?

Travis a un petit sourire en coin.

– Tu es très belle, m'avoue-t-il, et mes joues reprennent des couleurs. Emily entend à longueur de journée tous les mecs de son entourage rabâcher des compliments à ton sujet, alors que d'habitude c'est elle qui en reçoit. Ça lui fait tout drôle.

– Les compliments de Blake ne lui suffisent pas ?

Le sarcasme s'entend dans ma voix. *Un peu trop.*

– En principe, oui, mais c'est le genre de fille qui aime plaire à tout le monde. Puis, malgré tout ce que Blake a dit sur toi, je suis sûr qu'il te trouve jolie, lui aussi.

Parce qu'il a déjà dit le contraire ? Je reste de marbre mais, à l'intérieur, j'ai l'impression qu'on me passe le cœur au rouleau compresseur. Bon, compte tenu de la situation, ce n'est pas tellement surprenant. Il n'allait pas clamer haut et fort devant ses amis qu'il me trouvait à son goût, mais j'aurais préféré ne rien savoir.

– Allez, reviens, s'il te plaît, continue-t-il. Dès que le film est fini, on s'en va. C'est promis.

– Tu aurais pu en choisir un moins long, dis-je à moitié en plaisantant, à moitié sérieuse.

Si mes souvenirs sont bons, ce film dure un peu plus de deux heures.

– Tu me dois bien ça, pour m'avoir privé de ma piña colada !

– Oui… J'imagine.

– Alors, tu viens ?

Je pousse un soupir en guise d'acquiescement. Travis en profite pour reprendre mon poignet et m'entraîner en bas. La seule raison pour laquelle j'ai accepté de revenir, c'est pour m'habituer à les voir ensemble. *Emily et Blake.* À ne plus penser à nos rapprochements. À nos baisers. À la pointe de jalousie qui m'étreint la poitrine. Je ne dois pas être jalouse, car c'est ce que je veux, c'est ce que je choisis, d'être seule. Mais si je m'enfuis chaque fois qu'il est avec elle, les dérapages reprendront. Encore et encore. Je dois faire face à la réalité : je suis indisponible sur le pan sentimental et Blake restera avec Emily, quoi qu'il m'ait dit au sujet de son couple. Dans le salon, la lumière est éteinte. Blake et Emily sont collés l'un à l'autre dans un coin du canapé et c'est le premier coup au cœur. Quelque chose me dit que ce ne sera pas le dernier, mais si c'est là la seule façon pour que je me détache de lui, il faut que je m'accroche. Mieux vaut un cœur avec quelques hématomes que complètement brisé.

– C'est bon, on peut remettre le film ? s'impatiente Emily.

En s'asseyant à son tour, Travis appuie sur le bouton « play » de la télécommande et le film reprend. Ce n'était pas intentionnel, mais je me retrouve pile à côté de Blake, qui, quant à lui, est toujours cramponné à Emily. *Ou peut-être est-ce l'inverse.* À ma gauche, Travis ouvre le sachet de pop-corn et en prend une bonne poignée avant d'en proposer aux autres.

Pendant une bonne partie du film, Emily lâche des petits cris, absolument ridicules, et prend la main de Blake pour la serrer avec force. Ça me tape sur le système. *Elle me tape sur le système.* Mais j'essaie de rester concentrée sur le film. Je m'efforce d'être attentive, même quand je sens la main tiède de Travis se poser sur le dos de la mienne. Je la retire, mais il fait une autre tentative et encore une autre. Emily lui a mis dans la tête qu'il avait encore ses chances pour me séduire, et voilà le résultat ! À la quatrième tentative, je me lève d'un coup, comme si le canapé était rempli d'épines. Entre la lourdeur de Travis et les gloussements de plus en plus bruyants du « couple », je craque. Je m'apprête à me retirer avec l'excuse de la fatigue, mais je suis plantée dans le sol, figée devant eux, à détailler la scène qui se déroule sous mes yeux. Malgré l'obscurité, je vois tout. Et de ma vie, je n'ai jamais autant souhaité être aveugle qu'à cet instant.

– Tu n'es pas invisible ! peste Emily.

Je suis sans réaction, un peu comme si mon corps était victime d'une panne générale. Je ne bouge pas d'un centimètre et elle continue :

– Allô, tu es devant l'écran !

Comme si elle s'intéressait vraiment au film.

– Un problème, Violet ? me demande Blake d'une voix mielleuse, presque sadique.

Je regarde encore une fois sa main dissimulée sous la jupe bouffante d'Emily. Puis, le demi-sourire qui étire ses lèvres. Comment une personne peut-elle être aussi cruelle ? Je sais que ça ne devrait me faire ni chaud ni froid, que je devrais être simplement dégoûtée, mais je suis dégoûtée *et* blessée.

– Non, aucun, réponds-je avec un sourire forcé. Je vais me coucher. Bonne nuit.

Je m'éloigne rapidement et, cette fois, personne n'est là pour me retenir.

Je n'arrive pas à dormir, évidemment. Donc j'écoute de la musique. Enfin, que d'une oreille. Je laisse l'autre libre afin de pouvoir entendre ce qui se passe dans le salon. J'espérais que l'album de Lana Del Rey me relaxerait, mais ce n'est pas le cas. Ma colère n'est pas redescendue. Vers minuit, un claquement de porte me parvient. Travis a dû partir. Sans Emily, bien sûr, car après leur petite exhibition de tout à l'heure, il est évident qu'elle va passer la nuit ici. Blake essaie de me torturer et même si, ce soir, il y est parvenu avec succès, je ne lui montrerai pas ma faiblesse. Des pas résonnent dans l'escalier. Je tends l'oreille pour savoir si Emily est avec lui, mais un long silence règne dans le couloir. Ils doivent penser que je dors – c'est sûrement pour ça qu'ils sont si discrets. J'ai un petit sursaut lorsque ce silence est rompu par deux coups contre ma porte. Méfiante, je me lève et, comme par réflexe, mon visage se crispe instantanément en découvrant celui de Blake.

– Qu'est-ce que tu veux ?

– Te parler.

Je serre la poignée si fort que j'ai des douleurs à la main.

– Emily n'est pas dans ta chambre ? Ce serait dommage de la faire attendre. Surtout que vous aviez l'air plutôt impatients de passer à l'acte.

Il se retient de sourire. Et moi, de lui en coller une.

– Emily est partie.

– Alors tu ferais mieux d'aller te coucher. Je n'ai rien à te dire.

Je vais pour lui claquer la porte au nez, mais Blake anticipe mon geste et la bloque du pied.

– Serait-ce de la jalousie que je perçois dans ta voix, Violet ?

– Non. Là, tu confonds jalousie avec dégoût.

Ma rage est si grande que je dois avoir l'air crédible.

Mais pas assez pour Blake.

– Pourquoi ne pas le reconnaître ? Tu vas devoir te faire à l'idée que c'est inévitable.

– Qu'est-ce qui est inévitable ?

– Nous deux. Je suis jaloux. Tu es jalouse. C'est un fait que ni toi ni moi ne pouvons nier. Et pour info, le dégoût est un dérivé de la jalousie.

Il semble parfaitement sérieux. Si sérieux que je suis prise d'un rire nerveux.

– Donc en fait, tu n'es pas qu'un con détestable. Tu es aussi complètement cinglé.

– Il fallait bien qu'il y en ait un de nous deux pour ouvrir les yeux de l'autre.

J'ai le sang qui bout. C'est dingue comme il peut me faire passer d'une émotion à une autre, en si peu de temps.

– Alors ton plan, c'était de peloter Emily devant moi pour essayer de me rendre jalouse, c'est ça ? Je dis bien *essayer* parce que devine quoi, Blake ? Tu as lamentablement échoué. Te servir de ta petite amie que tu n'aimes pas pour pouvoir m'atteindre te rend pathétique, craché-je. Tu es pathétique…

Je suis tellement occupée à débiter mon monologue que je ne remarque pas ses yeux exorbités.

– Attends, attends… peloter ? m'interrompt-il, l'air perdu. C'est bien ce que tu as dit ?

Mon silence lui apporte la réponse.

– Ma main était juste posée sur sa cuisse ! s'indigne-t-il, les bras levés. Pardon, Violet, mais t'as sérieusement besoin de lunettes, là ! Emily est peut-être dévergondée, mais pas à ce point.

– Peu importe ce que j'ai vu. J'en ai rien à faire.

Le ton de ma voix est de plus en plus sec. Blake prend une grande inspiration et passe ses longs doigts dans sa chevelure embrouillée, tout en me regardant droit dans les yeux. Je l'observe aussi.

– Écoute, je suis désolé d'avoir cherché à te provoquer et de ce que tu as cru voir, mais Emily et moi, on n'a jamais été du genre à s'exhiber. Encore moins devant mes potes.

C'est vrai que j'étais proche d'elle, et c'est aussi vrai que je l'ai fait exprès, mais je ne savais plus quoi faire pour attirer ton attention… Excuse-moi de t'avoir blessée et d'avoir bêtement pensé que c'était une bonne façon pour te faire réagir alors que… c'était la pire.

Il parle avec lenteur et hésitation, mais aussi avec une telle intensité que je détourne automatiquement les yeux pour me concentrer sur la poignée de porte que je continue d'agripper. S'il croit vraiment qu'il va pouvoir s'en sortir avec quelques excuses douteuses, il est encore plus timbré que je ne le croyais. Il se penche vers moi.

– Tu m'écoutes, au moins ?

Je sens son souffle sur mon visage et une douce odeur mentholée s'introduit dans mes narines.

– Oui, je t'écoute. Mais ne compte pas sur moi pour te contredire.

En relevant les yeux, je réalise à quel point il est proche de moi. De cette proximité naît une tension palpable qui se glisse doucement entre nous. J'essaie néanmoins de l'ignorer pour ne pas perdre tous mes moyens.

– Ce n'est pas ce que je te demande. Je sais que j'ai tout fait foirer, comme à peu près tout le temps, mais je ne faisais pas semblant ce matin. Tu dois me croire. Ton indifférence d'aujourd'hui m'a fait réagir comme un gros con, et merde, si tu savais à quel point je m'en veux… mais surtout, à quel point je n'aime pas te voir t'éloigner de moi.

Je dois avoir une hallucination auditive. Mes émotions me reviennent comme un boomerang, j'ai encore besoin de regarder ailleurs. Je baisse les yeux vers le carrelage pour ralentir ma respiration et tenter d'assimiler ses paroles. Mais Blake me soulève le menton, m'obligeant à affronter ses yeux. Son pouce glisse sur ma joue.

– Je n'aime pas non plus que tu sois aussi secrète. S'il te plaît, parle-moi.

– Il va pourtant falloir t'y habituer.

Sa main quitte mon visage et je vois le sien changer brusquement. Il a l'air frustré… inquiet… déçu ?

– Ne dis pas ça.

– Et toi, ne dis pas des choses que tu ne penses pas. Depuis que je suis ici, nous nous entendons comme chien et chat et tu voudrais me faire croire que… quoi, au juste ? Qu'on pourrait être ensemble ?

– Qu'on pourrait être nous. Juste nous. Je ne veux pas lutter une seconde de plus contre ce que je ressens. Et tu peux arrêter de lutter, toi aussi. Avec moi. Il suffit de lâcher prise.

– Je ne peux pas…

Mais la seconde suivante, ses lèvres sont sur les miennes et m'empêchent d'aller jusqu'au bout de ma pensée. J'essaie de reculer, en vain. Mes jambes sont clouées au sol et l'électricité dans mon corps ressurgit. Je ne sais plus ce qui est bien ou mal. Je ne sais plus ce que je dois faire ou ne pas faire. Tout ce que je sais, c'est que ce garçon grossier et exécrable vient de m'avouer des choses aussi effrayantes que réconfortantes, et je crois que je les ressens, moi aussi. Ces sentiments s'installent au tréfonds de mon âme et se fraient un chemin jusqu'à mon cœur, sans que je puisse faire quoi que ce soit pour les arrêter. Blake est aussi addictif qu'une drogue. Plus j'en prends, plus j'ai du mal à m'en passer. Et plus j'en redemande.

Je chasse mes peurs et cesse de lutter pour m'abandonner à lui. Dès que j'entrouvre les lèvres, sa langue se faufile entre mes dents pour s'enrouler autour de la mienne et nos goûts se mélangent jusqu'à n'en faire plus qu'un. Des frissons parcourent mon échine tandis que ses mains descendent le long de mon dos. Leur parcours prend fin sur mes reins et, lentement, il me rapproche de lui. Ses gestes sont tendres, doux et passionnels. Encore une fois, son étreinte n'a absolument rien de charnel.

Mais que se passera-t-il lorsqu'il aura besoin de plus, lorsqu'il voudra plus ?

Même si par miracle je parvenais à surmonter mon traumatisme, que se passerait-il après ? La drogue se transformerait-elle en poison ? Le rêve en affreux cauchemar ?

Blake me bouleverse et me met face à toutes ces interrogations qui me terrorisent. Je détache mes lèvres des siennes, pantoise, et fais deux pas en arrière.

– Tu ne m'as pas laissé finir. Ce n'est pas… ce n'est pas ce que je veux.

Le souffle court, il scrute mon visage affolé.

– Est-ce que tu sais pourquoi tu as refusé de sortir avec Travis ?

– Non. Enfin, oui. Mais la question n'est pas là…

– Tu es aussi attirée par moi que je le suis par toi, Violet.

– N'im… n'importe quoi, bafouillé-je encore plus.

– Bien, tranche-t-il. Dans ce cas, regarde-moi droit dans les yeux et dis-moi que tu ne veux plus que je t'approche. Si c'est vraiment ce que tu souhaites, alors je resterai loin de toi. Je partirai même d'ici pour nous faciliter la tâche. Mais il faut que tu me le dises.

Son calme me surprend. De même que sa demande.

– Pourquoi ?

– J'ai besoin de l'entendre de ta propre voix.

Son regard est comme une brûlure sur ma peau. Dans ma tête, j'assemble les mots qui le feront partir. Mais aucun d'entre eux ne réussit à passer mes lèvres.

– Dis-le, Violet. Dis-moi de m'en aller. Je prendrai mes affaires, descendrai cet escalier et, à la seconde où j'aurai passé la porte, tu n'entendras plus jamais parler de moi.

– Je ne peux pas faire ça à ton père.

– Il n'est pas question de mon père et tu le sais bien.

Il s'approche de moi.

– Dis-moi que tu ne veux plus jamais me voir.

Il chuchote, sa main se tend vers moi, effleure ma joue, se pose dans mes cheveux. Il dégage une mèche blonde derrière mon oreille et ajoute en plongeant son regard dans le mien :

– Dis-moi que tu ne veux plus jamais que je t'embrasse.

Nos visages ne sont qu'à quelques centimètres l'un de l'autre, nos lèvres, plus qu'à un souffle d'un nouvel écart. Mais je ne dois pas perdre les pédales, il me faut récupérer le contrôle de mon corps et de mon esprit. Ma raison refait surface.

– Je suis déjà tombée sur une mauvaise personne. Et je me suis fait la promesse de ne pas reproduire les mêmes erreurs.

Mes yeux se brouillent et je remarque ceux de Blake, confus. J'ai mal. Mal de le sentir si proche de moi et de ne pas pouvoir me laisser aller complètement avec lui. Mal de prononcer ces mots devant lui, contre lui, mais c'est mieux comme ça. Sans lui laisser le temps de répondre, je le pousse vers la sortie et referme la porte. Pendant une seconde, je crains de trouver la maison vide à mon réveil, mais j'essaie de ne pas trop m'en inquiéter. Après tout, ce serait peut-être ma seule chance de repartir de zéro.

Mais ai-je seulement envie de faire une croix définitive sur Blake ?

20

Violet

Je vais reprendre ma vie en main. Moi, Violet Springs, je m'engage envers moi-même à respecter cette nouvelle promesse. L'eau tiède coule sur ma peau en ruisselet. Mes angoisses nocturnes semblent s'évaporer avec la vapeur qui s'échappe à travers les rayons de soleil filtrant par le Velux de la salle de bains. La buée s'envole en légers nuages et se dissipe aussitôt, laissant mon corps frissonner au contact de l'air frais. En m'habillant, j'ai une idée. Je vais proposer une nouvelle journée shopping à Amber. J'aime bien passer du temps avec elle. Avec un peu de chance, son énergie positive déteindra sur moi. Et d'ailleurs, en parlant de positivité et de bonnes résolutions, je ne crois pas que Blake soit dans la maison. Je n'ai pas osé regarder dans sa chambre, mais il n'y a aucun signe de sa présence. C'est le calme plat.

Dans l'escalier, je commence à rédiger un message à Amber et, en levant le nez de mon portable, je sens ma mâchoire tomber à mes pieds. Deux assiettes remplies à ras bord de bacon, de toast, d'œufs au plat et de haricots blancs sont posées sur la table. Au même moment, Blake sort de la cuisine avec deux jus d'orange et il pile face à mon regard plein d'interrogations. J'attends qu'il me parle.

– Je, euh… Depuis que Rachel est partie avec mon père, j'ai l'impression que tu ne manges pas beaucoup.

Il pose les verres en un geste maladroit et saisit une chaise pour m'inviter à m'y asseoir. Malgré ma surprise, je m'avance pour prendre place. Blake a raison, il y a trop longtemps que je n'ai pas fait un vrai repas et ça a l'air délicieux.

– Et je me suis dit que tu avais peut-être faim, reprend-il en s'asseyant face à moi. Tu peux laisser les haricots et les champignons. Moi-même je n'en suis pas trop fan, mais je voulais te faire un vrai petit déj à l'anglaise.

– Merci.

C'est le seul mot que j'arrive à prononcer. Je sens ses yeux sur moi, mais je préfère regarder mon assiette.

– Tu m'en veux toujours ? Je t'ai dit la vérité, tu sais… Je n'ai pas fait ce que tu penses avec Emily.

Et je le crois. Dans le noir et avec toute la colère que j'ai accumulée, il se peut que j'aie mal interprété la situation. Mais cela ne change strictement rien entre nous.

– Il ne s'agit pas de ça.

– Je sais, je sais, s'empresse-t-il de me répondre, comme s'il voulait contourner le sujet pour éviter toute gêne. Une fois que tu auras fini de manger, on ira faire une virée dans Londres. Mon père voulait que je te montre la ville et, vu le temps qu'il fait, ce serait con qu'on reste à l'intérieur.

Je suis sidérée et me demande même si Blake est bien sérieux, mais il apparaît qu'il l'est. Je me mets à tripoter nerveusement ma fourchette.

– Tu n'es plus obligé de le faire.

Ses yeux bleus et doux se font insistants.

– Parce que tu crois vraiment que je vois toujours ça comme une obligation ?

Je déglutis avec peine.

– Justement. Avec tout ce qui s'est passé, je ne pense pas que ce soit une bonne idée.

– On peut toujours être amis.

– Amis ? répété-je en haussant les sourcils. Mais hier soir, tu m'as dit que…

Il m'interrompt rapidement.

– Oublie ce que j'ai dit hier soir. Oublie tout, d'accord ?

L'espace d'un instant, je reste interdite, passant le souvenir de la nuit dernière au peigne fin. Notre baiser brûle encore mes lèvres. Il est prêt à l'oublier ? *À tous les oublier ?* Et suis-je prête à les oublier, moi aussi ? Pas vraiment, mais il le faut. Puis c'est ce que je voulais, non ? Je ne pouvais pas continuer à embrasser Blake alors qu'il a une petite amie et que je ne veux personne dans ma vie.

– D'accord. Soyons amis.

– À notre amitié, lance-t-il en levant son verre. Tentative numéro… deux.

Son rire fait chavirer mon cœur. Tout comme les deux fossettes qui creusent ses joues, les taches de rousseur qui parsèment son nez et son accent marqué. Je n'avais jamais remarqué jusqu'ici comme son accent rendait sa voix sensuelle. Dans sa bouche, chaque mot est une poésie. *Sa bouche…* Je ne dois pas y penser. Ni la regarder. Je détache mon regard de son visage et nous finissons notre petit déjeuner, alternant entre rires et moments de silence.

En sortant de la maison, je me sers de ma main comme pare-soleil.

– Quel est le programme ?

– Premièrement, on va s'arrêter prendre une glace.

– Une glace ? Mais on vient à peine de sortir de table.

– Pourquoi pas ? Toi, tu peux en manger toute l'année, mais ici, c'est rare d'avoir assez chaud pour avoir envie d'une glace. Alors, laisse-moi profiter de mon été, l'emmerdeuse.

Son sourire m'envoie des fourmillements dans le ventre. J'aime cette facette de lui, celle du Blake taquin et gentil. Il lève la main pour rejeter une mèche de cheveux fouettée par un coup de vent et, pendant un court instant, j'imagine ses longs doigts graciles passer dans les miens. J'efface cette idée.

– Tu n'as jamais quitté Londres ? lui demandé-je tandis que nous longeons de grandes avenues.

– Je suis déjà parti en vacances en France. Mais je ne me souviens plus de rien, j'étais trop petit. C'est comment, la Californie ?

Je hausse vaguement les épaules.

– Bien.

– Alors pourquoi en être partie ?
Je retiens un soupir. Blake est trop curieux.
– Je commençais à m'ennuyer, j'imagine.
– À Los Angeles ?
Il a l'air étonné.
– Je vis à Riverside, pas à Los Angeles. C'est beaucoup plus petit.
– Riverside, dit-il, semblant réfléchir. Jamais entendu parler. Et donc, tu préférais venir ici pour t'occuper d'une mioche plutôt que d'aller à l'université ?
– J'avais envie de prendre une année sabbatique.
Besoin, rectifié-je intérieurement.
– Ouais, j'aurais sans doute dû faire comme toi, marmonne-t-il entre ses dents avant de reprendre d'une voix plus forte. Je peux te demander un truc ?
– Vas-y. Je ne suis plus à une question près.
Il rit.
– Je te laisserai aussi m'en poser, c'est promis.
Voilà qui est intéressant. Je tourne la tête vers lui, me protégeant toujours les yeux avec ma main, et j'attends patiemment sa question avec l'espoir que je pourrai y répondre plus sincèrement cette fois.
– Qu'est-ce qui te manque le plus chez toi ?
Je suis surprise qu'il ne me demande pas quelque chose de plus personnel. Surprise mais rassurée.
– Plein de choses, en fait. La plage, le cheerleading, les palmiers…
Alors que j'énumère toutes ces petites choses qui me rendaient heureuse là-bas, je me rends compte que je suis en train de les imaginer. Blake m'observe avec un sourire en coin.
– Alors, j'avais raison. T'es bien un cliché sur pattes.
Je lui donne une claque sur l'épaule, sachant pertinemment qu'il plaisante. Si seulement l'ambiance pouvait rester telle quelle, pas électrique et tendue ni passionnelle et envoûtante, juste légère, je pourrais presque trouver sa compagnie agréable.

– Ton glacier est encore loin ? l'interrogé-je en y mettant une pointe d'impatience.

Il regarde autour de nous.

– On s'en rapproche, pourquoi ?

– Ça fait un moment qu'on marche.

J'exagère un peu, cela doit faire seulement dix minutes que nous déambulons dans les rues londoniennes, mais je n'ai jamais été une adepte des longues marches en pleine journée. Je préfère largement mes courses matinales. Avec tous ces gens qui nous entourent, j'ai l'impression de piétiner.

– Ça y est, on y est ! s'exclame-t-il en s'arrêtant devant une devanture blanche immaculée. Fini de râler ?

Il m'ouvre la porte et, en m'engouffrant dans la boutique, j'entends un petit « l'emmerdeuse » qui m'arrache un sourire. Mais il ne peut pas le voir car je suis dos à lui. Je le laisse s'approcher du comptoir pour qu'il puisse choisir sa glace. Il hésite quelques secondes avant de déclarer, fièrement :

– Je vais prendre celle à la violette, s'il vous plaît.

Mes joues rougissent comme celles d'une petite fille qui ne sait plus où se mettre. Tout ça à cause d'un parfum de glace.

Blake se tourne vers moi.

– Et toi ?

– Non, merci. Je ne veux rien.

– Mettez-en une deuxième, dit-il en s'adressant de nouveau au glacier.

Je le savais têtu mais pas à ce point. Bon, je dois tout de même reconnaître que contrairement aux autres fois, il y a un côté mignon dans son attitude bornée. Il paie le tout et, une fois que nous sommes dehors, il me tend mon cornet.

– Je n'en voulais pas, mais merci quand même.

Je la prends en faisant attention que nos doigts ne se touchent pas.

– Quoi ? Tu as droit à ton propre parfum de glace et tu n'en voulais pas ? Je n'y crois pas une seconde.

– C'est vrai que c'est intrigant, concédé-je. Je n'en ai jamais goûté.

– Moi, si.

Il a un sourire malicieux et je le dévisage, complètement abasourdie, lui et ses fossettes prononcées. Je ne sais pas s'il veut parler de nos baisers ou simplement du fait qu'il a déjà mangé une glace à la violette. Dans le premier cas, mes joues reprendraient une teinte pivoine. Dans le deuxième cas, je serais déçue. Je décide de ne pas relever et goûte ma glace avant qu'elle ne coule sur ma main.

– Alors, cette glace ?

– Pas mauvaise.

– Je trouve aussi. Même si j'ai une large préférence pour l'original, ajoute-t-il en fixant mes lèvres.

J'ai ma réponse, il parlait bien de nos baisers. Je replonge dans ma glace pour dissimuler mon trouble.

– Tu préfères qu'on aille se poser un peu ou on se remet en marche vers notre prochain spot ?

– Parce qu'on doit encore marcher ?

Il fronce les sourcils et croise les bras sur son torse musculeux. À la lumière du jour, ses tatouages ressortent encore plus.

– Jamais contente, hein ? Je commence déjà à voir les mauvais côtés de notre amitié.

Je lève les yeux au ciel.

– Va pour la marche. Mais où est-ce qu'on va ?

– Je sais que ça va te contrarier, mais tu vas devoir attendre un peu, Miss Je-veux-toujours-tout-savoir-à-l'avance, me répond-il avant de s'élancer dans la rue.

Je le suis en silence. Blake n'a pas tort, j'ai besoin de maîtriser certaines situations. À cause d'Aaron, j'ai perdu ce contrôle pendant beaucoup trop longtemps et je souhaite par-dessus tout le retrouver. Mais pour cette fois, je vais faire un effort et tâcher de ne pas passer pour une…

… *emmerdeuse*.

21

Violet

Au bout d'un moment, je distingue au loin une grande roue et je comprends tout de suite que le London Eye est notre prochain spot. En faisant mes recherches sur Londres, j'ai vu que c'était l'attraction à ne manquer sous aucun prétexte, et secrètement je suis ravie que Blake ait décidé de m'y emmener. Ces grandes capsules futuristes donnent une vue panoramique de la ville et ça a l'air vraiment cool, bien plus cool qu'un panneau Hollywood en tout cas. Nous approchons de la file d'attente, et alors que je croyais que nous allions patienter jusqu'à ce qu'arrive notre tour, sa main attrape la mienne pour m'inciter à le suivre dans la foule. À son contact, mon traître de corps fait encore des siennes. Je frissonne de la tête aux pieds. Nous passons devant tout le monde et, en croisant les nombreux regards noirs que l'on nous jette au passage, je m'écrie :

– Qu'est-ce que tu fais ?

– T'inquiète ! Il y a un mec de mon campus qui travaille ici. Enfin, je crois.

Quoi ? Parce qu'il n'en est pas certain ?

Il continue de se faufiler, serrant ma main pour ne pas me perdre et, après ce long périple, nous nous retrouvons enfin en début de file. Je suis soulagée de voir Blake saluer l'employé gringalet devant nous.

– Salut, Blake, lance-t-il à son tour. Et Em'… Ah bah, non, ce n'est pas Emily.

Il penche sa tête de côté, ses yeux tombants me dévisagent. La confusion se lit sur son visage. Plus encore lorsqu'il remarque nos mains liées. Je m'apprête à détacher la mienne, mais je me fais devancer par Blake.

– Violet, me présenté-je.

Ma voix est calme et posée mais, dans ma tête, c'est une tout autre histoire. Je suis au bord de la panique. J'imagine ce type en train d'aller rapporter à Emily qu'il nous a vus main dans la main au London Eye, et je ne peux m'empêcher de repenser aux mots d'Amber : « Tu devrais te méfier d'Emily. C'est un vrai pitbull, tu sais. »

Essayant tant bien que mal de ne pas me décomposer sur place, je jette un coup d'œil discret à Blake qui ne paraît pas aussi stressé que moi. En fait, il a même l'air très détendu.

– Tu peux nous mettre une capsule pour deux ? Violet n'est là que pour six mois et j'aimerais lui faire vivre l'expérience à fond.

– Euh ouais. Tu as de la chance, il n'y a pas mon chef aujourd'hui.

Blake le remercie, et quand nous entrons dans une capsule entièrement vitrée, je relâche mon souffle. Avant de le bloquer de nouveau. Je suis seule avec Blake dans cette immense cabine et nous sommes sur le point de prendre de la hauteur pour contempler l'une des vues les plus romantiques du monde. Ce n'est que maintenant que je réalise. Maintenant que les portes sont fermées et qu'il n'y a plus aucune issue possible. Je suis affolée. Affolée de ce que je pourrais faire en étant enfermée seule avec lui, mais je garde mon calme. Enfin, qu'à moitié.

– Tu penses que ton ami va aller tout dire à Emily ?

– Dire quoi ? Il n'y a rien à dire, non ?

Il est si serein, c'en est déroutant. Mais dans le fond, mieux vaut une réaction détachée de sa part. Cette « relation » plus qu'ambiguë ne pouvait pas durer. Même si, pour moi, tout est encore emmêlé dans mon esprit. J'ai toujours envie de l'embrasser, j'ai les mains moites lorsque je le vois et, quand il se tient un peu trop proche de moi, n'en parlons même pas… mon cœur bat aussi fort qu'un tambour fou. Mais il ne faut pas car je n'ai rien à lui offrir. Et lui non plus.

– Oui, c'est vrai.

Je colle mon visage contre la vitre pour admirer la vue. J'entends Blake s'avancer, je m'attends à ce qu'il se place à côté de moi, mais non, il se plaque contre mon dos pour regarder par-dessus mon épaule. Son souffle chaud caresse ma nuque. Un courant électrique passe entre nous et s'intensifie au fil des secondes qui passent. *Pourquoi mon corps réagit-il toujours ainsi en sa présence ?* J'essaie de me concentrer sur ce que je vois. Pas sur ce que je ressens.

– Juste ici, tu peux voir Big Ben et le pont de Westminster.

Il me montre les monuments du doigt et je hoche la tête.

– Et là-bas, tu as Buckingham Palace, rendu ridiculement célèbre par ses gardes. Tu sais, ceux qui portent un balai à chiotte en guise de chapeau.

Je ne peux m'empêcher de sourire.

– Finalement, tu fais un bon guide. Un peu grossier sur les bords, mais je te laisserai peut-être un pourboire en partant.

À son tour, il rit.

– Ouais, c'est bien parce que c'est toi.

– Ce n'est pas ce que tu disais il y a deux semaines, murmuré-je, le regard perdu vers l'horizon.

Je sens sa respiration s'accélérer dans mon cou.

– Mais en deux semaines, les choses ont eu le temps de changer.

Je suis à un cheveu de me tourner vers lui pour l'embrasser. Avant que la situation ne dérape complètement, je me décale et lui fais face. Il m'observe, dubitatif, entre sourire et incompréhension, comme si ce que je venais de faire n'avait aucun sens. Mais il ne sait pas l'effet qu'il me fait. J'aimerais qu'il m'explique ce qu'il entend par « les choses », lui demander de m'apporter des détails, beaucoup de détails, mais je dois réfréner ma curiosité. C'est un jeu bien trop risqué.

Jouons plutôt la sûreté.

– Au fait, c'est à ton tour de répondre à mes questions.

– *Tes* questions ? répète-t-il en levant un sourcil. Du calme, on ne joue pas à action ou vérité. En plus, tu ne réponds presque jamais aux miennes. Tu peux m'en poser une, mais pas plus.

Je réfléchis à toutes celles qui hantent mes pensées depuis que je le connais. J'élimine tout ce qui a un rapport avec nous deux, Emily… Et c'est tout naturellement que je finis par lui demander :

– Pourquoi tu détestes ton père ?

Mauvaise pioche.

Je regrette instantanément mon choix de question. Son visage se durcit et l'éclat qui brillait dans le bleu clair de ses yeux disparaît. Je suis trop nulle. Jusqu'à présent, tout allait bien entre nous, nous étions loin des tensions habituelles qui empoisonnaient si souvent mon quotidien et il a fallu que je ruine ce moment.

– Parce que tu n'as pas encore compris ?

Je m'attendais à une voix sèche, cassante, glaciale, mais pas du tout. C'est une voix remplie de douleur qui me répond. Et en effet, je comprends.

– Ta mère…

Il dirige son regard vers la vitre.

– Ouais, mais pas seulement. Mon père a toujours préféré son taf à sa vie de famille. Et les rares fois où il était avec nous, il ne pouvait pas s'empêcher de nous diriger comme ses salariés, dit-il avec un rire amer. Le cancer de ma mère n'a rien arrangé. Il se tapait déjà Rachel quand elle était en train de crever dans son lit d'hôpital. J'étais là dans ses derniers moments. Pas lui.

Un long silence plane, troublé seulement par le bruit des câbles. Je suis tellement choquée que je ne lui réponds pas tout de suite.

– Il a vraiment fait ça ?

Il tourne soudainement la tête vers moi. Son regard est dur.

– Qu'est-ce que c'est censé vouloir dire ? demande-t-il, dérouté. Tu me traites de menteur ?

Pourquoi faut-il toujours qu'il soit sur la défensive ?

– Non, non. C'est juste… difficile à imaginer. (Je perds un peu mes mots.) Rachel et Andrew sont tellement gentils. Enfin, surtout Rachel…

Andrew étant souvent absent, j'ai naturellement tissé un lien plus fort avec Rachel. C'est ce que je voudrais pouvoir dire sans bégayer, mais l'expression hostile de Blake m'empêche d'aller jusqu'au bout de ma phrase. J'hésite à sauter de la cabine, juste pour qu'il arrête de me regarder comme ça. J'ai vraiment l'impression d'être redevenue sa pire ennemie. Je me rends compte à quel point cette sensation m'est insupportable.

– Tout le monde a une part d'ombre, déclare-t-il avec un air grave.

Blake me fixe toujours durement puis, petit à petit, ses traits se radoucissent. Ce n'est qu'au bout de quelques secondes que je comprends que c'est de moi qu'il parle. Je ne peux plus soutenir son regard. Je sais ce qu'il attend, que je lui dévoile qui est la vraie Violet, que je me confie à lui. Mais j'ai peur. Peur d'être jugée, d'être prise en pitié, de parler, d'être déçue. Ce sont toutes ces peurs qui me réduisent au silence.

– Je n'arrête pas de penser à une chose depuis hier soir, poursuit-il avec un léger essoufflement, comme s'il n'avait pas pris le temps de respirer. Ça ne va sûrement pas te plaire que je te reparle de tout ça, mais il faut que ça sorte. Tu crois vraiment que je suis une mauvaise personne ?

Je suis surprise par sa question, mais plus encore par la fêlure que je décèle dans sa voix.

– Je le pensais. Au début. Mais plus maintenant.

C'est la vérité. J'ai prononcé ces mots uniquement pour le tenir à distance. Et si je voulais pousser plus loin l'honnêteté, j'ajouterais que ça m'a fait un mal de chien.

– Tu me comparais à quelqu'un… quelqu'un que tu as connu.

C'est plus une affirmation qu'une question, même si en parlant il me regarde avec un air légèrement interrogateur. Au fond de moi, j'espérais qu'il aurait oublié cette partie, mais il n'en est rien. Mes yeux dévient vers la vitre. Nous sommes vraiment hauts, à présent.

– Tu ne lui ressembles pas.

Je ne reconnais pas ma propre voix, elle semble venir d'outre-tombe.

– À qui ?

Penser à Aaron augmente le rythme de ma respiration et je dois inspirer plusieurs fois avant de reprendre la parole.

– Je sors d'une relation compliquée. J'ai rompu avec ce mec parce que… ce n'était pas quelqu'un de bien. Mais j'ai mis neuf mois pour m'en apercevoir et c'est à la suite de cette rupture que j'ai décidé de partir. Londres, c'est une sorte de nouveau départ pour moi.

Je me sens libérée d'un grand poids, même si je ne peux toujours pas le regarder en face.

– Il t'a fait quoi ?

Une boule se forme au creux de mon ventre alors que je dresse mentalement la liste de toutes les atrocités qu'Aaron m'a fait subir : il m'a rabaissée, manipulée, humiliée, trompée, isolée et, presque pire que tout, violée tout en me faisant croire qu'il m'aimait. Et que j'étais le problème.

– Il m'a trompée, dis-je seulement.

Je voudrais lui en dire plus, mais je ne peux pas. C'est comme si ces mots, tous ces mots que je n'ai jamais formulés à voix haute, étaient emprisonnés dans ma gorge.

– Ouais, bah… je ne suis pas si différent de lui alors.

Mon regard quitte la vitre pour se poser sur lui.

– Non. Crois-moi, tu l'es.

– OK, répond-il sans grande conviction. Donc si j'ai bien compris, t'es venue ici pour oublier ton ex, quoi.

– Pour oublier la personne que j'étais avec lui, corrigé-je.

Nos yeux s'accrochent et j'ai l'impression qu'il comprend ce que je veux dire. De ce long et profond contact visuel naît quelque chose d'encore plus puissant qu'une simple attraction ; un lien invisible se crée entre nous.

– Tu as souffert, n'est-ce pas ?

Il chuchote, comme si ces mots prononcés trop forts pouvaient me blesser davantage. Et peut-être est-ce le cas.

– Un peu… (Je m'interromps en sentant ma voix se briser. Mes yeux me piquent et, sans que je puisse faire quoi que ce soit pour les retenir, quelques larmes coulent. Elles semblent renfermer toutes les douleurs silencieuses qui me rongent depuis des mois.) Je suis désolée, je… je n'ai pas l'habitude d'en parler.

Blake m'observe sans rien dire, droit comme un piquet, et je me détourne pour lui cacher mes yeux rougis. Je m'en veux d'avoir craqué devant lui, je ne sais pas ce qui m'a pris. Me sentant honteuse, j'essuie mes larmes du revers de la main et ce sentiment se dissout immédiatement quand je sens deux bras s'enrouler autour de mes hanches. Il pose sa tête sur mon épaule et, nonobstant tout ce qui se passe – la souffrance, les doutes, les peurs et les questions sans réponse –, je colle mon dos contre son torse. Il est toujours silencieux, mais le silence n'a jamais été aussi réconfortant qu'à ce moment précis.

Une sonnerie stridente vient le briser. Aussitôt, son corps chaud disparaît de mon dos, ses bras me relâchent et le vide que je ressens est immense. Quand je me tourne, il est plongé dans son téléphone, les sourcils froncés. Je lui pose la question dont je ne veux pourtant pas connaître la réponse.

– C'est Emily ?

– Oui.

Mon cœur chute d'au moins dix étages.

– J'ai mis un point final à notre histoire hier soir, enchaîne-t-il vivement en rangeant son appareil dans sa poche. Depuis elle n'arrête pas de me harceler, mais elle ne le pourra plus puisque je viens de la bloquer.

J'en crois difficilement mes oreilles.

– Tu veux dire que tu l'as…

– Laissée tomber, oui. Et j'aurais dû le faire bien avant.

Mes yeux s'écarquillent et les siens me transpercent d'une lueur bleue.

– Mais, pourquoi ?

– Je ne suis pas le mec le plus droit de cette planète, mais je ne pouvais pas rester avec Emily après ce qu'on a fait. En t'embrassant, j'ai réalisé tout un tas de choses à propos de ma relation avec elle. Et j'ai compris ce que je voulais vraiment.

La joie éclate dans ma poitrine comme un ballon qu'on aurait trop gonflé. Une joie que je m'efforce néanmoins de contenir.

– Je suis contente de savoir que ça t'a aidé.

– Ouais, moi aussi. Mais je ne pense pas qu'on pourra être simplement amis. Tu veux que je te dise pourquoi ?

Je ne suis pas sûre de le vouloir. Mais comme mon corps est continuellement en contradiction avec le reste, je secoue la tête de haut en bas.

– Les amis ne s'embrassent pas.

Il approche d'un pas.

– Ils ne se dévorent pas des yeux non plus, ils sont…

Il suspend sa phrase entamée en faisant un pas de plus. Puis encore un autre, jusqu'à effacer complètement la courte distance qui nous sépare.

– Tout le contraire de nous, en fait.

Il redresse mon menton jusqu'à ce que mon regard s'ancre au sien et je contemple le bleu de ses iris s'évanouir derrière ses pupilles dilatées. Sa main se pose sur ma joue et, du pouce, il dessine le contour de mes lèvres. Une bouffée de chaleur m'inonde.

– Mais je ne t'apprends rien, pas vrai ?

Non.

En revanche, il me met face à une réalité que je ne peux plus du tout nier, à présent. Ma raison s'évapore dans l'air étouffant de cette cabine, je suis encore en train de m'égarer. Mais je ne ferai rien pour me remettre dans le droit chemin. Et qui dit qu'en étant avec Blake, j'emprunterai le mauvais chemin d'abord ? C'est peut-être lui, mon remède, ou autre chose d'encore mieux ? Quoi qu'il en soit, il n'y a pas trente-six manières de le découvrir. En fait, il en existe une seule : je dois me laisser guider par mes émotions.

Pour l'instant, tout est confus. Je n'arrive pas à mettre le doigt sur ce que nous sommes exactement, mais je sais ce que nous ne sommes pas et ce que nous ne serons jamais : des amis. Blake vient d'ailleurs de me le prouver en se penchant vers moi pour effleurer mes lèvres des siennes. Je n'en peux plus. Mon corps tout entier pourrait s'enflammer. Avant qu'il ne fonde sur ma bouche pour en prendre possession, je me sens malgré tout obligée de lui rappeler :

– Je ne suis là que pour six mois et je ne sais pas si je suis prête à me lancer dans une nouvelle relation.

Je veux qu'il en soit conscient. Blake m'attire comme un aimant, mais j'ignore si je parviendrai à surmonter toutes mes peurs, surtout en si peu de temps. Six mois, c'est long et court à la fois. Il recule son visage de quelques centimètres.

– C'est ce qui me bloquait aussi au départ. Mais à la fin de ces six mois, je ne veux pas te regarder partir en me demandant ce qui aurait pu se passer entre nous, ou en essayant d'imaginer toutes les choses qu'on aurait pu faire ensemble. Je veux les vivre, à fond. Sans aucun regret. Et pour ce qui est du reste, ne te pose pas trop de questions. On ira à ton rythme, un pas après l'autre. Si je dois attendre des semaines avant de pouvoir t'embrasser de nouveau, je le ferai. Parce que ça en vaut la peine. *Tu* en vaux la peine, Violet.

– Pour ça, je ne pense pas que tu auras besoin d'attendre, lui soufflé-je, touchée qu'il ait compris à quel point j'ai besoin de temps pour le reste.

Il me sourit et tend la main pour remettre une mèche derrière mon oreille, comme j'aime tant qu'il le fasse. Quand ses lèvres se plaquent sur les miennes, le soulagement colossal que je ressens rend mes jambes cotonneuses. Si bien que je dois m'accrocher à ses épaules pour ne pas chanceler. Ses doigts glissent sur les miennes, dénudées, puis se mettent à courir le long de ma colonne vertébrale, de mes côtes jusqu'à ma taille, tandis que nos bouches continuent de se dévorer. Autour de nous, tout disparaît. La capsule n'entame pas sa descente, elle monte encore. Toujours plus haut. J'ai l'impression que nous touchons presque les nuages. Je sens mon pouls s'accélérer, sa langue chaude caresser la mienne et ses dents mordiller mes lèvres. Si on m'avait dit deux semaines auparavant que j'embrasserais Blake, quatre fois, et que j'aimerais de plus en plus cela, je n'y aurais jamais cru. Et pourtant, nous voilà au-dessus de Londres, en train de nous donner un baiser encore plus intense, encore plus fougueux, encore plus langoureux que tous les autres.

Je sais enfin ce que j'éprouve pour lui, cela va bien au-delà de l'attirance physique : ce sont des sentiments. Purs, authentiques, compliqués, mais bien réels. Et je le sens, ces sentiments grandissent vite, aussi vite qu'un train lancé à vive allure.

J'espère seulement que ce train ne déraillera pas.

22

Violet

En arrivant à la maison, nous sommes trempés jusqu'aux os. Une pluie violente s'est abattue sur nous sur le chemin du retour et, avec le beau temps qu'il faisait au moment où nous sommes partis, aucun de nous deux n'avait prévu de prendre un parapluie pour nous protéger de cette tempête inopinée. Nous sommes rentrés au pas de course ; même si cette fin de balade n'était pas des plus agréables, rien ni personne n'aurait pu me rendre de mauvaise humeur. Pas après le London Eye. Pas après ce que j'ai partagé avec le beau brun tatoué qui est en train de me tenir la porte. Je ne suis toujours pas redescendue de mon petit nuage, peu importe si ce dernier est orageux.

– Dépêche-toi d'entrer, me presse-t-il.

J'arrête de taper des pieds sur le tapis rugueux à l'entrée et je retire mes sandales mouillées pour les aligner dans le couloir. Blake fait la même chose avec ses Dr Martens.

– C'est toujours comme ça, les étés à Londres ?

Il opine de la tête et se met à rire.

– Et encore, t'as de la chance d'avoir échappé à la grêle, plaisante-t-il. Tu veux que j'aille te chercher une serviette ?

Je ne m'étais même pas rendu compte que mes cheveux gouttaient sur le sol.

– Je veux bien, merci.

Je le regarde monter à l'étage et redescendre deux minutes plus tard, avec des vêtements secs et deux serviettes sous le bras. Il m'en tend une pour que je puisse me sécher et, après l'avoir passée rapidement sur mon corps, je l'enroule autour de mes cheveux. Blake, lui aussi, insiste bien sur le haut de sa tête avant de se débarrasser de ses chaussettes, de son jean et de son tee-shirt. Je sens ma bouche se dessécher de seconde en seconde. J'ai beau l'avoir déjà vu torse nu, je ne peux pas m'empêcher de l'admirer en catimini – d'observer ses tatouages se mouvoir au rythme de ses gestes, les veines sur ses avant-bras saillir pendant qu'il enfile un bas de survêtement. Le jogging tombe divinement bien sur ses hanches et je suis coupée dans ma contemplation lorsqu'il me jette un bout de tissu au visage.

– Je suis sympa, je te laisse mon tee-shirt, déclare-t-il sous mes yeux écarquillés. Il devrait pouvoir couvrir tes cuisses.

Ce n'est pas tant le fait de porter son tee-shirt qui me dérange, mais plutôt celui de devoir me dévêtir devant lui. La vision de son corps à moitié nu était plus que plaisante, mais je ne pourrai pas lui donner ce spectacle en retour. Je me rends compte que j'ai toujours la serviette sur la tête, alors je la retire, tout en gardant son tee-shirt à la main. Mes cheveux sont encore humides. Et c'est cet élément-là qui va me sauver.

– Je vais aller me sécher les cheveux avant de m'habiller, lui annoncé-je en montant déjà l'escalier. J'en profiterai aussi pour prendre une douche.

– OK, me lance-t-il d'en bas tandis que j'entre dans le bureau. Je t'attends sur le canapé.

Je pioche un short de nuit et des sous-vêtements propres dans ma valise, puis m'engouffre dans la salle de bains de Blake. Son tee-shirt me paraît effectivement long mais je préfère prendre mes précautions. Après avoir poussé la porte, je fais glisser ma robe à mes pieds et file sous la douche. L'eau brûlante ruisselle le long de mon corps. Je savoure un bon moment cette chaleur et prends un gel douche à la noix de coco pour me savonner. L'odeur exotique emplit mes narines et ne tarde pas à embaumer toute la salle de bains. Je me rince et, au moment de couper l'eau pour m'essorer les cheveux, je fais un bond d'un mètre en découvrant Blake, écouteurs plantés dans les oreilles, derrière la paroi en verre.

Je m'empresse de cacher mes parties intimes et j'ai à peine le temps de voir ses grands yeux choqués et un juron lui échapper des lèvres. Il lâche aussitôt la pile de vêtements sales qu'il tenait dans les bras avant de ressortir, tout aussi vite. J'appuie ma tête contre le mur, morte de honte.

Je suis montée exprès pour ne pas avoir à me retrouver en sous-vêtements devant lui, pour que finalement, il me voie complètement nue.

– Désolé, je… l'entends-je dire à travers la porte. Je pensais que tu irais dans la salle de bains de mon père.

La note d'embarras qui vibre dans sa voix finit de m'enterrer six pieds sous terre.

– C'est pas grave, dis-je en essayant de paraître désinvolte. C'est ma faute, j'aurais dû te le préciser.

– Je te rassure, j'ai eu le temps de rien voir ! s'exclame-t-il, rendant la situation pire qu'elle ne l'était déjà. Y avait trop de buée.

– D'accord…

Je ne sais pas quoi dire d'autre. D'autant que je doute fortement que ce soit vrai.

– Bon, je… je redescends. Retrouve-moi en bas quand tu seras prête.

J'hésite.

Il y a une forte probabilité pour que je reste enfermée ici à tout jamais. J'écoute ses pas s'éloigner dans la chambre, puis dans l'escalier, et soupire. Je suis tiraillée entre l'idée de m'étrangler avec le pommeau de douche ou celle de glisser volontairement sur le carrelage pour m'assurer d'une mort certaine. Au lieu de ça, je m'enveloppe dans une serviette et me frictionne énergiquement tout le corps avant de me rhabiller. Son tee-shirt à l'effigie du groupe Nirvana descend bien jusqu'au milieu de mes cuisses, mais je me sens tout de même obligée de compléter ma tenue avec mon short de pyjama. *Même s'il vient de me voir nue il n'y a même pas cinq minutes.* Au bout d'une éternité, je me décide à quitter la salle de bains avec le peu d'assurance qu'il me reste.

Mon pied touche la première marche. *Allez, ce n'est qu'un corps.* Puis la deuxième. *Il en a probablement vu des milliers d'autres.* La troisième craque sous mes pas. *C'est justement ce qui devrait t'inquiéter, ma vieille. Le tien est répugnant.*

J'ai déjà entendu dire qu'il n'y avait rien de plus attirant pour un homme qu'une femme qui se sentait bien dans sa peau. Ne faisant désormais plus partie de cette catégorie, celle des filles remplies de confiance, je prie intérieurement pour que ce soit faux. Mon corps ne devrait pas me faire autant honte, pourtant. C'est vrai que j'ai une jolie poitrine, bien qu'un peu petite, mais c'est aussi vrai qu'elle s'est retrouvée écrasée au point que je n'avais plus d'air. Que j'ai des jambes longues et élancées, mais qui ont été un jour tachées de sang. Des poignets fins, des hanches proportionnées, des épaules graciles, mais qui ont également été recouverts d'ecchymoses. Encore aujourd'hui, c'est ce que je vois quand je me regarde dans un miroir. Et Blake vient de le voir aussi. J'ai l'impression de lui avoir dévoilé une toute petite partie de moi, involontairement, et pas la plus belle.

J'aimerais que l'escalier soit sans fin, mais il n'y a que douze marches. En entrant dans le salon, je tombe sur Blake, allongé de tout son long sur le canapé, sourire au coin des lèvres. Il a revêtu un nouveau tee-shirt.

– Tu veux faire quoi ? me demande-t-il nonchalamment, comme si l'incident à l'étage ne s'était jamais produit.

J'essaie d'avoir l'air aussi détendue que lui, mais impossible de contrôler le tortillement nerveux de mes mains.

– Comme tu veux.

Il me regarde d'un drôle d'œil.

– Franchement, valait mieux que ça arrive maintenant que le premier jour de ton arrivée, non ? C'est le risque quand on habite sous le même toit.

Le ton de sa voix m'indique qu'il est clairement amusé par la situation. Si j'étais une fille normale, une fille à qui rien ne serait arrivé – Dieu seul sait si ça existe –, je pourrais en rire avec lui. Mais la vérité, c'est que j'aurais préféré que ce moment, cocasse pour lui, cauchemardesque pour moi, ne se soit pas passé. Et je n'ose pas imaginer ce qu'il penserait de moi si je lui apportais cette réponse. Il me prendrait sans doute pour une mijaurée ou une fille coincée. Je garde donc le silence.

– Oh, allez, tu m'as bien vu à poil avec Emily !

Si j'étais mal à l'aise, là, je suis plutôt agacée. C'est précisément la scène que je m'efforce de gommer de ma mémoire tant elle me dégoûte, et voilà qu'il m'y fait repenser. J'ignore quelle tête j'affiche, mais elle doit être renfrognée, car Blake se reprend immédiatement.

– D'accord… Je reconnais que c'était pas la chose la plus intelligente que j'ai dite, mais au moins, j'ai réussi à te changer les idées. Et tu n'as pas à te sentir gênée de quoi que ce soit car tu as un corps absolument magnifique. Enfin, c'est probablement ce que je dirais si la salle de bains n'avait pas été envahie de buée, se corrige-t-il.

Son humeur taquine a raison de ma contrariété, son sourire s'élargit et déclenche le mien.

– Tu n'es qu'un idiot.

– Je sais, mais tu veux bien pardonner au pauvre idiot que je suis de ne pas avoir respecté ton intimité ?

– Je ne t'en veux pas.

– Dans ce cas, viens t'asseoir à côté de moi.

Ma gêne s'étant envolée comme par magie, je m'approche du canapé et m'installe près de lui.

– Du coup, je réitère ma question. Tu veux faire quelque chose en particulier ?

Le bruit de mon ventre qui gargouille lui apporte une réponse. Il est à peine dix-huit heures et j'ai étonnamment faim.

– Déjà les crocs ? s'étonne-t-il en riant. Il te manque plus que la tasse de thé entre les doigts, et tu pourras enfin te proclamer comme étant une vraie British !

Je ris aussi.

– Je peux attendre encore un peu.

– Ça ne me dérange pas de passer à table maintenant,

dit-il en haussant les épaules. Tu veux qu'on se commande des pizzas ?

– Oui !

Ça fait longtemps que je n'en ai pas mangé, alors je ne lui cache pas mon enthousiasme, ce qui lui arrache un nouveau sourire.

– Pourquoi tu ne choisirais pas un film pendant que j'appelle le restaurant ? me suggère-t-il en composant un numéro sur son téléphone.

J'allume tout de suite la télévision, adhérant à son idée. Quelques manipulations plus tard, le logo de Netflix s'affiche sur l'écran.

– Tu me fais confiance à ce point ? lui demandé-je en me retournant vers lui.

– Ne me déçois pas, chuchote-t-il en couvrant le micro de son téléphone.

Son sourire me fait l'effet d'une morsure au cœur.

– Tu la veux à quoi, ta pizza ?

Je réfléchis brièvement avant de m'écrier, sûre et fière de mon choix.

– À l'ananas !

Blake secoue la tête en grimaçant.

– Non, je te l'interdis. C'est intolérable.

– Intolérable ? répété-je en riant. Carrément ?

– Ouais, mettre de l'ananas sur une pizza, ça revient à tremper du pain dans un yaourt. Dégoûtant.

– Je le fais aussi, tout comme les céréales dans le jus d'orange.

C'est complètement faux, mais son air offusqué est tordant.

– Violet, tu n'as aucun palais, m'affirme-t-il d'un ton grave. Et la personne au bout du fil pense comme moi.

– Ça ne m'empêchera pas de prendre une pizza à l'ananas, répliqué-je, soudain boudeuse. Je ne comprends pas pourquoi elles sont à ce point discriminées alors qu'elles sont délicieuses.

– J'espère que tes goûts en matière de cinéma ne sont pas aussi terribles qu'en matière de nourriture, soupire-t-il en remarquant que j'ai le contrôle de la télécommande.

Après ce débat, nous trouvons un accord en commandant une pizza moitié ananas pour moi, moitié napolitaine pour Blake. Je fais défiler les films en essayant de deviner ce qu'il pourrait aimer. J'élimine d'office les romances, que je n'apprécie pas non plus depuis ma dernière rupture. Ce que je ne supporte plus, c'est que l'on nous fasse croire au prince charmant alors que la réalité, celle dont personne ne parle, c'est que nous avons plus de chance de tomber sur un Aaron qu'un Jack Dawson. Je survole aussi la catégorie des drames, trouvant ma vie assez dramatique comme cela, et finis par cliquer sur le film *Conjuring*.

– Choix… intéressant, commente-t-il, un sourire énigmatique arquant ses lèvres ourlées.

– Pourquoi ?

– Soit tu es une dure à cuire, soit c'est une technique peu subtile pour pouvoir te coller contre moi.

J'ai presque envie de lui rétorquer que je ne suis pas comme Emily, à avoir peur pour rien, et surtout d'un clown au front surdimensionné. Non, mais franchement, qui sursaute devant *Ça* ? Mais je ne voudrais pas que l'atmosphère s'alourdisse de nouveau de mauvaises ondes.

– Option numéro un.

– Tu l'as déjà vu ?

– Pas encore.

– Alors c'est ce qu'on verra, conclut-il avec malice.

Je rigole en m'enfonçant dans le canapé. Dix minutes se sont écoulées lorsqu'on frappe à la porte. Je me redresse, un peu surprise.

– Je n'ai jamais vu une livraison aussi rapide.

– Le restaurant se trouve juste à côté, m'informe Blake en allant ouvrir au livreur.

Il règle la note, après quoi il vient me rejoindre dans le salon, et je le remercie mille fois pour ce geste généreux. Il pose la pizza sur la table basse autour de laquelle nous sommes assis face à face, coussins sous nos fesses pour plus de confort.

– Tu me donnes l'impression de t'avoir acheté une bague en diamants alors que ce n'est qu'une pauvre pizza. Une pauvre *demi*-pizza même, rectifie-t-il en me tendant une part prédécoupée. Surtout que je suis persuadé que tu as déjà eu droit à de meilleures petites attentions. Du genre un bouquet de fleurs, un beau bijou, une sérénade sous ta fenêtre…

– Une sérénade sous ma fenêtre ? relevé-je avec une pointe de moquerie.

– Ouais, y a forcément eu un con avec sa guitare qui s'est déjà rendu ridicule pour toi. Mais bon, qui pourrait le blâmer ? T'es le genre de fille qui fait tourner toutes les têtes.

Je laisse échapper un rire fébrile.

– Merci, mais personne ne m'a jamais fait connaître tout ça.

– Ton ex a bien dû t'offrir quelque chose avant de se transformer en salaud.

– Non.

Ses yeux bleus me scannent avec l'intensité d'un laser.

– Et les autres ?

– Il n'y en a pas eu d'autre.

– Alors là, je ne te crois pas.

Pourtant, je ne fais pas preuve de fausse modestie. Il est vrai que je n'ai eu qu'une relation dans ma vie, et on ne peut pas dire que le garçon avec qui j'étais avait une attitude douce et prévenante envers moi. La seule fois où Aaron m'a payé quelque chose, c'était une barbe à papa à la fête foraine. Et j'ai dû l'entendre se plaindre du prix qu'il jugeait exorbitant pendant des heures. Ah oui, et il y a aussi eu la fois où il m'a donné son tee-shirt de l'équipe de football de l'université pour montrer à tout le monde que j'étais à lui. Le pire, c'est qu'à l'époque, je trouvais ça mignon. Mais j'évite d'en faire part à Blake, de peur de paraître trop pathétique.

– Ou c'est dû à tes goûts immondes, reprend Blake en fixant le morceau de pizza que je croque à pleines dents.

– Cette pizza est excellente, me défends-je en m'essuyant la bouche.

– Permets-moi d'en douter. Tu veux que je lance le film ?

– Ce n'est pas mieux si on attend d'avoir fini de manger ? J'ai reçu une éducation stricte, dis-je pour me justifier.

Cela ne m'a pas empêchée de commettre des erreurs, soyons bien d'accord là-dessus – mais parmi tous les interdits que mon père m'a imposés, les repas sans télévision n'étaient pas ce qu'il y avait de plus difficile à respecter. En fait, avec du recul, je trouve ça bien d'établir des moments dans la journée pour se déconnecter des écrans.

– Je vois, je vois. Donc on va devoir parler de nous pour combler cet insupportable silence.

– Tu veux plutôt dire que tu vas en profiter pour me harceler de questions.

– Eh ! s'offusque-t-il. C'est un crime de vouloir apprendre à mieux te connaître ?

– Non, concédé-je en faisant la moue.

Parfois, j'aurais aimé rencontrer Blake avant Aaron. Je n'aurais rien eu à lui cacher et aucune sueur froide chaque fois qu'il est sur le point de m'interroger sur ma vie.

– Qu'est-ce que tu comptes faire après ton année sabbatique ?

– M'inscrire à l'université. Peut-être, ajouté-je si bas que je ne serais pas étonnée s'il ne m'avait pas entendue.

– Pourquoi ce *peut-être* ? Tu voudrais y faire quoi ?

– Des études pour devenir cheffe d'entreprise.

Il ouvre des yeux ronds, et une expression médusée se peint sur son visage.

– Waouh, ça a l'air sérieux, fait-il et le ton de sa voix m'a l'air sarcastique. Mais là, tu n'as répondu qu'à la deuxième partie de ma question.

Je ne pensais pas qu'il s'en rendrait compte.

– Il y a des gens que je n'apprécie pas trop là-bas.

À vrai dire, il n'y a qu'Aaron mais c'est suffisant pour me faire hésiter.

– Tu veux que je sois franc avec toi ? (Il enchaîne sans attendre ma réponse.) Outre le fait que tu devrais te foutre royalement de ces gens, je ne te vois pas du tout, mais alors pas du tout dans cette branche-là. Ce choix d'avenir vient de toi ou quelqu'un t'a insufflé l'idée ?

– Mon père… avoué-je à demi-mot.

– Tiens, tiens, lâche-t-il en haussant les sourcils. On dirait bien que nos paternels ont des points en commun.

– C'est possible, mais j'ai la chance d'avoir ma mère de mon côté. C'est notamment grâce à elle que j'ai pu partir.

Un air triste apparaît sur ses traits et je regrette immédiatement mes paroles. Il boit une longue gorgée de son soda et je m'empresse d'ajouter d'une voix chevrotante :

– Je suis désolée…

– De quoi ? D'avoir une mère ? Ne t'excuse pas pour ça.

Non, qu'il ait perdu la sienne.

– C'est super important de savoir ce qu'on veut faire, et de pouvoir le décider soi-même, poursuit-il après avoir fait disparaître toute trace de mélancolie sur son visage. Regarde-moi. J'ai choisi le commerce par défaut, et aujourd'hui, je suis paumé.

– On est tous plus ou moins paumés à un certain moment de notre vie.

Son regard se fait plus doux et, avant qu'il ne réagisse à ce que j'ai dit, je lui demande :

– Mais à ce qui paraît, tu vas faire un stage d'ingénieur du son à la rentrée ?

– Rien n'est sûr encore, mais ouais, ce serait une occasion de dingue. Ça me permettrait de gagner quatre ronds tout en faisant ce que j'aime. La musique, c'est tout pour moi, me révèle-t-il. Je ne pourrais pas passer une journée sans en écouter.

Et moi ce que j'aime, c'est l'écouter parler avec autant de passion.

– Tu joues d'un instrument ?

– Malheureusement, non. J'ai essayé le piano, puis la guitare, mais j'ai vite dû abandonner. J'étais nul au point que mon prof a remboursé à mes parents l'intégralité des cours que j'avais pris.

Je ne me retiens pas de rire tandis que Blake termine sa dernière part en faisant semblant d'être vexé. Je jette un coup d'œil à ma moitié de pizza et remarque qu'il me reste deux bonnes parts à engloutir. Mais comme j'ai le ventre plein, je me lève pour tout débarrasser.

– Si tu avais pris la même chose que moi, tu l'aurais finie, me taquine-t-il, narquois.

Je ne cherche même plus à faire la plaidoirie de la pizza à l'ananas auprès de lui et me contente de lâcher un soupir. Après avoir nettoyé la table basse, nous reprenons nos places sur le canapé et Blake met le film.

– Prête pour une bonne dose de frissons ?

– Oui, lui dis-je, enjouée.

Les yeux rivés sur le téléviseur, j'attache mes cheveux avec l'élastique à mon poignet, sentant qu'ils ont séché. Sauf que Blake m'en empêche en posant subitement sa main sur mon bras. Je laisse mon geste en suspens, le dévisageant sans comprendre.

– Je préfère quand tu les as lâchés, m'explique-t-il maladroitement en enroulant une mèche de mes cheveux, et en la glissant derrière mon oreille.

Je n'aurais jamais cru ressentir ce genre de frissons là devant un film d'horreur.

D'un geste irréfléchi, je lève la main et pose mon pouce sur l'une de ses fossettes. Sa main vient recouvrir mes doigts, de la même façon que nos regards se scellent.

– Quand je pense que dans six mois… commence-t-il, dépité.

– Je ne suis pas encore partie, l'interromps-je.

Blake acquiesce en retrouvant son sourire.

– T'as raison, et je compte bien en profiter.

Il s'approche pour toucher mes lèvres avec les siennes et, lorsqu'il le fait, je sens la nacelle qui retenait jusqu'à présent mon cœur de bondir lâcher brutalement. Sa langue s'insinue dans ma bouche avec douceur. Je fonds dans son étreinte, entre ses mains qui encadrent mon visage, au contact de son genou qui frôle ma cuisse, à l'écoute de la symphonie que forment nos souffles entremêlés. Une cascade d'étincelles jaillit au creux de mon ventre et je ne peux plus respirer.

Mais qu'importe car j'ai trouvé une bien meilleure source d'oxygène.

Je ne crois pas que je pourrai un jour m'arrêter de le faire. L'embrasser devient un besoin vital, une urgence, un désir tellement puissant, tellement brûlant que ça me consume tout entière. Tellement nécessaire que, moi aussi, je redoute le moment fatidique où je devrai partir. Cette pensée est terrifiante ; aussi, je la chasse très vite de mon esprit. Alors que nous approfondissons notre baiser, je sursaute en entendant une musique soudaine et perçante émaner de la télévision. Blake se recule et s'esclaffe en faisant danser ses sourcils.

– Dure à cuire, hein ?

– Ça m'a surprise, c'est tout, tenté-je de me rattraper.

Je me concentre pour essayer de faire taire les battements désordonnés de mon cœur provoqués par ce stupide *screamer* et, je dois le reconnaître, aussi par ce baiser.

– Ouais, c'est ça, ironise-t-il. Je sens que je vais bien me marrer.

Je l'ignore et, une fois que tous les rideaux de la pièce sont fermés, nous nous replongeons dans le film. Un peu trop pour ma part car mes sursauts n'en finissent plus, ce qui ne manque pas de faire rire Blake. D'ordinaire, je ne suis pas une poule mouillée, mais je n'ai jamais vu quelque chose d'aussi effrayant.

– Oh, mon Dieu ! Ne me dis pas que cette balle vient de sortir de nulle part.

La mélodie aux violons grinçants qui accompagne cette scène me déclenche la chair de poule. Je me cache les yeux avec mes mains pour ne pas voir ce qui va suivre, mais Blake me les retire.

– Crois-moi, la prochaine séquence vaut le coup d'œil.

Et cette fois, c'est au tour de deux mains de sortir de nulle part. Je me détourne et me blottis contre son épaule.

– T'es sadique !

Son rire se répercute à travers son torse chaud.

– Peut-être. Mais toi, t'es une menteuse. Tu as choisi ce

film uniquement pour pouvoir te coller contre moi, avoue-le.

Je me redresse brusquement.

– Je n'avais pas prévu d'avoir aussi…

– Peur? complète-t-il à ma place. C'est le but d'un film d'horreur.

– Je sais, mais tu peux me dire pourquoi ils s'obstinent à rester dans cette fichue maison? demandé-je, scandalisée. Si j'étais eux, je serais partie à la seconde où j'aurais commencé à entendre des bruits louches.

– Tu oublies qu'ils ont tout dépensé dans la rénovation de leur baraque.

– Je préfère être à la rue plutôt que d'affronter des esprits malfaisants, marmonné-je.

Ma remarque le fait ricaner et, au bout de deux heures, mon calvaire prend fin. Blake s'étire de tout son long avant de se lever.

– Pas trop traumatisée?

– Non, ça va aller, dis-je pour donner le change.

En vérité, je n'ai même pas le courage d'aller jusqu'aux toilettes pour me vider la vessie, mais je me garde bien de le lui dire.

– Tu veux qu'on dorme ensemble à l'étage ou… chacun de notre côté? hésite-t-il, comme s'il craignait ma réponse.

– On ne peut pas rester ici? lui demandé-je après avoir longuement inspecté le divan.

En plus d'avoir l'avantage de ne pas se déplier, il est en forme de L, ce qui semble être la solution idéale pour moi. Je ne peux pas être trop proche de lui comme dans un vrai lit, mais je ne veux pas dormir seule non plus. Aussi étrange soit-il, j'ai autant envie de le sentir contre moi que de me tenir éloignée de lui, et cette conflictualité dont mon corps est prisonnier me laisse confuse.

– Ici, c'est bien aussi. Tu veux que j'aille te chercher un plaid?

– Non merci. Je meurs de chaud.

Il doit faire au moins vingt-huit degrés dans le salon. Je m'allonge à un angle du canapé et Blake m'imite en se couchant de l'autre côté. Nos têtes sont si proches l'une de l'autre que nos cheveux se frôlent. Mais je n'ai pas le temps d'analyser davantage les positions dans lesquelles nous nous trouvons puisqu'il décide d'éteindre la télévision.

– T'es fatiguée ?

Je bâille si fort qu'une larme roule sur ma joue.

– Un peu. Pourquoi, toi non ?

– Pas trop, mais je vais te laisser dormir.

J'aurais adoré continuer à lui faire la conversation, mais mes yeux se ferment tout seuls.

– Bonne nuit, Violet, perçois-je au loin, si loin que j'ai l'impression d'être déjà en train de rêver.

Je sens aussi une main prendre la mienne et, bien que je sois perdue entre songe et réalité, le sentiment de sécurité dans lequel Blake me plonge me rassure au point que je parviens à m'endormir sereinement.

23

Blake

Je me réveille à cause d'un bruit sourd que je crois d'abord imaginer, jusqu'à ce que j'entende la voix affolée de Violet dans le noir, me demandant ce que c'était. Elle doit encore penser au film qu'on a maté mais, pour ma part, je doute que ce soit un fantôme qui vienne nous rendre visite. Lorsqu'un deuxième bruit retentit, je comprends que c'est un cognement et qu'il provient de la porte d'entrée.

Qui viendrait nous faire chier à minuit ?

– C'est quoi, ce bordel ? grogné-je.

La tête dans le coaltar, je me lève pour aller résoudre ce mystère en allumant la lumière sur mon passage. Je tourne la clé, mais Violet m'arrête dans mon élan.

– Tu crois que c'est une bonne idée d'ouvrir ?

En jetant un coup d'œil par-dessus mon épaule, je la vois recroquevillée au fond du canapé, tel un animal apeuré.

Pourquoi elle est aussi flippée ?

– Décidément, les films d'horreur ne te réussissent vraiment pas.

Elle ne dit plus rien, ses grandes billes d'ambre fixent la porte comme si une sorte de monstre allait en sortir. Je m'apprête à appuyer sur la poignée quand une pensée peu rassurante vient soudain m'envahir l'esprit. Et si c'était Emily ? Je sais qu'elle est partie en Italie, mais elle serait capable d'avoir renoncé à ses vacances après avoir constaté que je l'avais bloquée partout. D'un geste guidé par la crainte, je pousse le battant. Mais au lieu de découvrir une rousse furieuse sur le seuil, je me trouve nez à nez avec Travis, tenant une bouteille d'alcool à la couleur douteuse, sourire d'abruti collé aux lèvres. Derrière lui se tient une ribambelle de gens. La file est tellement longue qu'elle va jusque dans la rue et je n'exagère même pas.

– Qu'est-ce que… commencé-je.

– Surprise ! s'écrie-t-il en levant les bras et, tandis que cette fourmilière effervescente s'engouffre peu à peu dans la maison sans que je puisse rien faire, il me prend par l'épaule pour me chuchoter à l'oreille :

– Em' m'a parlé de votre dispute. Du coup, je me suis dit que tu aurais peut-être besoin de te faire remonter le moral.

– Tu n'étais vraiment pas obligé de te ramener, et encore moins avec tout ce monde, marmonné-je. Je vais bien et je suis sûr qu'Emily aussi.

Je sais que j'ai certifié à Violet l'avoir plaquée, et je compte réellement le faire dans un avenir proche mais, pour l'instant, je préfère me contenter de l'ignorer. Je dois d'abord et avant tout trouver un moyen de m'assurer qu'elle ne fera pas remonter mon passé à la surface.

– Ah non, je t'assure que non ! Elle est au fond du trou. Ne le prends pas mal, mais vous êtes le couple le plus toxique que je connaisse ! Blague à part, je me demande comment vous arrivez encore à tenir avec toutes ces prises de bec.

Le chantage, peut-être ? Rongeant mon frein en silence, je plonge les mains dans les poches de mon jogging.

– Et cette fois-ci, qu'est-ce qui s'est passé ? me questionne-t-il en soupirant.

Violet, voilà ce qui se passe.

Je me racle la gorge, tentant de masquer l'émotion que me procure la belle Californienne aux cheveux et aux yeux d'or. Mais j'ai comme la sensation que ce nom, Violet, clignote sur mon front.

– Après le film d'hier soir, t'es reparti chez toi et elle m'a pris la tête pour rester dormir ici. Je lui ai dit non, que j'en avais pas envie, et ça l'a fait vriller.

Elle voulait savourer une dernière nuit où nous serions ensemble avant son départ pour l'Italie mais, en ce qui me concerne, j'avais pour unique obsession de me débarrasser d'elle pour aller retrouver Violet à l'étage. Et ce matin, lors de notre sortie au London Eye, j'ai compris que je ne serais pas capable de me contenter d'une simple amitié avec elle. Du coup, j'ai fait le choix radical de bloquer Emily. Ce n'est pas la meilleure solution, j'en conviens, mais pour le moment c'est la seule qui s'impose à moi.

– Vous m'épuisez, tous les deux. Enfin, elle, surtout, ajoute-t-il en soufflant exagérément. Tu te rends compte qu'aujourd'hui, elle a préféré me gonfler pendant plus d'une heure au téléphone plutôt que d'aller profiter de son hôtel ? Elle était complètement hystérique, je te jure ! D'ailleurs, à ce propos, elle m'a chargé de te demander de lui répondre, mais je lui ai dit que tu avais sûrement une bonne raison de ne pas le faire, et que je ne jouerais plus au médiateur. Puis, elle s'est mise à hurler dans le combiné en se vantant qu'elle s'était fait draguer par le réceptionniste et qu'elle songeait sérieusement à céder à ses avances.

Je n'éprouve rien. Pas même une once de jalousie, et pourtant, c'est à coup sûr ce qu'elle voudrait que je ressente. Mais pour dire vrai, si elle pouvait m'oublier avec cet Italien, elle me rendrait un grand service.

– Si elle te rappelle, dis-lui de ne surtout pas se gêner pour moi.

Son exaspération s'envole et il rit comme si je venais de raconter la blague de l'année.

– Toxique, c'est bien ça ! J'ai choisi le bon mot pour vous décrire. Mais je t'avoue ne pas trop capter pourquoi tu l'as bloquée, mec. Elle est en train de devenir cinglée.

Je pourrais lui parler de Violet, lui dire que je compte quitter Emily pour elle, mais il ne comprendrait pas pourquoi j'ai autant la trouille de franchir le pas. Puis, on ne peut pas dire que Travis soit le meilleur pour garder des secrets. Le mien pourrait éclater au grand jour au moindre faux pas de ma part. Alors, jouons la prudence.

– J'ai besoin de vacances, moi aussi. Ses crises me tapent sur le système.

C'est le cas depuis déjà un bon moment, mais je n'avais pas trouvé jusqu'ici une motivation de vouloir fuir cette relation. Si on peut parler d'une relation, bien sûr.

– Je comprends, mais tu ne vas pas pouvoir l'éviter éternellement, tu sais.

Si j'arrive à bien me démerder, si.

En fait, j'essaie juste de gagner du temps et de trouver des solutions pour sauver ma réputation ici. Son voyage tombe à pic. Peut-être qu'elle finira même par décrocher toute seule, qui sait. Puis, il y a un autre détail qui joue également en ma faveur…

– Je ne serai plus avec vous l'année prochaine, lui rappelé-je.

Et je crois que, de toute ma vie, je n'ai jamais été aussi heureux de me faire virer d'un endroit.

– C'est vrai, et t'as bien de la chance, d'ailleurs ! s'exclame-t-il d'un ton envieux. Et dire que je me la coltinerai encore deux ans, alors que toi, tu seras définitivement débarrassé d'elle…

Je hausse les épaules.

– Tu n'auras qu'à la zapper.

– Qui ça, Emily Parrish ? Tu sais mieux que moi que c'est impossible de la zapper, grimace-t-il. Enfin, assez parlé d'elle ! Tu as remarqué tous les canons que j'ai ramenés chez toi ? Je m'attends quand même à un petit merci, d'autant que Em' ne sera pas là pour te fliquer.

Au lieu de suivre son regard sur les canons en question, je baisse le mien sur mes chaussettes. Il y en a une seule qui m'intéresse, et d'ailleurs il faut que j'aille m'assurer qu'elle va bien.

– Merci, grommelé-je en survolant le salon des yeux à la recherche de Violet.

Elle n'a pas bougé de sa place. Les jambes repliées sous elle, elle se tient toujours sur le canapé, l'air profondément mal à l'aise. J'ai déjà remarqué qu'elle n'était pas branchée soirées, même quand elle prévoit d'y aller, alors je n'ose pas imaginer ce qu'elle doit ressentir à cet instant précis.

Moi-même, j'en veux à Travis d'avoir débarqué à l'improviste, mais bon, ça partait d'une bonne intention.

Je ne peux pas m'empêcher de la regarder et encore moins de la trouver sexy dans mon tee-shirt. Et si j'en juge par les nombreux regards posés sur elle, je ne dois pas être le seul à me faire la remarque. *Bordel, mais qu'est-ce qui me prend à être aussi exclusif?* Je n'étais pas comme ça avec Emily.

– C'est la femme de ma vie, soupire Travis.

Je me tends à l'extrême en m'apercevant que nos yeux sont braqués dans la même direction.

– En plus, elle aime Nirvana. Ça doit forcément vouloir dire quelque chose.

Heureusement que je n'ai porté ce tee-shirt qu'au lycée, et que je n'ai pas continué à le mettre à l'ESCP, ou Travis aurait commencé à se poser des questions quant à un éventuel rapprochement entre nous. Mais comme si le destin voulait se venger de moi d'avoir parlé trop vite, je repère ce con de Jasper passer au même moment tout près de Violet, l'analyser de haut en bas, avant de me lancer un sourire railleur du style : « Je le savais. » Il ne m'en faut pas plus pour m'énerver. Je ne voudrais pas que notre liaison se sache et encore moins à cause de cet abruti. Non pas parce que j'ai honte d'elle ou une autre connerie de ce genre, mais plutôt parce que j'aime l'idée qu'on prenne notre temps à se connaître. Sans mentionner la raison principale, Emily. Si elle apprenait qu'en plus de faire le mort, je flirtais avec Violet, ce serait le début de la fin pour moi. Je lui fournirais un prétexte pour m'achever et elle prendrait plaisir à le faire.

– Qu'est-ce que Jasper fout ici ? Fais-le dégager avant que je m'en charge moi-même, rugis-je.

– Ah bon, il est là, lui ? s'étonne Travis. Bon sang, je n'ai même pas vu qu'il s'était greffé à nous !

Il fonce sur lui et je profite du fait qu'il est occupé pour aller échanger quelques mots avec Violet, mais je n'ai pas fait deux pas qu'il est déjà de retour.

– C'est fait, me prévient-il avec un sourire satisfait. Tu crois que je devrais aller parler à Violet ou je n'ai vraiment aucune chance avec elle ?

Je suis sur le point de lui confirmer la seconde option quand je vois Garrett s'asseoir à côté d'elle, bien trop près, et commencer à lui taper la discute. Je me décompose littéralement sur place.

– Eh merde, Garrett m'a devancé ! se plaint Travis, mais son abattement ne dure qu'un court instant. J'imagine que je n'ai plus qu'à me rabattre sur une autre. À plus tard, mec.

Il me glisse un clin d'œil avant de disparaître dans la foule. En jetant une nouvelle œillade vers le canapé, je m'aperçois que Garrett n'a toujours pas décollé de Violet. Il est grand temps pour moi d'intervenir. Je m'avance d'un pas tranquille alors que mon corps entier bouillonne. Lorsque je m'installe à mon tour, j'en appelle à tout mon self-control pour ne pas le dégager de là. Garrett est tellement à fond dans l'exécution de son plan drague qu'il ne se rend même pas compte de ma présence. Les joues de Violet ont pris une teinte rosée, sans doute est-elle trop gentille pour lui demander de se tirer. L'avantage, c'est que je le suis beaucoup moins.

– June, Cheryl, Lyna… Et maintenant Violet. Dis donc, tu ne t'arrêtes jamais. Un vrai tombeur.

Il me remarque enfin et me jette un regard noir pour m'intimer de partir, ce que je ne ferai pas.

– J'espère que tu n'es pas contre les coups d'un soir, m'adressé-je directement à Violet et je reçois un léger coup de coude de la part de Garrett.

– À vrai dire, si, répond-elle, mi-dégoûtée, mi-amusée.

– Tu joues à quoi ? me chuchote Garrett, franchement agacé.

En prenant mon air faussement innocent, je surprends Violet en train de se retenir de rire. J'adore la voir ainsi.

– Je te donne juste mon point de vue, celui d'un regard extérieur. Selon moi, il semblerait qu'il y ait un sérieux problème de compatibilité entre vous.

Et j'ajoute, un ton plus bas, en me penchant vers lui :

– Tu devrais me remercier, Garrett. Je t'ai fait économiser un temps précieux.

– Je n'aurais pas dit ça, mais bon…

– Au fait, le coupé-je de façon impolie, mais calculée évidemment, j'ai croisé Sharon dans la cuisine. Elle te cherchait partout.

Je lui mens volontairement, désireux de le faire partir. Et bingo, son visage s'illumine.

– Tu penses qu'elle y est toujours ?

– Il n'y a qu'une seule façon de le savoir.

Ni une ni deux, il bondit hors du canapé pour se précipiter dans la cuisine. Cette fois, Violet rit sans pouvoir se contenir.

– Qu'est-ce que tu vas faire quand il va découvrir qu'il n'y a aucune Sharon dans la cuisine qui le cherche ?

– Rien du tout puisqu'on sera partis.

Ne souhaitant pas prendre le risque de recroiser Travis en présence de Violet, je l'attrape par le poignet pour l'inviter à me suivre à l'extérieur.

On ne sait jamais, il pourrait gaffer sans le vouloir devant elle au sujet de ma réelle situation avec Emily.

Nous enfilons nos chaussures en vitesse et je l'entraîne derrière la maison en bousculant tout le monde sans délicatesse sur mon chemin. Une fois que nous y sommes, je m'appuie contre le muret et m'allume une clope. Ici, il n'y a personne pour nous épier. Personne pour l'aborder et me faire péter un câble intérieurement. Nous sommes seuls et c'est tout ce dont j'ai besoin. Mais à voir le pli d'inquiétude qui traverse son front, ça ne semble pas être le cas pour Violet.

– Tu n'as pas peur de laisser la maison sans surveillance ?

– Non, mais toi, si, deviné-je.

– Un peu, concède-t-elle.

– On ne reste pas longtemps. Dès que j'ai fini ma clope, on y retourne et je vire tout le monde.

Elle hoche la tête pour approuver mon idée.

– Travis aurait quand même pu te demander s'il pouvait donner une fête chez ton père. Ç'aurait été la moindre des choses.

– Même si je suis d'accord avec toi, je crois qu'il pensait faire plaisir au friand de soirées étudiantes que je suis.

Ses sourcils se relèvent et, avec cette révélation, j'ai peur d'avoir perdu un nombre de points considérables auprès d'elle. Aussi, je change vite de sujet.

– Mais toi, ce n'est pas ce que tu préfères… je me trompe ? T'es plutôt…

Je réfléchis, mais ne trouve rien.

– Avec quoi on s'éclate aux States ? Les bals de promo ?

– Je n'en sais rien, étant donné que je ne suis pas allée à celui de mon lycée.

Son air soudain très triste ne m'échappe pas. Je tire une latte en m'imaginant inhaler une bouffée de courage. Je sais qu'elle n'aime pas les questions, mais il m'est impossible de réfréner mon trop grand intérêt pour elle.

– Pourquoi ? Ce n'est pas ce dont toutes les Américaines rêvent ?

– Mon ex y était.

Le timbre de sa voix est sec, chevrotant, comme fissuré d'une émotion trop forte. Si je ne me tenais pas aussi près d'elle, je ne l'aurais pas entendue tant c'était inaudible.

– Celui qui t'a trompée ?

Elle m'adresse un sourire qui n'en est, en réalité, pas un.

– Je n'en ai qu'un.

Oui, et d'ailleurs, il m'est encore difficile de croire qu'elle n'est pas sortie avec plus de mecs que ça. C'est tellement surréaliste que j'en viens à me demander s'ils n'étaient pas tous aveugles dans son lycée. Quant à son ex, il m'a tout l'air d'être un sacré connard. Me concernant, j'ai plus couché avec des filles que ce que je suis sorti avec. Mais attention, j'ai toujours été clair dans mes intentions ! Après le décès de ma mère, j'ai traversé une période plus que difficile, période durant laquelle j'ai enchaîné les conquêtes – *et les sorties avec Jasper*. Emily était la première fille avec qui je ressortais depuis mon sevrage, et ça a été un calvaire du début jusqu'à la fin. Je pensais avoir perdu tout espoir en ce qui touche les relations amoureuses, jusqu'à l'arrivée de Violet.

– Tout à l'heure, j'ai sincèrement cru que tu allais dire à ce type, Garrett, qu'on était ensemble, reprend-elle d'un ton plus léger.

– Non, ça va pas ! J'aurais jamais fait ça.

Dans ses yeux, je discerne une lueur de déception et je regrette immédiatement d'avoir été aussi direct.

– Je veux dire… je ne voudrais pas qu'on aille trop vite, tu vois.

– Moi non plus.

Malgré sa réponse, je crains d'avoir créé un froid polaire entre nous, c'est pourquoi je lui tends la main.

– M'accorderais-tu cette danse ?

Elle m'observe, dubitative, avant de pouffer.

– Qu'est-ce qui te prend ?

– Quoi ? Je ne peux pas inviter une jolie fille à danser ? Ou peut-être que je devrais te le demander autrement… Veux-tu être ma cavalière ? lui demandé-je en faisant une révérence plutôt ratée, à en juger par le sourire mutin qui étire ses lèvres. Ton ex t'a privée de ce type d'expérience et j'aimerais remédier à cette injustice, si tu le veux bien.

Son regard se promène partout autour de nous, elle semble complètement déroutée.

– Avec cette musique ?

En bruit de fond, on peut entendre « After Dark » de Mr Kitty qui s'échappe des fenêtres. Ce n'est pas le son idéal pour un slow, mais ce n'est pas le pire non plus.

– Je vais finir par croire que tu n'as pas envie de danser avec moi, réponds-je avec une moue vexée. Y en a qui sont morts comme ça, tu sais.

Elle voit enfin la main que je tends vers elle et s'empresse de l'envelopper avec la sienne.

– Pardon, pardon !

– Excuses acceptées, chuchoté-je en la rapprochant de moi.

Je sens son corps tressaillir sous mon souffle qui effleure son cou. Mes lèvres frôlent sa peau avec une douceur qui la fait frissonner, et la chaleur qui émane d'elle me rend complètement fou. J'ai du mal à croire qu'il y a encore quelque temps, nous nous fuyions comme la peste, elle physiquement, et moi mentalement. Je peine à y croire, et pourtant, c'est vrai. Aussi vrai que l'attraction qui finit toujours par nous pousser l'un vers l'autre. Je la fais tourner entre mes doigts, lui déclenchant un nouvel éclat de rire, et je ne peux pas m'empêcher de penser que l'entendre rire est un privilège auquel peu de personnes ont eu droit. Ce constat me fait prendre conscience à quel point je désire voir cette fille heureuse. Parce qu'en plus d'être le plus mélodieux du monde, son rire a le pouvoir de faire battre mon cœur plus fort.

24

Violet

Au retour du reste de la famille Wood, Blake et moi avons gardé le secret à propos de notre relation. Enfin, je ne crois pas que ce que je partage avec Blake soit une relation à proprement parler, mais je vais continuer à employer ce mot quand même, n'en ayant trouvé aucun autre pour nous décrire. Et je dois dire aussi que je ne me sens pas tout à fait prête à l'annoncer à Rachel et Andrew. Il faudra pourtant bien se jeter à l'eau à un moment ou à un autre, mais je ne voudrais pas que la transition employée/belle-fille ne se fasse trop abruptement. Ils risqueraient d'être largués, tout comme je le suis. Je me demande encore comment cela a pu arriver, comment nous sommes passés d'une guerre sanglante à des baisers enfiévrés ; ça relève presque de la science-fiction. Je crois que le mieux que nous puissions faire pour l'instant, c'est d'attendre. J'avoue cependant que j'ai été un peu froissée le soir où Blake m'a affirmé d'un ton catégorique qu'il n'aurait jamais parlé de nous à Garrett… Ça m'a fait un petit coup au cœur, mais je dois garder en tête que c'est moi qui souhaitais y aller doucement. Moi qui n'étais pas sûre de vouloir d'une relation. Alors, je peux encore patienter.

À voir maintenant combien de temps je tiendrai.

Parce qu'à chaque seconde qui passe, mes doutes diminuent et mes sentiments à son égard s'amplifient. Mais si notre secret vient un jour à être dévoilé, je dois d'abord m'assurer de la réciprocité des siens.

Pendant les quelques jours qui nous restaient avant

l'arrivée des Wood, nous avons continué à dormir chacun de notre côté sur le canapé. Ce soir, ça me fait bizarre de retrouver mon bureau et mon lit pliant. Encore plus bizarre de savoir Blake dans la chambre d'en face. Du coup, je n'arrive pas à trouver le sommeil. Je me tourne et me retourne, regarde l'heure toutes les deux minutes. Il est minuit passé et je suis bien partie pour faire une nuit blanche. À l'affût du moindre bruit dans la maison, j'entends quelqu'un marcher. Je crois que c'est Andrew ou Rachel qui erre dans le couloir, jusqu'à ce que l'on frappe doucement à ma porte. Je me lève pour aller l'ouvrir et ce que je vois me donne instantanément le sourire.

– Qu'est-ce que tu fais ici ? chuchoté-je.

– J'arrive pas à dormir.

– Moi non plus, admets-je.

Nous nous sourions mutuellement et je l'invite à entrer, comme si c'était la chose la plus naturelle au monde. En avançant vers mon lit, Blake inspecte la pièce d'un regard nerveux.

– Qu'est-ce qu'il y a ?

– Tu promets de ne pas t'énerver ?

Y a-t-il déjà eu quelqu'un qui a répondu « oui » à ça ?

Ne pouvant bien sûr pas lui promettre une telle chose, je me contente de le dévisager avec une expression teintée d'incompréhension. Blake prend une grande inspiration comme si les mots qu'il voulait dire pesaient le poids du monde entier.

– Tu as fait quoi de l'alcool que tu avais acheté ?

Ses questions sont toujours imprévisibles, mais celle-ci me prend de court, au point que ma respiration se coupe. Ça faisait longtemps qu'il n'avait pas essayé d'aborder ce sujet épineux et ce n'était pas pour me déplaire.

– Je m'en suis débarrassée.

Il semble rassuré.

– D'accord, dit-il en s'asseyant sur le lit. Est-ce que c'est à cause de ton ex que tu…

Il ne finit pas sa phrase, mais je devine facilement la suite.

– Non, absolument pas ! Si j'ai pris ces bouteilles, c'est uniquement parce que Amber m'avait demandé d'en prendre pour sa fête d'anniversaire à laquelle j'étais invitée. Mais finalement, elle l'a annulée. Sur le moment, je ne t'ai rien dit car… c'était sa consigne. Elle ne voulait pas que ça s'ébruite pour éviter de voir débarquer une horde de gens devant chez elle. Tu vois, je suis loin d'être une *poivrote*, souligné-je en reprenant son expression avec un rire fébrile.

J'essaie d'avoir l'air convaincante, mais mon histoire ne tient pas debout. Blake continue de me regarder fixement, j'ai l'impression qu'il n'y croit pas une seule seconde. J'ai honte. Mais je le sais, je me sentirais d'autant plus honteuse si je lui révélais qu'à une période de ma vie, l'alcool me permettait d'atténuer ma souffrance. Si je lui disais que le soir où nous nous sommes embrassés pour la première fois, j'étais à deux doigts de retomber dans mes anciens travers.

– Je ne te force pas à me dire la vérité. Mais à choisir, je préfère que tu me répondes par le silence plutôt qu'avec des mensonges.

Et un silence, il y en a bien un après qu'il a fini de parler. Un très long silence durant lequel nous nous regardons intensément. Nous plongeons au fin fond des yeux de l'autre. L'espace d'un instant, j'ai le sentiment qu'il peut lire en moi et inversement. Je me demande ce qu'il voit. Moi, je vois un garçon doux et gentil qui cache derrière une carapace épaisse et solide un cœur aussi abîmé que le mien. J'aimerais que ce soit aussi simple. J'aimerais qu'en un seul regard, il découvre tout ce que je renferme à l'intérieur. Sans même avoir besoin de parler. De poser des mots sur mes maux, mais c'est impossible. Je ne me sens pas encore capable de lui raconter tout ce que j'ai traversé. Rien que ce nom, Aaron, je ne pourrai pas le prononcer.

– Je ne mens pas, persisté-je, le cœur battant. J'ai déjà bu dans des soirées, mais j'ai décidé d'arrêter à la suite d'une mauvaise expérience.

– Laquelle ?

– Vomi, black-out, grosse gueule de bois, énoncé-je en

l'analysant du regard afin de recueillir son expression faciale. Ce genre de choses qui te font passer à jamais l'envie de recommencer.

Un demi-sourire se dessine sur le coin de ses lèvres, signe flagrant que cette fois-ci, j'ai réussi à le duper. Je n'en suis pas fière. Mais pour le moment, je reste dans l'incapacité de maîtriser l'instinct qui me pousse à me surprotéger, et qui a grandi en moi, certes trop tardivement, mais aussi rapidement qu'un haricot magique dans un conte pour enfants.

– D'accord, je vois. Je suis désolé si j'ai été chiant avec mes questions.

– J'ai l'habitude, le charrié-je.

– Tu as le droit de me prendre pour un relou de première, mais sache que je n'en poserais pas si tu ne m'intéressais pas autant.

Je me contente de lui sourire, alors qu'au fond de moi, j'ai envie de pleurer. On ne m'avait jamais dit une chose aussi belle. Et je n'avais jamais senti autant de sincérité chez quelqu'un. J'aimerais être sincère, moi aussi, sauf que j'ai bien conscience que ce n'est pas encore gagné. Mais ce n'est pas grave. Parce qu'à cet instant, j'ai la certitude que j'y arriverai un jour. Et c'est un espoir que je n'avais pas hier, qui brille de mille feux ce soir.

– Viens, m'invite-t-il tout bas.

Il tapote le lit pour m'inciter à m'asseoir à côté de lui, ce que je fais. Sentant qu'il ne me lâche pas des yeux, je suis gagnée par la nervosité. Depuis Aaron, c'est la première fois que je me retrouve dans un lit avec un garçon. Je ne sais pas quoi lui dire, je ne sais pas comment me comporter non plus. Je croise, décroise les jambes, puis les bras, comme si j'étais prise de spasmes. Blake perçoit ma gêne.

– Ça ne va pas ?

– Si, si.

– C'est con qu'on ne puisse plus squatter le canapé.

J'acquiesce. Disons que c'était plus… simple. Mais peut-être est-ce justement le signe que je devrais essayer de combattre mes peurs, d'aller enfin de l'avant. Prise d'une détermination aussi soudaine qu'inexpliquée, je tourne le buste vers lui.

– Tu pourrais rester dormir ici.

L'idée semble lui plaire car ses yeux brillent d'un vif éclat, pareils à de minuscules paillettes de glace. Je n'ai pas le temps de les contempler plus longtemps, puisque Blake fond sur mes lèvres, sa bouche dévorant la mienne en un baiser ravageur. Je suis surprise, mais je ne le retiens pas dans son élan. Du feu crépite dans mes veines ; nous basculons en arrière et nous allongeons sur le lit sans que nos lèvres se quittent. La première étape est passée. Je me sens bien. Aucune trace d'angoisse, rien que des étincelles. Je sens confusément renaître en moi des émotions que j'avais oubliées, mais en bien plus puissantes. Toutes mes sensations sont décuplées, ma peau frémit au contact de ses lèvres qui frôlent mes joues, mes tempes ; une tension délicieuse se niche dans ma poitrine. Le tourbillon de désir qui m'emporte gagne chaque parcelle de mon corps. Je ne pensais plus être en mesure de ressentir ce genre de choses.

Blake plante une pluie de baisers le long de ma mâchoire vers le creux sous mon oreille. Je penche la tête sur le côté pour lui offrir un meilleur accès. Un petit gémissement m'échappe, ce qui l'incite à aspirer mon lobe entre ses dents. Je perds de plus en plus pied. Je m'accroche à ses cheveux, que j'emmêle entre mes doigts et, lorsque je tire dessus, c'est à son tour de gémir. J'adore ce son, il résonne à mes oreilles comme la mélodie la plus sexy que j'aie jamais entendue. Rapidement, ses lèvres reviennent sur les miennes et nos souffles se mêlent de nouveau. Mes pensées volent en éclats tandis que sa langue s'enroule autour de la mienne, m'imposant un rythme d'une extrême lenteur. Je me sens comme hors du temps sous les assauts de sa bouche et de ses caresses.

Sa main descend jusqu'à ma hanche et, sans que je comprenne pourquoi, mon esprit m'emmène ailleurs. Je ne veux pas replonger dans le souvenir de cette nuit. Je veux rester avec Blake, rien qu'avec Blake, mais lorsqu'il glisse sa main sous mon débardeur, j'ai un mouvement de recul, si grand que je manque de tomber du lit. Blake m'observe de ses grands yeux bleus.

Pourquoi faut-il que cela se produise… encore ?

– Ou pas, souffle-t-il avec un sourire déçu.

– Je suis désolée.

– Ne le sois pas.

Je le regarde se lever avec une pointe de tristesse. Je ne voulais pas réagir de cette façon, mais mon corps semble avoir atteint sa limite pour ce soir. Je m'apprête à lui demander de se rallonger près de moi, mais il traverse déjà la pièce d'un pas énergique. Je ne comprends pas ce qui se passe, jusqu'à ce qu'il tourne la poignée de la porte et s'en aille. *Qu'est-ce qui lui arrive ?* Je croyais pourtant qu'il était d'accord pour que l'on prenne notre temps. Une boule se forme dans ma gorge, je me redresse dans mon lit et fixe le mur devant moi.

Alors que je me torture le cerveau pour essayer de comprendre sa réaction, Blake refait soudainement son apparition dans le bureau. Il porte un oreiller et un plaid sous le bras qu'il dépose par terre, tout proche de mon lit.

– Qu'est-ce que tu fais ?

– Tu m'as proposé de dormir dans ta chambre, non ?

– Oui, mais…

Certes, je ne me sens pas encore prête à partager mon lit avec lui, mais je ne peux quand même pas le laisser dormir par terre.

– Mais quoi ? Tu préfères que je retourne dans la mienne ?

– Bien sûr que non, mais tu vas te faire mal au dos. Il vaut mieux que tu reviennes dans mon lit.

En mettant une petite distance entre nous, ça devrait pouvoir marcher.

– Pour qui tu me prends ? me demande-t-il d'une voix suraiguë. Un mec facile ?

Son air faussement scandalisé déclenche mon rire. Sa tentative de dédramatiser mon geste de tout à l'heure fonctionne plutôt bien, l'atmosphère change et s'allège.

Reprenant son sérieux, Blake pose les poings sur mes draps et se penche vers moi. Son visage s'immobilise tout près du mien.

– Tu n'as pas besoin de te forcer avec moi ou de te mettre une pression inutile. On avait dit un pas après l'autre, tu t'en souviens ?

J'approuve d'un signe de tête et ses lèvres se posent sur les miennes avec la douceur d'une plume. Mes yeux se ferment d'eux-mêmes. Contrairement aux précédents baisers que nous avons échangés, celui-ci me paraît plus intime, plus significatif. J'ai encore du mal à y croire. En un rien de temps, j'ai réussi à développer des sentiments pour un garçon malgré toutes les épreuves que j'ai endurées. Je ne sais pas si c'est trop tôt. Pour l'instant, je préfère ne pas trop réfléchir à la question. L'essentiel, c'est que je me sente en confiance et c'est le cas. Quand je rouvre les yeux, il s'est relevé et est en train de retirer son tee-shirt.

– En plus, mon lit a l'air grave confortable.

Je souris, et déglutis tout de suite après, en découvrant sa peau tatouée. La vision de son corps dénudé est loin de m'indisposer, mais je détourne le regard en me faufilant dans mes draps. Blake se laisse tomber sur son lit improvisé et je ne dis plus rien, jusqu'à ce que j'entende un rire étouffé. Je pose un coude sur le matelas pour redresser la tête. Je le retrouve allongé avec son téléphone à la main et un sourire accroché aux lèvres.

– Qu'est-ce qui te fait rire comme ça ?

– Travis m'a invité à une soirée et, dans la panique, je lui ai sorti que j'étais au Brixton Academy. C'est une salle de concert, m'explique-t-il en me voyant froncer les sourcils. Je lui ai menti pour éviter qu'il me pose trop de questions, tu vois. Sauf qu'apparemment, c'est le groupe Lauv qui joue ce soir… La honte, putain. J'aurais mieux fait de prendre le temps de me renseigner au lieu de me précipiter pour lui répondre.

Une vague d'excitation m'emplit à l'idée qu'il soit ici, avec moi, et non pas à cette fête à laquelle Emily doit être sûrement présente. Après m'être ressaisie, je lui demande :

– Lauv ?

– Tu ne sais pas qui c'est ? Attends, je vais te mettre un de leurs morceaux. Tu vas vite comprendre.

Je le regarde pianoter sur les touches de son portable, l'œil interrogateur. Une mélodie douce s'en échappe presque aussitôt et, après quelques secondes, je ris à mon tour. C'est le genre de musique que je pourrais écouter sans problème, mais effectivement, je doute que ce soit le style de Blake.

– Du coup, je dois faire croire à Travis que j'aime cette daube, lâche-t-il, dégoûté, tout en coupant le morceau. Autant te dire qu'il n'a pas fini de se moquer de moi.

– Mais c'est passé ? Je veux dire, il t'a cru ?

– Ouais, j'en ai bien l'impression.

Son téléphone vibre, annonçant l'arrivée d'un nouveau texto, auquel il jette un rapide coup d'œil avant de le placer face cachée sur le carrelage.

– Et Emily ? Des nouvelles ?

En posant cette question, je sais pertinemment que mon moral risque de fléchir, mais c'est plus fort que moi. Je ne veux pas être paranoïaque, mais encore moins naïve. Si elle continue de lui envoyer des messages, je préfère le savoir.

– Non. Je t'ai déjà dit que je l'avais bloquée.

Une bulle de bonheur enfle dans ma poitrine. Envahie par un large sourire niais, je pose ma tête sur l'oreiller pour éviter qu'il ne voie mon visage. Aussi ridicule que cela puisse paraître, je suis encore pudique sur mes sentiments. Et je risque de le rester encore pendant un moment.

– C'est de ça que tu avais réellement peur ? Qu'elle répande des rumeurs sur toi ?

Je me souviens de ce qu'il m'a dit l'autre fois dans la cuisine, qu'Emily pourrait se venger de lui s'il la quittait. Mais je peine à croire qu'un garçon comme Blake puisse être impressionné par des menaces aussi dérisoires que des rumeurs. Peut-être qu'il y a autre chose que je ne sais pas. Blake soupire et je retiens ma respiration en attendant qu'il me réponde.

Si tant est qu'il le fasse.

– On va vraiment parler de ça ?

– Seulement si tu en as envie.

Un autre silence, encore plus pesant, s'ensuit. Je n'ose toujours pas respirer.

– Il y a souvent une part de vérité dans les rumeurs, déclare-t-il au bout d'un moment. Je craignais qu'elle se serve de certaines choses que j'ai pu lui dire pour les retourner contre moi.

– Comme quoi ?

– Des choses insignifiantes, qu'elle aurait transformées pour me gâcher la vie. Elle fait ça avec tout le monde, je ne l'imaginais pas faire une exception avec moi. D'autant plus qu'à chaque dispute, elle me mettait des gros coups de pression. Enfin, bref. Pour l'instant, elle a l'air décidée à me laisser tranquille.

Je me rends compte combien nos parcours se ressemblent, lui non plus n'a pas eu la chance de tomber sur une personne bienveillante. En me faisant cette remarque, je me sens encore plus proche de lui, mes sentiments se renforcent davantage. Je sors ma main de sous le drap et la laisse pendre hors du lit, dans l'espoir qu'il la prenne, ce qu'il finit par faire. Ses doigts s'entrelacent aux miens. Mon cœur se réchauffe.

– C'est tout ce qui importe.

– Ouais, mais sans toi, je ne sais pas si j'aurais eu le courage de me sortir de ce cercle vicieux, murmure-t-il. Alors, merci d'avoir choisi Londres pour ton nouveau départ. Merci d'avoir croisé ma route et d'avoir illuminé mon quotidien.

Une larme m'échappe tandis que sa main serre désespérément la mienne. M'exiler à Londres fait maintenant partie des meilleures décisions que j'ai prises dans ma vie. Elles sont peu nombreuses, tellement peu nombreuses que je pourrais les compter sur les doigts d'une main, mais je ne regretterai jamais celle d'être partie. Car il y a des décisions qui changent notre vie à jamais. Des personnes qui nous font passer de l'ombre à la lumière, du désespoir à la joie, de la douleur à la surprenante envie de nous relever de notre chute. Des rencontres qui nous sauvent et qui nous donnent le sentiment d'exister, d'être en vie.

Juste en vie.

– Merci à toi de me faire sentir plus vivante que je ne l'ai jamais été, ajouté-je d'une voix encore plus basse.

Je me tourne et me penche pour le regarder. Blake s'est endormi.

25

Blake

Une douleur lancinante m'extirpe de mon sommeil. En ouvrant les yeux, je me rends compte que c'est mon bras qui me fait souffrir. À force de le tenir en l'air, il commence à faiblir. J'ai aussi mon dos qui me lance : dormir à même le sol n'était pas l'idée du siècle. Mais ça me permet au moins de rester avec elle. Et si vous voulez mon avis, je trouve que c'est une excellente raison pour me ruiner les vertèbres. Je détache mes doigts des siens, faisant attention de ne pas la réveiller, et me lève tout doucement. En plus d'avoir mal partout, j'ai la gorge sèche. Je remets mon tee-shirt et, avant de quitter la pièce pour aller boire un verre d'eau dans la cuisine, je la regarde dormir. Elle paraît si paisible dans son sommeil, avec ses lèvres pulpeuses à peine écartées et ses longs cheveux blonds étendus comme un champ de blé sur l'oreiller. Elle est tout le temps belle mais, ce soir, elle ressemble davantage à un ange.

Un ange brisé.

Enfin, pas dans le sens que j'imaginais. J'ai eu tort de présumer qu'elle pouvait être accro à une telle merde que l'alcool ; une fille aussi exceptionnelle que Violet n'aurait jamais pu tomber aussi bas. C'était un peu stupide et désespéré de ma part de croire que nous pouvions nous ressembler à ce point. Mais heureusement pour elle, Violet n'est pas moi. Et pourtant j'ai l'impression, quand même, qu'elle est loin d'être épanouie. Son carnet est venu d'ailleurs me le prouver. Elle ne s'est pas encore totalement confiée à moi, mais je sais qu'elle a traversé des phases difficiles. Et d'après ce que j'ai compris, son ex en est en partie responsable. Je ne sais pas si j'ai vraiment envie de découvrir ce que ce mec s'est permis de lui infliger, en plus de l'avoir trompée. Parce que oui, je reste persuadé que ce n'est pas la seule crasse qu'il lui a faite. L'idée que quelqu'un ait pu la blesser me rend malade. Violet est tellement douce, tellement gentille, je ne vois pas comment on pourrait lui vouloir du mal.

Les nerfs à vif, je sors du bureau. Un rien concernant cette fille me rend à cran. Ça me fait peur, la vitesse à laquelle je m'attache à elle, mais ce n'est pas comme si je pouvais la contrôler. Au risque de paraître cliché, je trouve notre relation différente de toutes celles que j'ai connues – Violet est différente des autres filles que j'ai fréquentées. Je ne vais pas mentir, ça me bouscule dans mes habitudes. Avant, j'étais le genre de mec plutôt actif sur le plan sexuel. Que ce soit avec Emily ou d'autres meufs, je ne perdais jamais trop de temps, et là, je suis en train de voir qu'en fait, attendre, ce n'est pas si mal que ça. Bien sûr, j'ai très envie de Violet, mais cette attente ne rendra l'acte que meilleur. J'en suis convaincu.

La seule ombre à ce tableau prometteur, c'est moi. J'ai bien conscience de ne pas être toujours réglo avec elle – lui raconter par exemple qu'Emily pourrait inventer des rumeurs à mon sujet, fausses alors qu'elles seraient totalement vraies, était un mensonge. En fait, tout ce qui touche à Emily est un putain de gros mensonge. Seulement, lui parler de mes dernières années au lycée est au-dessus de mes forces. Je ne sais pas comment elle réagirait, et encore moins, si notre couple naissant y survivrait.

Certainement pas.

Mais tant que je garderai Emily éloignée de nous, je ne risquerai pas de perdre la précieuse estime que me porte Violet. Tant que mon passé restera enseveli, je pourrai avancer vers mon avenir. D'ailleurs, je crois avoir reçu un message d'elle pendant que je discutais avec Violet. Mais ce qu'elle semble ne pas comprendre, c'est que je reconnaîtrais sa façon d'écrire entre mille. M'enfin, si ça l'éclate de créer de faux comptes, libre à elle de le faire. Il est clair pour moi que je ne lui répondrai pas.

J'allume la lampe torche de mon téléphone et, sans un bruit, je progresse dans le couloir lorsque soudain la lumière s'allume. Mes yeux se plissent, agressés par l'éclat brutal de l'ampoule suspendue au plafond. En pivotant sur mes talons, je vois mon père, le doigt encore appuyé sur l'interrupteur, dans son pyjama à rayures affreusement ringard. À ses sourcils froncés, je comprends qu'il m'a vu sortir de la chambre de Violet. Et en prime, qu'il est furieux.

– Dans la cuisine. Tout de suite, lâche-t-il d'une voix menaçante en détachant bien chaque syllabe.

– Ça tombe bien, c'est là que j'allais.

Je marmonne dans ma barbe en commençant à descendre l'escalier. Mon père est derrière moi.

– Je ne suis pas d'humeur à plaisanter, Blake.

– Ouais, bah, moi non plus. Comme si j'avais envie de rire avec toi.

Son silence me fait supposer que je l'ai blessé. Je me permets un minuscule sourire satisfait. Arrivé dans la cuisine, il allume seulement une lampe murale, celle du fond, et s'installe sur l'un des tabourets au comptoir. Une lumière terne se diffuse dans la pièce et, pendant une seconde, je me revois trois ans en arrière, enfermé dans ce vieux garage qui puait l'essence et le début des emmerdes. Je me souviens de ce que Jasper avait disposé sur une table : des lignes blanches, bien parallèles, dessinées soigneusement au rasoir. De ces coups de speed que j'aimais tant, de cette énergie dingue, de cet effacement, presque magique, de la fatigue. De ce sentiment de toute-puissance – et d'abattement quand j'étais en pleine descente.

Prends-en, ça t'aidera à t'échapper.

C'est avec cette phrase que Jasper m'a appâté. Et c'est vrai que l'espace de quelques heures, je pouvais m'échapper, sans avoir conscience de la bulle d'illusion qui commençait à m'encercler, m'étouffer et qui, au fil du temps, m'était devenue de plus en plus difficile à percer. Je suis le seul et unique responsable des malheurs qui m'ont frappé, je le sais. C'était ma décision. Jasper ne m'a pas mis un couteau sous la gorge pour me forcer à consommer de la cocaïne, mais il était aussi mon ami. Et il n'a pas su m'épauler de la bonne façon. Pire encore, il a tiré profit de mon mal-être, tout en me faisant croire qu'il m'aidait. J'ai beau essayer de ne pas y penser, je me sens submergé par une vague de colère.

– Assieds-toi.

La voix grave de mon père me ramène brusquement au présent et je me rends compte, à la douleur ressentie, que mes poings sont serrés si fort que les jointures de mes doigts sont blanches. Je desserre les poings.

– Ne me donne pas d'ordres. Tu as perdu le droit de me dire quoi faire le jour où tu as renoncé à ton rôle de mari. Et de père.

– Bien, se résigne-t-il. Reste debout si tu en as envie. De toute façon, ça ne changera en rien mon discours.

– Je sais déjà ce que tu vas me dire.

Il est trop prévisible pour espérer me surprendre. À tous les coups, il va me demander de m'éloigner de Violet, ce que je ne ferai pas. Ce n'est pas parce qu'elle travaille pour lui qu'il peut contrôler sa vie. *Et la mienne.*

– J'en doute sincèrement, mon fils.

Comment il m'a appelé, là ? Une nausée me monte à la gorge, je dois crisper mes mâchoires pour la contenir. Tout comme mes poings. Je les enfonce dans les poches de mon jogging pour ne pas les enfoncer ailleurs, genre le visage de l'homme que je considère plus comme mon géniteur que comme mon père.

– J'ignore ce qui s'est passé entre Violet et toi en notre absence, mais tu dois y mettre un terme. Rachel connaît bien sa mère, elles sont très proches, et elle lui a promis de prendre soin de sa fille comme si c'était la sienne.

– C'est pas toi qui voulais que je passe du temps avec elle ?

Je lui jette un regard provocateur qui le fait bouillonner

sur place. Il a vraiment l'air d'un con avec ses joues rouges et ses narines pincées.

– C'était l'idée de Rachel. Et ce qu'on voulait, nous, c'était que tu lui présentes tes amis ! Dont Travis, c'est un bon garçon.

Parce que, moi, je ne le suis pas ? Non, bien sûr que non. Pour lui, je ne vaux pas mieux qu'une merde séchée. S'il connaît aussi bien Travis et qu'il l'apprécie autant, c'est parce qu'il a engagé sa mère en tant que nouvelle adjointe en début d'année, et le moins qu'on puisse dire, c'est qu'elle ne tarit pas d'éloges à l'égard de son fils. Éloges qui, du coup, sont déjà remontés aux oreilles de mon père. *Quelque chose me dit que je dois en recevoir beaucoup moins de sa part...* Le monde est petit. Et le barrage pour contenir ma fureur, prêt à céder. Ça me rend dingue de l'entendre dire qu'en gros, Travis serait un meilleur prétendant pour Violet.

Comment peut-il me traiter avec un tel mépris alors que je n'ai rien fait de mal ?

Enfin... rien dont il n'ait pu avoir connaissance. Parfois, je me demande ce qu'il penserait de moi s'il apprenait mes mauvais choix, les épreuves que j'ai endurées, tout ce par quoi je suis passé. Le peu de considération qu'il me manifeste s'envolerait sur-le-champ. Mais au-delà de toute la honte que j'éprouve, il ne mérite pas de le savoir, car il ne s'est jamais intéressé à moi. Il ne s'est jamais inquiété pour moi. Et j'irai même plus loin en disant que j'aurais eu un tout autre parcours de vie si j'avais eu un père aimant et soucieux de mon équilibre.

– Désolé que votre plan n'ait pas fonctionné comme vous l'espériez.

Je ne suis absolument pas désolé, au contraire, et je le lui fais comprendre en prenant un ton volontairement sarcastique. Je suis tout à fait en droit de fréquenter Violet sans avoir besoin de son consentement.

– Est-ce que tu réalises qu'elle est notre employée et qu'on compte sur elle pour assurer la garde de Rosie ? Ce n'est pas un jeu, Blake.

– Ouais, je sais, et elle fait très bien son job d'ailleurs.

Où est le problème si elle s'occupe aussi un peu de moi ?

Je n'utiliserai jamais Violet à des fins sexuelles, mais ça me fait marrer de voir mon père criser.

– S'il arrivait quelque chose par ta faute…

– Qu'est-ce qui pourrait arriver par *ma* faute ? le coupé-je brutalement.

Ses yeux bleus semblables aux miens me scrutent. Je soutiens son regard sans faiblir.

– Tu n'es pas assez stable pour entretenir une relation avec qui que ce soit. Il n'y a qu'à voir comment tu te comportais avec cette fille… la rouquine que tu faisais venir chez nous pendant notre absence, précise-t-il face à mon air interloqué.

Bug complet dans mon cerveau pendant plus d'une minute. S'ils étaient absents, comment se fait-il qu'il soit au courant de mes allées et venues secrètes ?

– Attends, attends… T'as posé une caméra dans ma chambre ou quoi ?

Je déconne bien sûr mais, à son regard grave, je comprends que ma vanne est proche de la vérité.

– Quand tu étais encore à ton école, Rachel faisait de temps en temps le ménage dans ta chambre. Et elle retrouvait souvent des objets qui n'étaient pas à leur place, sans parler de tous ceux qui se volatilisaient. Alors oui, j'ai fait installer une caméra dans ta chambre pour comprendre ce qui se passait, mais je l'ai retirée dès que je me suis aperçu que c'était ta petite amie et toi.

Impossible de me retenir, j'éclate d'un rire nerveux et presque incontrôlable. J'ai bien entendu, mais il me faut quelques secondes pour digérer cette information. Une fois qu'elle est descendue jusqu'à mon bas-ventre, qui vibre maintenant d'une rage implacable, j'avance vers lui d'un pas menaçant.

– Mais merde, t'es complètement tordu !

– Baisse d'un ton, s'il te plaît. Tu vas finir par réveiller tout le monde.

Il recule jusqu'à buter contre un tiroir et, en repensant

au doux visage de Violet, paisiblement endormie dans le bureau, je me calme.

– De quel droit tu te permets de m'espionner ? sifflé-je.

– C'est chez moi, Blake. Tu ne m'as jamais prévenu que tu continuais à venir ici, nous étions en droit de nous poser des questions. Mais rassure-toi, je n'ai rien vu d'embarrassant. Les seules images que j'ai visionnées sont la fois où tu as envoyé valser le vase de ma grand-mère, que Rachel avait stocké dans ta chambre. Ça nous a permis de percer le mystère de sa disparition, ajoute-t-il avec une pointe de reproche.

Oh, oui, je me rappelle ce jour-là. Emily m'avait pris la tête pour une énième histoire de jalousie infondée, et elle était allée tellement loin dans ses propos – *trop loin* – que je m'en suis pris à ce pauvre vase.

– Il n'y avait pas de son sur la caméra, mais j'ai bien compris que tu étais furieux contre cette fille. Et autant te le dire tout de suite, je ne te laisserai pas reproduire ce schéma avec Violet. Il n'est pas question que tu aies des pertes de contrôle dans ma maison et encore moins devant ma fille.

Pour lui, ce n'est pas le comportement d'Emily qui est problématique, mais le mien… évidemment. Il n'a vu qu'un bout de cette foutue vidéo, sans le son, et au lieu d'essayer d'en apprendre plus, il préfère sauter sur des conclusions hâtives qui m'accablent et m'accusent.

– Tu insinues que j'ai des problèmes de colère ?

– C'est évident.

– Oh, parce que tu me connais si bien, pas vrai ?

Mon sarcasme est palpable.

– Tant que tu n'auras pas fait ton deuil, tu échoueras dans toutes tes relations. C'est pour toi que je dis ça.

Le nœud de ma gorge se resserre.

– Et il continue dans sa psychanalyse, ironisé-je pour ne pas lui montrer à quel point je suis touché. Mais c'est vrai que toi, tu l'as fait rapidement avec Rachel. J'ai oublié que j'avais affaire à un véritable pro.

– Laisse Rachel en dehors de tout ça, tu veux, dit-il d'un ton ferme qui n'a aucun effet sur moi. Je sais que tu fricotes avec notre employée seulement pour me contrarier. Mais je vais m'efforcer d'être clair, il n'y aura ni querelle ni tension dans cette maison. Alors tu ferais mieux de tout arrêter avec elle.

Je rêve ou il est vraiment en train de m'interdire d'être avec Violet, comme si j'étais un putain de gamin de 12 piges ?

– Tu ne peux pas m'y obliger. On est tous les deux majeurs, je te rappelle.

Il reprend son air autoritaire qui le rend encore plus ridicule que d'ordinaire.

– Mais vous êtes aussi tous les deux sous mon toit, Violet est mon employée et ce sont mes règles. J'ai le droit de prendre toutes les décisions que je veux, et quand je juge qu'une situation risque de perturber l'équilibre de ma famille, je prends les mesures qu'il faut pour la préserver.

Waouh, je ne savais pas que j'étais vu comme une menace.

– Qu'est-ce que tu vas faire si, moi, je décide de ne pas respecter tes règles à la con ?

– Eh bien, c'est simple. Tu sais ce que signifie le mot « employé », n'est-ce pas ? Je peux la virer à tout moment, si tel est mon souhait. Donc au lieu de rester six mois à Londres, elle pourrait repartir aussi vite qu'elle est arrivée. Ce ne serait pas la solution la plus arrangeante pour moi, mais tu sais que j'en suis capable.

Là je suis sous le choc. Je ne m'attendais pas à ça, comme le prouve mon long silence.

– Pourquoi ce ne serait pas moi que tu mettrais à la porte ?

– Tu es mon fils. Tu es le bienvenu chez moi aussi longtemps que tu te soumettras à mes exigences.

Sa bienveillance fallacieuse me donne envie de gerber, il veut simplement se racheter une conscience pour compenser son absence, son manque de loyauté envers ma mère et pour toutes les fois où il m'a laissé traîner dehors sans se poser de questions. Mais pour l'instant, je n'ai malheureusement pas d'autre choix que de rester ici. Je suis coincé. Tant que je n'aurai pas de boulot et quelques économies de côté, je ne pourrai pas quitter cet enfer.

– Andrew ? Blake ? Qu'est-ce qui se passe ?

Je me tourne vers la voix féminine qui vient de nous interpeller. Rachel nous observe avec un air curieux. À cause de la taie d'oreiller, elle a une marque sur la joue.

– Remonte te coucher, ma chérie, déclare mon père avec un large sourire. J'arrive.

Elle s'exécute sans se demander ce que font son mari et son beau-fils dans la cuisine en pleine nuit. Cela dit, tant mieux pour moi. Je ne pense pas que j'aurais supporté de voir Rachel prendre part à cette conversation. Mon géniteur se lève et, alors qu'il avance vers moi, il me lance un regard faussement paternel. Sa main se pose sur mon épaule.

– Mais je suis sûr que nous voulons tous les deux que notre cohabitation se passe au mieux. Et tu sais ce qu'il te reste à faire pour que ce soit le cas.

Il finit par disparaître dans l'obscurité de la maison. De longues minutes passent, je ne saurais dire combien exactement. Je reste là, immobile comme une statue, tandis que les questions m'assaillent tel un essaim de frelons. Je devrais aller la retrouver et ne pas écouter mon père, mais je ne peux pas non plus prendre le risque de provoquer son retour. Quitte à choisir, je préfère qu'elle reste ici, mais que je ne puisse pas l'approcher, plutôt que de la regarder monter dans un avion. La voir partir serait pour moi insupportable.

D'autant plus que ce voyage est important pour elle, je refuse d'être celui qui lui aura tout gâché. Même si j'ai encore du mal à le reconnaître, mon père a le pouvoir. Mais Violet ne subira pas ses folies, je serai là pour m'en assurer. Les jambes en coton et le regard trouble, je remonte à l'étage. Je passe devant la porte du bureau et ouvre celle de ma chambre sans me retourner. Une migraine commence à pulser dans mon crâne, j'ai besoin de sortir. J'étouffe ici. Je me dépêche d'enfiler un jean, un bomber, mes Dr Martens et, au moment de prendre mes clés de voiture, je m'immobilise. Violet se tient sur le seuil de ma chambre. Même dans la pénombre feutrée, je vois ses beaux yeux rongés par l'inquiétude et je m'en veux déjà pour ce qui va suivre.

26

Violet

– Tu vas quelque part ?

La réponse paraît plutôt évidente. Sinon il ne serait pas habillé et chaussé, mais je ne vois pas trop où il pourrait aller à trois heures du matin. Enfin si, il y a cette fête où il a été invité par Travis, mais j'espère que ce n'est pas là-bas qu'il va.

– Je sors.

– Et tu ne vas pas me dire où ?

Une veine pulse dans son cou, un muscle tremble à l'angle de ses mâchoires contractées et ses yeux me fuient.

– Tu te prends pour mon daron, là ? T'as vraiment cru que j'avais besoin de ton autorisation pour me tirer de cette piaule ?

Je reste muette pendant quelques secondes. Je ne comprends pas pourquoi il réagit ainsi. Ça me rappelle nos débuts, lorsqu'il était méprisant et cruel avec moi. Je déteste ce Blake. Je voudrais retrouver celui avec qui j'étais avant de m'endormir, celui qui tenait ma main et qui éloignait mes cauchemars. Mais peut-être suis-je justement en train d'en faire un ? Je me pince discrètement le bras, mais rien ne change. Blake me regarde toujours d'un air insondable.

– Non. Mais tout à l'heure, tu m'as dit que tu voulais rester ici, avec moi.

– J'ai changé d'avis. La soirée de Travis a l'air cool.

Son visage se tord d'un drôle de sourire. À cette vue, mon estomac se noue et ma tête se remplit de questions. Va-t-il retrouver Emily ? Rien qu'à la pensée de les imaginer ensemble, je sens une montée d'angoisse me submerger. Je m'apprête à lui demander de m'attendre pour qu'on y aille ensemble…

– S'il te plaît, je…

Mais finalement, je me ravise. Je me suis promis d'être plus forte, de ne plus jamais laisser la Violet fragile et docile prendre le dessus. Ce sera douloureux de le savoir avec Emily, mais tant pis. Avec le temps, j'ai appris une chose : mieux vaut être blessée que pathétique.

– Quoi ? Ça ne peut pas être pire que de pioncer sur le plancher, comme un… un… hésite-t-il l'air perdu avant de terminer sa phrase brusquement, comme un putain de clébard.

Je me félicite d'autant plus de ne pas être allée jusqu'au bout de ma phrase.

– Il te suffisait de me dire que ça te dérangeait.

– Ce qui me dérange, c'est que tu es sur mon chemin.

Son regard est dur tandis que le mien s'emplit de larmes. Mais je les retiens de toutes mes forces, j'ai toute la nuit pour les laisser couler. Il est hors de question qu'elles jaillissent maintenant alors que je suis devant Blake. Je mets de côté ma douleur pour lui dire, d'une voix que j'espère douce, mais le chagrin la rend un tantinet éraillée :

– Tu ne veux pas vraiment partir.

Je le sens, derrière son comportement répugnant se cache une raison, quelque chose qui doit le pousser à me parler de la sorte. En tout cas, je refuse de croire qu'il est lui-même.

– Si. J'ai 19 ans, c'est l'été, et je ne vais pas me priver de m'éclater avec mes potes. C'est quand même pas ma faute si, toi, tu as choisi de t'enfermer ici.

Chaque fois qu'il ouvre la bouche, c'est pour me repousser. J'aimerais lui demander pourquoi il a fait preuve d'autant de douceur avec moi si c'était pour tout gâcher quelques jours plus tard, mais je ne pourrais pas accuser un nouveau coup ce soir.

– Tu sais pourquoi j'ai pris cette décision. Et si je ne l'avais pas prise, on ne se serait jamais rencontrés.

– Voilà qui aurait résolu bien des problèmes.

J'enfonce mes ongles dans mes paumes aussi fort que ses mots m'écrasent le cœur. Peut-être que je me voile la face et qu'il n'y a en réalité aucune explication. Peut-être que Blake n'a jamais été autant lui-même qu'en cet instant. Peut-être que son seul but, c'était de m'amadouer pour mieux m'abattre. J'ignore pourquoi, mais j'ai compris qu'il n'y avait pas toujours besoin d'avoir une raison pour blesser quelqu'un.

– Maintenant, pousse-toi.

Je fais quelques pas en arrière, mon dos se retrouve collé contre la porte du bureau et, après avoir attrapé son paquet de cigarettes, il passe devant moi sans me regarder, comme si je n'existais plus.

– Une dernière chose, lâché-je avant qu'il ne disparaisse dans l'escalier. Emily est aussi là-bas ?

Une seule question, une seule chance. J'ai réuni tout mon courage pour la lui poser, et ainsi lui donner l'ultime occasion de se rattraper. À présent, tout repose sur ses épaules.

– Pourquoi tu voudrais qu'elle n'y soit pas ?

Il n'a même pas pris la peine de se tourner vers moi pour me répondre. J'entends ses pas précipités dans l'escalier, les marches dévalées deux à deux. Le claquement de porte et le silence soudain qui s'ensuit viennent détruire mes derniers espoirs : Blake ne fera pas demi-tour. En retournant me coucher, je pensais le ramener, grossière erreur. Je suis seule. Je pensais aussi que je m'effondrerais, mais mes yeux sont étonnamment secs. Je n'ai pas la force de pleurer, même mon corps me laisse tomber. Je passe les minutes qui suivent à scruter le plafond, à ressasser chaque mot, chaque phrase. Je sais que ce n'est pas bon, que je devrais essayer de me rendormir, mais j'aimerais comprendre pourquoi Blake a encore changé son attitude vis-à-vis de moi.

Puis, tout finit enfin par s'éclaircir. Mon mouvement de recul lors de notre baiser, le fait que je ne me sens pas prête à dormir avec lui… c'était sans doute trop pour lui. Il a dû se rendre compte qu'avec moi, il n'aurait rien d'autre qu'une relation purement platonique, et que finalement ça ne lui conviendrait pas. J'ai un rire amer en repensant à son « un pas après l'autre ». Il s'imaginait peut-être qu'avec quelques belles paroles, je me sentirais suffisamment en confiance pour passer à la vitesse supérieure.

Dans son esprit, je suis même sûre qu'il pensait pouvoir filer en douce à sa soirée et s'éclater avec Emily dans mon dos. Blake est typiquement le style de mec à jouer sur deux tableaux. Sa proposition de partager le même lit que lui alors qu'il était avec Emily résonne encore en moi. Cet indice aurait dû m'alerter sur le genre de type que c'était. Et, en même temps, je ne peux pas m'empêcher de penser que je suis passée à côté de quelque chose… J'interromps tout de suite ma réflexion. Je dois arrêter d'essayer de voir le bon côté chez les autres – de leur chercher des excuses. La dernière fois que je l'ai fait, on ne peut pas dire que ça m'ait réussi.

***

Je suis encore à moitié endormie lorsque Rachel dépose Rosie dans mes bras. Elle commence le travail plus tôt que d'habitude, ce qui fait que j'ai dû me lever à huit heures du matin.

– Tu veux prendre le café avec nous ? me propose-t-elle en me pointant Andrew du doigt, qui est déjà en costume cravate et attablé avec son journal à la main.

– Je dois donner le biberon à Rosie.

– Je vais aller le préparer ! En attendant, pose-la dans son parc et viens te joindre à nous.

C'est la deuxième fois que je vais me retrouver à table avec Andrew. Ça ne m'a pas dérangée la première fois mais, depuis que je connais les raisons qui ont poussé Blake à le détester, je me sens moins à l'aise en sa présence. Je vais néanmoins m'installer à ses côtés, après avoir mis Rosie dans son parc. Rachel fonce à la cuisine tandis qu'Andrew plie soigneusement son journal.

– Alors, comment s'est passée cette semaine sans nous ?

J'ai cette drôle d'impression, celle qu'il se force à me faire la conversation.

– Rosie m'a manqué. Mais j'espère que, de votre côté, ça n'a pas été trop… difficile.

– Ça n'a pas été une partie de plaisir, mais ça fait partie de la vie.

Je ne sais pas quoi lui répondre, alors j'attends le retour de Rachel, qui, heureusement pour moi, finit par réapparaître avec un plateau en main.

– Le biberon de Rosie est en train de chauffer ! m'annonce-t-elle en déposant trois tasses sur la table. De quoi parlez-vous ?

Elle s'assied en face sans cesser de nous quitter du regard et de nous sourire.

– De sa semaine de vacances, réplique Andrew en aspirant bruyamment son café.

Je me demande comment il fait pour ne pas se brûler. Et au même moment, je réalise que le mien n'est pas décaféiné. Mais comme je n'ose pas le faire remarquer à Rachel, je commence à le siroter en silence.

– Ça a dû te faire du bien d'être débarrassée de Rosie ! blague-t-elle.

– Non, elle est adorable. Vraiment, c'est de loin le meilleur bébé que j'ai pu garder.

Toutefois, je ne regrette pas le temps que j'ai passé avec Blake. À part cette nuit, qui me laisse toujours un goût amer dans la bouche. Plus encore que la gorgée que je viens de prendre.

– Tu entends ça, chéri ? Notre Rosie est un ange.

– Je n'en doutais pas une seconde, dit Andrew en reposant sa tasse vide sur la table.

Il jette un œil à sa montre avant de bondir de sa chaise.

– Il faut que je file à la banque ! s'exclame-t-il en réunissant ses affaires. À plus tard, les filles.

Un rapide baiser à sa femme et le voilà déjà parti. Une lueur étrange passe dans les yeux de Rachel, une pointe de tristesse qui ne m'échappe pas.

– Le travail… soupire-t-elle en buvant son café à son tour. Ça va, tu te plais bien ici, sinon ? Je n'ai pas eu l'occasion de te reposer la question depuis un moment.

– Oui, ça va.

– Tu as eu des nouvelles de ta mère ?

– J'en ai de temps en temps, mais avec le décalage horaire, ce n'est pas toujours facile.

– J'imagine… Je sais que je ne pourrai jamais la remplacer, et ce n'est pas ce que je veux, mais je suis là si tu as besoin de moi.

Elle m'adresse un sourire hésitant et, malgré mon envie de lui parler de Blake, mon intuition me dicte de ne pas le faire. C'est encore beaucoup trop tôt. Et bien sûr, notre dispute de cette nuit ne m'a pas aidée à gagner en confiance.

– Ouh là, je critique mon mari, mais je ne suis pas en avance non plus ! s'exclame-t-elle à son tour, en se levant de table. Tu pourras…

Elle fixe nos tasses d'un air gêné, et je comprends alors qu'elle n'ose pas me demander explicitement de débarrasser.

– Je le ferai, lui dis-je et je la sens soulagée.

– Merci, Violet ! À tout à l'heure.

Après son départ, je mets tout dans le lave-vaisselle et je donne le biberon à Rosie en retournant m'installer sur le canapé. Je prie pour qu'elle se rendorme une fois son repas terminé, mais elle est en pleine forme. C'est dommage, je me suis forcée à boire quelque chose d'ignoble, pour que finalement, ça ne fasse même pas effet.

J'ai passé une nuit exécrable, mais c'était à prévoir. Et la matinée ne se révèle pas meilleure, car Blake n'est toujours pas rentré. Lorsque j'ai jeté un coup d'œil dans sa chambre tout à l'heure, avant de descendre, j'ai vu qu'elle était vide. Non pas que j'attende son retour avec impatience, mais une part de moi voudrait poursuivre notre conversation de cette nuit. Même si cela ne servirait pas à grand-chose, à part me faire davantage de mal.

À travers mes yeux mi-clos, je regarde Rosie jouer avec ses poupées sur son tapis d'éveil et je sursaute en entendant la porte d'entrée claquer. Je tourne la tête, Rosie aussi et, alors que son visage s'illumine d'un sourire, le mien reste de marbre. Blake titube jusqu'à la patère où il dépose sa veste, et il est tellement ivre qu'il doit prendre appui sur le mur pour ne pas tomber. Ses yeux injectés de sang croisent les miens une longue seconde, durant laquelle j'espère réussir à lui communiquer toute ma colère. Sans surprise, il détourne le regard et monte l'escalier, non sans difficulté. Quand il a totalement disparu de ma vue, je pousse un soupir de déception. Mais qu'est-ce que je m'imaginais ? Que j'allais avoir droit à des excuses ? On parle de Blake, là. Pas le Blake gentil et prévenant, mais le Blake d'hier soir.

Quand je pense à tous nos baisers, à notre journée dans Londres, à ses mots apaisants, j'ai envie de me mettre une tarte. Je lui ai fait confiance au point de le laisser m'embrasser, de lui ouvrir mon cœur et de lui parler d'Aaron, même sommairement. Je ne peux pas croire que tout était faux.

Prise d'une rage aussi soudaine qu'incontrôlable, je me lève et prends Rosie, que j'emmène dans sa chambre. Je la pose dans son lit avec des jouets, ferme la porte et récupère le babyphone.

Je vais le confronter. Je me fiche qu'il ait bu, je veux qu'il me dise tout. Je veux entendre son explication, celle qui sortira de sa bouche, et non celle que j'ai déduite après des heures de cogitation. Je le mérite. Debout devant sa porte, je frappe deux coups secs. N'ayant aucune réponse, je décide de l'ouvrir brusquement. Blake est étalé de tout son long dans son lit, tout habillé et, à la suite de mon entrée fracassante, ses paupières frémissent avant de s'ouvrir péniblement. Ma colère s'intensifie. Il s'était assoupi, alors que moi, je n'ai pas pu fermer l'œil de la nuit.

– Juste… pourquoi ?

Je me suis posé la question toute la nuit, donc, quand ces mots franchissent la barrière de mes lèvres, le son de ma voix me paraît un brin irréel. Blake s'appuie sur son coude pour redresser la tête avant de plonger son regard fatigué dans le mien.

– Je ne suis pas d'humeur, Violet. Repasse plus tard.

Mes mains tremblent tellement je bouillonne.

– Non ! Mais ne t'en fais pas, c'est la dernière fois que je viens te voir. Je veux simplement que tu me dises pourquoi tu m'as fait croire que je t'intéressais, pourquoi tu m'as donné de faux espoirs, pourquoi les baisers, pourquoi le petit déjeuner, pourquoi les glaces, pourquoi le London Eye et tout le reste. Le but, c'était de coucher avec moi ? Tu pensais peut-être qu'en étant gentil et compréhensif, tu y arriverais ? Laisse-moi te dire que c'est répugnant, même venant de toi.

– Quoi ? Non.

Il se rallonge sur le dos et se prend la tête entre les mains, comme si m'écouter parler lui donnait la migraine.

– Tu sais quoi, laisse tomber. C'est ma faute, dis-je d'une voix pleine d'amertume. Je n'aurais jamais dû t'accorder ma confiance et te faire des confidences.

Il se relève d'un seul bond, l'air offusqué, et peu stable sur ses deux jambes ; il me jette un regard noir où vacille un éclat de déception.

– Ah, parce que t'appelles ça des confidences ? À part m'avoir dit que tu étais sortie avec un mec infidèle, je ne sais rien d'autre sur toi. Donc, presque rien.

– Et toi, alors ? surenchéris-je, pas certaine que ce soit une bonne idée. Si on élimine tous les mensonges, on ne peut pas dire que j'en sais guère plus à ton sujet.

– Quels mensonges ?

Blake ne semble vraiment pas comprendre, c'est un comédien hors pair. Si son stage d'ingénieur du son tombe à l'eau à la rentrée, il peut toujours se lancer dans des études théâtrales.

– Le fait que tu n'as probablement jamais coupé les ponts avec Emily et que tu es allé la retrouver hier soir, par exemple.

– Je n'ai pas menti. Elle et moi, on ne se parle plus.

Sa respiration ne s'accélère pas, il ne se dandine pas nerveusement d'un pied sur l'autre et il ne cligne pas des yeux.

– Oui, c'est ça, bien sûr. Tu n'as pas menti, mais tu as quand même accouru à cette soirée pour aller la retrouver.

– Je n'y suis pas allé.

Mes nerfs lâchent. J'éclate de rire.

– Et tu t'imagines que je vais te croire ?

Tout à coup, sans que je comprenne pourquoi, il passe une main fébrile dans ses cheveux indisciplinés, son visage devient pâle et bouleversé, et son corps tout entier se contracte d'une manière étrange.

– Putain, c'est trop dur, se murmure-t-il à lui-même, ce qui ne fait qu'accroître mon incompréhension.

– Quoi ?

Il s'assied sur le bord du lit et me fait signe de venir près de lui. J'hésite, mais il insiste.

– Viens là, je vais tout t'expliquer.

Restant sur mes gardes, je m'approche et m'installe en laissant le plus large espace possible entre nous. D'un geste vif, il s'empare de son téléphone et, après quelques manipulations, il tourne l'écran vers moi sans dire un mot. C'est un message de Travis. Je le lis en silence.

Travis_ Tu aurais dû venir !
Cette soirée était folle.

Je le regarde en attendant qu'il se remette à parler mais, toujours sans rien dire, il reprend son téléphone pour faire autre chose dessus. Quand il le retourne de nouveau, c'est pour me montrer qu'il a bloqué le numéro d'Emily. Je fronce ostensiblement les sourcils.

– Alors, pourquoi m'avoir fait croire le contraire ?

– Mon père m'a vu sortir du bureau cette nuit. Et comme tu peux t'en douter, il n'était pas ravi.

Une légère rougeur me monte aux joues en réalisant qu'Andrew, autrement dit mon patron, a découvert que j'avais dormi avec son fils sous son propre toit. Ce n'est pas vraiment la façon dont je voulais qu'il l'apprenne. En plus d'être terriblement gênant, cela pourrait être considéré comme une faute professionnelle. Mais je dois me détendre, s'il avait voulu me virer, il l'aurait fait ce matin avant de partir travailler. Or, nous avons pris le café tous ensemble et je ne l'ai pas senti contrarié, ni contre moi ni contre qui que ce soit d'autre d'ailleurs.

– C'est bizarre. Il n'a pas été désagréable avec moi. En fait, il ne m'en a même pas parlé.

– Ouais, normal puisqu'il compte sur moi pour tout arrêter, ironise-t-il avec un petit rire amer.

Je commence à y voir plus clair.

– C'est pour ça que tu m'as laissée ? Juste parce que ton père te l'a demandé ?

La déception s'entend dans ma voix, je ne pensais pas qu'il baisserait les bras à la première difficulté rencontrée. Ses explications n'arrangent rien, bien au contraire, elles viennent tout compliquer. D'accord, il ne s'est pas rendu à la soirée de Travis et il n'a pas revu Emily, mais pourquoi me faire souffrir alors ? Les yeux perdus dans le vide, Blake hoche vaguement la tête et je me lève, perdue. À peine ai-je fait un pas que sa main me retient par le poignet. Lui aussi s'est levé.

– Je ne veux pas t'occasionner d'ennuis, tu comprends ? Il pourrait te renvoyer chez toi à cause de moi, il me l'a clairement dit. Et je sais que tu es bien ici, je ne veux pas ruiner ton séjour.

Ses yeux cerclés de rouge se plantent dans les miens et, à travers eux, je devine son regret de m'avoir blessée. Tout s'embrouille dans ma tête, je ne veux pas courir le risque d'un retour prématuré en Californie mais, en même temps, Londres sans Blake n'a pas de sens. Enfin, n'avait pas de sens car, après cette nuit, j'ai eu le temps de redéfinir mes priorités.

– Il y avait d'autres solutions possibles, Blake, rétorqué-je durement. On aurait pu y réfléchir ensemble. Mais pour ça, tu aurais dû m'en parler tout de suite au lieu de te sauver en pleine nuit.

– Je sais. Je suis désolé.

Lèvres pincées, il se met à regarder ailleurs. J'ai comme l'impression que ses yeux s'emplissent de larmes, mais ils ne le sont plus quand son regard revient sur moi.

– Je pensais te protéger, mais maintenant je me rends compte à quel point j'ai été stupide et lâche.

– Je n'ai pas besoin d'être protégée.

Le ton de ma voix est si sec qu'il baisse la tête.

– Encore moins de cette façon. Mentir et blesser volontairement quelqu'un, ça ne s'appelle pas protéger. C'est la pire chose qui soit parce que c'est avec ce genre d'attitude qu'une relation finit par être détruite. Et les deux personnes avec. S'il te plaît, lâche mon bras.

Il obtempère d'une main tremblante. Les yeux un peu larmoyants, je sors de sa chambre et me réfugie dans celle de Rosie.

27

Violet

Sur sa chaise haute, Rosie me regarde préparer sa purée de carottes. Je sors le plat du micro-ondes, goûte la purée du bout des lèvres et m'installe face à elle pour la faire manger. Alors que j'avance la cuillère pour l'enfourner dans sa bouche, elle tourne la tête et, inévitablement, la bouillie s'écrase sur sa pommette. Elle comme moi avons été distraites par Blake qui vient d'entrer dans la cuisine. Dans d'autres circonstances, j'aurais pu en rire. Elle est tellement mignonne, avec ses grands yeux bleus et ses joues pleines et tachées de carotte. Je l'essuie avec une feuille d'essuie-tout et, du coin de l'œil, je vois Blake se servir un verre d'eau et y verser tout le contenu d'un tube d'aspirine. Je m'attends à ce qu'il aille prendre son médicament dans sa chambre, ou à la limite dans le salon, mais il s'empare d'un tabouret et s'assied au comptoir. Il le fait forcément exprès, mais je ne me laisserai pas troubler par sa présence. Rosie ouvre grand la bouche. Je continue à lui donner sa purée comme si de rien n'était.

– T'es vraiment douée avec les gosses, me lance-t-il, brisant le silence qui s'était installé entre nous.

– Il n'y a rien de sorcier. Il suffit de s'y intéresser un minimum.

Si je mets entre parenthèses nos différends, je ne comprends pas pourquoi il est si froid avec Rosie. Il ne lui prête aucune forme d'attention, alors qu'en retour, elle ne cesse de lui décocher des sourires. Et parfois, ça me fait mal au cœur pour la petite fille. Il a le droit d'en vouloir à Rachel et à son père – sur ce point, je ne peux pas le blâmer –, mais pas à un bébé qui n'a rien demandé à personne.

– Moi, je n'aime pas trop ça, quand ça braille à longueur de journée.

– Ta demi-sœur ne pleure presque jamais, lui souligné-je.

– Ouais, bah, je ne suis pas plus fan des gazouillis et autres bruits de bébé.

Il la regarde bizarrement, comme si c'était une sorte d'extraterrestre, et une idée me vient subitement à l'esprit.

– Tu veux essayer de lui donner à manger ? Elle ne parle pas, là.

Je suis prête à laisser nos problèmes de côté, juste pour le plaisir de le voir interagir un peu avec elle.

– Non, ça ira, s'empresse-t-il de me répondre avec une moue crispée.

Je soupire lourdement en continuant d'enchaîner les cuillerées.

– Tu sais, je comprends que tu m'en veuilles. Mais mon père n'acceptera jamais ce qui se passe entre nous.

Je dois reconnaître que la réaction de son père me choque un peu, mais je suis d'autant plus choquée par celle de Blake.

– Il n'a plus de souci à se faire à ce niveau-là, répliqué-je ironiquement. Grâce à toi.

Je suis froide, glaciale. Aussi glaciale qu'une tempête de neige.

– Je suis conscient de t'avoir fait du mal et je m'en suis voulu à la seconde où je suis parti.

Je donne la dernière bouchée à Rosie et la sors de sa chaise haute, n'ayant plus qu'une idée en tête : celle de quitter au plus vite cette cuisine. Sans un regard, je vais dans le salon et dépose le bébé dans son parc en espérant que Blake ne me suive pas, mais j'entends ses pas qui me talonnent.

– J'aurais préféré rester avec toi plutôt que de traîner dans ce bar toute la nuit.

Agacée, je me tourne franchement vers lui.

– Rien ne t'en empêchait.

– Mon père… dit-il entre ses dents serrées.

– Inutile de te répéter, je pense avoir compris, le coupé-je. Tu as eu tellement peur de lui que, sur le moment, tu t'es dit qu'il valait mieux me raconter n'importe quoi et prendre la fuite. Mais tu sais ce que je t'aurais dit si tu avais bien voulu rester ? Si tu avais bien voulu me dire que ton père était contre notre relation ? Que je me fiche de ce qu'il en dit, de ce qu'il en pense. Et que tu devrais en faire autant.

Je m'efforce de ne pas hausser le ton, pour ne pas perturber Rosie qui joue avec sa piscine à balles.

– Je n'ai pas peur de lui, mais de ce qu'il pourrait faire, corrige-t-il.

– C'est la même chose.

– Donc d'après toi, j'aurais dû prendre le risque qu'il te renvoie chez toi ? Je regrette, mais je refuse de te voir partir maintenant.

Subissant de plein fouet l'intensité de ses prunelles bleutées, je me mets à réfléchir.

– Non, mais on aurait pu continuer à se voir en cachette. Regarde autour de toi, ton père et Rachel travaillent toute la journée, on a la maison pour nous tout seuls. On aurait pu… je ne sais pas, profiter de notre temps ensemble au maximum et faire semblant de nous ignorer dès leur retour.

– Mais c'est encore possible, non ?

Devant le ton plein d'espoir de sa voix, je me sens déroutée et perdue. Cette nuit, je devais me protéger de ses revirements d'humeur, ce matin, de ses éclaboussures d'indifférence, et le voilà calme de nouveau. Ma tête tourne à plein régime, de même que mes sentiments.

– Honnêtement, Blake, je ne pense pas. Tu étais prêt à renoncer sans essayer, sans même m'en parler…

Si seulement je ne ressentais rien pour lui, je pourrais avoir la force de lui tourner le dos et partir. Mais au lieu de prendre la poudre d'escampette, je reste postée là, pour l'écouter me dire :

– Parce que je pensais que c'était la meilleure chose à faire. Je voulais t'éviter des problèmes.

J'éclate d'un rire sans joie.

– Me faire croire que tu allais retrouver Emily, c'était la meilleure chose à faire pour toi ?

Il déglutit bruyamment. J'espère qu'il se sent aussi mal que moi. Je profite de son silence pour continuer.

– Tu voulais mieux me connaître, n'est-ce pas ? Alors, laisse-moi te dire quelque chose à mon sujet. Une chose que je n'ai jamais avouée à personne, pas même à moi-même. Mon ex ne m'a pas seulement trompée, il m'a aussi fait beaucoup de mal à travers ses mots qui traduisaient sa façon de me considérer. Des mots qui ressemblaient étrangement à ceux que tu m'as balancés cette nuit.

Je ne veux pas pleurer, mais les émotions sont trop fortes, trop nombreuses, trop écrasantes. Ma poitrine est comprimée, et ma voix, hachée.

– Et je ne tolérerai plus jamais qu'on me traite de la sorte. Donc si tu comptes encore me blesser, je préfère qu'on arrête tout maintenant. Pour de bon…

En même temps que les phrases se bousculent sur ma langue, Blake s'avance et m'enveloppe la taille de ses bras, comme si j'étais un pauvre animal blessé. À la pensée qu'il éprouve de la pitié pour moi, je me dégage de son emprise et recule de quelques pas. Je n'ai pas besoin de réconfort. Ce dont j'ai besoin avant toute autre chose, c'est une réponse.

– Je suis sérieuse, Blake.

Il remue faiblement la tête, comprenant qu'il ne pourra pas tout résoudre avec une étreinte.

– Je sais. Je ne peux pas te promettre une relation parfaite, sans pluie et sans nuage. Je ne peux pas te dire non plus qu'on ne prend aucun risque ni que tout finira bien, puisque dans un peu moins de six mois, tu repartiras chez toi et je resterai ici quoi qu'il arrive. Je ne peux même pas te promettre que ce ne sera pas douloureux, je tiens à te le dire clairement. En revanche, je peux t'assurer que je ne te blesserai jamais volontairement. Involontairement, ça pourra arriver… mais à l'avenir, je ferai attention à ce que je te dis.

– Et à ce que tu fais, complété-je en faisant référence à sa sortie nocturne.

– Et à ce que je fais, répète-t-il dans un souffle.

Je sèche mes larmes d'un revers de main et scrute ses yeux à la recherche d'une trace de malhonnêteté, mais je décèle tout l'inverse.

– Tu n'auras pas plusieurs secondes chances, tu en as déjà eu assez, je crois, le préviens-je.

– Une seule, c'est tout ce qu'il me faut. Je ferai mon possible pour que ça marche entre nous, Violet. Je te le jure.

Ça fait beaucoup de promesses d'un coup mais, au fond de moi, j'ai l'espoir qu'il les tiendra. Je soupire.

– J'espère que ce n'est pas une erreur.

– De quoi ?

– D'y croire.

Il baisse la tête et me répond dans un sourire triste.

– Si tu posais la question à mon père, il te répondrait sûrement que c'en est une. Ce qu'il aurait préféré, c'est que tu sortes avec un mec comme Travis, ou mieux encore, avec personne.

Rester seule était bien mon intention de départ. Mais entre-temps, Blake a fait son apparition dans ma vie et notre rencontre a changé beaucoup de mes plans.

– Mais je ne veux pas Travis. Je te veux, toi.

Il relève les yeux vers moi, leur éclat brillant me transperce de part en part.

– Moi, souffle-t-il.

Parce qu'il en doutait encore ?

– Oui, confirmé-je avant d'ajouter, quand tu ne te comportes pas comme un abruti complet.

– L'abruti va tout faire pour se rattraper.

Le sourire dont il me gratifie vient apaiser mes dernières craintes.

– Mais en attendant, est-ce que tu m'autorises à te

prendre dans mes bras ? Je voudrais profiter un peu de toi tant qu'on est seuls.

À peine ai-je hoché la tête qu'il se jette sur moi et comble l'espace qui nous sépare en un claquement de doigts. Il m'attire contre son torse, m'étreignant avec tant de force que je sens les battements de son cœur résonner contre ma peau. Puis il me relâche, comme si subitement je l'avais électrocuté. Sous mon regard perplexe, il se met à faire le tour de la pièce en observant minutieusement chaque recoin.

– Tu cherches quelque chose ?

– Ouais. J'ai appris que mon psychopathe de père s'était découvert une passion pour les caméras.

– Oh.

Voilà qui complique les choses.

– R.A.S., annonce-t-il en revenant finalement vers moi. Il va falloir qu'on soit plus prudents, à l'avenir.

– Et que tu tiennes tes promesses, lui rappelé-je avec beaucoup de sérieux.

Il me sourit et une lueur chaude anime ses prunelles de glace.

– Je ne les ai pas oubliées. T'inquiète pas, je ne suis pas encore atteint d'Alzheimer.

Moi non plus, et il y a d'ailleurs un détail qui me trotte dans le cerveau et que je voudrais approfondir avec lui.

– D'accord. Mais alors, comme ça… tu as passé la nuit dans un bar ? hasardé-je timidement, désireuse d'en savoir plus.

Il hoche la tête.

– Je me suis fait payer des coups à boire par un groupe de mecs qui fêtaient un enterrement de vie de garçon. Ils ont remarqué que je n'étais pas au top de ma forme et, du coup, ils m'ont invité à rejoindre leur table.

– Oh, je vois. Ta soirée n'a pas été si mauvaise, finalement, noté-je avec un soupçon de reproche dans la voix.

– Quoi ? Tu plaisantes, j'espère. C'était l'enfer sans toi.

Il murmure ces derniers mots contre ma bouche avant

de l'embrasser fougueusement. Le contraste entre ses lèvres fraîches et la pointe de sa langue brûlante me provoque un long frisson sur l'échine. En dépit de tout, des propos qu'il tenait cette nuit, de la menace de son père suspendue au-dessus de nos têtes comme l'épée de Damoclès, de notre rencontre aussi imprévue que compliquée et d'un avenir incertain, j'ai envie de lui accorder cette dernière chance.

28

Violet

La nuit est tombée quand je retrouve enfin mon bureau. Voilà deux heures que Rachel et Andrew sont rentrés, et qu'avec Blake, nous jouons notre rôle à la perfection. Pour ne pas éveiller les soupçons, nous avons dû sortir l'artillerie lourde : regards mauvais et quelques piques incluses. Je n'oublie pas bien sûr d'adopter de temps en temps mon air le plus abattu. Andrew doit croire que Blake m'a plaquée et, sans vouloir me vanter, je pense ne pas m'être trop mal débrouillée.

Ça me fait tout de même bizarre de devoir faire comme si je le détestais, alors que nous ne nous sommes pas quittés de la journée. Redevenir de parfaits étrangers, des ennemis même, est loin d'être un sentiment agréable mais, si je veux conserver cet emploi, cette chambre, ma place ici tout simplement, c'est le seul choix qui s'offre à nous. Pour l'instant. Et quitte à choisir, je préfère largement m'adapter à cette situation plutôt que de me résoudre à effacer Blake de ma vie.

Puis ce n'est pas aussi terrible que ça en a l'air. Demain, je pourrai de nouveau le serrer dans mes bras. Une nuit, c'est court. Ça va vite passer. Alors que je me rassure avec cette pensée, des bruits de pas résonnent dans le couloir. Un mot vient d'être glissé sous ma porte, ne me laissant aucun doute sur l'identité de l'expéditeur. Je m'en empare, un sourire béat aux lèvres et, en même temps que je le lis, j'entends les pas descendre l'escalier, suivis d'un claquement de porte qui m'annonce que Blake est sorti.

Habille-toi et débrouille-toi pour quitter la maison.
Ah, et si j'étais toi, je jetterais un coup d'œil
sous mon oreiller.

Plus qu'intriguée, je le soulève et un sourire aussi radieux que surpris se dessine sur mon visage. Un sac est caché dessous et, en regardant à l'intérieur, je découvre une nouvelle poudre, une palette de fards à paupières et un fard à joues que je m'empresse de déballer. Blake m'a racheté tous les produits qu'il m'avait cassés. En vérifiant les teintes, je vois que ce sont exactement les mêmes, à l'exception du fard à joues qui est un poil trop clair pour ma carnation. C'est presque un sans-faute. Mais un pardon absolu. En jetant le sac, je me rends compte qu'il n'est pas vide à cause du bruit sourd qui résonne sur le carrelage. Je le reprends et en sors un rouge à lèvres carmin, accompagné d'un autre mot collé sur l'emballage.

Pour me faire complètement pardonner...

J'ai mal aux joues à force de sourire. Cet enthousiasme ne me quitte pas pendant que je me prépare, me coiffe et me maquille. Je ne sais absolument pas où il veut m'emmener, mais je me dis qu'une robe patineuse passera partout. En guise de touche finale, j'applique le rouge à lèvres qu'il m'a offert et j'observe mon reflet dans le miroir. C'est moi, en plus audacieuse, et je dois avouer que ce que je vois me plaît.

Je prends une veste au cas où cette virée nocturne durerait jusqu'à l'aube, et sors de ma chambre. Quand j'entre dans le salon, je trouve Andrew et Rachel assis sur le canapé.

– Toi aussi, tu sors ? me questionne Andrew, suspicieux.

Le quadragénaire me lance un drôle de regard et je sens une rougeur passagère m'enflammer les joues. Je la fais disparaître sur-le-champ, refusant de laisser mon corps me trahir aussi bêtement.

– Je vais faire un tour à Camden Town avec Amber. Vous aviez raison à propos de ce quartier, Andrew. J'en suis tombée amoureuse.

– Qui est Amber? enchaîne-t-il aussitôt d'un ton soupçonneux.

– Une fille que j'ai rencontrée ici, rétorqué-je du tac au tac.

J'ai l'impression de passer un interrogatoire dont je ne sortirai pas vivante. Finalement, c'est beaucoup mieux lorsqu'il n'est pas là. L'ambiance ici est moins tendue. Je sais que je ne devrais pas me faire cette réflexion étant donné que c'est mon patron et qu'il m'a offert son hospitalité, mais je commence à comprendre ce qui heurte autant Blake dans l'attitude de son père.

– Blake y va aussi?

Face à cette énième question, je ne me démonte pas. Au contraire, je parviens à rendosser mon rôle de la fille fraîchement larguée. Pour ce faire, je prends une voix sèche et une expression franchement agacée.

– Je n'en sais rien mais, pour être tout à fait honnête avec vous, je m'en contrefiche. Je vais là-bas pour passer une soirée entre copines.

– Et tu as bien raison! m'encourage Rachel. Chéri, tu ne vois pas que tu es en train de la retarder? (Elle lui coule un regard réprobateur et s'adresse de nouveau à moi.) Allez, file t'amuser!

La pression redescend d'un coup et je leur souris courtoisement avant de m'éclipser. Une fois dehors, je pousse un soupir de soulagement. Rachel ne le sait pas mais elle m'a sauvé la mise! Sans elle, Andrew ne m'aurait peut-être pas laissée partir. Ce qui est sûr, en tout cas, c'est qu'il aurait continué à m'inonder de questions. Mais bon, le principal, c'est que je m'en suis sortie avec brio. À présent, je dois retrouver Blake.

J'avance dans la rue faiblement éclairée par des réverbères en regardant partout autour de moi. À gauche, puis à droite, mais rien. Je passe en revue les voitures garées le long du trottoir, mais je ne vois la sienne nulle part. Alors que je sors mon téléphone pour lui envoyer un message, je sens deux mains se poser sur mes yeux et un souffle chaud m'effleurer la nuque. Blake m'a trouvée en premier. Je retire ses mains en pivotant vers lui et je n'ai pas le temps d'apercevoir son visage qu'il m'embrasse précipitamment. Au bout d'un moment, il m'accorde un moment de répit.

– C'est malin, t'as fait partir tout mon rouge à lèvres ! lui fais-je remarquer en effaçant la trace rouge que notre baiser lui a laissée sur la bouche.

– C'est celui que je t'ai acheté ?

– Oui. Et je l'adore, merci.

Je lui adresse un sourire timide. Mon cœur bat violemment à mes oreilles.

– J'ai fait un bon choix au niveau de la couleur, tes joues sont exactement de la même teinte.

Je ris, tout en m'efforçant de contrôler la pigmentation de mon visage. Mais c'est typiquement le genre de remarque qui me fait devenir deux fois plus rouge.

– Oh, tais-toi…

– Je vais faire mieux que me taire, je vais être plus sérieux, dit-il en adoptant l'attitude qui va avec. Ce rouge à lèvres a été fait pour toi, Violet.

Je roule théâtralement des yeux.

– Comme si tu m'avais vraiment vue le porter ! Tu t'es jeté sur mes lèvres sans même les regarder, avoue-le ! Et maintenant, je suis complètement démaquillée par ta faute.

– Si tu veux m'entendre dire que je suis désolé, eh bien, ça n'arrivera pas. Je ne regrette pas de t'avoir embrassée et il se peut même que je recommence dans la soirée. Encore, et encore, et encore…

Quand ses doigts glissent sur ma taille pour mieux me ramener près de lui, et que son autre main se pose sur ma joue, encore chaude, mon rire s'estompe et s'éteint. Ses prunelles bleues, pâles et profondes, se fondent aux miennes, me donnant une sensation soudaine de vertige. Comme un ciel constellé d'étoiles dans lequel je pourrais me perdre pendant des heures. Mais cet égarement ne dure pas plus d'une minute, car la voix grave de Blake me ramène sur la terre ferme.

– Au fait, mon père n'a rien cramé ?

– Il m'a posé quelques questions. Mais comme tu peux le voir, j'ai réussi à m'échapper.

Il jette un coup d'œil méfiant en direction de la maison.

– Vaudrait mieux ne pas trop traîner ici, alors.

Je hoche la tête en guise d'assentiment. Blake commence à s'éloigner dans la rue et je le suis.

– Ma voiture est un peu plus loin, m'informe-t-il.

– J'imagine que ça ne sert à rien de te demander où tu m'emmènes ?

– Tu peux essayer, mais je ne cracherai pas le morceau, me glisse-t-il d'un ton mystérieux.

C'était à prévoir.

Nous rejoignons sa Jeep en quelques minutes. Blake la contourne pour monter du côté conducteur et, alors que je m'installe à mon tour, je sens son regard peser sur moi. Une fois ma ceinture attachée, je tourne la tête vers lui en remarquant qu'il ne démarre toujours pas. Sa large paume est posée sur le volant et un sourire énigmatique flotte sur ses lèvres.

– Quoi ?

– La dernière fois que tu es montée dans cette voiture, tu te trouvais à l'arrière.

Sur le moment, je ne comprends pas bien où il veut en venir.

– Et ?

– Et rien. Je suis juste heureux de t'avoir à côté de moi.

Brusquement, ça fait tilt. Je prends conscience de la réelle signification de ses mots et de la tournure qu'a prise notre relation. Il y a quelques semaines encore, je ne pouvais pas l'approcher sans en frémir de peur et, ce soir, je me suis assise près de lui de la manière la plus naturelle qui soit. C'est un progrès immense, mon évolution avec Blake me fait monter les larmes aux yeux. Pour autant, je ne peux malheureusement pas encore parler de cicatrices.

Les blessures que m'a infligées Aaron ont à peine dépassé le stade des plaies ouvertes. L'étape de la guérison est loin, encore loin devant moi. Mais à la fois si proche depuis que j'ai rencontré Blake. Il fait vrombir le moteur en gardant son sourire en coin et, quand son autre main vient s'échouer sur ma cuisse, je ne me crispe pas. Au contraire, je sens une chaleur, très agréable, prendre naissance au creux de mon ventre.

– C'est trop ? s'inquiète-t-il en commençant à la retirer.

– Non, dis-je en la replaçant immédiatement sur ma peau. Comme ça, c'est parfait.

Le lent sourire que je discerne aux coins de ses lèvres me fait fondre sur mon siège. Je ne quitte pas ses fossettes des yeux. Il met de la musique en quittant sa place de parking et « Where Is My Mind » retentit dans la voiture.

– Je n'ai jamais vu quelqu'un aimer autant une chanson.

Depuis que je le connais, je l'entends partout, tout le temps. À croire que son répertoire musical ne se résume qu'à ça.

– J'ai mes raisons.

– Lesquelles ?

– C'est celle que j'écoutais quand on s'est rencontrés.

Je pourrais largement me contenter de cette explication tant elle m'emplit de bonheur, mais il continue :

– C'est aussi parce qu'elle me rappelle des bons moments de mon passé ; la musique a ce pouvoir sur nous. Et puis, elle passe dans l'un de mes films préférés, *Fight Club*.

– *Fight Club* ? Je n'en ai jamais entendu parler.

– Fais-moi penser à te le faire regarder, histoire que j'enrichisse un peu ta culture cinématographique.

Je lui réponds par un cri offusqué.

– Je t'interdis de critiquer ma culture cinématographique ! Elle est très bien !

Ma réaction le fait rire, il tape des doigts sur le volant en attendant que le feu soit vert.

– Dit la mangeuse de pizza à l'ananas. Mais vas-y, je te donne une chance. Quel est ton film préféré ?

– Euh…

Si je voulais l'impressionner, je répondrais quelque chose de vraiment cool, comme *Kill Bill* ou *Taken* mais, si je veux être honnête…

– *Le Roi lion*… la nouvelle version, précisé-je pour tenter de me rattraper tant bien que mal.

Il y a un petit moment de blanc avant que son rire ne reparte de plus belle. Je profite du fait que sa main est toujours posée sur ma cuisse pour lui pincer la peau.

– Dis-moi, c'est toi qui gardes Rosie ou l'inverse ?

– Il est huitième dans les classements, catégorie meilleurs films ! argumenté-je.

Le Roi lion est le meilleur film d'animation jamais réalisé. Je le défendrai corps et âme.

– Meilleurs films soporifiques, ajoute-t-il en s'esclaffant.

Je pince une nouvelle fois le dos de sa main et il esquisse une grimace douloureuse en riant.

– Si tu veux arriver à destination, vivante, tu ferais mieux d'arrêter de torturer ma main.

Oui, un accident de la route serait bien la dernière chose que j'aimerais voir m'arriver. Le calme revient dans la voiture, je regarde les rues défiler par la vitre. Tout est aussi bien éclairé qu'en plein jour, mais je ne saurais dire dans quel coin de Londres nous nous trouvons.

– Quelle est cette fameuse destination ? tenté-je encore une fois.

– Tu ne lâches jamais l'affaire, hein.

– Mon but, c'est de te faire céder avant qu'on arrive.

– Trop tard ! s'exclame-t-il en tournant d'un coup sec le volant.

Sans me laisser le temps de répondre, il entre dans un parking et gare sa Jeep quelques mètres plus loin.

– T'as perdu, m'annonce-t-il en coupant le contact.

Il se tourne vers moi, menton levé, arborant un sourire satisfait – celui qui me fait craquer et me donne envie de l'étrangler en même temps. Je hausse nonchalamment les épaules.

– De toute façon, j'avais déjà deviné.

– Vraiment ? Alors, je t'écoute. Où sommes-nous ?

Si je me fie à ce qui nous entoure, un vieux parking bondé de voitures où s'amoncellent des déchets en tout genre : canettes de bière, mégots de cigarette et préservatifs usagés avec, pas loin, les stridences des guitares électriques, les percussions puissantes et les voix aiguës et perçantes des chanteurs, ça doit être…

– Un concert.

– Bien vu, l'aveugle.

Il s'enfonce dans son siège puis me regarde de manière grave, l'air concerné.

– T'es déçue ?

– Non… Pourquoi ?

En vérité, un petit peu. Je m'attendais à ce qu'il m'organise une soirée parfaite, un dîner au restaurant, une sortie à la patinoire du coin, une séance de cinéma. Mais je ne dois pas oublier que Blake et moi sommes très différents ; un concert de hard-rock doit être *sa* définition de la soirée parfaite. Tout comme Aaron… Sauf que ce n'est pas avec lui que je suis, mais avec Blake. Je me fais violence pour le chasser de mes pensées.

– Tu fais une drôle de tête, le genre qui dit : « Bordel, ce mec a vraiment des idées de rencard de merde. »

– Non, pas du tout. Ça me rappelle juste certains souvenirs, avoué-je sans retenue. Mon ex m'emmenait souvent à des concerts de ce genre.

Pour une raison que j'ignore, et que j'aimerais d'ailleurs bien comprendre, son regard change. La douceur et l'inquiétude qui s'y reflétaient disparaissent au profit de la déception. Je ne crois pourtant pas lui avoir dit quelque chose de mal ou d'offensant, mais toujours est-il que Blake a l'air blessé.

– Il y a beaucoup de choses que j'aimerais savoir sur toi, mais ça, tu vois, c'est une info dont j'aurais pu me passer, m'avoue-t-il d'une voix morne. Tu dis être là pour l'oublier, mais est-ce que tu te rends compte que tu ramènes tout à lui ?

– Quoi ? m'indigné-je. Non…

Il ne me laisse pas le temps de m'expliquer ni de me justifier, puisqu'il ouvre la portière de sa Jeep pour sortir. Je reste un instant clouée sur mon siège, un peu hébétée, avant de partir le retrouver. Blake ne connaît pas tous les détails de ma relation avec Aaron, mais il devrait avoir compris que je n'en parlerai jamais avec nostalgie.

Je ne trouve pas les mots pour le dérider et c'est en silence que nous rejoignons la file d'attente, jusqu'à ce qu'une grande brune que je n'ai jamais vue auparavant l'interpelle.

29

Blake

Parmi la foule de gens qui vivent en Angleterre, il fallait que je la croise, *elle*. Jennie, il me semble. Ou peut-être Jess. Son nom m'a échappé mais, pour ma défense, je ne l'ai pas entendu très souvent. La plupart du temps, les réunions se faisaient dans l'anonymat le plus total.

– Blake ! Comment ça va depuis le temps ? Tu n'es plus à Northampton ?

– Non, plus maintenant.

Je ne lui retourne pas la question. Violet, qui était derrière moi, s'est décalée pour signaler sa présence. J'implore à présent le ciel pour que cette fille, Jennie… Jess… Enfin, peu importe comment elle s'appelle, je prie seulement pour qu'elle ne fasse aucune gaffe devant Violet.

La blonde à mes côtés affiche une moue méfiante.

– Tu as bonne mine, en tout cas, me félicite-t-elle en posant une main amicale sur mon épaule.

– Merci.

Violet reste silencieuse, mais je vois la jalousie s'échapper de tous ses pores. Je parie qu'elle pense que nous avons couché ensemble, ce qui, je le jure sur tout ce qui m'est le plus cher, n'est jamais arrivé. Mais si elle savait ce qui nous lie vraiment, que nous étions les deux personnes les plus jeunes à s'être retrouvées dans des réunions pour junkies, peut-être qu'elle préférerait que j'aie eu une aventure avec elle.

– C'est ta petite amie ?

Les joues de Violet virent au pourpre. Maintenant,

elle a l'air plus gênée que jamais. Je devrais dire quelque chose. Après tout, c'est à moi qu'elle s'adresse, mais je suis complètement bloqué. Paralysé. Aucun mot ne parvient à franchir la frontière de mes lèvres. Le fait que Violet soit incluse dans cette conversation me terrifie au point de me rendre muet.

– Euh, moi, c'est Violet, se présente-t-elle aussi poliment qu'à son habitude, bien que je reste persuadé qu'elle déteste la fille se tenant en face d'elle.

– Jennie, rétorque la brune. Je suis…

Je me tends comme une corde de violon tandis qu'elle hésite à finir sa phrase. Son regard croise le mien et, malgré le fait que je n'ai aucun don de télépathie, je me concentre de toutes mes forces pour lui faire comprendre que je ne souhaite pas qu'elle révèle le lieu de notre rencontre à Violet.

– Une vieille amie de Blake, achève-t-elle et je fais une nouvelle fois appel à mes superpouvoirs de télépathie, dont je ne soupçonnais même pas l'existence, pour lui montrer ma reconnaissance.

Cependant, je ne suis pas encore tout à fait rassuré. Je crois que mes voies respiratoires ne reprendront du service qu'une fois qu'elle sera partie. Du coin de l'œil, je remarque que Violet a les yeux rivés sur moi. Elle doit se poser des millions de questions, auxquelles je n'aurai malheureusement jamais le cran de répondre avec franchise. L'image qu'elle a de moi est trop importante à mes yeux pour que je laisse une période de mon passé, dorénavant révolue, tout gâcher. Je sens ma pomme d'Adam qui ne cesse de descendre et remonter dans ma gorge et, presque chaque seconde, je passe ma main sur ma nuque tendue.

Détends-toi, Blake.

– Ravie de te connaître, lui lance Violet avec un sourire que j'ai du mal à interpréter.

– Moi aussi.

Puis, Jennie revient à moi.

– Tu n'as jamais répondu à mes appels ou à mes textos… Je pensais que tu avais…

Là non plus, elle ne termine pas ce qu'elle voulait dire, mais je devine aisément le mot qu'elle s'empêche de prononcer.

Replongé.

Putain, mais dites-moi comment je suis censé me détendre maintenant ? Violet semble perdue. Il faut que je réagisse tout de suite.

– Je sais, je suis désolé. Mais je vais bien. J'ai juste changé de numéro.

Je ne lui propose pas de lui donner le nouveau. Jennie est une fille vraiment gentille et, au fond de moi, j'espère de tout cœur qu'elle s'en est aussi sortie. Mais il m'est impossible de lui parler librement, et ça, elle l'a bien compris.

– Je vois. Nouvelle ville, nouvelle vie, hein ? Je suis contente pour toi, Blake.

– Merci, lui dis-je de nouveau.

Je lui offre un sourire sincère. C'est triste à dire, mais je ne crois pas que je voudrais un jour renouer les liens avec Jennie. Et ce, même si Violet ne faisait pas partie de ma vie. Elle m'a aidée à tenir dans les pires moments, mais sa présence me rappelle aujourd'hui beaucoup trop de mauvais souvenirs.

– Bon, je vais vous laisser tranquilles, lance finalement Jennie, sûrement ennuyée par mes réponses évasives. Mes amis m'attendent à l'intérieur. J'étais juste sortie pour prendre un appel. En tout cas, c'était sympa de te revoir ! Bonne soirée à vous deux.

Ce n'est que lorsqu'elle disparaît totalement de notre vue que j'ose enfin respirer.

30

Violet

– C'est ce qu'on appelle une conversation expéditive.

Voyant que Blake ne répond pas, je tourne la tête vers lui. Le regard perdu dans le vide, c'est à peine s'il m'a entendue. Il se contente de mettre un pied devant l'autre machinalement, à la manière d'un robot, dès que la file d'attente avance.

– Je n'avais rien à lui dire, finit-il par déclarer d'un ton neutre.

– Cette Jennie, c'est une de tes ex?

– Non. Juste une vieille amie du lycée, comme elle te l'a dit.

Qu'elle l'ait dit ne prouve pas pour autant qu'elle ne mentait pas. Je mettrais même ma main à couper qu'ils m'ont tous les deux caché la vérité pour éviter de m'embarrasser plus que je ne l'étais déjà.

– Si vous étiez amis, pourquoi vous ne vous parlez plus aujourd'hui?

– On s'est perdus de vue.

Il hausse les épaules d'un air qui se veut nonchalant, mais la douleur, presque imperceptible qui perce dans sa voix, ne m'échappe pas. Bien sûr, cela m'intrigue. J'aimerais connaître les détails de sa vie passée, tous, sans la moindre exception. Mais parfois, il vaut mieux laisser le passé là où il est: dans le passé. C'est là-bas qu'Aaron et toutes les conquêtes de Blake doivent rester. Je risquerais en plus de lui raviver certaines douleurs en le forçant à m'en parler, chose que je regretterais amèrement. Puis, comment pourrais-je exiger des explications sur cette mystérieuse Jennie, alors que je suis moi-même si secrète sur ma relation avec Aaron ?

Ça fait trois raisons pour laisser tomber et ne pas insister. Contrairement à ce que Blake prétend, je suis presque certaine que Jennie et lui ont déjà dépassé le stade de l'amitié. Mais bon, c'est aussi pour ne pas ruiner notre soirée que je décide de ne pas approfondir ce sujet visiblement épineux.

Quatre raisons.

J'oriente donc rapidement la discussion ailleurs, prenant mon air le plus jovial.

– Monsieur Grincheux ne me fait plus la tête ?

Un sourire fugace traverse ses lèvres.

– Je ne faisais pas la gueule.

– Alors, prouve-le.

Déterminée à vouloir faire apparaître un vrai sourire sur son visage, je me positionne devant lui et me dresse sur la pointe des pieds pour l'embrasser au coin de la bouche. Ses lèvres s'étirent sur des dents parfaitement alignées et ses yeux se mettent à pétiller.

Mission accomplie.

– Si j'étais de mauvaise humeur, je ne serais pas là à te sourire comme un con.

– Oui, pas faux, approuvé-je en passant mes bras autour de son cou, toujours en équilibre. Mais je voudrais quand même m'excuser pour tout à l'heure. Je ne voulais pas comparer cette soirée à celles que j'ai passées avec Aaron, c'était stupide.

– C'est la première fois que tu me dis son nom, constate-t-il après un silence.

C'est à mon tour d'être silencieuse. Si Blake ne m'avait pas fait la remarque, je ne crois pas que je m'en serais rendu compte. C'est la première fois que je lui dis son nom, oui… mais c'est surtout la première fois que je ne ressens rien en le prononçant. Aucun serrement de poitrine, aucune boule qui m'obstrue la gorge ; même mes yeux ne me piquent pas. Rien du tout.

– Et moi aussi, je suis désolé, reprend-il en jouant

nerveusement avec les coutures de ma robe. Je reconnais avoir mal réagi, et avoir été légèrement vexé, mais c'est uniquement parce que je tenais à te faire découvrir mon monde. Même s'il semblerait que tu l'aies déjà côtoyé…

Sa moue déçue m'arrache un pincement au cœur.

– Pas à Londres. Pas avec toi. Alors je ne doute pas que ce sera meilleur, mille fois meilleur même.

Ça ne peut que l'être.

Même si je ne suis pas une adepte de concerts, je suis convaincue que je vais passer un moment inoubliable. Parce que Blake est là, et qu'avec lui le pire endroit au monde gagnerait en beauté. Il changerait les gratte-ciel en cascades, les trottoirs grisonnants en parterre de fleurs et, dans ce cas précis, un concert de rock en lieu romantique. Blake me rend mon sourire, un sourire éblouissant, et se penche pour planter un rapide baiser sur mes lèvres.

– Ça va être à nous, m'avertit-il.

D'un geste de tête, il m'invite à regarder derrière moi, ce que je fais. Et effectivement, nous nous rapprochons du guichet. Je lâche son cou pour me décaler sur le côté sans toutefois m'éloigner trop de lui. Quand notre tour arrive, Blake paie nos places, à moitié prix, puisque la femme derrière le comptoir nous apprend que le concert touche à sa fin. À cette annonce, je pensais que nous rebrousserions chemin, mais ça ne semble visiblement pas poser de problème à Blake, qui s'empare des billets avant de s'élancer dans une allée sombre et étroite. Je le suis, perplexe, ne sachant pas trop à quoi m'attendre. Au fur et à mesure que nous avançons, la musique se fait plus forte, jusqu'à ce que nous arrivions dans la fosse où l'intensité du son est carrément décuplée. Si j'avais su, j'aurais apporté des boules Quies, mais mon sex-appeal en aurait pris un sacré coup. Alors, aucun regret.

Comme le concert est déjà largement entamé, il y a peu d'espace disponible pour se caler. Mais Blake, en bon habitué qu'il est, joue des coudes pour se frayer un passage et parvient à nous trouver un coin tranquille.

– Ça te va ? me crie-t-il pour couvrir la musique.

Je hoche la tête pour lui répondre affirmativement. D'un œil hagard, j'observe le chanteur qui se tient courbé sur la scène et qui hurle de la même façon qu'un chat que l'on étranglerait à mains nues. Glauque, je sais, mais c'est la première comparaison qui me vient à l'esprit. Mes sourcils se froncent sans que je m'en aperçoive vraiment et, tout à coup, je distingue le rire de Blake à travers le bruit ambiant.

– Plus qu'une chanson et ton supplice prendra fin.

Surprise, je m'approche de lui et place une main en cornet autour de son oreille, prenant soin d'élever la voix le plus possible pour combattre le brouhaha.

– On est venus jusqu'ici pour écouter une seule chanson ? C'est nul, on aurait dû arriver avant pour en profiter un peu plus.

Il glousse.

– T'as vu ta tête ? Je parie tout ce que tu veux que tu m'aurais demandé de partir au bout de cinq minutes. Tu n'aurais jamais pu supporter ce concert en entier.

– Possible, avoué-je avec une drôle de grimace qui fait redoubler son rire.

– Je te rassure, on est seulement là pour le grand final.

Son idée de rencard me paraît encore plus étrange mais, au moins, elle a le mérite d'être originale. Jusqu'à présent, je n'avais encore jamais assisté à un concert pour sa fin.

Personne, en fait.

– Ça va commencer ! s'écrit-il soudain tout excité. Ferme les yeux.

– Quoi ? Pourquoi ?

– Ne discute pas et ferme-les, répète-t-il plus fermement.

Déstabilisée par sa demande, je le dévisage curieusement comme s'il était tombé d'une autre planète. Mais, voyant qu'il commence à s'impatienter, je mets de côté son attitude insensée et je m'exécute. La vue m'étant désormais interdite, je me concentre davantage sur ce que j'entends : la fièvre effervescente qui retombe comme un soufflé alors que les guitares s'estompent lentement, jusqu'à nous délivrer leur toute dernière note. Le silence dans lequel nous sommes ensuite plongés ne dure qu'un court instant, vite rompu par le son d'une guitare acoustique. Puis, l'électrique intervient et je souris en reconnaissant cet air qui m'est aujourd'hui si familier. J'ouvre un œil, le gauche, pour regarder dans la direction de Blake.

– Tiens, tiens… « Where Is My Mind » ! Pourquoi je ne suis pas surprise ? À ce stade, on peut parler d'une obsession…

– Ferme les yeux ! m'interrompt-il avec un regard censément sévère, mais l'éclair d'amusement qui passe furtivement dans ses yeux le fait perdre en crédibilité.

Je me mords les lèvres pour ne pas rire et obtempère de nouveau. Dès les premières secondes, alors que l'on est plongés dans le noir, l'effet est immédiat. Je me laisse transporter par cette mélodie aussi douce qu'entêtante qui inonde la fosse tel un raz de marée. Le rythme de la batterie résonne dans ma poitrine avant de finalement venir se caler sur les pulsations effrénées de mon cœur. Les émotions m'emportent, me transpercent. Je suis comme dans un rêve. Seulement, je suis parfaitement éveillée et, en sentant les paumes de Blake se poser sur ma taille, j'en prends bel et bien conscience. Il vient se positionner derrière moi, faisant descendre l'une de ses mains le long de mon dos. Puis, il s'arrête au niveau de ma cuisse, qu'il caresse avec son pouce, dans un geste lent et circulaire. À son contact, mon corps s'embrase. J'ai le cœur qui danse une salsa endiablée et le pouls qui atteint des sommets.

Ses doigts me touchent à peine, pourquoi est-ce que c'est si agréable ?

À peine me suis-je posé la question que la réponse m'apparaît, évidente. C'est son odeur qui m'envoûte, ses mains qui enflamment chaque parcelle de ma peau, son souffle sur ma nuque. Tout cela combiné fait renaître quelque chose en moi, des sensations que je m'étais interdit de ressentir. Mais je ne fais rien pour les repousser, cette fois. Au contraire, je les laisse m'envelopper et je jette même la tête en arrière, contre son épaule, avide de l'avoir plus proche, encore plus proche de moi.

– Maintenant, ouvre-les, murmure-t-il près de mon oreille.

Bercée par le ton grave de sa voix, je sors peu à peu de ma transe pour revenir à la réalité. Les lumières m'éblouissent un instant et je dois cligner plusieurs fois des paupières pour m'y réhabituer. Au moment où le guitariste entame son solo, des confettis tombent du ciel et la foule est en délire. J'en reçois partout, sur mes épaules, dans mes cheveux, même mon décolleté n'est pas épargné, mais je ne cherche pas à m'en débarrasser. Blake me tient toujours contre lui et je ne veux pas bouger d'un millimètre tellement je suis bien.

– Comment tu te sens ?

– Apaisée, lui dis-je sincèrement.

– C'est aussi ce que je ressens chaque fois que tu es près de moi.

Sans me laisser l'occasion de lui dire que c'est aussi mon cas, il m'attrape vivement la main et me fait tourner vers lui pour m'embrasser à pleine bouche. Je vacille sur mes jambes, ma tête tourne comme une toupie mais, heureusement, mes mains trouvent instinctivement ses larges épaules et s'y agrippent. Lui aussi saisit mes hanches et les presse avec ferveur. Mon monde chavire, la musique me semble assourdie, les voix, à des années-lumière de nous. Une douce chaleur se propage entre mes cuisses. Mais ce soir, je ne me sens absolument pas coupable pour ce que je ressens. Ce soir, mon corps m'appartient pleinement. J'écrase ma poitrine contre son torse, refusant de laisser le moindre espace entre nous. Sa langue s'enroule autour de la mienne, cajoleuse et sensuelle. Malgré la chaleur suffocante, la chair de poule me gagne.

– Prenez une chambre, grommelle soudain une voix masculine qui passe à côté de nous.

Blake se détache de mes lèvres pour lui lancer un regard noir.

– Il a un problème, le frustré ?

De toute évidence, le râleur ne s'attendait pas à voir Blake riposter : il se met soudainement à trottiner sans oser regarder derrière lui.

– Je crois que le concert est terminé, Rocky, plaisanté-je.

Blake regarde autour de lui avant de s'apercevoir que j'ai raison. Tout le monde se dirige vers le chemin de la sortie.

– Ce mec était vraiment trop con.

– Tout à fait, approuvé-je, un sourire indélébile au coin des lèvres. Mais il ne méritait pas que tu interrompes notre baisser pour ça, non ?

– Ouais, c'est sûr. En fait, il est plutôt à plaindre. Il n'a pas la chance d'avoir une nana aussi canon pour le rendre fou, lui.

Ses yeux bleus fondent dans les miens et ses longs doigts viennent se poser sur ma joue, encore chaude. Je déglutis péniblement en réalisant qu'il vient de me dire, en quelque sorte, que je l'excitais.

– On y va ?

– Je te suis, réussis-je à dire.

Nous sortons de la fosse, main dans la main, et tandis que nous marchons vers le parking pour rejoindre sa Jeep, nous sommes arrêtés net par une voix, cette fois bien familière, qui s'élève parmi la foule.

– Blake ? Violet ?

Rapide comme l'éclair, Blake s'écarte et lâche ma main. Nous nous tournons en même temps pour découvrir Travis, qui avance vers nous d'un pas guilleret.

– Mince alors, c'est bien vous ! Je n'ai pas rêvé ! Depuis quand vous traînez ensemble ?

La stupéfaction se lit sur son visage.

– Depuis que mon père m'y oblige, lui répond Blake, agacé.

Sans que je puisse rien contrôler, je pivote la tête vers lui, si brusquement que je frôle le torticolis. Je sais qu'il ne souhaite pas précipiter les choses entre nous, et j'étais d'ailleurs la première à le vouloir, mais aujourd'hui notre relation me paraît suffisamment sérieuse pour commencer à sortir de l'ombre. Pas devant tout le monde, bien sûr. Je ne voudrais pas me faire renvoyer chez moi par son père, mais je ne verrais aucun inconvénient à mettre Travis dans la confidence. Enfin, il faudrait que j'apporte une petite correction à cette dernière phrase.

Je ne *voyais* aucun inconvénient à mettre Travis dans la confidence. Parce qu'il est évident que Blake n'a pas la moindre intention de lui en parler.

– Oui, c'est vrai. Ce concert était dément, lance Travis en changeant de sujet, l'air de rien. Ça vous dit de finir la soirée chez Garrett ? Il fait une fête pour son anniversaire.

– Ah ouais, merde, je ne me souvenais plus que c'était ce soir.

Pendant un instant, j'ai l'impression d'être renvoyée quelques semaines en arrière et mon cœur se froisse comme une vieille feuille de papier.

– Eh oui, ce vieux vient d'avoir 19 ans ! Ce sera mon tour mercredi prochain. Et toi, Violet ? Tu viens ?

Je sens Blake se tendre comme un arc à mes côtés.

– Non merci. En fait, je pense que je vais rentrer.

J'essaie de paraître détachée, alors qu'au fond, ça me rend dingue de l'entendre accepter l'invitation de Travis. Mais je n'irai pas avec eux pour autant. Si notre rendez-vous ensemble doit se terminer ici, je préfère de loin rester dans mon bureau plutôt que d'aller à une fête où tout rapprochement physique entre Blake et moi sera interdit. Soudain, une pensée me frappe et une vague d'inquiétude me submerge, comme chaque fois qu'il est question d'une soirée : Emily sera-t-elle aussi là-bas ?

– Comme tu voudras, princesse, me répond Travis, ce qui provoque un tressaillement de mâchoire chez Blake.

Bien fait pour lui !

– On se rejoint directement chez Garrett ? demande-t-il à Blake sur un ton guilleret. Je suis venu au concert en voiture avec mes cousins, Liam et Alex. Ils viennent aussi avec nous.

– Ouais, d'accord.

D'une main, Blake fouille dans une des poches de son pantalon et en sort ses clés de voiture.

– Je ramène Violet en chemin et j'arrive.

La façon dont il prononce mon nom me tord l'estomac, sa voix me fait l'effet d'un vent glacial qui fouetterait ma joue. Mais contre toute attente, même la mienne, je décide de lui rendre cette même brise polaire en pleine face, à charge de revanche.

– À vrai dire, je préférerais monter avec vous, Travis. Ça ne vous dérange pas de me déposer ?

Le regard de Blake passe sur moi tel un scanner. Je l'ignore de toutes mes forces.

– Euh, c'est la voiture d'Alex, mais je ne pense pas que ça lui posera de problème.

– Cool, merci.

Blake devient pâle comme un linge, c'est jouissif de le voir perdre ses couleurs. S'il veut continuer à faire comme s'il me détestait, je ne vais certainement pas me gêner pour riposter.

– Tu ne peux pas monter avec eux, me dit-il et je crois entendre un brin d'anxiété dans sa voix.

– Ah bon ? ironisé-je. Et pourquoi ?

– Tu ne les connais même pas.

– Je connais Travis, lui lancé-je avec un regard plein de défi.

– Oh… OK, je vois ! Tu n'as pas envie de te retrouver tout seul dans ta voiture, c'est ça ? intervient Travis en donnant une bonne tape virile dans le dos de Blake. Allez, c'est bon, je me dévoue pour te tenir compagnie.

Étrangement, sa proposition a l'air de rassurer Blake, qui décrispe les épaules. Les cousins de Travis nous rejoignent et je suis soulagée de voir qu'Alex est une fille. En nous remettant en route vers le parking, la colère gronde toujours au fond de moi. J'ai beau retourner ça dans tous les sens, je ne comprends pas pourquoi nous devons encore faire semblant de nous comporter comme des ennemis devant Travis. Je ne comprends pas non plus pourquoi il a décidé de mettre un terme à notre soirée, qui avait pourtant si bien commencé. Sauf qu'au lieu d'exploser en pleine rue, je les suis dans le silence le plus complet. En montant dans la voiture d'Alex, je me retiens de ne pas claquer la portière.

Et après plusieurs minutes, je ne saurais dire combien, je me fais déposer devant la maison. Une fois en face de la porte, je jette un coup d'œil à la Jeep de Blake, qui s'est aussi arrêtée. Mais il ne s'attarde pas bien longtemps, puisqu'il redémarre dans la foulée, me laissant seule avec mes questions emmêlées et mon cœur à vif.

31

Violet

Aux alentours de minuit, je vais enfin m'allonger dans mon lit. Mon cerveau carbure à mille à l'heure depuis que je suis rentrée, et l'absence de nouvelles de sa part ne fait qu'empirer mon état. Décidée à chasser mes ruminations, j'ouvre l'application Netflix sur mon ordinateur portable et fais défiler la liste de tous les films. Je tombe inévitablement sur la catégorie amour, mais je la fais passer rapidement en poussant un long soupir agacé. Déjà que je n'aimais pas beaucoup ça avant, c'est encore pire maintenant. Je hais l'amour et maudis tous les sentiments douloureux qu'il provoque. Voilà, c'est dit.

Après un certain temps de réflexion à hésiter entre un film d'animation et un thriller, je jette mon dévolu sur la deuxième option. Parmi tous les dessins animés que Netflix propose, *Le Roi lion* ne figure nulle part. C'est un scandale ! Non, rectification : le vrai scandale, c'est Blake qui m'a abandonnée sur le porche sans scrupule, comme si je ne valais pas mieux qu'une vieille chaussette puante. Sentant la rancœur monter en moi, je clique sur le premier thriller de la liste et je confirme mon choix après avoir lu le synopsis. *Prisoners* a l'air d'être le genre de film que je suis susceptible d'aimer. Puis l'avantage, c'est qu'il dure plus de deux heures. C'est parfait pour tuer le temps. Parce que, oui, je compte bien rester debout jusqu'à son retour. Il me doit une explication, et une bonne, même.

En attendant que ce moment vienne, j'appuie sur le bouton « play » et entreprends de poser mon téléphone sur le carrelage au pied de mon lit. Au moins ainsi, je pourrai me plonger dans le film sans être tentée de le consulter toutes les vingt secondes.

Le film est captivant, mais pas autant que l'acteur. Je suis véritablement tombée sous le charme de Jake Gyllenhaal et de tous ses tatouages, à tel point que j'en ai oublié la présence de mon téléphone par terre. Mais dès que le générique de fin se déroule sur l'écran, le retour à la réalité me cogne de plein fouet. Deux bonnes heures sont passées et il n'est toujours pas rentré. Je me baisse pour reprendre mon téléphone et l'effleure avec mon pouce, mais c'est sans grande surprise que l'appareil n'affiche aucun nouveau message ou appel manqué. De cette amère constatation résulte un profond sentiment de colère. C'est une colère terrible car je ne peux même pas me défouler sur Blake qui a activé le mode « silence radio ». S'il existait un classement des choses les plus énervantes, l'attente serait en deuxième position, juste après le coup des écouteurs emmêlés au fond des poches. Quoique, non… l'attente remporterait la première place. Je peux maintenant affirmer que c'est ce qu'il y a de pire. Et, ne supportant plus de regarder les heures défiler sans voir la situation évoluer, je craque en lui rédigeant un message.

Moi_ Tu comptes revenir quand ?
Il faut qu'on parle.

Un petit coup de pression ne pourra pas lui faire de mal. Avec un peu de chance, ça le fera même rentrer plus vite. Je presse la touche « envoyer » et me cale sous les draps. Mes paupières deviennent aussi lourdes que des rochers malgré ma lutte pour rester éveillée. Je commence à ressentir toute la fatigue de la journée, ce qui fait que je ne vais plus pouvoir tenir longtemps. L'idée de m'endormir sans avoir eu une discussion avec Blake ne me plaît pas, mais je dois être opérationnelle pour demain. La pauvre Rosie n'a pas à pâtir de mon manque de sommeil et du comportement abstrus de son demi-frère.

Ça ne fait pas dix minutes que j'ai fermé les yeux que

j'entends de l'agitation dans le couloir. Je me tourne du côté du mur, persuadée que ma fatigue me joue des tours, jusqu'à ce que j'entende ma porte grincer. Paniquée, je me relève d'un bond et scrute la pénombre quelques secondes avant de me rappeler que ça ne peut être que lui. *Blake.* Sa longue silhouette se profile devant moi et je fulmine sur mon lit. Toute trace d'épuisement s'est envolée.

– C'est moi, c'est moi, essaie-t-il de me rassurer.

Seulement, je n'ai pas besoin d'être rassurée. Non, ce dont j'ai besoin là maintenant, c'est m'entretenir avec lui ou que l'on m'apporte un punching-ball sur-le-champ. Je bondis comme une furie et vais allumer l'halogène. Ébloui, Blake lève son avant-bras pour se protéger les yeux et, une fois que sa vision s'est accoutumée à la lumière, il m'étudie avec appréhension.

– T'es fâchée ?

Si la chambre de mes patrons n'était pas au fond du couloir, j'éclaterais de rire. Je vais pour lui répondre, évacuer tout ce que je ressens depuis le moment où il m'a délaissée sur ce fichu porche, et me ravise. Je ne sais pas si je serais en mesure de chuchoter et il n'y aurait pas pire situation que de voir Andrew débouler dans le bureau. Je dois me résoudre à reporter cette discussion tant attendue au lendemain, aussi difficile soit-il.

– Ton père pourrait se réveiller, l'avertis-je. Va te coucher.

Mais au lieu de m'écouter, il ferme la porte avec douceur et s'approche de moi. Je reprends mes distances en allant de l'autre côté du lit.

– Je ne partirai pas d'ici tant que tu ne m'auras pas dit ce qui se passe.

– Ce qui se passe ? m'étranglé-je d'une voix aussi basse que possible. Bon sang, Blake, comment tu peux…

Le reste de ma phrase meurt sur mes lèvres. Je n'arrive pas à croire qu'il ait le culot d'oser rappliquer ici pour me demander *ce qui se passe.*

– C'est parce que je suis parti à cette soirée que tu es

contrariée comme ça ? Emily n'y était même pas, me précise-t-il en sourcillant.

– Pourquoi tu n'as pas voulu parler de nous à Travis ? lui demandé-je de but en blanc.

Blake se raidit face à mon ton plein de reproches.

– Je croyais qu'on était d'accord pour ne rien dire à personne.

– Pas à personne. Seulement à ton père et à Rachel. Pourquoi devrait-on continuer à le cacher à tes amis ? Ça ne rime plus à rien, c'est ridicule. Je sais que tu voulais qu'on prenne notre temps, et c'était ce que je voulais moi aussi, mais tu ne crois pas qu'on l'a assez pris…

– La mère de Travis travaille avec mon père, me coupe-t-il avant que je n'aille plus loin. Et j'ai beau apprécier Travis, c'est un gros gaffeur.

Je sens mes épaules s'affaisser et je laisse mes bras retomber le long de mon corps, déçue. Parce que, là, je prends conscience que nous deux, cette relation, ce tourbillon de sentiments qui nous emporte et nous fait toucher les étoiles, tout cela sera toujours réduit à un secret. Il n'y a pas une personne de son entourage avec qui nous pourrons être un jour nous-mêmes. Pour son père et sa belle-mère, je resterai une simple employée. Et pour ce qui est de ses amis, eh bien… ils me prendront toujours pour le boulet de service, celui que Blake doit se trimballer partout où il va. Je m'étais plus ou moins faite à la première idée. Mais la deuxième me fait l'effet d'un coup de massue puissance mille.

– Alors, on est condamnés à se cacher pendant six mois, conclus-je tristement. Devant tout le monde.

Blake doit sentir que j'ai le cœur gros car, sans crier gare, il avale la distance entre nous en quelques pas et prend mon visage en coupe entre ses mains.

– Mais on s'en tape, des autres ! Le plus important, c'est nous. Pas Travis ni Rachel, et encore moins mon père. Nous, me répète-t-il tout bas, les yeux ancrés aux miens.

J'aimerais que ce soit aussi facile pour moi que ça semble l'être pour lui.

– Pourquoi es-tu allé à cette fête ?

– C'était l'anniversaire de mon pote, soupire-t-il en retirant ses doigts de mes joues. Même si cet abruti s'est déjà permis de te draguer, je me serais mal vu décliner l'invitation. Il m'en aurait voulu à mort si je n'avais pas fait une petite apparition à sa soirée.

Je lâche un rire ironique.

– Petite ? Tu y es resté trois heures.

Je fais exprès d'accentuer ces deux derniers mots avec un agacement palpable.

– Trois heures, sérieux ? Non, impossible… pas autant.

Avec son air interloqué, il me fait penser à un enfant qui se fait réprimander. Et moi, je continue dans mon rôle de la maîtresse d'école furieuse.

– Bien sûr que si. De vingt-trois heures trente à deux heures trente, ça fait bien cent quatre-vingts minutes. Autrement dit, trois heures.

– Je t'ai déposée ici à minuit, objecte-t-il. Ça fait que deux heures trente, *l'emmerdeuse*. Sachant qu'en plus, il faut une demi-heure pour se rendre sur place, je te laisse faire le calcul, vu que tu as l'air d'adorer ça… Une heure trente, finit-il par dire avec un sourire taquin. Tu as trouvé le même résultat que moi ?

– Mmm.

– Tu vois, je ne me suis vraiment pas éternisé. Et je suis aussi sobre qu'un prêtre.

Pour me le prouver, il me souffle son haleine fraîche et mentholée dans le nez. Je suis surprise qu'il n'ait rien pris, pas même une bière.

– Si tu le dis, murmuré-je en m'asseyant sur le bord du lit. Et ton téléphone, tu ne le vérifies jamais ?

– Plus de batterie. (Je lève un sourcil et il me montre l'écran de son téléphone, complètement noir.) Pourquoi ? Y avait quelque chose ?

Hormis mon cœur en bouillie, rien.

Mais je suis soulagée d'avoir pu parler avec lui, cela nous a permis de mettre certaines choses à plat – *même si d'autres demeureront sans solution*. Je me mets à fixer la lampe devant moi et sens Blake s'installer à côté de moi, si près que nos cuisses se touchent.

– Je sais que ça ne se voit pas, mais je fais tout pour que ça se passe au mieux pour nous deux. Comme je te l'ai promis…

– Non, j'en suis consciente. Je suis désolée. Tu dois me prendre pour une véritable girouette.

– Une girouette ? Pourquoi ?

– Tu sais, après tout ce que je t'ai dit, quand je t'ai fait part de mes doutes, de mon désir de ne pas me mettre en couple avec quelqu'un, et cætera, lui remémoré-je, le regard toujours dans le vague. Mais ce soir, je me sentais prête à parler de nous à Travis. Et ta réaction m'a prise au dépourvu.

Blake me donne un petit coup de coude.

– Eh, parce que tu crois que moi, je n'ai pas été pris au dépourvu quand tu as dit à mon père que j'étais… quoi, déjà ? Ah oui, le roi des abrutis.

– C'était différent. On était deux à jouer la comédie.

Et je n'aime vraiment pas ce jeu, d'ailleurs.

– C'est vrai que j'aurais dû t'en parler avant, concède-t-il en baissant les yeux. Mais ces derniers temps, je ne voyais plus aucun de mes amis. Tu veux que je te fasse une confidence ? Quand Travis nous a fait la proposition d'aller à cette soirée, que j'ai acceptée et que tu as ensuite refusée… j'ai hésité à me rétracter. Mais Travis n'est pas con, il aurait tout compris.

– Tu as bien fait.

Il pose ses doigts sous mon menton avec douceur, et soulève mon visage vers le sien pour que nos regards se rencontrent.

– Alors, dis-moi pourquoi j'entends le contraire ?

– J'aurais préféré qu'on prolonge cette soirée ensemble.

Blake sourit de ma réponse.

– Mais je suis là maintenant.

– Alors que tu ne devrais pas, lui rappelé-je, un peu à contrecœur. Ton père pourrait débarquer d'une minute à l'autre.

– Pas ce soir. Et tu sais pourquoi ? Il a des réunions super importantes tous les vendredis matin. Du coup, il se shoote aux calmants pour pouvoir bien dormir. Je te parie qu'à cette heure-ci, il doit être en train de ronfler comme un tracteur.

– C'est bon à savoir, dis-je en souriant. Et au fait, Garrett n'a pas été trop déçu de la fausse joie que tu lui as donnée la dernière fois ?

– Non, mais tu devineras jamais !

Il ne fait pas durer le suspense plus longtemps.

– Sharon et lui se sont vraiment parlé chez moi cette nuit-là, et aujourd'hui, ils sortent ensemble. Grâce à moi, il a eu le courage d'aller aborder la seule fille qui lui semblait inaccessible. T'imagines ? J'ai créé un couple sans le vouloir. Alors, forcément, j'ai eu droit à une tonne de remerciements.

Je rigole.

– Ce rire, c'est un pardon ? Ou t'es juste impressionnée par mes talents d'entremetteur ?

Je le regarde repousser une mèche rebelle de son front, et toute la tension des dernières heures s'évapore. Le moindre de ses gestes, le moindre de ses regards, déclenche une montée de désir irrationnelle en moi. Je suis tout aussi incapable de lui résister que je suis incapable de vivre sans respirer.

– Je n'en sais trop rien.

Son sourire s'agrandit. Ce n'est que maintenant que je me rends compte de la proximité de nos visages, je sens son souffle chatouiller mes lèvres.

– Ça te dirait qu'on vérifie la première proposition avec un baiser ?

La respiration coupée, je vois ses lèvres approcher des miennes. Il les frôle pendant une longue minute où je crois défaillir. Puis, il met fin à mon impatience en m'embrassant. Sa langue s'insinue à l'intérieur de ma bouche pour enrober la mienne et la chaleur dans mon bas-ventre se réveille. Je le laisse prendre les commandes et m'évade en suivant ses mouvements imprégnés de sensualité. Bientôt, la température monte en flèche dans la pièce.

Ses mains parcourent mon dos à travers ma chemise de nuit, m'attirant vers lui. Je me sens comme une tige de métal aspirée par un aimant et, sans réfléchir, je passe un genou de chaque côté de lui. Je le chevauche et m'accroche à son cou pour ne pas tomber en arrière. Après s'être débarrassé de ses chaussures, Blake recule dans le lit pour nous donner plus de confort. Je ne bouge pas de ses cuisses et resserre mes bras autour de sa nuque pour intensifier notre baiser. Il soupire contre ma bouche et je sens ses doigts courir sur ma peau, l'enflammant à chacun de ses effleurements lascifs.

– On n'a pas besoin de révéler notre relation à la terre entière pour savoir qu'elle est vraie.

Son murmure atterrit près de mon oreille dans un souffle éraillé, me chatouillant la peau.

– Et je ne veux plus te voir monter dans la voiture d'inconnus, ajoute-t-il encore plus doucement. Ne me quitte plus.

Son ton, à la fois autoritaire et désespéré, m'électrise de part en part. Plus il me touche, plus la boule de chaleur dans mes entrailles grossit et moins j'ai envie de m'arrêter. J'ai besoin d'aller plus loin. De me prouver que j'en suis encore capable. Blake quitte mes lèvres pour semer un chemin de baisers le long de ma mâchoire. Je penche la tête pour le laisser faire, pour qu'il ait accès à chaque recoin de mon cou et, alors que je suis à deux doigts d'atteindre l'apogée de mon désir, mon blocage me reprend d'un coup. La sensation qui m'étreint est semblable à une chute, longue et douloureuse. Je suis délogée de mon nuage et me retrouve propulsée des mois en arrière, à cette horrible soirée. Je fais un effort surhumain pour ne pas perdre pied, pour chasser le souvenir d'Aaron mais, dans ma lutte, quelques larmes s'échappent de mes paupières. Je prie pour que Blake ne remarque rien, mais l'une d'entre elles tombe sur sa pommette et me trahit.

Il s'écarte brusquement, et quand ses yeux plongent dans les miens, rougis, une expression paniquée se peint sur son visage.

– Qu'est-ce qui se passe, Violet ? Pourquoi tu pleures ?

Je fais taire son inquiétude en l'embrassant de plus belle.

– Continue, murmuré-je contre ses lèvres, mes larmes continuant de couler à flots. Ne t'arrête pas, je t'en supplie.

Je veux faire disparaître ce blocage à tout jamais. Je veux arriver à me déshabiller devant Blake sans avoir la nausée. Je veux redevenir celle que j'étais avant – avant qu'*il* ne tue ma libido, avant qu'*il* ne salisse mon corps, avant qu'*il* ne recouvre ma peau de cicatrices imperceptibles, avant qu'*il* ne tache mon âme de ce que l'on peut s'imager de plus dégoûtant.

J'accentue la pression de ma bouche contre la sienne, mais Blake ne me rend pas mon baiser avec la même ardeur. J'essaie de glisser ma langue entre ses lèvres, mais il les garde fermement serrées avant de me repousser en douceur. Toutes mes barrières s'écroulent et je m'effondre au creux de son cou. Blake a l'élégance de ne rien me demander, il m'enveloppe simplement la taille de ses bras en me laissant pleurer en silence.

– Je suis désolée, tellement désolée d'avoir encore tout gâché, finis-je par dire, mais ma voix se casse dans un sanglot.

– Arrête, tu n'as rien gâché du tout.

Il me serre contre lui jusqu'à ce que mes larmes se tarissent. Enfin calmée, je me relève pour aller chercher un mouchoir dans ma valise, mais Blake enroule ses doigts autour de mon poignet pour me retenir.

– Je reviens. Je vais prendre de quoi me débarbouiller.

Il lâche son emprise, une moue triste flottant sur ses lèvres.

– C'est pas à cause de moi, au moins ?

Une note d'affolement perce dans sa voix. J'abandonne tout ce que je fais pour me tourner vers lui, atterrée. Blake s'est rassis sur le lit, les mains jointes, et me regarde d'un air préoccupé.

– Non !

Me rendant compte que j'ai parlé un peu trop fort, je baisse d'un ton.

– Non, je te promets que non.

– OK…

Pour autant, il ne semble pas convaincu du tout. Mon mouchoir trempé à la main, je reviens m'asseoir à côté de lui. Je ne veux surtout pas qu'il pense qu'il y est pour quelque chose.

– Ce n'est pas toi, insisté-je.

– Qu'est-ce qu'il t'a fait ?

Sa question me prend de court, mais elle n'est pas si étonnante que ça. Malgré mon acharnement à vouloir lui cacher cette partie de ma vie, Blake doit se douter d'un truc. Il n'est pas dupe. Et cette fois, j'aimerais concentrer tous mes efforts pour lui dire la vérité. Peut-être ai-je besoin que quelqu'un l'entende pour y croire moi-même, et ainsi tourner la page. Même si je ne pourrai jamais vraiment la déchirer.

– Il m'a… il m'a violée.

Ce mot râpe ma gorge. Lacère mon cœur de minuscules entailles mais, en même temps, je sens une étrange sensation grandir dans ma poitrine. Du soulagement. Comme si le simple fait de partager cet immense secret avec lui allégeait le poids de ma douleur. Blake reste interdit une poignée de secondes, figé. Puis je le vois serrer les poings, si fort que les veines de ses bras ressortent.

– Putain, j'y crois pas. Si j'avais ce fils de chien devant moi…

Il laisse sa phrase en suspens, prenant le temps de recouvrer un semblant de calme.

– Comment c'est arrivé ? s'enquiert-il.

Je triture nerveusement le tissu de ma chemise de nuit, hésitante. Je ne sais pas si j'ai envie de me replonger dans le souvenir de cette nuit et de lui redonner vie, d'une certaine façon. Après une longue inspiration, je croise son regard et y reste accrochée un instant.

– Je pense que ce sera plus facile pour moi si je ferme les yeux.

– Alors, fais-le. Et prends tout le temps que tu voudras.

Réfugiée sous mes paupières, je me racle la gorge pour

m'éclaircir la voix. Au moment où je vais pour commencer, sa main prend la mienne et la serre. Ce simple geste me procure une force insoupçonnée.

– C'était à une soirée où il avait trop bu, débuté-je tout bas. On s'est retrouvés dans une chambre et… c'est si flou maintenant. Je me rappelle simplement m'être dit que j'avais aussi envie de lui, parce que Aaron m'avait conditionnée à penser comme ça. Il pensait toujours à ma place. Mais mon moi intérieur a décidé de se réveiller à ce moment-là. J'ai essayé de reprendre le contrôle de mon corps en le repoussant, en lui demandant d'arrêter ce qu'il faisait… mais il m'a ignorée… et il était trop fort pour moi. Je me souviendrai longtemps de la terreur absolue que j'ai ressentie lorsqu'il m'écrasait… Je ne pouvais plus respirer.

Je marque un temps d'arrêt pour maîtriser mes émotions. La main de Blake se crispe, à tel point que les pulsations de son pouls viennent se graver sur ma peau.

– Mon monde entier s'est effondré après cette nuit. Mes journées étaient sans lumière, mes nuits, sans rêve. Le soleil n'était plus assez ardent pour me réchauffer, le bruit de la pluie, plus assez fort pour me bercer. Les étoiles ne brillaient plus, les couleurs avaient perdu de leur intensité.

Je rouvre les yeux et le regarde, les siens sont emplis de chagrin et de rage.

– Et puis, je t'ai rencontré. Et chaque jour, je sens que c'est un peu moins difficile. Même si j'ai encore du mal à… bref, tu sais.

– Tu n'avais pas à affronter cette épreuve toute seule.

– Je n'avais personne à qui parler.

C'est la vérité. Je ne me suis jamais sentie aussi isolée que pendant ces derniers mois où toute mon existence ne tenait qu'à un fil.

– Ce n'est plus le cas maintenant. Promets-moi que dans six mois, quand tu seras de retour en Californie, tu iras dans le commissariat le plus proche de chez toi pour porter plainte contre ce mec. D'accord ?

– Je ne sais pas…

Je ne peux pas lui faire une telle promesse. En parler à Blake est une chose, le faire devant des inconnus en est une autre. D'autant plus qu'après avoir lu certains témoignages que l'on peut trouver sur Internet, j'ai constaté avec regret que les victimes de viol, et plus particulièrement de viol conjugal, étaient encore aujourd'hui très mal perçues. Cela a d'ailleurs contribué à mon mutisme. Rien que de penser que l'on pourrait remettre ma parole en doute, ou ne pas me croire du tout, me rend malade.

– Je savais que tu allais me répondre ça. Et si en retour je te promets de prendre cet avion avec toi pour t'y accompagner, tu me dis quoi ?

Je suis abasourdie, en un instant, toute ma souffrance s'évapore. Je le fais répéter de peur d'avoir mal compris.

– Tu ferais ça pour moi ?

– Oui, et un peu pour moi aussi. Je pense que j'en profiterai pour aller rendre une petite visite à l'improviste à ce connard.

Un éclat de rire m'échappe et de nouvelles larmes viennent me brouiller la vue. L'idée de repartir avec Blake gonfle ma poitrine de joie et de courage. Avec lui, je serai plus forte. C'est sûr. Et qui sait, peut-être qu'après avoir réglé le problème d'Aaron, il acceptera de rester en Californie ? Blake enroule ses bras autour de mes épaules en déposant un baiser dans mes cheveux, et nous nous laissons tomber sur le lit sans quitter cette position.

– Tu ne seras plus jamais seule, chuchote-t-il en me pressant contre lui. Tu m'entends ? Plus jamais.

Rassasiée d'amour, je me laisse bercer par les battements de son cœur et les mouvements de son torse qui se soulève au gré de sa respiration, avant de plonger dans un sommeil sans cauchemar.

***

Les premiers rayons de soleil me réveillent en douceur. Blake ne m'a pas lâchée de la nuit, ses bras m'apportent la chaleur qui m'avait tant manqué pendant ces longs mois de solitude. J'ouvre les yeux tandis que des rayons de lumière orangés me chatouillent les paupières. Quand je me tourne vers lui, il dort paisiblement. Silencieuse et immobile, je l'observe – ses lèvres entrouvertes d'où s'échappe un souffle tranquille, les taches de rousseur qui constellent sa peau, de la pointe fine de son nez à ses pommettes, comme des résidus d'étoile. Je trace de l'index les contours bleutés de ses tatouages, ceux de ses bras, et je remonte ensuite jusqu'à son cou. C'est le meilleur réveil de toute ma vie : entre les bras rassurants de Blake, avec un peu de soleil et… *mince !* Qui dit soleil dit nouvelle journée. Et qui dit nouvelle journée, dit forcément que Rachel et Andrew vont bientôt se lever !

Si ce n'est pas déjà fait.

Prise de panique, je secoue ses épaules, très doucement au départ, mais quand je vois que ça n'a aucun effet, je mets plus de force.

– Blake, réveille-toi !

Je continue à le secouer comme un prunier jusqu'à ce qu'il geigne et marmonne quelque chose d'inintelligible, et se frotte les yeux.

– Il fait jour !

– Quoi ? demande-t-il en émergeant peu à peu de sa léthargie. Je me suis endormi ici ?

– Il faut croire que oui.

Il se relève sur son coude pour jeter un coup d'œil dans la pièce.

– Merde !

En moins de deux secondes, Blake est debout et bataille avec ses chaussures pour les remettre en se dandinant d'une jambe sur l'autre.

– Tu crois qu'ils sont réveillés ?

– Aucune idée. En tout cas, je n'ai rien entendu.

La maison semble très calme, mais moi non plus je ne suis pas réveillée depuis longtemps, donc je ne pourrais pas lui assurer que nous sommes les premiers levés. Blake avance sur la pointe des pieds vers la porte, qu'il ouvre le plus délicatement possible, avant d'inspecter le couloir. Il me fait signe que la voie est libre, ce qui me rassure, et alors qu'il s'apprête à rejoindre sa chambre, il revient sur ses pas pour poser un baiser furtif sur mes lèvres.

– À tout à l'heure ?

– Oui ! Allez, vas-y, le remué-je, un peu flippée de nous faire surprendre.

Cette fois, il pousse la porte et disparaît pour de bon. Je soupire, soulagée, et j'attrape mon téléphone en calant ma tête sur l'oreiller. Après ce coup de stress matinal, je n'arriverai jamais à me rendormir. En lançant une vidéo sur YouTube, je suis surprise de recevoir un texto d'Amber.

[Tu ne m'aurais pas oubliée,
par hasard ?]

J'éprouve un sentiment de culpabilité à la lecture de ce message. C'est vrai que je ne lui ai pas beaucoup parlé ces derniers jours.

[Désolée… j'ai été pas mal occupée.
Mais qu'est-ce qui te prend
à me texter aussi tôt ?
Tu es tombée du lit ?]

[Je viens à peine de rentrer
d'un anniversaire. Je suis claquée !]

Malgré ma torpeur, je fais rapidement le lien : Amber et Blake étaient à la même soirée. Ma curiosité se réveille et vient picoter ma conscience. Je veux avoir pleinement confiance en Blake, mais je ne le pourrai pas tant que certains doutes persisteront. Je veux avoir la certitude que je n'ai pas fait une erreur en lui confiant des bribes de mon passé anxiogène.

[Il y avait Emily ?]

Je suis en totale apnée dans l'attente de sa réponse.

[Non, c'est pour cette raison
que c'était génial! Par contre,
Blake était là, mais il n'est pas
resté longtemps. Comment
ça se passe entre vous depuis... ?]

Le smiley qu'elle m'envoie, un bonhomme jaune au sourire allusif, me rappelle tout ce que je lui ai dit à propos de mon premier baiser avec Blake. Il ne serait pas ravi d'apprendre que notre secret n'est pas si secret que ça – et je ne sais pas si je dois m'en inquiéter – mais, fort heureusement pour moi, Amber n'a pas l'air du genre pipelette.

[Tu promets de ne pas te moquer ?]

[Laisse-moi deviner...
Blake a enfin quitté l'affreux pigeon
pour la blanche colombe, c'est ça ?]

[Blanche colombe, je ne sais pas.
Mais oui, on a juste décidé
de ne rien dire à personne. D'ailleurs,
si tu pouvais le garder pour toi...]

[Message reçu : motus et bouche cousue !
Je comprends mieux maintenant pourquoi
Emily poste toutes ces photos d'elle sur son Instagram.
Bon, je vais encore faire ma rabat-joie,
mais fais attention à toi, hein.
Je ne voudrais pas que tu aies le cœur brisé.]

Je souris.

Depuis cette nuit, c'est justement tout l'inverse qui est en train de se produire.

32

Violet

Une nouvelle semaine est passée et je commence à m'habituer à ce rythme : vivre mon histoire avec Blake en journée, la mettre en pause à partir du coucher du soleil. Nous avons pu renouveler l'expérience du jeudi soir en passant la nuit ensemble, mais aujourd'hui nous sommes vendredi soir et faire venir Blake dans le bureau comporte trop de risques. Vers une heure du matin – impossible de m'endormir avant –, j'éteins tout et retourne dans le lit. Peu à peu, je me sens glisser dans les bras de Morphée – à défaut de ceux de Blake –, lorsque soudain je suis agressée par une lumière éblouissante émanant de mon téléphone. Pensant que c'est ma mère qui m'envoie un message tardif, je plisse les yeux pour pouvoir le lire et je mets plusieurs secondes à réaliser qu'il vient en fait de Blake.

[Rejoins-moi en bas dans cinq minutes.]

Au même moment, j'entends du bruit dans sa chambre. Puis les marches de l'escalier craquent et la porte claque. Un peu groggy, je me lève en rallumant l'halogène et, alors que j'attrape le bas de mon tee-shirt pour le retirer, je bloque longuement devant ma valise. Encore une fois, Blake ne me donne aucune indication quant à l'endroit où il compte m'emmener et, encore une fois, je me demande quelle tenue porter. Après m'être trituré les méninges, je décide de lui poser la question directement.

[Comment je dois m'habiller ?]

[Reste comme tu es.]

Vraiment ? En pivotant vers le miroir, je me trouve nez à nez avec mon reflet : mes cheveux ressemblent à un nid d'oiseau, j'ai des poches sous les yeux et le pyjama dont je suis affublée, un ensemble de survêtement rose pétard, est aussi affriolant qu'un costume de clown. Néanmoins, je dois reconnaître que sa réponse m'arrange. Je suis trop fatiguée pour essayer de me redonner forme humaine. Je cache simplement ma cicatrice avec un peu de fond de teint avant d'attacher mes cheveux désordonnés en une queue-de-cheval. J'enfile ensuite une veste par-dessus mon pyjama, des baskets, et me voilà prête. Toujours sans la moindre idée de ce qui m'attend, j'abaisse la poignée de la porte avec précaution, retenant même ma respiration, et je descends l'escalier à pas de loup. Dehors, l'air est frais. Je remonte la fermeture Éclair de ma veste jusqu'au menton. En fermant la porte, j'aperçois Blake au loin, appuyé à la portière de sa Jeep. Je m'approche, les bras croisés et serrés contre ma poitrine pour me protéger du vent et, quand je suis assez proche de lui, je le détaille de la tête aux pieds. Blouson denim molletonné, pantalon noir, Dr Martens… Il a même eu le temps de mettre un peu de cire dans ses cheveux !

– Pourquoi tu ne m'as pas dit de m'habiller mieux que ça !

– On n'a pas besoin de se mettre sur notre trente-et-un, me répond-il en m'ouvrant la portière. Allez, monte.

Je lui jette un œil accusateur.

– Tu t'es bien changé, toi.

– Ça t'aurait plu que je reste en boxer ?

Il rit tandis que je grimpe sur le siège.

– Je ne sais pas, lui dis-je en bouclant ma ceinture. Tout dépend de l'endroit où on va.

Je n'arrive pas à croire que ces mots soient sortis de ma bouche. Blake non plus, au vu de l'expression qui vient transformer son visage. L'air troublé, il déglutit par à-coups avant de refermer ma portière. Quand il vient s'installer au volant, il semble avoir repris ses esprits.

– On va finir notre nuit ailleurs, me lance-t-il en s'engageant sur la route déserte. J'en avais marre de ne pas pouvoir être avec toi.

J'ouvre des yeux exorbités.

– Ailleurs ? Où ça, ailleurs ? Ton père ne va pas se rendre compte de notre absence ?

– Non, puisqu'on sera rentrés avant qu'il se réveille.

Son plan m'a l'air bancal, mais le besoin de passer la nuit en sa compagnie prend le dessus sur le risque de se faire prendre. Ça ne fait que deux fois que nous dormons ensemble dans le même lit, mais je sens que sa présence ajoute quelque chose à mon sommeil. Je suis plus sereine et mes nuits ne sont plus agitées d'affreux cauchemars.

– Je t'emmène dans mon ancienne résidence étudiante, me renseigne-t-il en tournant le volant à droite. Je partageais un dortoir avec Travis, mais j'ai dû rendre mes clés après m'être fait virer. Là, on va s'arrêter pour les récupérer. Travis s'est éclipsé de sa soirée pour me filer les siennes, il m'attend à l'extérieur. Du coup… tu vas devoir te cacher à l'arrière.

L'idée de me planquer comme une clandestine ne me plaît guère, mais je me dis que c'est pour la bonne cause.

– Il n'a pas trouvé bizarre que tu lui demandes les clés de son dortoir à deux heures du matin ?

– Je lui ai fait croire que je m'étais embrouillé avec mon père.

Je hausse un sourcil interrogateur.

– Et tu n'as pas peur qu'après sa soirée, il rentre pour y dormir ?

Je sais que je lui pose beaucoup de questions, mais je veux m'assurer qu'il ait bien pensé à tout avant de me laisser embarquer dans cette folie.

– Non, en ce moment, il crèche chez ses parents. Et il n'est pas le seul, d'ailleurs. Les trois quarts des étudiants désertent le campus à cette période de l'année. On arrive, me prévient-il en commençant à écraser la pédale de frein. Va derrière.

Difficilement, je passe à l'arrière de la voiture. Je dois me recroqueviller sur moi-même pour ne pas le déranger dans sa conduite, et surtout éviter de taper le haut de mon crâne sur le ciel de toit, mais malheureusement, je n'arrive pas à sauver mes coudes de quelques chocs. Une fois allongée sur la banquette arrière, je cherche un truc pour me recouvrir, une couverture, un vêtement que Blake aurait laissé traîner, n'importe quoi, mais la voiture est nickel.

– Passe-moi ton blouson ! m'affolé-je.

Blake le retire en vitesse et me le lance. Je l'attrape au vol et le place sur ma tête, ainsi que sur mon buste, consciente que le bas de mon corps est toujours visible, mais je compte sur l'obscurité pour me cacher entièrement. Ma position est inconfortable mais, pour lot de consolation, j'ai son parfum dans le nez. Tandis que je me délecte de son odeur, Blake arrête la Jeep sans couper le moteur. La vitre se baisse et j'entends la voix enjouée de Travis.

– Salut, mec ! Tiens, attrape.

Le tintement métallique des clés résonne dans la voiture. J'imagine Blake en train de les réceptionner.

– T'es sûr que tu ne veux pas rester un peu ?

– Non, je suis mort. Merci pour les clés, j'avais nulle part où aller.

– Pas de souci, texte-moi si tu as besoin d'autre chose. À plus ! Et n'oublie pas de te faire discret, je n'ai pas envie que Martha me tombe encore dessus !

– Ouais, ouais, t'inquiète.

Les pas de Travis s'éloignent. Je retire le blouson de Blake de mon visage et me relève un peu.

– C'est bon, je peux revenir ?

– Ouais, vas-y.

Je me contorsionne pour me réinsérer à la place du passager et, lorsque je suis assise, Blake recommence à rouler.

– C'est qui, Martha ?

– La nana du secrétariat. Elle n'aime pas trop me voir rôder autour de l'école.

– Pourquoi ?

– Parce que je ne suis plus censé y être ! me répond-il en riant. J'ai continué à squatter le dortoir en début d'été, et Travis s'est pris un blâme pour ça. Mais si j'avais pu rester là-bas, crois-moi que je ne serais jamais retourné chez mon père.

Secrètement, je remercie cette Martha d'avoir chassé Blake du campus.

Pendant tout le reste du trajet jusqu'à son ancien campus, nous n'échangeons aucun autre mot. Avec son pouce, Blake trace des spirales sur ma cuisse, ce qui m'aide à me détendre. Un peu trop, même. Je suis à moitié endormie lorsqu'il se gare dans un parking tout proche de sa résidence étudiante. Sortant de ma somnolence, je regarde à travers la vitre et découvre un lieu étonnamment beau. Des fleurs jaunes ornent l'allée principale et, en sortant de la voiture, leur senteur printanière flotte dans l'air. Nous nous retrouvons devant la porte d'une grande bâtisse de couleur ocre. Blake bataille avec ses clés pour l'ouvrir et, une fois à l'intérieur, je m'extasie un moment devant la beauté du hall d'entrée. Le sol brille de mille feux, on pourrait manger par terre tellement ça reluit. Une étagère élevée et pleine à craquer de livres repose dans un coin bibliothèque où des fauteuils sont mis à disposition, et le silence qui y règne est impressionnant. Bon, il faut dire aussi qu'il n'y a pas un chat. Quoi qu'il en soit, j'aurais adoré me retrouver dans un campus comme le sien. Les pas lourds de Blake m'arrachent à mon observation. Je suis toujours collée contre la porte alors qu'il est déjà en train de monter l'escalier. Je m'empresse de le rejoindre et nous escaladons cinq étages avant d'arriver dans le bon couloir. En le voyant essoufflé, je ne peux m'empêcher de le chambrer :

– Un point pour la cheerleader, zéro pour le papy.

– Quelle idée de ne pas mettre un ascenseur, aussi.

Son agacement flagrant libère le rire que j'essayais

de contenir, ce qui me vaut un pincement au niveau des côtes. J'étouffe un cri de surprise pour éviter de réveiller les quelques étudiants qui seraient dans leurs chambres et, après avoir ouvert celle de Travis, il m'entraîne dans une pièce baignée dans la pénombre en me tirant doucement par la main.

Je n'y vois strictement rien jusqu'à ce que Blake allume une lampe de bureau. Mes yeux peinent à s'habituer à la vive lumière qui jaillit de l'ampoule, des taches noires obstruent ma vision. Dès qu'elles s'estompent, l'étonnement me cloue sur place. Je m'attendais à trouver des affiches de groupes de rock placardées un peu partout sur les murs, mais il n'en est rien. La pièce est neutre, les seuls mobiliers qui la décorent ne sont autres que deux lits en bois et un bureau, d'un blanc aussi éclatant que les murs qui m'entourent. Sous l'unique fenêtre se trouve un banc. J'ai du mal à imaginer que Blake ait passé une année entière dans cette chambre, elle me semble si impersonnelle.

– Mets-toi à l'aise, me propose-t-il.

Je l'écoute et me débarrasse de ma veste, ainsi que de mes baskets, avant de les poser près du banc.

– Quel lit était le tien ?

– Celui de droite. Mais si tu veux, on peut rapprocher les deux lits pour en faire un grand, c'est ce que je faisais avec…

Il se tait, réalisant que l'idée qui lui est venue allait me déplaire.

– Non, c'est bon. On n'a qu'à les laisser comme ça.

Quitte à choisir, je préfère que l'on soit collés comme des sardines plutôt que de faire comme à l'époque où il était avec Emily. Remarquant qu'il y a un seul oreiller dans le lit de Blake, je vole celui de Travis et vais m'allonger. Blake prend appui sur la tranche du bureau pour défaire les lacets de ses Dr Martens, qu'il retire avant de répéter la même opération avec ses chaussettes.

– L'école vous interdit de décorer votre dortoir ?

– Non, pourquoi ?

Il a l'air surpris par ma question.

– C'est vide.

Au point que tout résonne comme un écho.

– Tu croyais qu'on était du genre à clouer des posters des One Direction sur les murs ? se marre-t-il.

Je ris aussi, c'est exactement ce qui m'a traversé l'esprit sauf qu'à la place des One Direction, j'imaginais plus des posters des Pixies. Lentement, il retire son pantalon, qu'il fait glisser le long de ses jambes, puis c'est au tour de son sweat-shirt de se retrouver en tas par terre.

– Tu fais quoi ?

– C'est pas ce que tu voulais, me voir en boxer ?

Je m'empourpre tandis que mon regard dévie sur son corps noirci d'encre, son torse élancé et ses épaules carrées. Je me sens incapable de détourner les yeux de ce spectacle ensorcelant jusqu'à ce qu'il reprenne :

– Ton vœu est à présent exaucé.

Il me fait un clin d'œil et je pouffe.

– Modeste !

Je m'empare d'un des deux oreillers, et le jette sur lui en visant la bouche de préférence pour le faire taire, mais il le rattrape juste avant qu'il ne s'écrase sur son visage. Lorsqu'il s'avance vers le lit, habillé seulement de son sous-vêtement noir et de son sourire espiègle, je fais moins la maligne. Il se laisse tomber sur le matelas après avoir replacé son oreiller, et cale sa tête dessus. En essayant de se tourner vers mon côté, il manque de tomber en arrière à cause du manque de place. De justesse, il s'agrippe à la couette.

– Je suis sûr que d'ici à la fin de la nuit, il y en a un de nous deux qui va finir par terre.

– Mais non, on va se serrer.

Je me rapproche de lui sans aucune arrière-pensée, mais je sens que lui bouillonne.

– Là, c'est mon vœu que tu exauces.

J'avale bruyamment ma salive, ce qui le fait rire. Il pose sa main sur ma bouche en passant son pouce sur mon arc de Cupidon. La fraîcheur de ses doigts contraste avec la chaleur de mes lèvres, et m'arrache un long frisson partant de la racine de mes cheveux jusqu'à la plante de mes pieds. Je reste stupéfiée par la façon dont ses yeux sondent mon visage. De son autre main libre, il prend la mienne et la guide le long de son épaule. Je survole sa peau recouverte de tatouages – l'imposant mandala dont les côtés forment des pétales géométriques, le sphinx tête-de-mort prenant son envol, les ailes de papillon se déployant sur son torse. Quand je me souviens de la signification de ce dernier, je m'attends à ce qu'il enlève ma main, mais il ne retient pas mon geste.

– Au fait, murmure-t-il en se levant d'un bond, ce qui me surprend un peu. Je voulais te le dire avant, mais je n'y pensais plus.

Je l'observe s'accroupir pour farfouiller dans ses vêtements, les muscles de son dos se bandent sous ses tatouages. Il sort son téléphone pour faire quelque chose dessus et, dès qu'il a fini ses petites manigances, il me le lance. L'appareil rebondit sur le moelleux du matelas. Curieuse, je le prends et regarde l'écran tandis que Blake revient dans le lit.

Je ne réagis pas tout de suite, car mon cerveau bloque devant l'information que lui transmettent mes yeux. Mon cœur, quant à lui, fait un triple salto arrière doublé d'une rondade dans ma cage thoracique. Blake a tenu parole. Le 20 janvier prochain, à dix-sept heures quarante précisément, il s'envolera avec moi pour la Californie. Ce billet d'avion a plus de valeur qu'un bouquet de fleurs, qu'un dîner aux chandelles, que n'importe quelle boîte de chocolats. À mes yeux, il est même plus fort qu'un « je t'aime ». Personne ne m'avait jamais offert une aussi belle preuve d'amour. Ma vue se trouble, je me tourne vers lui avant que mes larmes ne me rendent complètement aveugle.

– Tu vas vraiment partir avec moi ?

– Je crois que c'est ce qui est marqué, réplique-t-il avec un sourire au coin des lèvres. Départ de l'aéroport d'Heathrow prévue à dix-sept heures quarante, arrivée à Los Angeles le lendemain, à midi vingt. Tu lis la même chose que moi ?

– Oui !

Dans un élan de joie, je me jette à son cou et me retrouve sur lui, les jambes de part et d'autre de ses hanches. Je n'ai pas le temps de réaliser la position dans laquelle nous sommes que ses lèvres sont déjà sur les miennes. Mes larmes meurent dans l'échange de ce baiser, l'euphorie se change progressivement en désir. Je ressens cette même chaleur qui vient m'emplir de l'intérieur lorsque nos corps sont en contact, le bonheur qui m'enveloppe quand nous sommes ensemble et c'est suffisant pour que je veuille faire un nouvel essai. Je caresse son torse aux lignes parfaites du bout des doigts. Son cœur bat à une allure folle et, enivrée par le rythme de nos baisers, je lui octroie des petits coups de langue. Je commence à sentir une bosse se former dans son boxer mais, tout à coup, il arrache ses lèvres des miennes. Le souffle court, il appuie son front contre le mien.

– Ce que tu me fais là, c'est de la torture.

– Que dirais-tu si j'y mettais fin maintenant ?

Sa respiration se fait plus saccadée, ses grands yeux bleus me scrutent étrangement. J'ai l'impression qu'il cherche à savoir ce qui a changé en moi, mais je n'en sais rien moi-même.

– Attends, tu voudrais que… Ne joue pas avec mes émotions, s'il te plaît.

– Je ne joue pas avec tes émotions, Blake. Je voudrais réessayer.

Il a l'air perdu, comme s'il ne savait plus du tout quoi faire.

– T'en es sûre ? Non, laisse tomber, enchaîne-t-il aussitôt en secouant énergiquement la tête. Il ne faut surtout pas que tu te sentes forcée…

– Ce qui est impossible, puisque c'est moi qui te le demande.

– Je…

Je place un doigt sur sa bouche afin de l'empêcher de parler.

– Mais si tu ne veux pas, je peux très bien me lever et aller dormir dans le lit de Travis.

Il se libère et me répond, une étincelle flamboyante dans les yeux.

– Tu ne bougeras pas d'ici.

D'un mouvement vif, Blake me fait m'allonger sur le matelas et se positionne à côté de moi. C'est à son tour de plaquer sa main sur mes lèvres.

– Avant de commencer quoi que ce soit, je veux que tu saches que tu es libre de te rétracter à n'importe quel moment.

Je hoche la tête.

– Deuxième et dernière chose, j'ai eu envie de te faire l'amour dès la première seconde où j'ai posé les yeux sur toi. Alors, il n'est pas question pour moi de te laisser filer.

Je déglutis péniblement, le sang me monte à la tête. Je sens mon cœur palpiter à la vue de ses lèvres, qu'il mordille impatiemment entre ses dents. Le bleu de ses prunelles irradie, les paillettes de neige qui parsèment ses iris étincellent comme des diamants. Je reste immobile tandis que ses mains habiles se posent sur mon jogging – avec une lenteur exquise, il le fait descendre sur mes cuisses avant de me le retirer. Je soulève les bras pour qu'il m'enlève aussi mon tee-shirt, et me voilà presque nue devant lui. Je suis contente d'avoir mis mes plus beaux sous-vêtements, ceux en dentelle, et plus encore d'avoir pensé à m'épiler ce matin. Blake scanne l'ensemble de mon corps en insistant plus longuement sur ma poitrine, et il plonge son visage dans mon cou. Ses lèvres atterrissent sur le creux le plus sensible de ma gorge, là où bat furieusement mon pouls.

– Tu sais que tu me rends fou… depuis que je t'ai vue dans cette cuisine… C'est dingue, je n'arrive pas à t'enlever de ma tête.

Son accent rend ses mots terriblement sensuels, ils s'échappent comme du miel de sa bouche. J'inspire brusquement quand sa main parcourt mon ventre, mon soutien-gorge, pour finalement remonter le long de mon épaule. Il la glisse dans mon cou pour me relever la tête et m'embrasser. Son baiser m'étourdit, alternant entre douceur et rudesse, fougue et passion. J'enfonce mes doigts dans ses cheveux et tire sur les pointes, ce qui le fait gémir. Je me délecte de ce son aussi guttural qu'émoustillant. Du genou, je le sens m'écarter les cuisses, ses doigts s'aventurent vers mon entrejambe… puis, s'immobilisent.

– T'en as toujours envie ? On peut s'arrêter quand tu veux, me rappelle-t-il, haletant.

Je le fais taire en l'embrassant de plus belle et sa main reprend le chemin de mon désir. La seconde suivante, je suis débarrassée de ma culotte et deux doigts me pénètrent. Je bloque ma respiration et, tout en restant en apnée, je me concentre sur la vague de plaisir qui se répercute dans mon bassin. La langue de Blake se fait pressante alors que ses doigts poursuivent leur assaut en moi. Je ne me suis pas sentie aussi maîtresse de mon corps depuis des mois, aussi désirable qu'en cet instant. Blake quitte ma bouche pour mordiller ma clavicule et ma température interne ne cesse d'augmenter. Je suis proche de l'explosion mais, lorsque je m'arrête de gémir et que je prends conscience du silence assourdissant qui nous entoure, la flamme au creux de mon ventre disparaît.

– T'as besoin d'une pause ?

– Non, dis-je en avalant difficilement ma salive.

Je l'attire vers moi et j'enfonce ma langue dans sa bouche. Son pouce masse mon clitoris avec douceur et savoir-faire, comme s'il connaissait précisément l'emplacement de chacune de mes terminaisons nerveuses. Il est doué. Mais, pour être honnête, je continuerais à pousser des gémissements même s'il ne l'était pas.

– Qu'est-ce qu'il y a, Violet ? me demande-t-il en m'effleurant le sexe. Je sais que je suis habile de mes dix doigts, mais je n'ai jamais entendu autant de gémissements, pas même dans un porno.

– C'est vraiment bien ce que tu me fais, mais… dans ce silence, je n'y arrive pas, lui avoué-je en sentant mes larmes monter.

– Ah.

Blake est rarement surpris, mais ma réponse le laisse sans voix durant de longues secondes.

– Je ne suis pas du genre bavard dans ces moments, mais je peux essayer de faire un effort en te parlant, se reprend-il.

Je ne veux pas l'obliger à faire des choses dont il n'a pas l'habitude, et encore moins avec lesquelles il ne se sent pas à l'aise.

– Non, c'est pas grave. Oublie et reprends ce que tu faisais, s'il te plaît.

Je ferme les yeux tandis qu'il s'exécute. En même temps, je sens son autre main se poser sur ma joue pour la caresser dans un geste qui se veut rassurant, mais je ne suis pas plus apaisée pour autant. Le silence est toujours présent et me rappelle celui dans lequel j'étais plongée cette nuit-là. Mon cerveau a supprimé tout un tas de détails, mais c'en est un dont je me souviendrai à vie, en plus de la lueur sauvage qui brillait dans les yeux d'Aaron pendant qu'il prenait plaisir à me voir souffrir. Je voulais crier de toutes mes forces, mais mes cordes vocales étaient comme déchirées par l'effroi que me provoquait cette situation. J'étais muette. Et la pièce l'était tout autant. Pour ne pas changer, ces souvenirs refont surface dans mon esprit et ma libido fond telle une plaque de verglas au soleil. Mon corps, lui aussi, se transforme en une statue de glace, et Blake ressent immédiatement le froid qui s'en dégage.

– Dis-moi ce que je dois faire, murmure-t-il.

Je m'assieds dans le lit et Blake m'imite. Il y a un tel désespoir dans sa voix que j'en suis émue aux larmes.

– Je ne sais pas, je suis désolée. C'est juste que… tout est trop silencieux, et…

– J'ai une idée, me dit-il en se levant et en allant trifouiller une nouvelle fois dans ses affaires.

Il revient avec des écouteurs sans fil qu'il connecte à son téléphone.

– Rallonge-toi et mets ça dans tes oreilles, me suggère-t-il en me tendant ses AirPods. La musique devrait pouvoir t'aider, comme elle l'a fait pour moi dans les moments difficiles. Qu'est-ce que tu aimes écouter?

Je n'ai pas besoin de réfléchir à la réponse.

– Du Lana Del Rey.

– J'aurais dû le deviner, commente-t-il en souriant.

J'enfonce ses écouteurs pendant qu'il cherche dans sa playlist. Une fois qu'il a trouvé un titre, il pose son téléphone sur la table de chevet.

– Ne me dis pas que tu trouves ça aussi cliché.

– Un peu, mais j'aime bien certaines de ses chansons, alors je peux te pardonner sur ce coup-ci. Allez, maintenant, essaie de te relaxer.

Je suis son conseil et, en effet, au bout de quelques secondes, la voix languissante de Lana Del Rey me détend. À cela s'additionnent les beaux yeux inquiets de Blake et tout mon corps finit par se réchauffer.

– Ça va mieux, lui dis-je et il semble aussi soulagé que je le suis. Merci d'avoir partagé ton astuce avec moi. Par contre, je préférerais être sur toi, si ça ne te dérange pas.

Je ne voudrais pas que la position du missionnaire réveille un autre de mes traumatismes. Blake le comprend car il me sourit en repoussant une mèche de cheveux tombée sur ma joue.

– À tes ordres, beauté, l'entends-je dire à travers les notes de harpe.

Avec ses cheveux en désordre et son regard qui pétille, je le trouve incroyablement beau. Il me donne sa main pour m'aider à me relever et, pantelante, je le regarde se débarrasser de son boxer. Une fois nu, il s'assied sur le matelas et me fait grimper sur ses cuisses. Le rythme de la musique s'accélère, de même que les battements de mon cœur. Ses bras m'enlacent, il m'attire tout contre lui dans un baiser lent et profond. Il est brûlant. Je dois l'être aussi. Son érection se presse contre mon ventre et, à la seconde même où sa main effleure mon sein à travers la dentelle de mon soutien-gorge, je sens son sexe durcir davantage. Je détache mes lèvres des siennes et rouvre les yeux pour le scruter, la bouche entrouverte.

– Merde, j'ai failli oublier ! s'exclame-t-il soudain en interrompant notre contact visuel.

Sans m'éjecter de ses genoux, il tend le bras pour atteindre sa table de chevet et ouvre le premier tiroir. Il en sort un préservatif dont il arrache l'emballage avec les dents, puis il l'enfile à la hâte. Je l'observe le dérouler sur son membre et, une fois que c'est fait, ses mains encadrent mon visage pour que nos regards fusionnent. Le sien est fiévreux, la violence de son désir m'électrise de la tête aux pieds. Il me retire un écouteur.

– S'il y a un autre problème, tu n'hésites surtout pas à me prévenir. D'accord ?

– D'accord.

Il va pour me le remettre, mais je l'en empêche. J'ai seulement besoin d'avoir un fond sonore, pas d'être complètement dans ma bulle. Ce ne serait pas juste pour Blake. Il lâche l'écouteur, qui chute sur le matelas, et au moment où il s'enfonce en moi, je ressens une légère douleur mêlée à une autre sensation, très étonnante. Une sorte de libération. Une victoire, même.

– T'es toujours avec moi, p'tit ange ?

Ce surnom m'envoie des papillons dans l'estomac, qui s'ajoutent à la nuée qui me chatouille déjà le ventre depuis plusieurs secondes. Je le rassure d'un regard et il continue à se frayer un chemin en douceur, se figeant une fois qu'il est entièrement planté en moi. Pour donner le temps à mon corps de s'habituer. De ne pas paniquer. Son bassin entame de petits mouvements de va-et-vient et il enfouit son visage dans mon cou en laissant sa langue s'égarer au creux de ma clavicule. Ma respiration devient plus fastidieuse, mon buste se soulève plus vite en se stabilisant à son rythme. Tout est lent : nos gestes, nos caresses, nos baisers, au point que le temps semble s'être suspendu. Même la musique a adopté un tempo traînant, à croire que Blake savait comment se déroulerait notre première fois. Cette cadence alanguie me plaît car je suis encore sensible, et l'avoir en moi est bouleversant.

Je voudrais ne jamais oublier cet instant. Être capable de me souvenir de l'union de nos corps, de nos cœurs, de cette vague de chaleur qui émane de notre peau et nous enveloppe, pour toujours. Je ferme les yeux en mémorisant son parfum ainsi que la sensation de ses mains qui arpentent voluptueusement chaque centimètre de ma chair. Je voudrais me rappeler chaque détail pour éclairer mes moments les plus sombres. Il faut que je m'imprègne de cette connexion aussi troublante que merveilleuse entre nous.

Et que j'efface tout le reste.

Des larmes débordent de mes yeux, les émotions se bousculent dans ma tête. Blake relève la tête vers moi et se fige net en me voyant pleurer.

– Tu veux que j'arrête ?

Je secoue la tête.

– Non, surtout pas.

– Mais tu pleures…

– Pas de tristesse, lui assuré-je avec un sourire.

Il me sourit à son tour et embrasse l'unique larme qui coule sur mon visage. Quand il se retire pour mieux revenir, je soupire d'aise. Chaque fois qu'il plonge en moi, j'en perds la raison. Il accélère le rythme, je m'accroche à ses épaules et le sens s'abandonner peu à peu. Je suis complètement hypnotisée par son regard passionné qui ne quitte pas le mien, captivée par le mouvement de ses tatouages qui s'étirent sous l'effet de son orgasme.

En nous effondrant sur le matelas, Blake enroule son bras autour de ma taille et j'implose de bonheur. Ce soir, je n'ai pas eu un orgasme du corps, mais du cœur. Je pensais avoir déjà connu l'amour, jusqu'à ce qu'un jour d'été pluvieux, je débarque à Londres et qu'un certain Blake Wood m'apprenne le sens véritable de ce mot. Il dépose un baiser dans mes cheveux, et je m'endors, épuisée mais comblée.

Plongée dans mes rêves, je me repasse le film de cette soirée en deux couleurs : noir et violet.

33

Violet

Un bourdonnement continu vient s'insinuer dans mes oreilles. Je me tourne dans l'autre sens, ne voulant pas me réveiller, refusant catégoriquement de quitter le royaume des rêves, mais les vibrations ne s'arrêtent pas et me forcent à le faire. Désorientée, j'ouvre les paupières et me relève en m'aidant de mes mains. Un rai de lumière faiblard perce la seule fenêtre de la pièce, me permettant d'examiner ce qui m'entoure. Je mets quelques secondes avant de me rappeler que je suis dans l'ancien dortoir de Blake et qu'il dort tranquillement à mes côtés. Un rayon de soleil éclaire son visage et accentue l'éclat sombre de ses cheveux. J'admire ses traits paisibles, ses longs cils noirs ombrant sa peau laiteuse, la lueur crépusculaire faisant ressortir la teinte rosée de ses lèvres. Et tandis que je poursuis ma contemplation, les événements de cette nuit me reviennent en bloc sous forme de flash-back : notre escapade nocturne, l'arrivée à la résidence, la découverte de la chambre. Le billet d'avion, la joie que ça m'a procuré. Ses doigts explorant chaque grain de ma peau, la flambée de désir qui m'a traversée. La fusion charnelle de nos deux corps, la propulsion vers un bonheur absolu et parfait.

Un sourire s'imprime sur mes lèvres à la pensée de ces souvenirs. Mais je n'ai pas le temps de les décortiquer plus longtemps car le bruit redouble d'intensité. Blake se tourne en grognant et j'en profite pour me lever. La sensation de mes pieds brûlants sur le carrelage gelé me hérisse le poil. En me dirigeant vers les vibrations, je comprends tout de suite qu'elles viennent de mon téléphone. Accroupie, je fouille dans ma veste et extirpe mon appareil d'une poche. Il est très tôt, sept heures moins le quart, mais cette heure matinale n'est pas l'élément le plus surprenant. J'ai reçu vingt-deux messages d'un numéro non répertorié, vingt-deux messages qui contiennent tous la même chose : un lien Internet et rien de plus. J'essaie de cliquer dessus, mais la connexion est trop lente. Il faut que je sorte. Pendant que j'enfile mes baskets et ma veste, une boule d'angoisse inexplicable s'installe dans ma poitrine et refuse d'en sortir. Un nœud enserre ma gorge, j'ai un mauvais pressentiment. Je ne pourrai pas me rallonger auprès de Blake tant que je ne l'aurai pas fait disparaître. J'ouvre doucement la porte et sors dans le couloir. Je dévale l'escalier à toutes jambes et traverse la résidence déserte. Lorsque j'atterris dehors, le froid m'assaille, me coupant net le souffle. Mon téléphone entre mes doigts congelés, je recharge la page et j'attends.

Je crois que pendant une bonne minute, le temps que mon cerveau embrumé analyse ce qui est affiché sur l'écran, mon cœur cesse de battre, mes yeux ne clignent plus, l'oxygène n'alimente plus mes poumons. J'ai l'impression que, pendant cette minute, le néant s'infiltre dans tous les recoins de mon corps. Je le sens pulser dans mes veines et empoisonner mon sang à une vitesse fulgurante.

Je suis comme pétrifiée d'effroi devant cette page Facebook qui m'est dédiée. Mais les commentaires sous cette photo, qui ne m'appartient plus désormais, me raniment. C'est un florilège d'insultes, d'humiliations, de haine et de menaces dont je suis la cible principale. Les plus choqués ont simplement écrit qu'ils ne me voyaient pas du tout comme ça. Les plus moqueurs, que je cachais bien mon jeu. Les plus blessants, quant à eux, ont cité mon nom suivi de nombreuses insultes. Mais ce ne sont pas les pires. Non, le pire, c'est ce mec qui a commenté que s'il me croisait dans la rue, il me violerait sans la moindre hésitation. La bile remonte au fond de ma gorge, impossible de savoir ce qui me dégoûte le plus : ces remarques, toutes plus affreuses les unes que les autres, ou le fait qu'Aaron a exposé ma photo au monde entier. Mais pour l'instant, le monde entier se résume à sept cents personnes – sept cents personnes qui m'ont vue nue, et chaque seconde qui s'écoule équivaut à un commentaire de plus. J'ai juste le temps de ranger mon téléphone dans la poche de ma veste et je vomis dans la pelouse. Je vomis ma honte, ma répugnance. Je vomis leur venin, leurs mots. Je vomis tout le poison que mon estomac peut rejeter. Les jambes vacillantes, je m'essuie la bouche avec ma manche et pars avant de me faire repérer. On croira que c'est l'œuvre d'un étudiant qui a un peu trop forcé sur la boisson, personne ne pensera à une fille à qui on vient de détruire la réputation.

Je ne sais pas du tout comment sortir de cette résidence étudiante. Alors, capuche baissée, je fonce tout droit dans différentes allées jusqu'à tomber sur un portail rouge. Heureusement, aucun code ne m'est demandé. Il me suffit d'appuyer sur un bouton pour l'ouvrir. Je m'engouffre dans la première bouche de métro pour rejoindre Mayfair. Je culpabilise un peu de planter Blake, surtout après la nuit que nous venons de passer, mais je ne pouvais pas aller le retrouver comme si de rien n'était. J'aurais été incapable de faire bonne figure devant lui, devant qui que ce soit, en fait. Je suis accablée d'embarras et de douleur, et une complète solitude est la seule chose dont j'ai besoin. Le métro arrive, j'entre, m'assieds. La tempête qui déferle sur moi est imperceptible pour les autres ; j'ai pourtant la sensation que les quelques personnes présentes dans cette rame m'observent et me jugent. *Qu'ils le lisent sur mon front.* Les yeux voilés, je détourne le regard vers la vitre et j'attends que la voix automatique annonce mon arrêt.

***

Étendue sur mon lit, je fixe les poutres qui sillonnent le plafond. Ça fait quelques heures que je suis rentrée et que je suis immobile comme une morte. Tout le monde dort encore. C'est calme, il n'y a que le souffle du vent qui vient perturber cette douce quiétude dans laquelle la maison est plongée – en plus de mes reniflements incessants. Parce que oui, j'ai beaucoup pleuré. Enfin je crois. Je touche régulièrement mes yeux boursouflés et mon oreiller humide pour m'assurer que ma souffrance est bien réelle. Que je ne l'ai pas imaginée. Je n'ose plus prendre mon téléphone, pas même pour aller faire un tour dans mes applications favorites.

– Violet, je peux entrer ?

En entendant la voix de Rachel derrière la porte, mon cœur manque un battement. Je voudrais lui dire non, que j'ai envie de ne voir personne, mais je ne peux pas car je ne suis pas chez moi.

– Oui.

Elle apparaît dans l'entrebâillement de la porte et j'essaie de paraître normale.

– Tout va bien ? Je ne savais pas que tu étais encore au lit. Je ne t'ai pas réveillée, au moins ?

– Non. Je veux dire non, je ne dormais pas. Je suis juste un peu malade.

C'est l'excuse la plus banale et utilisée dans le monde, mais elle me permettra de passer tout le week-end enfermée dans le bureau sans que personne se pose de questions.

– Tu veux que je passe à la pharmacie ?

– Non, ça doit être un coup de froid. Rien de bien méchant.

– D'accord, dit-elle en rattachant la ceinture de son peignoir. Je crois qu'on a du Doliprane dans la salle de bains, au cas où.

Je la remercie d'un hochement de tête. Je m'attends à ce qu'elle quitte le bureau, mais elle ne bouge pas d'un poil.

– Je voulais te proposer de nous accompagner à la campagne chez des amis. Avec Andrew, nous sommes invités à passer la journée là-bas. C'est vraiment dommage que tu ne sois pas en forme…

– Une prochaine fois, peut-être. Vous prenez Rosie ?

– Bien sûr !

Je suis rassurée de ne pas avoir à m'occuper d'elle aujourd'hui.

– Elle va voir des vaches pour la première fois, m'apprend-elle en riant. Je prendrai des photos pour te montrer ce grand moment qui promet pas mal de fous rires.

Je tente un petit sourire, mais ce n'est pas une franche réussite.

– Bon, je vais devoir aller me préparer, enchaîne-t-elle. Tu m'envoies un message si ça ne va pas ?

– Promis.

– Repose-toi bien.

Elle me sourit avant de refermer la porte et l'angoisse m'assaille de nouveau lorsque je me recroqueville sur moi-même. Un peu plus tard, je les entends quitter la maison, mais je ne me lève pas pour autant. Je n'ai ni faim ni soif, alors que mon dernier repas consistant remonte à hier midi. Dans mon lit, je me repasse mentalement les événements de ce matin en imaginant mon retour en Californie. Ce n'est que dans cinq mois, mais je doute fort que les gens m'auront oubliée. L'idée que ma photo circule en ce moment même de portable en portable m'oppresse tellement que je respire à peine. Ce sentiment d'impuissance m'étreint si vivement que je sens les prémices d'une crise d'angoisse monter en moi. Prête à la combattre, je me redresse et me concentre sur ma respiration. J'inspire profondément, compte jusqu'à quatre. J'expire plus fort, je ne pense plus à ce qui est arrivé ce matin, à ce qui m'attend à l'avenir. Je vide mon esprit et fixe toute mon attention sur l'instant présent, sur le bruit du vent qui rugit dans les arbres, mais mon exercice est interrompu par le grincement de la porte.

– Alors, on se tire en douce ?

Blake fait son entrée dans le bureau en arborant un sourire facétieux. Non seulement aucun son ne sort de ma bouche, mais mon cœur reprend sa course folle. Je dois prendre sur moi pour lui cacher mes innombrables tourments.

– N'empêche, heureusement que tu as mis un réveil. Je

n'imagine pas la catastrophe, sinon. T'as pris un taxi ?

– Non, le métro.

– Pourquoi tu ne m'as pas réveillé ? On avait largement le temps de rentrer ensemble.

Il n'y a aucun ton de reproche dans sa voix, simplement de l'incompréhension. Et c'est logique, se faire planter à l'aube par une fille après avoir couché avec elle pour la première fois, ça ne doit pas être facile à saisir. Mais si je lui parlais de ce qui est en train de se passer, je devrais lui montrer cette photo, cette flopée de commentaires dégradants, ces mots salissants qui tournent en boucle dans ma tête. Et je ne veux pas qu'il ait honte de moi ; le décevoir serait pire que tout.

– Ce n'était pas utile.

– Ouais, mais ça aurait quand même été plus sympa. Ça m'a fait drôle de ne pas te trouver à côté de moi ce matin… Pour tout te dire, j'ai même un peu paniqué.

Blake s'approche et tend une main vers ma joue. Je me crispe au contact de ses doigts froids.

– Tu peux me laisser, s'il te plaît ?

– Pourquoi ?

Il me dévisage, les sourcils froncés, comme si ma demande était insensée. Et peut-être l'est-elle un peu, parce qu'au fond de moi, je n'ai pas envie qu'il parte. Mais je sais aussi que je ne pourrai pas lui dissimuler indéfiniment mes émotions.

– J'ai besoin d'espace.

Il retire sa main de mon visage comme s'il s'était brûlé. Le froncement de ses sourcils s'accentue.

– D'espace ?

– Oui, je dois dormir. Mes nuits sont trop courtes en ce moment.

– Attends, attends, m'arrête-t-il, plus froid que jamais. Avoir besoin d'espace et avoir besoin de sommeil, ce sont deux choses radicalement différentes. Qu'est-ce qui t'arrive, c'est par rapport à cette nuit ? Tu veux qu'on en discute ?

Il s'est radouci sur ces derniers mots. Tant mieux, parce

que s'il avait continué sur cette lancée, je me serais sans doute effondrée.

– Il n'y a rien à dire.

Un éclair de peur passe dans ses prunelles bleues.

– Ça ne t'a pas plu, c'est ça ?

– Non. C'était bien.

Il y a beaucoup d'adjectifs que j'aurais pu employer pour décrire ce moment éblouissant d'amour, mais tout ce qui me traverse à cet instant précis est chagrin et douleur. Même à des milliers de kilomètres, Aaron arrive à foutre ma vie en l'air.

– Quel est le problème, alors ? Si ce n'est pas ça, c'est quoi ?

Il a l'air désemparé, à la limite de s'arracher les cheveux. Comme je ne peux rien lui dire, comme la vérité me noue le ventre au point d'avoir de violentes contractions, je le baratine.

– Je crois qu'en fait, je n'étais pas complètement prête. Il me faut un peu de temps pour réaliser ce qu'on a fait.

Ce mensonge monté de toutes pièces lui provoque un tressaillement presque imperceptible, et je regrette aussitôt de ne pas pouvoir rembobiner cette dernière minute, de ne pas avoir trouvé un autre moyen, moins blessant, de couper court à la conversation.

– Rassure-moi, tu ne t'es pas sentie contrainte de coucher avec moi ?

Je secoue la tête.

– Pas même durant une seconde ?

Sa voix tremble.

– Non, dis-je faiblement.

Je sens qu'il se détend un peu, mais certaines tensions subsistent.

– On peut attendre avant de recommencer. Je suis désolé, tellement désolé que tu te sois aperçue trop tard que ce n'était pas le bon moment. Merde, je pensais que… Je pensais que tu en avais envie autant que moi. J'aurais dû voir que ce n'était pas réellement le cas.

Ces mots m'arrachent le cœur. Blake est tellement gentil

avec moi, tellement doux. Et je me déteste d'avoir à lui infliger un tel sentiment de culpabilité alors que, pour lui comme pour moi, c'était un moment si magique que ça en était presque irréel. Mais il ne voudrait certainement plus de mon corps s'il apprenait qu'à l'heure où nous parlons, celui-ci tourne sur les réseaux sociaux. Il regretterait même de l'avoir touché, de l'avoir aimé cette nuit-là en sachant que des centaines de paires d'yeux sales se sont aussi posées dessus. Les larmes ressurgissent, je ne sais pas pendant combien de temps je pourrai encore les contenir.

– Je t'en supplie, Blake. Va-t'en.

Ma réponse le déçoit, je le vois à ses épaules qui retombent sous son blouson épais.

– J'ai beau essayer de toutes mes forces, c'est vraiment difficile pour moi de te comprendre. Et quand je pense y être enfin arrivé, je me rends compte chaque fois que j'ai encore des kilomètres à parcourir avant que tu me fasses totalement confiance, chuchote-t-il, attristé. Mais c'est d'accord, je vais te laisser l'espace dont tu as apparemment besoin.

Mes yeux mouillés le suivent jusqu'à la porte, qu'il referme rapidement, et intérieurement je lui hurle de revenir.

34

Violet

Je crois que je suis dépressive. Et je crois aussi savoir plus ou moins ce que c'est, et ce que cela entraîne. La dépression, c'est être continuellement sous un torrent de pluie et ne jamais lever la tête lorsque les nuages s'écartent pour laisser place aux arcs-en-ciel, au soleil et à la lumière. En fait, c'est une jolie façon de dire que nous sommes coincés dans un gouffre, noir et sans fin. Les petites choses de la vie quotidienne deviennent insurmontables, sortir de son lit est éprouvant, affronter le monde extérieur, impossible. Le simple fait de respirer est un enfer, tout comme celui de devoir s'exprimer, et on en arrive même à transposer cet enfer sur les personnes qui nous sont chères.

Blake n'est pas revenu me voir. De temps en temps, je l'entends faire des allers-retours dans le couloir, ce qui chaque fois me laisse supposer qu'il se prépare à partir, mais il ne part jamais. Alors que je me roule dans ma couverture, mon téléphone sonne sous l'oreiller. Une fois, deux fois, trois fois, quatre fois… Je décide de le prendre au bout de la cinquième sonnerie, la boule au ventre. C'est encore un numéro inconnu, mais je crois le reconnaître. Je décroche tout de suite.

– Betty ? C'est toi ?

Un long silence s'étire à l'autre bout du fil, silence durant lequel je crains de m'être plantée.

– Oui, c'est bien moi, répond-elle enfin.

Je suis rassurée, mais ce sentiment disparaît à l'instant même où elle reprend la parole.

– Tu as reçu les liens qu'on t'a envoyés ?

– Quoi ? C'est toi qui as fait ça ?

Ressentant la trahison comme un uppercut dans la poitrine, je dois me relever et m'asseoir sur le matelas pour accuser le coup.

– Avec Aaron, précise-t-elle d'une voix agressive qui ne lui ressemble pas du tout.

– Pourquoi tu aurais fait ça ? crié-je presque. Est-ce que tu réalises que tu viens de détruire ma vie ?

Aaron, je comprends. Mais Betty ? Ça n'a aucun sens. Toute la pièce semble tourner comme un manège, j'ai l'impression d'être plongée dans la quatrième dimension. Les larmes se mêlent à ma rage, je serre le poing si fort que mes ongles se plantent durement dans ma chair. C'est douloureux, mais cet appel l'est bien plus encore.

– Et toi, que tu interfères dans ma relation ?

Je me raidis.

– Tu sors avec Aaron ?

– Ne prends pas ce ton surpris, ça fait des semaines qu'il t'a envoyé un message pour t'en avertir. Mais toi, tu n'as rien trouvé de mieux à faire que de lui envoyer des photos dénudées pour… quoi, au juste ? Quel est ton but ? Provoquer notre rupture et le récupérer ?

– Je ne sais pas de quoi tu parles ni ce qu'Aaron t'a dit. Je lui ai envoyé cette photo quand on était encore ensemble.

Je garde difficilement mon calme en comprenant qu'Aaron l'a montée contre moi.

– Même celle où tu es en sous-vêtements dans ta chambre pourrie à Londres ? J'ai vu la date, Violet. Tu ne peux pas me mentir.

Mais ce qu'elle n'a pas vu, en revanche, ce sont toutes les menaces qui ont précédé l'envoi de cette photo. Connaissant Aaron et sa perfidie, il les a sans doute effacées.

– Il me faisait chanter. Je ne lui aurais jamais envoyé cette photo de moi-même. Réfléchis deux minutes : pourquoi je serais partie à Londres si je voulais le récupérer ?

– À toi de me le dire. Peut-être parce que tu n'as plus rien ici ? L'équipe ne voulait plus de toi, Aaron ne voulait plus de toi non plus, même tes parents se sont débarrassés volontiers de toi. Mais vu que tu ne supportes pas l'idée qu'on soit ensemble, tu te débrouilles pour nous pourrir la vie à distance.

La violence et l'intonation de sa voix, de ses mots, me font l'effet d'un coup de poignard ; mais ce ne sont pas les siens, ce sont ceux d'Aaron. Je le sais parce qu'il m'a déjà fait un lavage de cerveau et que ça m'a été difficile de me défaire de son emprise.

– Si je suis aujourd'hui à Londres, c'est précisément à cause d'Aaron. Tu ne dois surtout pas rester avec lui, la sommé-je, apeurée qu'il ne répète le même schéma destructif avec elle. Je ne dis pas ça parce que je suis jalouse, Betty. Il va t'arriver la même chose qu'à moi et, quand tu t'en rendras compte, il sera déjà trop tard.

J'entends l'éclat de son rire amer. Elle ne me prend pas au sérieux.

– Dis-moi, qu'est-ce qu'il t'a fait ? Je te rappelle que c'est toi qui as choisi de t'isoler, c'est *toi* qui es toxique.

Toute cette histoire va beaucoup trop loin. Je dois le lui dire, cette fois. Si ma confession peut l'empêcher de se retrouver coincée dans la même situation que moi, c'est important que je le fasse et que je sorte enfin de mon mutisme.

– Il m'a violée.

Je libère ces mots dans un murmure douloureux. Ne supportant pas le nouveau silence qui s'ensuit, je continue :

– Il faut que tu t'éloignes d'Aaron tant qu'il est encore temps.

– N'essaie pas de te venger de lui parce qu'il t'a quittée. C'est pathétique et ça te mènera nulle part.

– C'est la vérité. Est-ce qu'il a déjà critiqué la façon dont tu t'habilles ? Fait des remarques déplacées, voire blessantes ? Est-ce qu'il lui est arrivé de te dévaloriser ? De te rabaisser ? Est-ce que vos rapports sont souvent brutaux ? Est-ce que tu t'es déjà dit que ce n'était pas grave, que c'était de la passion, de l'amour, et que ça ne pouvait pas être mauvais. Je suis aussi passée par là et je peux t'assurer que ce n'est que le début. Ça ne fait qu'empirer par la suite. Un jour, tu devras renoncer à tes robes préférées. Un jour, tu seras seule et tu te demanderas où tout le monde est passé, où *toi*, tu es passée. Parce que tu ne seras plus qu'une ombre. La sienne. Un jour, il sera plus violent que les autres fois. Et lorsque ce jour viendra, tu ne pourras plus faire machine arrière. Le mal sera fait et ta douleur sera éternelle.

– Arrête de parler ! me hurle-t-elle dans le combiné.

Et je m'arrête, effectivement. Au lieu de la faire réagir, mon long monologue semble l'avoir encore plus énervée. Mon but était de la prévenir, de l'aider avant que l'engrenage ne se remette en route avec elle. Mais peut-être est-elle déjà mordue de lui, ce qui signifie alors qu'aucun de mes mots ne pourra la faire revenir à la raison.

– Tu sais quoi, je t'ai juste téléphoné pour te demander de foutre la paix à Aaron, c'est tout. La photo qu'on a diffusée sur Facebook, ce n'est rien comparé à ce qu'on peut te faire.

– Honnêtement, Betty ? Je ne vois pas ce que vous pourriez me faire de pire.

Je n'ai pas besoin de la supplier de supprimer cette page, le mal est déjà fait. Elle me raccroche au nez et je m'effondre sur le lit. La tête cachée au fond de l'oreiller,

j'éclate en sanglots, en vrais sanglots, ceux qui nous font croire qu'à tout moment on peut s'étouffer dans nos larmes. Et j'étouffe, vraiment. Je hoquette, j'ai les sinus bouchés, une impression de pesanteur sur la cage thoracique. Je dois me mordre l'intérieur de la joue pour empêcher que des cris de douleur ne s'échappent. Au bord de l'asphyxie, je me relève sur un coude et prends une grande goulée d'air, mais ce n'est pas suffisant pour me calmer.

Je pars enfiler ma tenue de sport et dégringole les marches. Malgré mes larmes, je n'en rate pas une seule. Je crois entendre la voix de Blake derrière moi, qui hurle désespérément mon nom, mais je continue ma course sans m'arrêter. Dehors, il fait nuit noire. Je ne l'ai même pas vue tomber. Je cours dans la rue, dans la pénombre, plus vite, plus fort, et je n'ai pas fait vingt mètres que mes jambes fléchissent. Quand je pense que je vais heurter le trottoir, Blake est là pour me rattraper et, m'accrochant à ses épaules, je pleure de plus belle.

– On va rentrer et tu vas m'expliquer ce qui passe, me commande-t-il, une main posée sur ma nuque.

J'acquiesce en appuyant ma tête contre son tee-shirt, trempé. Il faut que je lui dise toute la vérité avant qu'elle ne m'engloutisse tout entière.

***

Installée au fond du canapé, je regarde Blake revenir de la cuisine et m'apporter une tasse de thé fumante. En la prenant, je ramène mes genoux contre ma poitrine et souffle sur le liquide brûlant.

– Bois, ça va te faire du bien.

Sa prévenance me touche, mais je sais que je l'aurais bien plus appréciée si les circonstances étaient différentes. Il prend place à mes côtés et, tandis que je bois une gorgée, je sens peser sur moi son regard inquiet. Je continue à fixer l'écran noir de la télévision sans vraiment le regarder.

– Te voir dans cet état, sans même comprendre ce qui se passe… ça me crève le cœur, putain.

– Je suis désolée pour ce que je te fais vivre.

– Non, s'il te plaît, ne t'excuse pas. Arrête de t'excuser. C'est pas ta faute.

Si, au contraire. Cette photo ne s'est pas envoyée toute seule. Je trouve la force de tourner la tête vers lui et de plonger mes yeux larmoyants dans les siens.

– Quand tu apprendras ce que j'ai fait, essaie de ne pas trop me détester.

– Quoi ? Mais qu'est-ce que tu racontes, Violet…

Il a un élan vers moi, mais s'immobilise aussitôt en percevant mon mouvement de recul. Devant sa déception manifeste, je sens ma poitrine se serrer. Du plus profond de mon cœur, j'aimerais le laisser me prendre dans ses bras. Du plus profond de mon être, j'aspire à cette étreinte, qui d'ailleurs sera peut-être la dernière, mais je ne voudrais pas me déclencher une nouvelle crise de larmes. Et je le sais, si je me laisse aller contre lui, je pleurerai à n'en plus finir.

– Promets-le-moi.

– Comment je pourrais te détester alors que tu es tout ce que je veux ? *Tout ce dont j'ai besoin ?*

Je renifle et prends mon téléphone dans la poche de mon short pour le lui donner.

– Va dans mes messages les plus récents et clique sur le lien.

Il hésite un instant avant de s'exécuter et je suis glacée d'un sentiment de honte lorsque ses yeux glissent sur l'écran qui projette une lumière blanchâtre dans ses pupilles. J'observe chacune de ses émotions, il a l'air sous le choc. Je déglutis en imaginant ce qu'il doit penser. Les secondes passent, se changent en interminables minutes qui s'amoncellent et, à l'intérieur, je panique.

– Je crois que j'en ai assez vu, finit-il par dire, un peu brutalement.

D'une main tremblante, je reprends le téléphone qu'il me tend et je vois ses mâchoires se crisper à plusieurs reprises.

– Blake… je t'en supplie, dis autre chose.

– C'est encore cet enfoiré ?

Il crache ces mots avec une haine palpable. Il est telle une cocotte-minute sous pression, pouvant exploser d'une seconde à l'autre.

– Avec Betty, une de mes anciennes amies, lui expliqué-je. Mais elle, elle n'y est pour rien.

– Si elle a participé, ne serait-ce qu'un peu à la création de cette putain de page, alors elle y est pour quelque chose, objecte-t-il, toujours aussi tendu.

Je me fige sous la dureté de sa voix. Dès qu'il remarque mon silence, sa colère s'estompe.

– Excuse-moi, c'est juste que… c'est en train de me faire péter un câble, tout ça.

– Combien y a-t-il de commentaires maintenant ?

– Je sais pas. J'y ai pas fait gaffe.

À son regard fuyant, je devine qu'il le sait, mais ne veut pas me le dire. Je pourrais le vérifier par moi-même, mais ce ne serait pas bon pour mon moral, bien qu'il soit déjà au plus bas.

– T'as signalé la page ?

Je lui réponds par la négative. Même si j'avais voulu le faire, je ne suis pas certaine que j'y serais parvenue. L'informatique et moi, ça fait deux.

– Repasse-moi ton téléphone, il faut faire remonter l'information à Facebook.

Je fais ce qu'il me demande et, en le voyant se démener pour m'aider, je me rends compte de la chance que j'ai de l'avoir dans ma vie. Dès qu'il a fini, il me le redonne et je l'enfouis profondément dans ma poche, avec l'espoir d'y trouver un trou noir qui l'aspirerait à tout jamais.

– J'aurais dû t'en parler avant.

– Avant, après… au fond, ça n'a pas trop d'importance. Le principal, c'est que tu l'aies fait. C'est vrai que j'aurais préféré ne pas t'entendre me dire que tu avais des regrets concernant la nuit dernière, mais je comprends à quel point ça a dû être dur pour toi.

Spontanément, je me rapproche de lui et attrape sa main. Mon geste semble le surprendre, quelques secondes tout au plus, car l'instant qui suit, ses doigts s'entrelacent aux miens.

– Je ne regrette rien de cette nuit, tu sais. J'aurais seulement voulu un meilleur après.

Il hoche douloureusement la tête.

– Je sais, mais tu ne dois pas le laisser nous voler ce moment.

***

L'ennui quand on évacue des litres de larmes de notre corps, c'est que l'on se retrouve avec un mal de crâne à se taper la tête contre un mur. Lumières éteintes, yeux fermés, musique douce en fond sonore, je me laisse bercer par Blake, qui passe sa main dans mes cheveux. Nous sommes remontés dans le bureau depuis une bonne heure déjà et ses caresses m'aident à me décontracter. Allongée à côté de lui dans le lit, partageant mes écouteurs, je commence peu à peu à me vider l'esprit. Blake trouve toujours un moyen de m'apaiser, même quand le monde entier s'effondre autour de moi. Je me laisse pénétrer par les paroles de la chanson qu'il a choisie, plus profonde, plus mélancolique que toutes les autres.

« You are broken on the floor
And you're crying, crying…
… But you don't have to hurt, you don't have to hurt anymore
With a little time, take a look and find what you're searching for. »

(Tu es brisée sur le sol
Et tu pleures, pleures…
… Mais tu n'as pas à souffrir, tu n'as plus à souffrir dorénavant
Avec un peu de temps, prends du recul et trouve ce que tu cherches.)

La voix grave et enveloppante de Blake vient s'ajouter à la mélodie.

– Dis-moi quelque chose que je ne sais pas sur toi.

Sa main continue de jouer avec mes cheveux.

– Comme quoi ?

– Je ne sais pas, n'importe quoi qui te passe par la tête.

Je m'accorde quelques secondes de réflexion.

– Je… avant, j'étais sociable. Je souriais tout le temps, sans raison particulière. Tu ne m'aurais pas reconnue, j'étais une tout autre personne. À des années-lumière de qui je suis devenue…

Le dégoût que j'éprouve envers moi-même est perceptible.

– Moi, j'aime la personne que j'ai devant moi. Je la trouve incroyablement courageuse.

De mes cheveux, ses doigts glissent sur ma joue, qu'il effleure tendrement.

– Non, pas du tout. Je suis tout sauf courageuse.

– Si, tu l'es, rétorque-t-il d'un ton ferme mais doux.

Je me retiens de lui répondre que si je l'étais, je n'aurais pas pris la fuite.

– À ton tour de me dire quelque chose que j'ignore sur toi, dis-je à la place.

Il cogite un instant.

– La dernière fois que j'ai dit je t'aime… c'était à ma mère, il y a trois ans.

– C'est triste que tu n'aies pas eu d'autres occasions de le dire à quelqu'un depuis son décès…

Je suis vraiment peinée pour lui, il a perdu la seule personne qui comptait réellement à ses yeux. Je m'attends à ce qu'il me réponde, mais un long silence s'installe à la place d'une phrase, silence relatif car la musique continue de soulager nos âmes torturées de ses notes doucereuses. Je m'apprête à dire autre chose, mais je suis surprise de sentir ses lèvres se poser sur les miennes avec autant de force que de délicatesse. La sensation qui me traverse est semblable à celle que l'on éprouve en touchant les étoiles. Enfin, je ne les ai jamais touchées, mais j'imagine que c'est ce que l'on doit ressentir. Sa langue retrouve facilement le chemin qui mène à la mienne, tout mon corps est happé par ce baiser, toute pensée quitte mon esprit…

Si bien que j'ai oublié que Rachel et Andrew pouvaient revenir à tout moment.

Trois petits coups sont frappés à la porte, nous faisant tous les deux sursauter. Blake est le premier à reculer.

– Merde, je ne les ai pas entendus rentrer ! s'affole-t-il dans le noir.

Je retire mon écouteur, si vite que je m'arrache quelques cheveux au passage.

– Moi non plus, dis-je d'une voix faussement calme. Cache-toi sous le lit.

Je l'entends se lever et se jeter à plat ventre pour se faufiler en dessous. Quand je pense que c'est bon, il peste :

– Y a pas la place !

– Reviens, on va faire autrement.

Blake obtempère et, dès que je sens qu'il est dans le lit, je soulève la couverture pour le recouvrir entièrement.

– J'étouffe, se plaint-il.

– Fais un effort. Moi, je me suis bien fait une tonne de bleus en allant me planquer à l'arrière de ta voiture. C'est un juste retour des choses.

Il rit doucement.

– Oui ? demandé-je tout haut en essayant de ne pas céder à la panique.

La porte s'ouvre en laissant passer un filet de lumière et le visage radieux de Rachel.

– Ça va mieux, ma belle ?

– Pas trop, mais je me repose.

Comme je crains qu'elle n'allume l'interrupteur, j'ajoute :

– Je viens de prendre un médicament pour ma migraine, mais il n'a pas encore fait effet.

– Tu pourras en reprendre un dans quelques heures, me dit-elle d'un air maternel. Tu te sentirais de garder Rosie demain ? Nous sommes invités à aller faire une randonnée et, avec la miss dans les pattes, ça risquerait d'être un peu compliqué. Mais si tu es encore fatiguée, je peux demander à Blake de te remplacer.

– Non, ça ira. J'ai juste besoin d'une bonne nuit de sommeil.

– Tu seras payée double, m'informe-t-elle avec un grand sourire, puis elle redevient sérieuse. Et sinon, en parlant de Blake… est-ce que tu sais où il est ?

Je ne sais pas quoi dire alors j'improvise.

– Aucune idée. Je crois qu'il est sorti.

– Ah bon ? Pourtant, j'ai vu sa voiture dans la rue.

Je déglutis plusieurs fois d'affilée et j'entends la respiration de Blake s'accélérer tout près de moi, mais je me reprends immédiatement. Après toutes ces journées passées à leur mentir avec succès, ce n'est pas une petite question qui va me faire perdre tous mes moyens.

– Travis est venu le chercher en début de soirée. Je les ai entendus discuter en bas avant de partir.

– Oh, d'accord. Je vais le dire à son père. Demain, dix heures trente ?

– Demain, dix heures trente, répété-je en lui souriant.

Rassurée, elle referme ma porte après m'avoir souhaité une bonne nuit, et Blake émerge de la couette.

– C'était moins une ! me lance-t-il encore sous le coup de l'adrénaline. Je vais attendre qu'ils soient couchés pour retourner dans ma chambre.

– Non, ne pars pas. Je vais mettre un autre réveil à six heures. Je… Reste, s'il te plaît.

Il doit sentir au ton désespéré de ma voix que sa présence m'est presque vitale. Sans lui, mon cerveau se transforme en tornade, mes mauvaises pensées s'accumulent et je coule. C'est la seule personne qui me fait du bien quand je vais au plus mal, alors peu importent les risques, les interdits et les règles. Je ne veux surtout pas qu'il s'en aille.

– Très bien, me souffle-t-il. Si tu veux que je reste, je resterai. Je ne bougerai pas d'un millimètre de toute la nuit.

Il vient frotter son nez contre le mien et mon cœur exulte.

– Je ferai tout pour te protéger, Violet. Je sais que tu n'en as pas besoin, que tu es forte, mais je veux bien te servir de bouclier… Si tu es d'accord.

Sa main remonte le long de mon bras jusque derrière mon dos. Ce simple toucher suffit à me provoquer un délicieux frisson.

– Bien sûr que je le suis.

Et cette nuit encore, malgré le chaos de ma situation actuelle, je m'endors dans la meilleure position du monde : la tête posée sur l'épaule de Blake, avec sa main enroulée autour de ma taille.

35

Blake

Il est bientôt dix-sept heures quand je me cale sur mon lit, le dos appuyé contre un oreiller et mon ordi portable sur les genoux. Mon père et Rachel étant partis dans la matinée, je comptais passer la journée avec Violet, jusqu'à ce qu'elle reçoive un texto d'Amber qui lui proposait d'aller flâner dans les magasins. Elle était à deux doigts de refuser avant que je n'intervienne. Je l'ai poussée à accepter – mais pas parce que je voulais me débarrasser d'elle, attention ! S'il était possible de passer l'intégralité de mon temps avec Violet, je pense que je le ferais, mais elle a besoin de se changer les idées. Avant de quitter la maison, elle m'a exposé quelques conseils rudimentaires pour pouvoir m'occuper de ma demi-sœur, Rosie, et ainsi éviter une catastrophe. Mais dès qu'elle a vu que j'étais incapable de changer une couche, elle a décidé de l'emmener. Violet a ce que je n'ai pas : une conscience professionnelle.

En me connectant sur Facebook, je trépigne déjà d'énervement. J'espère avoir réussi à faire sauter la page, mais ça m'étonnerait que ces glands aient été aussi rapides. Et j'ai raison, je la retrouve en moins de deux clics, et je m'aperçois même qu'elle n'est pas privée. Ce qui veut dire, en gros, que n'importe qui peut la voir nue. Une bouffée de colère m'envahit, accompagnée d'une vague de chaleur qui me donne envie d'aller enfoncer mon poing tremblant dans le mur. Possédé par la haine, je commence à répondre aux nombreux commentaires qui figurent sous la photo en les insultant tous les uns après les autres – puis je me force à m'arrêter. Ce que je fais ne sert strictement à rien, j'ai bien conscience que ce n'est pas de cette façon que je vais pouvoir l'aider. Mais, bordel, ça soulage un peu.

Je commence à fouiller sur la page et il me faut plusieurs minutes de recherche pour tomber sur ce compte : Aaron Meyer. Violet ne m'a pas dévoilé le nom de famille de ce mec, mais j'ai la certitude que c'est lui. Après avoir scruté son profil, chacune de ses photos, sa sale gueule percée et tatouée, je ne peux plus me retenir et je lui envoie un message.

Moi_ Supprime cette page
si tu ne veux pas que je t'envoie les flics au cul.

Quoi qu'il arrive, je la forcerai à aller porter plainte contre lui, mais il n'a pas besoin d'en être averti tout de suite. Je veux d'abord qu'il retire cette photo d'Internet et qu'il arrête de faire vivre un enfer à Violet, ou c'est moi qui vais lui faire vivre un véritable enfer. Je m'attends à ce qu'il me réponde plus tard, mais cet enfoiré est au taquet.

Aaron_ Et tu es… ?

Moi_ Blake Wood.
C'est écrit noir sur blanc, connard.

Je sais que ce dernier mot est en trop, mais mes doigts l'ont tapé tout seul.

Aaron_C'est bon, j'ai compris.
Tu es celui qui passe après moi, c'est ça ?
Je savais qu'elle n'attendrait pas
longtemps avant de se trouver un autre mec.
Londres, c'était juste une excuse pour elle
pour aller se faire sauter ailleurs sans être jugée.
Parce qu'ici elle est vue comme une vraie salope.
Mais je pense que je ne t'apprends rien.

Je respire fort, ma rage est si grande que, l'espace de quelques secondes, un voile rouge vient obscurcir ma vue. Je jurerais que si je l'avais devant moi, je l'aurais déjà massacré.

Moi_ Tu as cinq minutes pour faire ce que je t'ai demandé.

Aaron_ Ne t'inquiète pas, j'ai déjà reçu un message dans lequel on me prévient que la page va être automatiquement supprimée d'ici une heure. Maintenant, faudra surveiller que la photo n'atterrisse pas sur des sites pornos.

J'ai envie de lui faire ravaler son smiley, une grosse tête jaune qui pleure de rire, et le regarder s'étouffer avec.

Moi_Ça fera des preuves supplémentaires pour les flics.

Aaron_Décidément, tu comptes beaucoup sur le soutien de la police.

Moi_ Crois-moi, tu préférerais voir débarquer chez toi des mecs en uniforme plutôt que moi.

Ouais, parce que si c'est moi qui m'en charge… Putain, si c'est moi qui m'en charge, je pourrais bien me retrouver derrière les barreaux jusqu'à la fin de ma vie.

Aaron_ Je peux te donner un conseil ?

Je n'ai pas le temps de lui écrire que son conseil, il peut se le fourrer bien profond, qu'il m'a déjà renvoyé un autre message.

Aaron_ Si j'étais toi, je ne m'attacherais pas

trop à Violet. Elle ne restera pas
indéfiniment à Londres, et le jour
où elle reviendra en Californie,
ce sera dans mon lit qu'elle sera.

Je ferme les paupières en me concentrant pour ne pas tout casser dans ma chambre. Le simple fait d'imaginer Violet dans le même lit que ce mec, de me dire que c'est déjà arrivé, me retourne littéralement l'estomac. Quand je rouvre les yeux, j'ignore son message et ferme notre discussion, ne souhaitant plus réagir à ses provocations. Je reviens sur la page, déterminé à la réactualiser régulièrement pour vérifier qu'il ne m'a pas sorti de conneries et, de contrariété, je claque l'écran de mon ordinateur. J'ai besoin de prendre une douche pour faire retomber la colère qui gronde au fond de moi.

Sous le jet d'eau tiède, je plaque une main sur le carrelage de la salle de bains et essaie vainement d'effacer toutes ces images qui me hantent l'esprit. Je sais que le seul moyen pour moi de me calmer serait d'aller coller mon poing dans la face de ce mec mais, une fois le premier coup parti, je sais aussi que je ne pourrai plus m'arrêter. Si je m'écoutais, j'irais taxer du fric à mon père afin de m'acheter un autre billet d'avion pour Los Angeles, un qui partirait aujourd'hui, mais Violet m'en empêcherait sûrement. Et je me dois de rester fort, de ne surtout pas perdre les pédales, parce qu'elle compte sur moi. Je prends mon temps sous la douche, jusqu'à ce que j'entende du bruit dans ma chambre. Persuadé que c'est Violet, je coupe l'eau et me rhabille à toute allure.

– Violet, c'est toi ? T'es rentrée ?

Pas de réponse.

Je finis de boutonner mon jean, ouvre la porte, et me décompose en tombant non pas sur une blonde, mais sur une rousse qui est assise au bord de mon lit, sourire amer aux lèvres et mon ordi ouvert devant elle.

– Non, ce n'est pas Violet. C'est moi. Bonjour, Blake. Je t'ai manqué ?

Je reste muet, un peu parce que je suis surpris, mais aussi et surtout parce que tout dans cette scène me terrifie.

– Apparemment non, reprend-elle en baissant les yeux vers l'écran. Je vois que tu as passé du bon temps avec elle, et j'ai d'ailleurs tout un tas de questions à te poser à ce sujet, comme tu peux t'en douter. Mais je dois avouer que cette page Facebook m'intrigue d'autant plus. Dois-je en déduire que ça a mal tourné entre vous ? Si oui, j'en suis franchement désolée.

Elle plaque une main sur son cœur, faussement peinée.

– Comment t'es rentrée ici ? parviens-je à articuler d'une voix sereine, comme si Emily ne se trouvait pas dans ma chambre et qu'elle ne tenait pas une bombe entre ses mains.

Elle rit d'un rire bref et sardonique.

– Tout était ouvert, c'était comme entrer dans un moulin.

– Repose ça, lui ordonné-je en prenant un ton menaçant.

– D'accord, comme tu voudras.

Au lieu de le reposer sur mon lit, elle l'éjecte de ses genoux en le faisant volontairement tomber par terre. Je me retiens de lui tordre le cou et me contente de lâcher un juron. Satisfaite de sa petite vengeance, elle relève le menton pour planter ses yeux furieux dans les miens.

– Tu pensais vraiment pouvoir t'en tirer comme ça, hein ? Tu m'as bloquée partout, sans rien me dire. Aucune explication, siffle-t-elle sèchement. Ouais, il n'y avait pas grand-chose que je pouvais faire de là où j'étais. Mais mes vacances en Italie sont finies maintenant, je suis de retour. Et je ne partirai pas d'ici sans avoir eu une vraie conversation avec toi. Est-ce que tu imagines un instant ce que j'ai ressenti quand j'ai reçu un message de la part de Jasper me disant qu'il se tramait quelque chose de louche entre Violet et toi ?

Mes poings se serrent le long de mon corps, j'aurais dû me douter qu'il ne tiendrait pas sa langue. Mais honnêtement, aujourd'hui, je n'en ai plus rien à faire parce que Emily sait à présent qu'il n'y a plus aucune chance pour qu'on se remette ensemble. Et si elle ne déguerpit pas de ma chambre dans les trente secondes, je vais devoir la raccompagner moi-même à la porte, et ça n'aura rien d'une balade agréable.

– Je t'ai quittée. Je pensais que c'était assez clair comme ça.

– Non, tu m'as ghostée, là est toute la différence.

Son air affligé me file la gerbe. Emily est loin d'être une victime. En réalité, elle est tout l'inverse. J'ai déjà essayé de la quitter, proprement et en y mettant les formes mais, alors que n'importe quelle meuf aurait fini par l'accepter, Emily, elle, a eu une réaction des plus anormales. J'ai eu droit à une crise de nerfs plus grosse, plus exagérée que toutes les autres, accompagnée d'une tonne de menaces qui m'ont fait paniquer. Je n'avais par conséquent aucune envie de faire un remake de cette soirée cauchemardesque, d'autant que maintenant je ne suis plus tout seul dans l'équation. J'ai quelqu'un à protéger, autre que moi-même. Quelqu'un à préserver de mes choix et de mes erreurs.

– Jasper a raison. Je suis bien avec Violet, dis-je avec une assurance qui la fait tressaillir. Et je ne voulais pas que tu viennes la polluer avec tes intimidations merdiques.

– La polluer ? C'est marrant parce qu'on dirait que tu t'en es chargé à ma place, répond-elle en pointant l'ordinateur qui gît à ses pieds.

Je secoue la tête, n'arrivant pas à croire qu'elle imagine que je suis capable d'une telle monstruosité. C'est bien la preuve que nous n'avons rien à faire ensemble.

– C'est son ex qui est l'auteur de cette page. Pas moi.

Ce mot, *ex*, me laisse un goût acerbe en bouche. Il ne mérite absolument pas ce titre, mais Emily n'a pas besoin de le savoir. La rousse hausse les sourcils, l'air surprise.

– Intéressant. Et très touchant, il semblerait que vous n'ayez aucun secret l'un pour l'autre… À moins que ?

Je déglutis discrètement. Emily est aussi vicieuse qu'un serpent planqué dans un trou de sable et prêt à mordre au premier signe de faiblesse. Mais c'est fini, je ne la laisserai plus m'injecter son venin.

Je joue le tout pour le tout.

– Violet est déjà au courant, mens-je avec aplomb.

– Voyons, Blake. Contrairement à elle, j'arrive à savoir quand tu es honnête et quand tu ne l'es pas. Ce n'est pas Violet que tu cherchais à protéger en me rejetant de tes contacts. C'est toi.

Les mots s'évanouissent dans ma gorge. Bien sûr que je ne voulais pas voir ma réputation ternie par des actions honteuses datant du lycée, mais Emily se trompe toutefois sur un point : ce qui m'importe aujourd'hui n'est plus le regard des autres, mais uniquement le sien. Celui qui a illuminé ma vie depuis quelques semaines.

– Merde, donc j'ai bien raison ! Elle ne sait pas que tu es un putain de junkie, se moque-t-elle.

D'un geste enragé, je saisis le premier objet à ma portée et le lance contre le mur. L'ampoule de ma lampe de chevet se brise en mille morceaux et, ne pouvant plus me contenir, je lui hurle dessus.

– Je ne suis plus un *putain* de junkie ! Compris ? Redis ça encore une fois et je te promets que je vais te le faire regretter.

Emily est rarement intimidée mais, cette fois, je distingue une lueur de peur, très brève, vaciller dans ses yeux.

– Mais tu l'as été, chuchote-t-elle avec insistance, ce qui ne fait que m'enrager davantage. J'imagine sa déception quand elle l'apprendra… la même que celle que j'ai ressentie en découvrant que je sortais avec un raté.

C'est évident qu'elle cherche à me faire mal mais, pour le coup, je mentirais si je disais qu'elle n'a pas atteint son but.

– Elle ne va rien apprendre du tout, et encore moins venant de ta bouche, craché-je en la mitraillant du regard. Maintenant, dégage d'ici.

Elle se lève sans abandonner son attitude fière et, alors qu'elle pose sa main manucurée sur la poignée de porte, j'ajoute, les dents serrées :

– Et ne t'avise pas de te pointer à l'anniversaire de Travis.

Elle se tourne vers moi, ses cheveux impeccables virevoltent sous son mouvement.

– Rassure-toi, je ne veux plus jamais te croiser nulle part.

Je la regarde quitter la pièce, fulminant, et, quand j'entends la porte d'entrée claquer, je n'entrevois plus aucun espoir d'arriver à me calmer. Je m'empresse d'envoyer un texto à Travis.

[Démerde-toi pour qu'Emily
ne s'incruste pas à ta soirée.
Je ne resterai pas longtemps
mais, si elle est là, je peux
d'ores et déjà te prévenir
que je ne viendrai pas du tout.]

Comme pour la soirée de Garrett, je compte faire une apparition très succincte à la sienne. Je ne l'ai pas encore dit à Violet, mais je ne suis pas inquiet quant au fait qu'elle comprendra que j'y aille.

Sa réponse me parvient dans la minute même.

[Pourquoi ?
Ça ne s'est toujours pas
arrangé entre vous ?]

[Non.]

Sûrement pas.

Je frissonne de la tête aux pieds à la pensée terrifiante qu'Emily puisse lui cafter mon passé à tout moment. Pour autant, je suis incapable de lui en parler moi-même. À lui ou à qui que ce soit d'autre, même si je sens que la tempête me guette dangereusement. Mais tant qu'elle ne touche pas Violet, tout ira bien. *J'irai bien.*

[Tu veux que j'engage des videurs, c'est ça ?]

Je n'ai pas envie de rire. Et ça doit sans doute se sentir, car il me renvoie un autre message presque aussitôt.

[OK, OK. Je ferai gaffe à ce qu'elle
ne se ramène pas.
Et en parlant de mon anniversaire,
je comptais aussi inviter Violet.]

Je déglutis péniblement, pas tout à fait à l'aise avec l'idée que Travis et Violet se revoient. Jusqu'à présent, j'arrive plutôt bien à éviter les situations foireuses et je compte poursuivre dans cette voie.

[Non, c'est mort.]

[Écoute, mec, même si elle n'a fait
que me mettre des vents
depuis le début, je la trouve cool, moi,
cette meuf. Je n'ai pas envie de la mettre
à l'écart, alors sois sympa.]

Je lis son message en diagonale et m'assieds sur le bord du lit en posant mon téléphone sur mes cuisses. Il faut que je relativise, Emily ne sera pas là pour foutre la merde. Je peux bien gérer Travis. Surtout qu'en plus d'être une grosse soirée, ce sera aussi la sienne. Il n'aura donc pas le temps de parler avec Violet, c'est limite s'il va nous capter. Et franchement, je préfère qu'ils se revoient dans un événement aussi énorme que celui-ci, plutôt que comme la dernière fois, par hasard dans la rue. D'ailleurs, je l'ai échappé belle cette nuit-là au concert. Et je n'ai pas le choix, je dois continuer sur cette lancée, aussi périlleuse soit-elle. Je vais me débrouiller. Il le faut. Au pire, j'emmènerai Violet le plus tard possible là-bas pour que notre arrivée passe inaperçue.

Je me lève pour nettoyer mon foutoir et, malgré toute ma volonté à m'occuper et à m'activer dans ma chambre, mes angoisses ne diminuent pas. Elles sont tellement intenses qu'elles me mènent à faire quelque chose que je n'aurais jamais pensé faire un jour. Je débloque le numéro d'Emily et rédige ces mots à contrecœur.

[Je sais que tu as le pouvoir
de foutre ma vie en l'air,
mais je te demande de ne
pas le faire.]

Les dés sont jetés. Maintenant, je n'ai plus qu'à espérer qu'il lui reste un soupçon de compassion pour moi.

36

Violet

[Je t'attends dans la Jeep.
J'ai trouvé une place au bout de la rue.]

Tout en lisant le texto de Blake, j'applique une couche de rouge à lèvres, le sien, à l'aide d'un pinceau biseauté. J'ai le regard sublimé avec un maquillage classe mais plutôt discret. Devant le miroir, je passe un coup de peigne dans ma tignasse blonde et enfile des sandales plates en me tenant contre le mur pour ne pas perdre l'équilibre. Ce soir, c'est l'anniversaire de Travis et, même si avec Blake nous ne pouvons toujours pas nous afficher en public, je suis heureuse d'avoir été invitée. En fait, depuis dimanche soir, depuis la suppression de cette page Facebook, je me sens beaucoup mieux, à tel point que je veux profiter de chaque petite chose de la vie, même les fêtes auxquelles j'avais renoncé.

Je sais qu'à Riverside ma photo doit continuer à faire jaser, mais Blake m'a rassurée en m'affirmant qu'à mon retour tout le monde sera passé à autre chose. Et il a sans doute raison. Les gens de ma ville sont comme des vautours qui volent de commérage en commérage, aimant se moquer du malheur des autres, s'en délectant même, mais cet acharnement ne dure en général qu'un temps. Avec la distance, ils se lasseront peut-être encore plus facilement. Puis le jour où je rentrerai, je ne serai pas seule. Blake sera avec moi, et le simple fait d'imaginer ce départ, ensemble, me remplit d'une bonne dose de courage.

Je me regarde une dernière fois dans le miroir. Mon

bronzage s'est légèrement estompé, mais mes joues sont toujours aussi rosies par le soleil. Ma tenue, une robe blanche simple, fait son effet sans en dévoiler trop. J'ai les yeux brillants, les mains moites, et mon cœur bat trop vite pour que je puisse en compter les pulsations. J'ai hâte de retrouver Blake, d'enfouir ma tête dans le creux de son cou, de sentir ses bras protecteurs se nouer autour de ma taille, de voir ses fossettes espiègles se creuser à chacun de ses sourires. Ce sont ces détails cachés qui le rendent irrésistible. Je pensais ne pouvoir en profiter que, durant le trajet jusque chez Travis, mais Blake m'a assuré que l'on s'éclipserait de temps en temps de la fête pour passer quelques moments rien qu'à deux.

Contenant difficilement mon excitation, je descends les marches et sors sans avoir à passer par la case interrogatoire. Rachel et Andrew sont allés dîner chez des amis et ils ont embarqué Rosie. En ce moment, ils enchaînent les sorties et je ne vais sûrement pas m'en plaindre ! Ma pochette pailletée serrée contre ma poitrine, j'avance dans la rue à la lueur orangée du coucher de soleil, jusqu'à ce que Blake me fasse des appels de phare pour m'indiquer son emplacement. J'ouvre la portière de la Jeep et glisse sur le siège passager. Blake me détaille des pieds à la tête d'un regard dévorant qui me fait rougir jusqu'au blanc des yeux.

– J'ai plus du tout envie d'y aller maintenant, lance-t-il en faisant la moue. Tu ne veux pas qu'on décommande et qu'on file ailleurs ?

L'entendre me complimenter de la sorte me remplit de bonheur, mais je ne voudrais pas qu'il rate les 19 ans de son ami à cause de moi. D'autant qu'Amber sera aussi là-bas.

– Bien essayé, lui dis-je en bouclant ma ceinture. Mais c'est non.

– J'ai même pas droit à un bisou de réconfort ?

Je tourne la tête, tout en remettant une mèche de cheveux derrière mon oreille, et je lui souris.

– Pourquoi ce serait à moi de venir ?

– Flemmarde, marmonne-t-il en s'approchant.

Je ris et, un battement de cils plus tard, ses lèvres sont sur les miennes, aussi douces que du velours. Lorsqu'il se replace sur son siège, le cuir couine et il fait gronder le moteur.

– Qu'est-ce que tu as acheté à Travis ? l'interrogé-je tandis qu'il manœuvre pour sortir de son stationnement.

– Une place de concert pour les Arctic Monkeys. C'est tout ce qui restait, se hâte-t-il de préciser, comme pour vouloir justifier son choix. Je m'y prends toujours à la dernière minute pour faire des cadeaux.

Je glousse – ça ne m'étonne vraiment pas de lui.

– Moi, je comptais lui donner de l'argent. Il y aura une cagnotte ou quelque chose du genre à disposition ?

Je devine au froncement de ses sourcils qu'il n'approuve pas mon idée.

– Quoi ? Il n'est pas question que tu lui offres du fric. Si tu veux, je pourrai lui faire croire que tu as participé à l'achat de la place de concert.

– Alors, c'est à toi que je donnerai ce billet.

Exaspéré, il allonge le bras et met la main sur ma bouche pour me faire taire, mais je me débats pour la retirer. Ne lui en déplaise, je n'ai pas l'intention de me pointer chez Travis les mains vides, alors qu'il a eu la gentillesse de m'inviter. Puis, sans parler de politesse et de bonnes manières, ça me fait vraiment plaisir. Travis a toujours été sympa et accueillant avec moi. Un peu trop parfois, mais ça ne m'empêche pas de l'apprécier.

Tout le long du trajet, je laisse la fenêtre ouverte pour profiter de l'air frais de fin de journée. Plus les minutes passent, plus les paysages défilent et changent. Nous passons du bitume à des routes gravillonnées et sinueuses, si bien que la voiture remue dans tous les sens. Et moi avec. Je m'accroche à la poignée de plafond pour plus de stabilité.

– Travis habite drôlement loin, lui fais-je remarquer après un moment de silence.

Et au niveau de l'accessibilité, on ne peut pas dire que

ce soit très pratique. Il n'y a que des arbres et de la boue à perte de vue.

– Hum, hum.

Je me tourne vers lui, levant à peine un sourcil en guise d'interrogation.

– Quoi, *hum, hum* ?

– On ne va pas vraiment chez Travis.

En croisant mon regard surpris, il se dépêche d'enchaîner :

– Enfin, pas tout de suite ! On fait simplement un petit crochet quelque part avant d'y aller.

Compte tenu de la distance que nous avons parcourue, je dirais plutôt que c'est un long détour, mais je sens s'éveiller ma curiosité.

– Un nouveau spot à me montrer ?

– Absolument. T'es ici pour voir les trésors cachés de Londres, et quoi de mieux qu'un Anglais pour t'y conduire ?

Quand il sourit de cette manière, mon cœur se ramollit. Le vent qui s'infiltre dans l'habitacle joue dans ses cheveux et, en le regardant lever la main pour repousser ses mèches en arrière, le petit muscle logé dans ma poitrine fond carrément comme du chewing-gum.

– Tu as vraiment pris goût aux visites guidées.

– Ainsi qu'à la jolie fille installée à côté de moi.

Sa réponse me fait à la fois rire et rougir. Au bout de quelques kilomètres, Blake arrête la Jeep sur le bas-côté au milieu d'une forêt aux couleurs verdoyantes de l'été. Je remonte la vitre et, en descendant de la voiture, le chant délicat des oiseaux et le bruit du vent frissonnant dans les branches me chatouillent les oreilles. Le chemin pour venir jusqu'ici n'était pas de tout repos, mais je dois reconnaître que ça valait la peine de se faire ballotter. C'est l'endroit le plus calme que j'aie jamais vu.

– On peut dire que c'est très différent des lieux où tu m'as emmenée, plaisanté-je en faisant référence au London Eye et au concert.

– Tu ne le savais pas ? Je suis un homme plein de surprises.

Il me décoche son sourire à vingt mille volts, plus étincelant que le soleil qui commence à décliner derrière les arbres.

– C'était quand la dernière fois que tu es venu ici ?

Il emprunte un sentier graveleux et je le suis en évitant précautionneusement de marcher sur les gros cailloux. Si j'avais su que nous ferions un peu de randonnée, j'aurais choisi de meilleures chaussures.

– Je ne sais plus trop. Longtemps, puisque j'étais avec ma mère.

– Oh, laissé-je échapper sans même me rendre compte de la pente raide qui m'attend.

– C'est un peu casse-gueule pour y aller mais, tu vas voir, ça vaut le coup de risquer une fracture, dit-il en riant. Une fois là-bas, tu ne voudras plus repartir. Donne-moi ta main, je vais t'aider.

Je prends sa main et m'accroche aussi à son épaule pour ne pas glisser. Après quelques frayeurs, nous arrivons enfin en bas de la descente et nous marchons une dizaine de minutes parmi des buissons, des hautes herbes, des massifs fleuris, et je suis surprise de ne pas avoir encore taché ma robe. Nez en l'air, je continue de regarder autour de moi, jusqu'à ce que Blake s'éloigne du chemin et se faufile à travers les branchages. Je le rattrape, mais il m'arrête.

– Tu connais la règle. Ferme les yeux.

– Mais c'est dangereux, balbutié-je. Je sais que cet endroit se mérite, mais je n'ai vraiment pas envie de me casser quelque chose.

– Je ne te laisserai pas tomber.

Et c'est vrai que jusqu'à présent, il ne l'a jamais fait. Je clos mes paupières et me laisse guider.

– Tu me fais confiance ? me demande-t-il alors que nous avançons, lui à la lumière du jour, et moi, toujours dans le noir le plus complet.

Je hoche la tête de haut en bas sans l'ombre d'une hésitation, et une demi-seconde plus tard, je sens ses mains agripper mes hanches. Mes pieds décollent du sol au moment où il me soulève, et je retrouve rapidement la terre ferme, n'ayant aucune idée de l'obstacle que Blake m'a fait éviter. J'entends rouler le bruit sourd d'un torrent, ce qui me donne un gros indice quant à ce lieu secret.

– Je te rends ta vue, me susurre-t-il à l'oreille.

Je rouvre les yeux pour découvrir où nous sommes, et le spectacle qui s'offre à moi me laisse bouche bée. Ce n'est pas un torrent, mais une rivière à l'eau claire dans laquelle se déverse une cascade. Blake avait raison, c'est un véritable petit coin de paradis, et le fait qu'il est baigné dans la lumière crépusculaire le rend encore plus magique. De là où je suis, l'eau m'a l'air assez profonde. Je la regarde scintiller sous les derniers rayons de soleil.

– Ça n'a pas changé, murmure-t-il, son regard se perdant dans l'eau diamantée.

Ses yeux reflètent parfaitement le turquoise des flots. Je pose une main sur son épaule en imaginant tous les souvenirs que cet endroit doit lui évoquer.

– Si tu veux m'en parler…

– On n'est pas venus ici pour ça, m'interrompt-il en s'approchant du bord.

Je lâche un soupir inaudible tandis qu'il se penche pour ôter ses épaisses Dr Martens. Encourager Blake à se confier, c'est comme gravir l'Everest pieds nus. Impossible. Je ne dis pas que ça a été plus facile avec moi, j'ai mis une éternité avant de lui parler à cœur ouvert, mais j'ai fini par le faire. Je me demande combien de temps il lui faudra encore pour baisser chacune de ses barrières.

Sans dire un mot de plus, Blake enlève son tee-shirt, ce qui me permet d'observer son corps tatoué. Les grandes ailes de papillon sur son torse brillent sous le soleil et je divague. Je me perds dans mes pensées : *Quel genre de mère était la mère de Blake ? Comment a-t-il vécu sa maladie ? À quel point son départ l'a-t-il fait souffrir ? Pourquoi un papillon ?* C'est dingue, je ne connais même pas le nom de la femme qui a mis au monde le garçon qui se tient devant moi, et dont je suis éperdument amoureuse. En déboutonnant son pantalon, Blake surprend mes yeux posés sur lui et me lance un sourire amusé.

– Tu fais ta timide ?

– Je n'ai pas besoin de retirer ma robe.

Nous avons beau nous trouver au milieu de nulle part, je ne suis pas à l'abri de me faire épier par un pervers qui se cacherait derrière un buisson.

– Pour te baigner, si.

Je lui jette un regard effaré qui le fait beaucoup rire. Je pensais que nous allions simplement profiter du cadre, pas que nous ferions trempette. Je veux bien que Blake soit un nordiste et qu'il soit plus résistant au froid que je ne le suis, mais l'eau doit être gelée.

– Oh non, je préfère rester sur le rivage, lui expliqué-je en m'asseyant sur les galets.

En plus, j'ai passé beaucoup trop de temps à me pomponner pour la fête de Travis.

– Ne me dis pas qu'un peu de flotte te file la trouille ! me hurle-t-il avant de sauter en boxer dans la rivière.

Il est fou. Il est vraiment fou.

Je suis traversée d'un frisson en le voyant plonger sa tête dans l'eau. Lorsqu'il réapparaît à la surface, ses cheveux sont trempés et des gouttes lui tombent sur le visage. D'un geste incroyablement sensuel, il dégage les quelques mèches qui lui collent au front tandis que je fonds comme neige au soleil sur mon tas de cailloux. Malgré la distance, sa voix me parvient très clairement.

– Ramène tes jolies fesses par ici, Violet !

– Ces fesses ne bougeront pas de là où elles sont.

– Pourquoi ? Elle est super chaude, on se croirait dans les Caraïbes !

Je roule des yeux. Je suis sûre qu'il exagère.

– Je n'ai pas envie de ruiner mon maquillage.

– Ah, le maquillage, c'est vrai… soupire-t-il en levant les bras au ciel d'un air théâtral. Mais tu es parfaite, avec ou sans, mon amour !

Il dit ça sur le ton de la plaisanterie, mais ce surnom fait battre mon cœur plus fort.

– Merci pour le compliment, mais je ne viendrai pas.
– Oh, si, tu vas venir, crois-moi !
Il sort de l'eau pour courir dans ma direction et, quand je comprends ce qu'il a en tête, je pars dans le sens opposé, mais il a pris beaucoup trop d'avance pour que je réussisse à lui échapper. Je sens l'un de ses bras passer derrière mes cuisses et, d'un seul mouvement, il me balance sur son épaule humide comme si j'étais un vulgaire sac à patates.
– Blake ! Repose-moi par terre ! ordonné-je en tapant son dos de mes petits poings.
– Pas question.
Malgré mes cris de protestation, il ne m'écoute pas et se rapproche dangereusement de la rive. En désespoir de cause, je fais une dernière tentative.
– Laisse-moi au moins me débarrasser de ma robe ! Je n'ai aucun vêtement de rechange !
– Bonne idée, me répond-il en me relâchant.
Le sourire qui étire ses lèvres contient une bonne touche d'indécence et ne manque pas de me faire rouspéter. Après avoir retiré mes sandales, je fais glisser ma robe jusqu'aux chevilles et la pousse du pied.
– Voilà, t'es content ? Je vais me retrouver toute la soirée avec des sous-vêtements trempés, me lamenté-je.
– Tu peux aussi les enlever, me suggère-t-il, l'œil coquin.
– Ça va pas, la tête ! Je ne vais pas donner cette satisfaction au pervers qui rôde dans le coin !
Blake hausse les sourcils avant d'éclater de rire.
– Il n'y a personne ici. Tu crois vraiment que je prendrais le risque que tu te fasses mater par quelqu'un d'autre que moi ? Puis, pour tes sous-vêtements, ils auront le temps de sécher sur le trajet. Tu viens ?
– J'imagine que je n'ai pas le choix.
Sa main attrape la mienne pour m'entraîner dans la rivière et, en voyant mon expression dépitée, il reprend :
– Laisse-toi vivre, Violet.
Et de nouveau, je me rends compte qu'il a raison. Nous avons partiellement réglé le problème d'Aaron, la fermeture

de cette page étant déjà une immense victoire pour moi. En fait, il n'y a plus grand-chose qu'il puisse me faire maintenant. Et quoi de mieux que cet endroit pour fêter ma liberté ? Blake retourne dans l'eau, mes yeux dérivent sur les muscles de son dos qui se contractent au moment où il plonge, et je me lance aussi. Enfin, je trempe seulement les pieds. Je préfère y aller par étapes.

– Alors, comment tu la trouves ?

– Ça va.

Elle n'est pas aussi froide que je ne le pensais. Nous sommes loin du climat idéal de l'océan Pacifique, mais je dois avouer que c'est quand même agréable. En entrant progressivement dans l'eau, je remarque que Blake ne me quitte pas des yeux. Ses grandes billes bleues se baladent sur mes cuisses, mon ventre, ma poitrine, et ses joues prennent subitement une teinte rosée. Je peine à croire que ce soit moi qui lui fasse cet effet-là. Ce corps que j'ai détesté pendant des mois qui le fasse rougir de la sorte. Et pourtant, c'est bien le cas. Tout comme le fait que je recommence à l'aimer grâce à lui. Je veux continuer à briller sous son regard, continuer à exister sous ses lèvres. Pour toujours.

Après que je me suis attaché les cheveux, Blake reprend mes mains pour m'emmener vers la cascade. En étant sur la pointe des pieds, l'eau m'arrive en dessous des seins.

– C'est pas si terrible, hein ?

– Non, en effet. Je comprends pourquoi tu te sens bien ici.

Au risque de me répéter, son sourire me fait craquer. Ses fossettes se creusent au coin de ses lèvres, et c'est comme si, soudain, son visage s'illuminait d'un rayon d'insouciance.

– Je voulais que tu t'y sentes bien aussi.

Les reflets de l'eau dansent dans ses yeux.

– C'est réussi.

– Tout ce qui m'intéresse à présent, c'est ton bonheur, me souffle-t-il en posant son doigt sur ma bouche. Tu mérites d'être heureuse.

À cet instant, cette seconde précise…

– Je le suis.

Et je crois que c'est tout ce qui compte, vivre dans l'instant présent. Blake continue de passer son pouce sur ma lèvre supérieure avant de descendre plus bas. Je m'enflamme de la tête aux pieds jusqu'à ce qu'il me demande :

– C'est quoi que t'as sur le menton ?

Comprenant tout de suite de quoi il veut parler, je touche ma cicatrice. L'humidité de son doigt a dû enlever une bonne partie de mon fond de teint.

– Oh, c'est juste une cicatrice. Je me la suis faite le jour de ma compétition de cheerleading. Aaron était là et ça m'a… déstabilisée au point que je suis tombée.

Mais de toutes les cicatrices qu'il m'a laissées, celle-ci est loin d'être la pire. Blake n'ose plus rien répondre et j'ai peur d'avoir plombé l'ambiance. Il reste un moment silencieux, seul le doux clapotis de l'eau s'entend autour de nous. Puis, à mon grand soulagement, son sourire ressurgit.

– Je comprends mieux pourquoi tu ne voulais pas te baigner, ton maquillage est très chic. T'as dû passer un temps fou à te faire les crottes au coin des yeux.

Je ris.

– On dit eye-liner, mais merci.

À peine ai-je fini ma phrase que je reçois une giclée d'eau en plein visage. J'entrouvre la bouche, choquée qu'il ait osé m'éclabousser, et je passe mes doigts sous mes yeux pour essuyer les coulures de mascara. Cet idiot se permet d'ajouter :

– Maintenant, tu ressembles à un panda. Mais un panda vraiment sexy.

– Tu vas me le payer !

Je l'éclabousse à mon tour, mais il me tourne le dos pour se protéger. En prenant mon élan, je me jette sur son dos et essaie d'exercer une pression sur sa tête pour le faire couler. Malheureusement, mon plan de vengeance ne se déroule pas comme prévu car il reste aussi raide qu'un piquet. Et ça tourne carrément au vinaigre pour moi quand il se retourne pour m'attraper les hanches. Je comprends immédiatement qu'il veut me soulever pour me projeter dans l'eau, mais je l'en empêche en croisant mes jambes autour de sa taille. Je m'agrippe également à son cou, ce qui déclenche son rire.

– Aurais-tu peur de quelque chose ?

– Tais-toi. Tu as déjà fait de mon maquillage un massacre, je ne vais pas en plus te laisser mouiller mes cheveux.

– Et même malgré ça, tu restes époustouflante. Tu vois, j'avais raison. Belle, avec *ou* sans.

Je fais la moue.

– Il va falloir beaucoup plus de compliments pour te rattraper.

Il rit de plus belle avant de fondre ses lèvres aux miennes. Je me laisse faire, trouvant que ce baiser est un bon début pour se faire pardonner. Je sens ses mains se déplacer le long de mes cuisses et ma respiration devient de plus en plus difficile. S'additionne à cela le contact de nos corps sous l'eau, et c'est le combo parfait pour avoir le souffle coupé. L'excitation monte en moi jusque dans mon ventre, m'emplissant d'une douce chaleur que lui seul peut me procurer. Notre nuit au dortoir me revient à l'esprit et l'adrénaline pulse dans mes veines. Mais lorsque Blake s'approche un peu trop de mon intimité, j'ai un rire crispé.

– Ici ?

Il agite ses sourcils de manière suggestive et sourit :

– Pourquoi pas ? J'ai oublié mes écouteurs dans la voiture, mais il y a le bruit de la cascade.

Je déglutis en sentant la température monter entre nous. Blake a raison, la cascade remplace la musique et couvre le silence. Il a beau faire plus frais, je suis en nage. Son visage est à quelques centimètres du mien, je peux sentir sa respiration s'accélérer et voir la veine de son cou pulser. Son regard, intense et brûlant de désir, se noie dans le mien pendant un temps infini.

– Tu m'assures qu'il n'y a aucun pervers dans les environs pour nous espionner ? lui fais-je répéter.

– T'as vu beaucoup de voitures garées, toi ?

– Non, mais on sait jamais.

J'en ai très envie, mais je ne veux pas prendre de risques.

– Arrête de te poser dix mille questions. Imagine mes

mains entre tes cuisses, mes lèvres sur ton cou. J'ai envie de me perdre en toi. Ce n'est pas ce que tu veux, toi aussi ?

Sa bouche est tout près de mon oreille, si proche que je sens ses lèvres frôler mon lobe tandis que ses mots m'embrasent. Je ne résiste pas longtemps. Mes lèvres reprennent rapidement possession des siennes. Il sourit de mon initiative et un gémissement m'échappe lorsqu'il empoigne mes cuisses pour les plaquer davantage contre sa taille. Son torse se soulève avec violence, il halète. Sa bouche glisse sur ma tempe, ma joue, mes lèvres. Je respire à peine. Si nous n'étions pas dans l'eau, nous serions tombés à la renverse. Je n'ai jamais fait *la chose* ailleurs que dans un lit mais je dois dire que ce décor paradisiaque ajoute un côté très excitant. Et en parlant d'excitation, notre proximité fait que je commence à sentir le renflement que forme son sexe sous son boxer.

Sa main chaude empoigne mon sein à travers le tissu de mon soutien-gorge et je ne retiens pas un soupir quand il resserre son emprise. Après ce qui me semble une éternité, il le dégrafe puis dépose une myriade de baisers mouillés sur mes seins. Il passe de l'un à l'autre, les léchant, les suçant, les mordillant. Je n'en peux plus, mon sexe pulse à un rythme endiablé. J'enfouis mes mains dans ses cheveux, tire dessus, amenant son visage en arrière pour l'embrasser de nouveau. Il répond à mon baiser avec ferveur en mordillant ma lèvre inférieure.

– Je peux t'abandonner une petite seconde pour aller chercher ce qu'il nous faut ?

– Fais vite, lui chuchoté-je, pantelante.

Ma poitrine cachée entre mes mains, je le libère pour le laisser rejoindre la rive et je le vois s'agenouiller pour trifouiller dans ses affaires étalées sur les galets. Il sort un préservatif de la poche de son pantalon et l'agite au loin d'un air triomphant avant de venir me retrouver.

– Assez rapide pour toi ? me demande-t-il en baissant son boxer pour l'enfiler.

Son sourire inconsciemment provocant déclenche une impatience fiévreuse dans mon corps.

– Dans ta poche ? *Vraiment ?*

– Il faut toujours sortir couvert, se défend-il.

Je lève les yeux au ciel tout en riant. Sans que je m'y attende, Blake repositionne mes cuisses autour de sa taille et c'est suffisant pour faire renaître le feu entre nous. Sous l'eau, il caresse le tissu soyeux de mon string en exerçant une légère pression sur mon sexe déjà bouillant. Ses caresses sont si lentes que ça en devient presque une torture. Mon corps s'enflamme, mon sang pulse dans mes veines et une chaleur incendiaire se diffuse dans mon bas-ventre. Je tremble de tous mes membres. L'attente qu'il crée est insoutenable. Il retire sa main et repousse mon string sur le côté avant de plonger deux doigts dans mon intimité. Je gémis de soulagement. Ses doigts coulissent en moi avec une facilité déconcertante.

– Je sais que tu ressens cette chaleur à ce niveau-là, précisément, me dit-il en enfonçant ses doigts plus loin. Je la ressens aussi chaque fois que je te vois.

Ses doigts continuent leurs va-et-vient, tandis que son pouce se pose sur mon clitoris en se mettant à dessiner des cercles autour. Je me cramponne à lui et je remue contre sa main. Ma respiration s'accélère, mes gémissements s'accentuent et Blake vient les étouffer en m'embrassant sauvagement.

– Je te veux, toi, articulé-je difficilement contre sa bouche.

Sans se faire prier, il retire ses doigts et me pénètre d'un coup de toute sa longueur. Je pousse un gémissement, un autre et puis encore un autre. Blake serre les mâchoires, mord violemment sa lèvre, alors que ses yeux se révulsent. Je trouve cela rassurant de voir que je ne suis pas la seule à perdre pied. Je m'accroche désespérément à ses cheveux en me cramponnant à lui avec force. Il vient d'atteindre un rythme parfait et il en profite pour s'enfoncer plus loin, se retirer et plonger plus profondément encore. Ses doigts se plantent dans mes cuisses à chaque coup de boutoir. Mes mains remontent jusqu'à ses épaules et je les glisse dans son dos pour lui griffer la peau.

– Putain, Violet. C'est trop bon.

Il accélère le rythme en s'essoufflant contre la peau de mon cou. Quand il assène le dernier coup de reins, puissant et brusque, je ferme les yeux en sentant une vague de plaisir déferler en moi. Blake niche sa tête au creux de mon cou et tremble sous l'orgasme qui l'inonde et qui s'ajoute au mien. Il continue de m'enlacer, incapable de bouger. J'ai vaguement conscience d'entendre couler de l'eau. Aucun de nous deux ne parle, nous avons besoin de reprendre notre souffle. J'ai le visage plongé dans son cou, les yeux fermés, tentant de retrouver une respiration normale. Au bout de quelques minutes, je me retire pour récupérer mon soutien-gorge, qui flotte. Blake remonte son boxer après avoir retiré le préservatif usagé et nous regagnons la rive ensemble.

Je me penche pour ramasser ma robe avant de me souvenir que je suis trempée de la tête aux pieds. Comme il ne fait plus aussi chaud que tout à l'heure, je commence à trembler. Blake le remarque et m'attire aussitôt vers lui pour me serrer dans ses bras.

– Meeeerde, je suis trop con! Je n'ai même pas pensé à prendre des serviettes… Désolé.

Il me réchauffe en passant énergiquement ses mains dans mon dos.

– Ça valait le coup de se geler.

– C'est sûrement pas moi qui vais te dire le contraire, réplique-t-il en riant.

Lorsque ses bras se referment sur mon corps, je réalise avec étonnement qu'Aaron ne m'a pas traversé l'esprit pendant toute la durée de l'acte. *Et que cette fois-ci, j'ai eu un véritable orgasme.* Sur cette pensée, je pose ma tête contre son torse. Les battements irréguliers de son cœur se mêlent au bruit de la cascade et, voulant profiter de ce moment d'accalmie le plus longtemps possible, je me laisse bercer par cette douce symphonie.

37

Violet

Blake se gare devant chez Travis, à seulement quelques pâtés de maisons de celle des Wood, et la soirée semble déjà battre son plein. En remontant la vitre, je remarque qu'un troupeau de gens est rassemblé dans le jardin, et d'autres comme nous débarquent à peine. Blake coupe le contact et s'abandonne sur l'appuie-tête pour me regarder.

– T'es sûre de vouloir y aller ?

– Oui, oui, tout à fait sûre.

Il pousse un soupir à fendre l'âme, mais je ne me laisserai pas amadouer par ses beaux yeux.

– Qu'est-ce que je fais si quelqu'un vient te draguer, cette fois ? Je te laisse le choix entre un coquard et un bras cassé.

J'agite vigoureusement la tête de droite à gauche sans arriver à réprimer mon rire.

– Ni l'un ni l'autre. Je serai capable de rembarrer ce quelqu'un moi-même.

– Ouais, moi, je ne pense pas que je serai capable de me retenir, rétorque-t-il en soufflant. Et je risquerai d'être beaucoup moins zen que je l'ai été avec Garrett. Ou Travis…

Dégoûté, il observe le ciel de toit. J'hésite à tendre la main vers lui pour le tranquilliser, quand soudain il fait un petit bond sur son siège, comme s'il venait d'avoir une illumination.

– Dans une heure, on se retrouve à la voiture.

– Comment ça…

– J'ai un autre endroit à te faire découvrir, me coupe-t-il. On fait une petite apparition à cette soirée, comme je l'ai fait pour l'anniversaire de Garrett, juste histoire de dire qu'on était là, et on se barre. T'as vu le monde qu'il y a ? Personne ne se rendra compte de rien, c'est sûr.

Je pensais que la soirée d'anniversaire de Travis était importante pour Blake, je tenais vraiment à ce qu'il passe un bon moment avec les gens de son ancienne école car, ces derniers temps, je me suis aperçue qu'il ne sortait plus beaucoup pour pouvoir rester avec moi. Et pour rien au monde, je ne voudrais être la raison de son isolement, la raison qui le pousse à s'éloigner des choses qu'il aime, comme Aaron l'était pour moi. Mais je dois reconnaître que sa proposition est plus qu'alléchante. S'il arrive à partager son temps entre ses amis et moi, je pense que je peux accepter. Et cette escapade à la rivière était beaucoup trop bien pour que je refuse.

– Dans une heure, tu dis ?

L'autoradio claironne qu'il est vingt-deux heures, ce qui veut donc dire que l'on quitterait la fête à vingt-trois heures.

– Pas une minute plus tôt, pas une minute plus tard.

Je m'esclaffe face à son air cachottier.

– C'est d'acc…

Je n'ai pas le temps de finir ma phrase que sa bouche s'abat sur la mienne en un baiser puissant et ravageur. De mes joues, ses mains glissent dans mes cheveux, qu'il agrippe pour m'embrasser encore plus furieusement. Sa langue joue avec la mienne, un coup dans un sens, un coup dans l'autre. Désirant être plus proche de lui, je quitte mon siège pour m'asseoir sur le frein à main. J'ai besoin de le toucher. J'ai besoin de le sentir, n'étant pas encore complètement rassasiée de lui. Mes bras autour de son cou, j'arque mon corps contre le sien et, à chaque assaut de sa langue, je me replonge dans nos souvenirs.

Des souvenirs pleins de douceur, de bonheur intense, de profonde plénitude. Une journée ensoleillée au London Eye. Un concert haut en son, en lumière et en émotions.

Une nuit charnelle dans son dortoir, des soirées plus tendres chez lui. Des moments de sérénité, d'autres de doute, mais tous ces moments réunis constituent notre relation. Et même si elle n'est pas toujours parfaite, je l'aime de tout mon être.

J'aime Blake de tout mon être.

Car aujourd'hui, sans lui, sans ce *nous* qui fait gonfler mon cœur autant d'amour que de gaieté, je ne sais vraiment pas où j'en serais. *Non, finalement, je le sais.* Je serais encore dans mon lit en train de pleurer devant la nouvelle vague de commentaires qui se serait abattue sans l'intervention de Blake. C'est bête, mais je n'aurais jamais pensé à signaler la page.

Un groupe de personnes bruyantes rase la Jeep et nous nous éloignons à regret l'un de l'autre. Son souffle haletant est contre mes lèvres.

– On remet ça dans une heure ?

– Ça, c'est ce qu'on appelle du teasing !

Avec un sourire, Blake se décale pour sortir de la voiture et, après avoir vérifié que je n'ai aucun résidu de mascara sur les joues, je l'imite. Nous sommes immédiatement plongés dans une marée humaine, le bruit est assommant. Je ne savais même pas qu'il existait des enceintes aussi puissantes. J'ai pour réflexe de regarder les maisons alentour et je suis étonnée de voir qu'elles sont toutes collées les unes aux autres. Deux possibilités : soit les voisins sont absents, soit ils sont sourds. En moins de deux secondes, Travis nous repère parmi la foule et se précipite vers nous. Il porte une couronne en carton sur la tête, style galette des rois, et il a l'air déjà bien éméché.

– Vous êtes venus ! Ensemble ! Sans vous être entretués sur le chemin, c'est un miracle !

Sa bonne humeur est contagieuse. Je pouffe et cherche le regard complice de mon tatoué mais, tout ce que je trouve, c'est un Blake figé sur place.

– Oh, ne t'inquiète pas, Travis. Ils ont enterré la hache de guerre depuis bien longtemps déjà, déclare une voix glaciale derrière nous.

Je n'ai pas besoin de me tourner dans l'autre sens pour savoir qui c'est. Je crois déjà l'avoir deviné. Et mes craintes se confirment quand une jolie rousse tirée à quatre épingles apparaît dans notre champ de vision. Emily nous toise, un verre à la main, et le malaise qui me prend à la gorge est si fort que je la sens se serrer. *Elle sait tout. Bon sang, mais comment se fait-il qu'elle sache tout ?* Blake semble être plongé dans un bien pire état de stress que le mien, car je vois des gouttes commencer à perler sur son front.

– Tant mieux ! s'exclame Travis avec un enthousiasme que je ne partage plus trop.

Blake s'adresse à Travis à voix basse, d'un ton anxieux :

– Qu'est-ce qu'elle fout ici ?

– Elle s'est invitée toute seule, mec. Je n'ai rien pu faire. Peut-être que tu pourrais en profiter pour, tu sais… discuter avec elle ?

Il chuchote, mais j'entends tout. Du moins, un mot sur deux et c'est suffisant pour me mettre en rogne. J'ai la ferme conviction que Travis tente de les rabibocher. Mais bon, comment pourrais-je lui en vouloir ? Il ne sait pas que je suis la raison pour laquelle Blake l'a plaquée. Dans le même temps, je commence à me demander s'il ne vaudrait pas mieux qu'on lui parle de notre couple avant qu'Emily ne s'en charge elle-même. Et qu'importe si cela arrive aux oreilles d'Andrew, je suis convaincue que nous trouverons une solution pour sauver notre relation. Toutes ces cachotteries ont assez duré, nous ne sommes pas des gamins.

– C'est super que tu sois là, Violet, minaude Emily avec une feinte gentillesse.

Je ne suis pas dupe, tout en elle respire l'hypocrisie. Sa main se pose sur mon bras, ses longs ongles s'enfoncent dans ma peau nue, et le sourire qu'elle me lance me donne la chair de poule.

– Je… j'ai oublié un truc dans la voiture, bégaie Blake. Violet, tu veux bien venir avec moi ?

J'acquiesce, tout en me dégageant de l'emprise malfaisante d'Emily afin de pouvoir le suivre. Nous faisons le tour de la Jeep et, une fois à l'abri des regards, je lui demande :

– Bon, ton ex, en plus d'être une folle psychopathe, est drôlement perspicace. Tu as une idée de comment elle l'aurait su ?

– Elle n'était pas censée être là, dit-il en se parlant à lui-même, laissant ma question sans réponse. Putain, Travis m'avait assuré qu'elle ne viendrait pas.

Il passe sans cesse sa main dans ses cheveux, les saisissant par poignées et, quand il s'arrête enfin, c'est pour m'ouvrir la portière.

– Je crois qu'il vaut mieux qu'on se barre tout de suite.

– Quoi ? Non ! riposté-je en la refermant vivement. Pourquoi tu ne te servirais pas de cette occasion pour parler de nous à tes amis ? Ou du moins à Travis.

Je lui pose cette question parce que je n'en peux vraiment plus de toute cette situation. J'en ai plus que marre d'être la petite amie cachée, de ne pas exister aux yeux des autres, pire encore, de voir que ses amis tentent de reconstituer leur couple alors que… le couple, c'est nous ! Je suis arrivée à un tel stade de ras-le-bol que je suis prête à affronter son père à mains nues si c'est là le seul obstacle qui se dresse entre nous.

– Et tu fais quoi de mon père ? S'il l'apprend, je vais me retrouver à la porte, et toi dans le prochain vol pour la Californie ! J'ai presque tout dépensé pour pouvoir partir avec toi en janvier mais, si mon père te renvoyait chez toi plus tôt, je ne pourrais pas me permettre de payer les frais pour modifier la date du billet, et encore moins pour vivre sur place. Je pensais me dégoter un job ici jusqu'à la fin de l'année pour économiser le maximum d'argent, mais ce serait vraiment trop la merde si tu partais maintenant.

Je me hisse sur la pointe des pieds et encadre son visage entre mes mains pour essayer de le calmer. Nos yeux rivés l'un à l'autre, je sens peu à peu sa respiration ralentir.

– Arrête de prévoir la réaction des autres.

– Je n'ai pas le choix si je ne veux pas être séparé de toi.

– S'il faut, ton père ne fera rien du tout.

Il rit avec amertume.

– Bien sûr que si, il le fera. Ses réactions sont faciles à deviner puisqu'elles ont toutes pour but de me pourrir la vie. C'est ce qu'il fait depuis ma naissance et ça ne risque pas de changer.

Je soupire.

– Malheureusement, il faut que tu partes du principe qu'Emily va tout dévoiler à Travis, à tes amis, et même à ton père si elle est amenée un jour à le croiser.

Je vois sa pomme d'Adam monter et descendre alors qu'il déglutit.

– Notre secret n'en est plus un, accentué-je pour lui faire comprendre qu'un plan B s'impose. Mais n'aie aucune inquiétude, si ton père me licencie, je t'aiderai à payer le complément pour ton billet d'avion. Et pour ce qui est de la vie sur place, tu me crois réellement capable de te laisser dormir dehors ?

Sa tête bouge lentement de gauche à droite.

– Alors fais-moi confiance, on trouvera toujours un moyen de se débrouiller. Surtout que mon père est sans arrêt en déplacement professionnel, c'est rare qu'il soit à la maison. Et ma mère… je suis sûre qu'elle t'adorerait.

Beaucoup me traiteraient de folle de vouloir ramener mon petit ami que je connais depuis quelques semaines à peine chez moi mais, au contraire, moi, je trouve que notre relation est devenue assez sérieuse pour lui faire une telle proposition. Puis, ce n'est pas comme si nous avions une autre solution. Je n'aurai qu'à dire à mes parents que Blake est à la recherche d'un travail et qu'il a besoin d'un hébergement temporaire. Ils ne refuseront pas de l'aider.

– Mais ce nouveau départ était important pour toi. Tu voulais être ici, t'en avais besoin. C'est ce que tu m'as toujours dit…

– C'est encore plus important pour moi d'être avec toi, l'arrêté-je. Que ce soit à Londres ou à Riverside, ou même au fin fond de l'Amazonie, peu importe… tant qu'on est ensemble.

Il approuve en silence, attentif à mes mots.

– T'en es sûre ?

– Oui, à deux cents pour cent.

– D'accord… Je vais aller trouver Travis, m'annonce-t-il, soudain déterminé. Tu m'attends dans la voiture ?

– Non, j'ai promis à Amber d'aller la rejoindre.

Je l'encourage avec un sourire, qu'il ne me rend pas.

– Blake… Déstresse, OK ? On se retrouve après.

Il hésite un instant avant d'appliquer mon conseil.

– Ouais, d'accord. Mais ne t'approche pas d'Emily.

– Aucun risque.

Il dépose un léger baiser sur mes lèvres avant de partir et mon sourire s'efface à mesure qu'il s'éloigne. Je suis persuadée que nous allons nous en sortir et que Blake va réussir à contrer l'attaque de cette peste. En retournant dans le jardin, je commence à chercher Amber du regard mais c'est celui d'Emily que je croise. Je ne l'ai jamais vue aussi mauvaise, la marque de ses ongles est encore sur ma chair. L'ignorant, je sors mon téléphone pour envoyer un texto à Amber. Avec un monde pareil, je n'arriverai jamais à la trouver.

[Tu es arrivée ?]

[Oui, je suis dans la maison !]

À la réception de ce message, je m'élance dans l'allée dallée qui mène à la porte d'entrée et j'entre. Je pensais que ce serait plus calme à l'intérieur, mais force est de constater que je me suis trompée. Je progresse à petits pas dans le couloir, me faisant pousser de tous les côtés et, en arrivant dans la salle à manger, j'aperçois enfin Amber. Portant cette fois une perruque lilas, elle est près d'un buffet et tient d'une main son téléphone, de l'autre, un gobelet rouge. Soulagée, je fonce vers elle et, dès qu'elle me voit, elle m'accueille avec son sourire habituel.

– Trop contente que tu sois venue ! s'écrie-t-elle en m'enlaçant dans ses bras frêles. Tu as l'air d'aller beaucoup mieux, je te trouve rayonnante.

Elle fait sûrement allusion à la tête de déterrée que j'avais dimanche dernier. Pour justifier cet air cadavérique, je lui ai simplement dit que cette semaine de travail m'avait complètement épuisée.

– Oui, merci. J'ai eu le temps de me relaxer.

Après m'avoir lâchée, elle darde sur moi un regard empli de curiosité.

– Et avec Blake, alors ? C'est toujours l'amour fou ? Désolée de te poser la question, mais comme tu ne m'en as pas parlé la dernière fois...

Non, en effet, je ne l'ai pas fait car j'avais l'esprit trop occupé par ma souffrance pour lui parler de choses positives. Pour lui parler tout court, en fait. Je me suis contentée de la suivre dans chaque magasin dans lequel elle me traînait et de lui donner mon avis sur les vêtements qu'elle essayait. En bref, on ne peut pas dire que j'ai été d'excellente compagnie.

– Oui, ça se passe toujours aussi bien.

– Attends, je vais nous remplir deux verres et tu me racontes tout ! m'interrompt-elle en tournant subitement les talons.

– Non, c'est bon ! protesté-je d'une voix assez forte.

Mais elle a déjà disparu dans la foule.

– Je ne bois pas, finis-je tout bas.

Je soupire avant de sortir mon téléphone de ma pochette pour demander à Blake s'il a pu retrouver Travis et tout lui révéler à propos de nous. J'attends plusieurs minutes sa réponse ; cependant, voyant que mon appareil n'est toujours pas actif, je le range. Amber met du temps à revenir, tellement de temps qu'au bout d'un moment, je décide d'aller la retrouver. Je pars à la recherche de la cuisine avec l'intuition que c'est l'endroit où tout le monde va s'approvisionner en alcool, mais je suis arrêtée par une main qui se pose discrètement sur ma taille. Je me tourne, Blake est de retour avec un air penaud qui me fait froncer les sourcils.

– C'est un échec. Travis se fait alpaguer de tous les côtés, c'est impossible de parler avec lui plus de dix secondes sans se faire déranger.

Rien de très étonnant, vu qu'il est le roi de cette fête…

Mais je ne désespère pas. Blake pourra toujours refaire une tentative demain, quand tout le monde sera parti et que la tonne d'alcool que Travis a ingérée se sera dissipée de son organisme.

– De toute façon, je ne suis pas sûre qu'il était disposé à t'écouter.

J'observe Travis enchaîner les verres, me demandant comment il fait pour tenir encore debout.

– Je l'appellerai dans la semaine pour tout lui dire, me certifie Blake. On s'en va ?

Son ton est pressant.

– Mais il n'est pas encore vingt-trois heures.

– Ouais, je sais, mais vu qu'Emily est là…

– Et ? Le pire qu'elle puisse faire, c'est divulguer notre relation à Travis, mais ce n'est plus un problème puisque je nous ai trouvé une solution. Peut-être même qu'en lui montrant que ça nous est égal, elle se lassera et ne verra plus aucun intérêt de le dire à ton père ? Tu sais, les gens sont parfois étranges. Je te le répète, mais arrête de te prendre la tête et essaie de profiter de la soirée, d'accord ?

Je ne voudrais pas qu'il fasse comme moi. Il n'y a rien de pire que de se priver de vivre de bons moments à cause d'un ex toxique, croyez-en mon expérience.

– Je ne veux pas qu'il le découvre de cette manière.

C'est curieux, j'ai l'impression de déceler un double sens dans ses paroles, mais je décide d'en faire abstraction.

– Oui, je comprends. Mais je suis sûre qu'il sera assez intelligent pour ne pas t'en vouloir.

Bizarrement, ma tentative pour le rassurer est plutôt ratée – Blake semble encore plus inquiet que tout à l'heure.

En fait, il a l'air dépassé, comme s'il voulait s'enfuir à toutes jambes.

– Pour ceux qui veulent s'amuser, suivez-moi dans le salon ! hurle soudain Travis avec une voix partant dans les aigus.

Ce dernier tire la manche du blouson de Blake pour l'entraîner, l'empêchant alors de me répondre et, bien évidemment, je les suis aussi. Je suis d'accord pour le laisser s'amuser, mais pas sans savoir de quel amusement il s'agit. Il ne faut quand même pas abuser ! Je n'ai toujours aucune idée de ce qui se trame dans la tête embrouillée de Travis, jusqu'au moment où le groupe de personnes qui se sont greffées à nous s'asseyent par terre en formant un cercle et en se servant à boire. Nul doute qu'un jeu d'alcool se prépare. Déterminée à participer – et à rester dans cette pièce –, j'attrape un verre vide et le remplis en catimini de Sharp's. Moi, tricheuse ? Rien qu'un peu.

Alors que je bataille pour me faire une place, Amber débarque en me sautant dessus.

– Où t'étais passée ? Je suis désolée, ce n'est qu'une fois arrivée dans la cuisine que je me suis souvenue que tu ne buvais pas d'alcool.

– Travis voulait faire un jeu.

– Mmm, t'es au courant qu'il faut picoler pour jouer à ce genre de jeu ?

Amber me croit-elle naïve à ce point ?

– Oui, je sais.

– Et t'es d'accord pour y participer ? Alors que tu ne bois même pas ?

Mon regard rivé sur Blake lui apporte une réponse.

– Je vois ! Tu ne voulais pas être séparée de ton amoureux. Mais attends, c'est quoi, que t'as là ? me demande-t-elle en inspectant le contenu de mon verre. Ne me dis pas que tu vas renoncer à tes principes pour un garçon !

Son air scandalisé m'arrache un sourire.

– Du calme, c'est de la bière sans alcool.

– Oh, d'accord, me dit-elle, soulagée.

– Vous jouez avec nous, les filles ? nous questionne Travis et, en jetant un bref coup d'œil à Blake, je comprends qu'il ne serait pas ravi de me voir accepter.

– Bien sûr ! s'écrie Amber avec joie.

Il est à présent trop tard pour faire machine arrière. Amber ne se gêne pas pour pousser deux filles, de façon que nous puissions nous installer à notre tour. Je me laisse glisser contre le dos d'un sofa, Amber m'imite et, dans l'attente des instructions de la star de la soirée, je me mets à regarder les gens qui m'entourent. Je suis complètement à l'opposé de Travis, Blake et Garrett, qui me font face ; tous les autres visages, hormis les leurs, me sont inconnus. Mais étrangement, je me sens plutôt à l'aise… jusqu'à ce qu'Emily déboule dans le salon.

– Je joue aussi, annonce-t-elle en prenant place près de Travis.

Trop tard pour faire machine arrière, me répété-je.

Je prends une forte inspiration pour me donner le courage d'affronter la présence de l'ex de mon petit ami… qui ne se trouve même pas à mes côtés au moment où je me parle intérieurement.

– Fait chier qu'elle se soit ramenée, me souffle Amber, agacée.

Je suis totalement de son avis, mais je ne me défilerai pas pour autant.

– J'imagine que tout le monde connaît le jeu du *Je n'ai jamais…*, commence Travis en remettant sa couronne, qui commençait à glisser dans ses cheveux.

La fille sur ma droite intervient, l'air perdue.

– *Je n'ai jamais…* ?

Travis hoche la tête.

– La règle est simple, mais là je n'ai pas toutes mes capacités intellectuelles pour te l'expliquer. Garrett, mon pote, tu me donnes un coup de main ?

– Chacun notre tour, on va dire une phrase qui commence par *Je n'ai jamais…* Ceux et celles qui ont déjà réalisé l'acte en question doivent alors boire une gorgée de leur verre, y compris la personne ayant parlé.

– Je n'aurais pas pu dire mieux, pouffe Travis. Ce qui est bien dans ce jeu, c'est qu'il nous permet de découvrir plein de choses intéressantes sur les autres. Et il y a un suspense de dingue.

– C'est un excellent jeu, Travis, commente Emily avec un drôle de sourire.

Blake se relève à toute vitesse comme s'il s'était fait piquer par un insecte.

– Désolé, mais avec Violet, on va devoir y aller. Mon père ne veut pas qu'on rentre trop tard.

– Quoi ? Depuis quand tu écoutes ce que dit ton père ? raille Travis. Rassieds-toi, mec… il n'est même pas encore minuit, relax.

– On doit y aller, insiste Blake en me faisant les gros yeux.

Au lieu de m'exécuter, je ne bouge pas d'un millimètre.

– Violet a envie de rester, interfère brusquement Amber avant d'ajouter à voix basse. Ça lui arrive souvent de te commander comme ça ?

Je ne peux pas remuer un orteil, et, en plus de ça, ma bouche est comme cousue. Pourquoi devrions-nous partir maintenant ? Emily n'a plus aucun pouvoir sur nous. Trop longtemps, j'ai supporté de me faire pourrir la vie par des gens sans intérêt. Je ne laisserai pas Blake être une victime de plus.

Qu'elle annonce notre relation devant tout le monde, j'en ai rien à cirer.

Tant mieux, même, si elle le fait.

Je n'attends plus que ça.

Travis soupire.

– Ne plombe pas l'ambiance, mec…

– Oui, Blake, ne plombe pas l'ambiance, le sermonne Emily avec une lassitude pleine de sarcasme. Je commence.

– Non, *je* commence ! rétorque Travis, offusqué. Aux dernières nouvelles, c'est mon anniversaire. Anniversaire auquel tu n'étais pas invitée, d'ailleurs.

Je savoure sa tête décomposée. C'est vraiment trop jouissif d'entendre quelqu'un lui lancer une pique.

– *Je n'ai jamais…* reprend Travis en laissant planer un soupçon de mystère. Bu d'alcool au point de me prendre une cuite magistrale.

Tout le monde boit, y compris moi. Travis et Amber me dévisagent, l'air surpris.

– Tu as déjà pris de l'alcool ? me chuchote Amber. Petite cachottière !

La voix de harpie d'Emily résonne dans la pièce.

– Elle n'est pas aussi innocente qu'elle en a l'air.

Je lui jette un regard assassin. Emily me déteste et elle a certainement de bonnes raisons pour le faire. Après tout, j'ai pris sa place, mais toujours est-il que ça ne lui donne pas le droit de me balancer des remarques aussi cyniques. Moi, je m'abstiens bien de le faire alors que j'adorerais lui faire payer sa nocivité envers Blake.

– J'ai perdu le fil, là. C'est quoi, qu'il y a dans ton verre ? me questionne Travis avec une mine sidérée.

De peur d'être éjectée du jeu, je mens.

– De la bière. Ça m'arrive d'en boire, mais c'est plutôt rare.

Travis me sourit.

– Violet la mystérieuse. On espère en apprendre plus sur toi à travers ce jeu. À ton tour, Blake.

Je n'hésiterai pas à mentir de nouveau si je juge certaines confessions trop intimes, mais personne n'est censé le savoir… personne, à part Blake. En lui jetant une œillade curieuse, je remarque que son regard à lui est baissé sur la moquette et qu'il bouge frénétiquement sa jambe droite, tout en se rongeant les ongles.

– *Je n'ai jamais…* fumé de cigarette, marmonne-t-il.

– Tu n'as pas plus ennuyeux ? le chambre Garrett après avoir toutefois pris une gorgée. *Je n'ai jamais…* eu le cœur brisé.

Emily avale une longue gorgée, les yeux fixés sur Blake qui, quant à lui, ne boit pas. Il lui a indéniablement brisé le cœur et j'ai honte de mon égoïsme avant même qu'il ne surgisse, mais le fait qu'il a réparé le mien compte davantage à mes yeux. Une part de moi, infime, ne peut s'empêcher de prier pour que les choses restent inchangées entre nous. Pour que mon barème de souffrance n'atteigne plus jamais son maximum. Je vide quasiment mon gobelet, repensant à toutes les fois où j'ai été malheureuse avant de le connaître. Quand je réalise que mon geste était trop personnel, il est déjà trop tard. Travis m'a repérée.

– Oh, oh ! La belle Violet s'est déjà fait briser le cœur, mais par qui ?

– Est-ce que je vais avoir droit à des commentaires à chaque phrase ?

Je masque à grand-peine mon agacement, n'aimant pas être au centre de l'attention. Derrière ses lunettes, Travis m'adresse un sourire contrit.

– Désolé, c'est juste que… tu es celle qu'on connaît le moins bien.

– Ça dépend pour qui, lâche froidement Emily et je lui lance un second regard foudroyant.

Si elle a envie de balancer notre relation au reste du groupe, qu'elle le fasse. Mais qu'elle arrête de me prendre pour cible.

– C'est à moi, mais je ne suis pas franchement inspirée… continue une fille à l'accent irlandais marqué.

Emily ne manque pas de saisir cette occasion pour lui voler sa place.

– Moi, j'en ai une ! s'exclame-t-elle. *Je n'ai jamais…* joué sur plusieurs tableaux.

Ne comprenant pas trop le sens de sa phrase, je scrute la réaction des autres. Travis se frotte le menton tandis que Blake se raidit comme un piquet. L'œillade qu'il lance à Emily est infiniment plus noire que les miennes. *Fait-elle référence au fait que Blake et moi avons commencé à nous rapprocher quand ils étaient encore ensemble ? Impossible… Comment pourrait-elle le savoir ?* Et puis quand bien même ce serait le cas, cette situation n'a pas duré longtemps, heureusement. Blake l'a quittée dès que les choses sont devenues sérieuses entre nous.

Bon, il me faut bien l'admettre, je suis larguée. Cependant, je dois faire un effort pour me détendre et ne pas laisser mon imagination débordante partir au triple galop. Même si mon radar interne me hurle que quelque chose ne va pas, je me force à l'ignorer et à détourner les yeux de la personne qui est au centre de toutes mes pensées.

Personne ne touche à son verre.

– Il n'y a que toi pour avoir des idées aussi tordues, grimace Travis.

– Non, ce n'est pas aussi fou que tu crois. Tout le monde n'est pas honnête ici, dommage.

J'essaie de ne pas cogiter, de rester concentrée sur la suite du jeu, mais les paroles d'Emily sont bloquées dans ma tête. Quand vient le tour d'Amber, je me reconnecte au réel.

– *Je n'ai jamais…* eu de relations lesbiennes, poursuit-elle avant de porter fièrement son verre et de boire une solide gorgée.

Si je n'étais pas aussi préoccupée, je lui aurais souri pour lui montrer mon soutien. Elle ne quitte pas le regard d'Emily, qui la toise avec une moue de dégoût.

– Ça devient chaud par ici, commente Travis. À toi, Violet.

J'hésite longuement à laisser sous-entendre que Blake et moi sommes ensemble, ce qui nous permettrait de désamorcer la bombe qu'Emily rêverait de lâcher mais, en même temps, je ne voudrais pas endosser cette responsabilité et risquer de m'attirer les foudres de Blake. Il est passé avant moi et a choisi de ne pas en parler. Pour moi, ça n'a aucun sens, mais je lui fais confiance. Il doit y avoir une raison à son silence.

Je balance la deuxième idée qui me passe par l'esprit.

– *Je n'ai jamais…* couché dès le premier soir.

Là encore, personne ne boit et je commence à penser qu'Emily a raison. Je ne suis pas la seule à vouloir garder mes secrets pour moi.

– Ça, on le sait tous, me dit Emily d'un ton mauvais. Loin de moi l'envie d'entacher ton image de fille parfaite mais, si j'étais toi, j'aurais plutôt dit quelque chose comme : « *Je n'ai jamais...* volé le petit ami d'une autre. » Non, mieux encore, « *Je n'ai jamais...* envoyé de nudes. »

L'expression de mon visage, un mélange entre la confusion et l'horreur, lui provoque un rictus. Ma tête bourdonne. Mes pensées se font floues. Je suis tellement choquée que j'ai du mal à respirer. L'ébranlement que subit mon esprit déjà confus m'empêche d'avoir des idées cohérentes, les questions s'amassent et s'embrouillent. Une seule reste néanmoins intacte : comment connaît-elle l'existence de cette photo ? La réponse est évidente, mais je suis incapable d'y faire face. Blake ne lui en aurait pas parlé. Il ne m'aurait jamais trahie. Mais en même temps, je ne vois pas qui d'autre aurait pu le lui dire car c'était le seul à être au courant. Le seul à me connaître mieux que personne. Les battements désordonnés de mon cœur sont assourdissants, tellement assourdissants que j'ai cette impression paranoïaque que tout le monde peut les entendre aussi. Quand j'ose enfin regarder en direction de Blake, j'ai l'impression qu'il me fixait déjà depuis un moment. Il est pâle comme un mort.

– De quoi elle parle ? me murmure Amber à l'oreille, mais je suis dans l'incapacité de lui formuler une réponse.

– Alors, Violet ? Tu ne bois pas ?

Les yeux d'Emily brillent d'une lueur sadique. Je lui réponds, malgré l'énorme boule qui s'est formée dans ma gorge.

– Je... je n'ai jamais fait ça.

– Inutile de mentir. J'ai vu cette photo de toi, nue, de mes propres yeux en allant chez Blake dimanche.

Je ravale difficilement les larmes qui menacent de me submerger. *Ils se sont vus pendant mon absence ?*

– La ferme, Emily.

Blake est menaçant. Je jurerais voir un éclair de fureur traverser son visage.

– Non, mais pourquoi, toi, tu ne l'ouvrirais pas davantage ? Tu n'as pas bu au moment où j'ai dit « *Je n'ai jamais...* joué sur plusieurs tableaux », alors que c'est toi que je visais.

– Emily, je te jure que si tu ne la fermes pas...

Elle continue malgré le ton hostile de sa voix.

– Tu n'as même pas eu le cran de me quitter pendant que tu te la tapais, laisse-t-elle échapper dans un souffle et je sens le mien se bloquer dans ma poitrine.

Je ne peux pas croire que ce qu'elle dit est vrai et, en même temps, derrière son sourire acide, elle paraît affreusement sincère. J'engloutis Blake sous mes yeux imbibés de larmes. Hormis nous trois, tout le monde se tait. Ce long silence me tue, me dévore de l'intérieur, alors je dis d'une voix que je veux forte, mais qui se brise sur un sanglot :

– Blake, je t'en prie, dis-moi que c'est faux.

– Je… j'ai fini par le faire. Je te le promets…

– Oui, dimanche, ajoute amèrement Emily.

Je tressaille, comme frappée d'un coup de tonnerre. À cette détresse s'ajoute un profond sentiment de douleur, et de colère aussi, mais la douleur domine. Ça fait trop, beaucoup trop d'un coup. D'abord, j'apprends à mes dépens qu'Emily est tombée sur ma photo. Puis, que Blake a mis un temps fou avant de mettre un terme à sa relation avec elle. J'ai le cerveau en ébullition et le cœur en bouillie. Pour l'instant, je n'ai eu aucune explication, aucun détail, mais c'est amplement suffisant pour en déduire la chose suivante : non seulement Blake m'a menti sur toute la ligne, mais il m'a aussi trahie.

Travis nous dévisage tour à tour. Je me sens de plus en plus mal.

– Je ne comprends plus rien. Vous deux, vous sortez ensemble ? demande-t-il en nous pointant du doigt. Et c'est quoi, cette histoire de nudes, Violet ?

– C'est simple. Elle adore en faire.

Je n'ai même plus la force de me défendre. *À quoi bon ?* Pour tout le monde, ma réputation est en miettes, à présent.

– Plus salope, tu meurs, toussote une fille proche d'Amber.

D'autres gloussent, un son aussi désagréable qu'un couteau qui grince sur une assiette.

– Si j'entends encore quelqu'un lui manquer de respect, je lui en colle une, les prévient Blake en serrant les poings, mais ça ne me fait en aucun cas me sentir mieux.

Au contraire, je me statufie sur place, ne bouge plus, aucune oscillation de la tête, aucun battement de cœur. Je ressens le besoin vital de disparaître, d'être invisible, mais je reste immobile sans savoir quoi faire. Je sais que je ne devrais pas, mais je commence à décortiquer chaque réaction autour de moi. Travis est bouche bée tandis qu'Amber me jette un regard empli de… compassion, pitié ? Je n'en sais rien. De toute manière, ça ne fait pas une grosse différence. Un type me reluque de la tête aux pieds et me lance un sourire plus que suggestif, à l'abri de la vigilance de Blake. En moins d'une minute, tout le monde me regarde comme si j'étais la dernière des traînées. Je devrais pourtant avoir l'habitude d'être traitée comme une moins que rien, mais ce n'est pas comme sur Internet. Je suis cette fois confrontée à des visages, à des gens dont les messes basses sont un véritable supplice pour mes oreilles. Même dans mes cauchemars, je n'aurais jamais pu imaginer un tel niveau d'humiliation et d'impuissance. C'en est trop. En ce lieu oppressant, avec tous ces yeux hostiles pointés sur moi tels des fusils de chasse, je me rends compte à quel point je ne suis pas à ma place. *À quel point je ne l'ai jamais été.* Et je ne le serai jamais nulle part, ni en Californie, ni à Londres, ni ailleurs. C'est seulement aujourd'hui que la réalité me frappe en plein visage : même à l'autre bout du globe, le passé finit toujours par nous rattraper.

– Violet, laisse-moi t'expliquer…

Je tourne la tête vers cette voix que je connais si bien, et qui me fait la sensation d'un poids pesant qui m'écraserait le cœur. Blake est aussi immobile qu'une statue de glace. Ses yeux bleus étincelants de larmes retenues implorent ma clémence. À peine se lève-t-il que je l'esquive juste à temps et pars à toute vitesse. Je me fiche de ses explications. Il m'a menti, c'est tout. Et qui plus est, humiliée publiquement.

Je fonce dans le couloir et traverse le jardin, avant d'atterrir dans la rue.

Jusqu'à la sortie, je réussis à ne pas pleurer. Mais maintenant que je suis dehors sans personne pour me voir, des larmes que je n'arrive pas à retenir ruissellent sur mes joues. Plus je pense à Blake et à toutes les décisions que j'ai prises, toutes ces choses que je lui ai dites, plus je m'en veux. Je déteste Londres d'avoir détruit mes derniers espoirs, je déteste Blake d'avoir fichu en l'air mon nouveau départ. Mais plus encore, je me déteste d'avoir cru que ma vie pourrait changer.

Tout à coup, je m'arrête de courir. Ma poitrine est oppressée et j'ai des sueurs froides. Je suis au bord de la crise d'angoisse. Si je ne prends pas le temps de respirer, je vais tomber.

38

Blake

– Tu nous expliques ce qui se passe, là ? me demande Travis, déconcerté. Si tu sortais avec Violet, pourquoi tu n'as pas quitté Emily avant ? Et surtout, pourquoi tu ne m'as rien dit ?

Je sens son incompréhension se muer peu à peu en déception.

– Oui, Blake, pourquoi tu ne m'as pas quittée avant ? répète Emily, narquoise. Dis-leur.

– Personne ne t'a demandé d'intervenir, grince Travis.

Je ne les écoute plus parler et fixe la porte par laquelle Violet s'est enfuie. J'ai envie de courir pour la rattraper, mais pour lui dire quoi exactement ? Que j'ai laissé ma peur contaminer notre relation ? Que j'ai empilé les mensonges pour m'assurer que le cadavre de l'horrible déchet que j'étais ne soit jamais déterré ? Que je regrette l'enchaînement précipité de ces cinq dernières minutes ? Ce serait un bon début, mais le lâche que je suis est terrorisé à l'idée de lui dire toute la vérité.

– Blake ?

Je tourne la tête vers Emily, qui se lève pour s'approcher de moi. Elle prononce à voix très basse cette phrase que seuls elle et moi pouvons comprendre.

– J'aurais pu faire largement pire, et tu le sais.

Je lui lance un regard mauvais et tourne les talons. J'ignore si j'ai envie de croiser Violet dehors, mais j'ai besoin de me tirer vite d'ici. C'est ce que je voulais depuis le début, depuis le moment où j'ai vu Emily et le sourire diabolique qui étirait ses lèvres, mais je n'ai pas réussi à attirer Violet ailleurs. J'entends Emily sur mes pas. Elle me suit dans le couloir, mais je continue ma course.

– Non, attends une seconde ! Ne me dis pas que tu vas lui courir après comme un petit chien ? C'est fini, elle ne veut plus de toi !

Ce n'est pas comme si j'accordais de l'importance à ce que dit Emily, mais ces derniers mots m'obligent à m'arrêter et à lui faire face de nouveau.

– Qu'est-ce qu'elle va dire quand elle connaîtra ton passé ? Quand elle saura ce que tu lui as caché ?

– Comme tu dis, c'est du passé, rétorqué-je avec irritation.

– Mais ça fait partie de toi. De ton histoire. Comment tu peux être sûr qu'elle l'acceptera ? Qu'elle t'acceptera, toi, avec tes failles et tes faiblesses ?

Se rapprochant toujours un peu plus de moi, elle laisse planer quelques secondes de silence avant d'ajouter :

– Moi, je l'ai fait. Je suis la seule à t'avoir aimé *entièrement*.

Ses yeux se figent dans les miens et restent plantés avec un air de dire que je suis épuisant à ne pas comprendre les évidences. Elle pose une main sur mon torse, mais je la repousse durement.

– Elle m'aimera toujours, j'en suis sûr.

Elle et moi avons tous deux nos démons mais, jusqu'à présent, ils n'ont fait que nous rapprocher. Le plan d'Emily a lamentablement échoué. Au lieu de me dissuader de courir derrière Violet, elle vient de me convaincre d'aller lui parler à cœur ouvert.

– Sa vie a l'air d'être un beau bordel, je doute qu'elle soit prête à y faire entrer un camé, insiste-t-elle. Et si tu étais si sûr de sa réaction, tu lui aurais tout dit depuis longtemps, je me trompe ? Tu n'aurais pas attendu cette soirée pour le faire.

– Je ne suis plus un camé, lancé-je d'une voix plus assurée. Et t'as raison, j'ai trop tardé pour lui dire la vérité. Mais je vais me rattraper.

– Vraiment ? Alors, pourquoi tu n'en profiterais pas pour retourner là-bas et l'annoncer au reste du groupe, tant que tu y es ? me répond-elle avec un grand sourire. Ou peut-être que tu préfères que je m'en charge à ta place ?

Elle m'a déjà fait cette menace un million de fois. Je ne sais pas si elle est sérieuse ou si elle essaie encore de me faire peur mais, pour le coup, je n'en ai plus rien à foutre. Elle peut bien me salir devant tout le monde, de la façon la plus basse et la plus abrupte qui soit, tant que Violet n'est pas incluse dans le lot.

– Fais-toi plaisir, dis-je aussi froidement que possible.

Puis, je tourne les talons et m'élance dans le couloir sans regarder derrière moi.

– Reviens ici !

Les battements de mon cœur sont si forts que la voix d'Emily n'a pas plus de portée qu'un chuchotement. En arrivant dans le salon, je suis obligé de ralentir le rythme à cause du monde. Instinctivement, je les pousse du coude. Je regarde partout autour de moi, mais je ne la vois nulle part. En même temps, ce n'est pas surprenant. Violet déteste la foule, elle la fuit comme la peste. Et avec toutes les émotions qu'elle doit ressentir, elle s'est certainement réfugiée dans un endroit plus calme. Alors que j'avance en direction de la porte d'entrée, je suis arrêté par une fille aux cheveux mauves. *Amber*. Je suis surpris par sa rapidité. Il n'y a même pas trente secondes, elle était encore dans le salon avec tous les autres.

– Où tu comptes aller comme ça ?

Je suis doublement surpris par son ton agressif.

– La… la retrouver.

Elle rit, sarcastique, et se reprend face à mon expression abattue.

– Après ce qui vient de se passer ?

Je hoche la tête sans oser dire un autre mot.

– Ça, c'est la meilleure ! Tu as conscience qu'elle t'aimait ? Qu'elle te faisait confiance ? Et je pensais aussi que tu étais sincère avec elle… Comment tu as pu laisser

Emily lui faire ça ? s'indigne-t-elle d'une voix vibrante de colère.

Bien que ce ne soit pas très clair dans ma tête, je comprends que Violet s'est confiée à elle sur notre relation.

– Elle s'est permis de se pointer chez moi à l'improviste et de fouiller dans mon ordinateur. Elle n'aurait jamais dû tomber sur cette photo. Et je m'en veux, putain, je m'en veux tellement…

Amber me considère longuement d'un air méfiant. Elle ne doit pas comprendre pourquoi j'ai une photo de Violet, nue, dans mon ordinateur, mais je n'ai pas le temps de lui donner davantage de détails. D'autant plus que ce n'est pas à moi que revient la décision de lui expliquer l'intégralité de la situation.

– Et comment tu justifies le fait que tu as mis une éternité avant de la larguer ?

Honteux, je baisse la tête.

– Je sais, j'ai merdé sur toute la ligne avec Violet.

– Et le pire dans tout ça, c'est que tu as eu le culot de lui parler mal devant tout le monde.

– Je cherchais juste à l'éloigner d'Emily… Mais je sais, tout est ma faute.

– Bon, cesse de te lamenter et dépêche-toi de la rattraper, m'ordonne-t-elle, ce qui provoque mon étonnement. Et de réparer tes torts, quels qu'ils soient.

Je lui lance un sourire rapide, sors et traverse le jardin en trombe. Il n'y a pas la moindre trace de Violet. Pendant une seconde, je me demande si elle n'est pas rentrée chez mon père. Je ne l'espère pas. Il fait nuit noire et, même si le trajet qui sépare ma maison de celle de Travis n'est pas long, elle est seule, complètement livrée à elle-même. Dans cette ville où les monstres rôdent partout, où il peut lui arriver n'importe quoi. Dans ma tête, je me repasse tout ce que j'ai mal fait, tout ce que j'aurais dû faire, et les scénarios qui naissent de ma peur me rendent dingue. J'en crèverais s'il lui arrivait encore quelque chose. Je marche dans la rue avec la sensation de suffoquer.

Et lorsque je la vois, appuyée contre un muret, le visage enfoui dans ses mains, j'ai l'impression que ma respiration redevient normale et que mon cœur se remet doucement en marche.

Même si je sais que, cette fois, je ne vais pas pouvoir échapper à une conversation qui menace d'être infiniment douloureuse.

39

Violet

– Violet ?

Je sens ma gorge se nouer en entendant cette voix brisée et familière résonner à quelques mètres de moi. En d'autres circonstances, je me jetterais dans ses bras, tellement je suis soulagée de savoir Blake ici, près de moi. Mais pas là. Là, j'ai plutôt envie de courir dans la direction inverse et de fuir le plus loin possible. Tandis que je lève la tête, sa voix s'élève de nouveau, vibrante et rauque.

– Je suis désolé pour ce qui s'est passé à l'intérieur. C'est justement pour ça que je voulais partir… pour empêcher Emily de nous nuire, finit-il en chuchotant.

Sa silhouette sombre se matérialise devant moi, ravivant immédiatement la douleur dans ma poitrine. Rien de tout cela ne serait arrivé s'il ne lui en avait pas donné la possibilité. Si Emily a pu me rabaisser, c'est à cause de lui. Si elle a pu interférer dans notre relation, c'est aussi à cause de lui. Tout est à cause de lui. J'ignore comment elle a vu cette photo de moi et pourquoi Blake ne l'a pas quittée avant. Mais honnêtement, je ne veux même pas le savoir. Je suis assez déçue pour cette nuit.

J'ai assez souffert pour toute une vie.

– Je t'interdis de m'adresser la parole.

Je me précipite dans la rue, ne pouvant plus supporter la vision de son visage faussement anéanti – parce qu'il est clair que ce n'est qu'un masque. Blake m'attrape le bras, je me dégage avec brutalité en me retournant et en le poussant contre un muret. Violemment. Aussi violemment que la gifle virtuelle qu'il m'a infligée.

– Ne me touche pas ! Je m'en vais, lui annoncé-je en reniflant. Ce soir, je repars chez moi.

Ma décision est prise. Je vais me dépêcher de retourner chez les Wood pour boucler mes valises et prendre le premier avion qui décolle pour la Californie. Je sais que ce qui m'attend là-bas n'est pas mieux, mais je pourrai toujours m'enfermer dans ma chambre, rester cloîtrée dans mon chez-moi sans risquer de croiser Blake à chaque ouverture de porte.

Malgré l'obscurité, je vois ses yeux s'agrandir.

– Quoi ? Non ! Je suis désolé, Violet, tellement désolé de ne pas avoir pu empêcher Emily de te faire un tel coup bas. Ce qui s'est passé chez Travis n'aurait jamais dû arriver, c'est vrai. Mais tu ne dois pas partir pour autant, je te promets que tout va s'arranger…

Ma colère jaillit tel un jet d'eau ouvert à pleine puissance.

– Et rester avec toi ? Tu sais quoi, Blake, je préfère encore affronter Aaron et toute ma ville plutôt que de passer un instant de plus en ta présence. Tu m'as fait croire que nous vivions quelque chose de vrai, de sincère, alors que tu n'avais même pas rompu avec Emily. Et si, aujourd'hui, elle a pu m'humilier de la sorte devant tout le monde, c'est seulement parce que tu lui en as donné la possibilité. Tout est entièrement ta faute. Quel était ton but de vivre deux relations en simultané ? La nôtre n'était pas suffisamment sérieuse pour toi ? Non, mieux, tu t'es peut-être dit que ce serait sympa d'aller passer quelque temps en Californie, mais que tu voulais quand même t'assurer qu'à ton retour, tu retrouverais Emily ? Tu es dégoûtant. Vraiment dégoûtant.

J'ai si mal que j'en ai la nausée.

– Comment tu peux croire ça ?

Il semble triste et largement irrité. Comme s'il y avait eu quelque chose qui lui donnait le droit de se sentir blessé, le droit de se sentir en colère. Je me retiens pour ne pas lui hurler dessus.

– Non, Blake, ce n'est pas ce que je crois. C'est ce dont je suis sûre.

– Je ne lui parlais même plus ! Son numéro était bloqué, je te rappelle. (Il commence à s'énerver, mais se calme rapidement face à la dureté de mon regard.) Dimanche, elle a débarqué dans ma chambre et c'est à ce moment-là que je l'ai quittée. Mais je ne t'ai jamais trompée, ni avec elle ni avec qui que ce soit d'autre.

Je ris et je pleure en même temps.

– Parce que tu trouves que c'est mieux ? Ça fait seulement trois jours alors que tu m'avais assuré l'avoir fait quand nous étions au London Eye.

– Je sais. Je suis désolé…

– C'est tout ce que tu sais dire, que tu es désolé.

J'esquisse un demi-sourire amer, tout à fait machinal. Je lui ai fait confiance sur tout, mais lui n'a été honnête sur rien. Ce n'était que du vent. Mon estomac est sens dessus dessous. Et mon cœur, en miettes.

– Je le suis réellement. Je voulais éviter Emily le plus longtemps possible, parce que… parce qu'elle me fait du chantage depuis des mois. Elle sait quelque chose sur moi. Une chose dont je ne suis vraiment pas fier.

Il a l'air brusquement mal à l'aise.

– Quelle chose ?

Qu'est-ce qui peut être assez grave pour qu'il ait laissé les choses déraper à ce point entre nous ?

Blake inspire profondément, me fuyant soudainement du regard, comme s'il cherchait de l'aide autour de lui. Mais il n'y a que nous deux.

– Je… Je vais tout te raconter. Mais avant, j'aimerais qu'on retourne à ma voiture.

Son bras se tend vers moi pour m'inviter à prendre sa main, mais je garde les miennes fermement serrées sur ma pochette.

– Je n'irai nulle part avec toi.

Mes paroles le touchent en plein cœur, comme des flèches en acier chargées d'un puissant venin. Mais, malheureusement pour moi, et heureusement pour lui, je ne pourrai jamais lui faire autant de mal qu'il m'en a fait.

– Alors… je vais le faire ici.

Sa voix est aussi faible qu'un murmure. Quant à ses yeux, ils débordent de larmes à peine contenues. Je détourne les miens pour ne pas me laisser attendrir par ces deux billes saphir qui brillent de mille feux dans le noir.

– Je… poursuit-il en chevrotant.

Et là, brutalement, sans que je puisse me retenir, je me mets à vomir abondamment sur le trottoir sous le regard ébahi de Blake.

– Merde, Violet, ça va ? me demande-t-il, sous le choc.

Je continue de me vider pendant plusieurs secondes avant de recouvrer mes esprits. J'ai envie de lui répondre que s'il ne m'avait pas fait passer une soirée aussi catastrophique, peut-être que j'irais mieux, mais je me retiens de l'incendier de nouveau.

Ça ne servirait à rien.

– Laisse tomber, arrivé-je à peine à articuler, essoufflée. Je crois… Je crois que je vais rentrer à pied.

C'est la meilleure chose à faire et mon estomac est d'ailleurs là pour me le rappeler.

– À pied ? Dans ton état ? Non, laisse-moi te ramener. Je te dirai tout en voiture. Il me semble même avoir des sacs vomitoires dans ma boîte à gants.

– S'il te plaît, Blake. N'insiste pas.

Même à l'article de la mort, je serais capable de parcourir des kilomètres à pied plutôt que d'affronter un trajet en voiture avec lui. Je fais demi-tour et commence à m'éloigner, nauséeuse et brisée par le chagrin. L'espace d'une seconde, je me demande si ma réaction n'est pas excessive, puis je me fustige intérieurement de penser que je suis peut-être le problème. Je déteste les mensonges. Le mensonge est l'un des pires poisons qui assombrissent une relation. D'accord, ça aurait pu être plus grave. Il aurait pu continuer à voir Emily dans mon dos et me tromper avec elle. Fort heureusement, ce n'est pas le cas.

Mais ça me fait tout de même mal d'apprendre qu'en plus d'avoir manqué d'honnêteté envers moi, il ne me faisait pas suffisamment confiance pour me parler, alors que de mon côté je lui ai presque tout dit de ma personne. Bon, il se peut que j'aie fait l'impasse sur mon souci avec l'alcool, mais ça n'aurait jamais eu aucun impact sur nous deux.

– Il faut que tu me pardonnes, Violet. Je sais qu'on peut s'en sortir.

Cette fois, je fais volte-face vers lui en éclatant comme un coup de tonnerre.

– On ? C'est juste moi, Blake. Pas toi ! Moi, lui souligné-je, les entrailles nouées.

C'est vrai, j'ai été la seule à me confier. La seule à me donner entièrement et qu'est-ce que je récolte en échange ? Des mensonges, un cœur égratigné et un estomac en vrac.

– Arrête, tu sais très bien que c'est faux…

– Je pensais le savoir. Tout comme je pensais te connaître, lâché-je avant même de le laisser finir.

Mes propres mots me labourent un peu plus le cœur. Je m'en vais, pour de bon cette fois-ci, avant de le voir tomber à mes pieds et d'en perdre chaque morceau. Blake et moi allons au même endroit, mais je suis bien décidée à l'ignorer pour le restant de la nuit.

En arrivant, je suis loin d'être dans une forme olympique. La nausée m'a reprise durant tout le trajet. Dire que cette soirée m'en a fait voir de toutes les couleurs est un euphémisme. Et elle n'est pas terminée. Je repère Blake sur le perron, l'air plus désespéré que jamais. Il est passé peu de temps avant en voiture et a roulé au même niveau que moi sur une bonne distance, insistant pour me prendre à bord et créant au passage un bouchon long de plusieurs kilomètres. Mais je n'ai pas cédé.

Je passe devant lui, sans un regard, pour ouvrir la porte et m'engouffrer à l'intérieur.

– Ils ne sont pas encore rentrés, m'apprend Blake en me suivant. La voiture de mon père n'est pas là. Comment tu te sens ?

Cette information me rassure, même si ce n'est sûrement pas ce soir que nous allons passer du temps ensemble. Ni tous les autres soirs, d'ailleurs.

– Mieux, mens-je.

Je monte à l'étage et, en entrant dans le bureau, je vois mes deux valises à moitié défaites traîner près du lit. Ma colère est légèrement redescendue. Le seul problème, c'est la déception qui persiste. Mais sur le chemin, j'ai eu le temps de réfléchir et je suis revenue sur ma décision, qui, je l'admets, était un peu prise à chaud : je vais rester à Londres.

Dans mon dos, je sens Blake soulagé de ne pas me voir me jeter sur mes valises. Sauf que ce qu'il ne comprend pas, c'est que je ne vais pas revenir vers lui pour autant. J'en ai simplement marre de toujours tout faire en fonction des autres. Je suis déjà partie à cause d'un mec, je ne vais pas repartir à cause d'un autre. Il n'en est pas question. Blake se tient toujours dans l'entrebâillement de la porte. Je m'apprête à lui demander de me laisser tranquille, quand soudain les haut-le-cœur me reprennent violemment. Si violemment que je suis forcée de l'écarter de ma route, de courir jusqu'aux toilettes, et de m'y enfermer pour expulser tout ce qu'il me reste de bile.

– Violet, ouvre-moi, s'il te plaît… Tu veux que je t'appelle un médecin ?

Je ne réponds rien et reste penchée au-dessus de la cuvette, l'esprit brumeux.

– Tu sais, je comprends ta colère mais tu dois me croire pour Emily, reprend-il derrière la porte, d'une voix teintée de tristesse. Quand elle s'est introduite dans ma chambre, dimanche, j'étais sous la douche. Elle a eu le temps de fouiller dans mon ordinateur et de voir ta photo. Et c'est vrai qu'elle a déjà fait preuve de cruauté par le passé, mais je ne l'aurais jamais cru capable d'une telle chose. L'idée qu'elle puisse en parler devant tout le monde ne m'a même pas effleuré l'esprit. En fait, je pensais plutôt qu'elle m'humilierait moi en utilisant ce qu'elle sait à mon sujet pour se venger. Et c'est ce que j'aurais préféré. Je suis…

– Désolé, tu es désolé, Blake, comme chaque fois, finis-je à sa place, entre deux vomissements. Mais là, tu vois, tu m'as fait de nouveau mal alors que je t'ai donné une seconde chance. Et au cas où ton égocentrisme t'empêcherait de le voir, je suis malade à en crever, donc fous-moi la paix !

Après un long moment, il finit par le faire, et je n'ose plus sortir des toilettes, autant par peur de le croiser que de vomir une nouvelle fois.

40

Violet

J'ai passé une bonne partie de la nuit la tête dans la cuvette, comme si j'avais bu des litres et des litres d'alcool. Blake est revenu plusieurs fois se poster derrière la porte, soucieux de mon état, mais j'ai ignoré chacune de ses apparitions. Chacune de ses questions remplies d'inquiétude. Je ne sais pas ce qu'il m'arrive et, quand vient le matin, je ne me sens pas en meilleure forme.

– Violet, tout va bien là-dedans ?

La voix de Rachel me fait sursauter, alors que je suis toujours assise par terre, à moitié endormie, près des toilettes alias la pièce où j'ai élu domicile. Je ne saurais pas dire à quelle heure ils sont rentrés de leur soirée, peut-être pendant le seul – et court – moment durant lequel mes nausées m'ont laissé un peu de répit. Je sors de mon nouveau fief pour aller à sa rencontre. Elle est habillée, coiffée et maquillée jusqu'au bout des ongles, à l'inverse de moi, qui ressemble à un zombie.

– Oui… Enfin, non. Je me suis sentie mal toute la nuit.

Je ne lui parle pas de ma séparation avec Blake.

Pour cela, il aurait déjà fallu qu'elle ait connaissance de notre relation.

– Tu as fait un tour dans notre tiroir à pharmacie ?

– Non. Pourquoi, vous avez quelque chose contre les vomissements ?

– Je ne crois pas, me répond-elle après avoir réfléchi un instant. Andrew est déjà parti travailler. Je ne vais pas tarder à y aller aussi, je ne rentrerai pas tout de suite, mais tu as besoin que je passe à la pharmacie pour toi ?

Je m'empresse de décliner sa proposition.

– Non ! Merci, mais ça ira. Je peux très bien m'y rendre moi-même.

– Dans ce cas, il va te falloir du repos. Je vais voir avec ma mère pour qu'elle garde exceptionnellement Rosie.

– Ça ne vous embête pas ?

Elle jette un rapide coup d'œil à sa montre.

– Non. Elle n'habite pas loin d'ici, heureusement. Je vais me dépêcher de préparer la petite et on file.

Ça fait déjà deux fois que je la plante, ce qui est suffisant pour me proclamer comme étant la pire des baby-sitters. Mais, même avec toute la bonne volonté du monde, je n'aurais jamais pu m'occuper de Rosie. Rachel disparaît dans sa chambre et je décide d'en faire de même en allant dans la mienne. Alors que je suis étalée sur mon lit, en mode étoile de mer, j'entends la porte d'en bas claquer. Le silence est de retour dans la maison, de même que mes haut-le-cœur. Je n'en peux plus. J'aimerais juste pouvoir dormir, ne serait-ce qu'une petite heure, mais en ayant envie de vomir tous les dix minutes, c'est impossible.

Luttant contre le sommeil, je me relève et me change pour adopter une tenue plus sortable que ma nuisette en satin. Je ressors du bureau et, une fois dans le couloir, je ne peux pas m'en empêcher, je pousse machinalement la porte de la chambre de Blake. Il est là, endormi sur son lit, tout habillé. La blessure de mon cœur se rouvre. Une larme roule sur ma joue, causée autant par la fatigue qui me brûle les yeux que par le chagrin de le revoir après cette nuit cauchemardesque. Et un cauchemar, j'aurais voulu que ça en soit un. Mais je suis bien réveillée et j'ai beau me pincer le bras très fort, la réalité s'obstine à être cruelle avec moi.

Pourtant, j'ai encore du mal à y croire. Blake s'est enfoncé si profondément dans ses mensonges qu'ils ont fini par m'exploser au visage telle une grenade dégoupillée.

Hélas, dans l'explosion, des bouts de moi se sont retrouvés dispersés un peu partout dans le salon de Travis. Subir un lynchage public sur les réseaux sociaux était déjà assez pénible comme ça, devoir en plus l'endurer en vrai est carrément insupportable. Je ne peux m'empêcher de croire que si Blake avait été transparent avec Emily – et moi – dès le départ, rien de tout cela ne se serait produit. Elle ne se serait pas infiltrée en douce chez lui pour le confronter. Elle ne serait jamais tombée sur ma photo, et donc n'aurait pas pu me ridiculiser en beauté. Je ne comprends même pas pourquoi il ne m'a pas prévenue qu'elle l'avait vue… Enfin si, il aurait aussi fallu qu'il m'avoue tous ses mensonges, ce dont il n'a pas été capable. Et bien sûr, je lui en veux. Je ne sais pas ce qu'il cherchait à protéger. En tout cas, ça doit être grave – assez grave pour me faire passer au second plan. Mais mon corps tout entier m'a fait comprendre que j'étais bien trop dégoûtée pour m'y intéresser.

J'aurais dû me douter qu'entamer une nouvelle relation allait ne m'attirer que des problèmes. Il n'y a qu'à voir ce que ça a donné avec l'ancienne. En amour, je dois être la fille la plus malchanceuse du monde. Refusant de me laisser submerger par la tristesse, je descends l'escalier et quitte la maison à mon tour. Il me faut plusieurs minutes avant de tomber sur une pharmacie. Puis, plusieurs autres avant que la file d'attente ne se dissipe. La caissière n'est guère plus âgée que moi, un épais trait d'eye-liner prune orne le coin de ses yeux.

– Bonjour. Que puis-je faire pour vous ?

Je me retiens de m'appuyer contre le comptoir, même si je suis mal en point.

– Bonjour, je voudrais quelque chose contre les nausées.

Elle hoche la tête comme si elle avait tout de suite compris ce qu'il me fallait et part dans sa réserve. J'attends quelques secondes avant de la voir revenir avec une boîte rose qu'elle glisse précautionneusement dans un sachet. En lisant les mots inscrits dessus, mes yeux s'écarquillent.

– Un test de grossesse ? Je ne suis pas enceinte, m'empressé-je de lui spécifier avec un rire irrité.

– Je n'ai jamais dit que vous l'étiez, c'est une simple précaution. Je vous donne aussi des anti-vomitifs, mais faites quand même le test avant d'en prendre un, me recommande-t-elle d'un ton grave.

Pour qui se prend-elle ? Elle ne m'a même pas demandé si j'avais une vie sexuelle active. Comment peut-elle me donner un fichu test de grossesse sans avoir recueilli cette information au préalable ? Je suis sur le point d'exploser de colère, et encore à deux doigts de vomir, mais je réfléchis en même temps. Et si elle avait raison ? Maintenant que j'y pense, ça fait un moment que je n'ai pas eu mes règles. Mais compte tenu de leur irrégularité, je ne peux pas m'y fier totalement. Perdue dans un tourbillon de pensées, je suis ramenée à la réalité par la pharmacienne, qui m'annonce le prix. Je lui règle la somme et rentre au pas de course. Une boule se forme dans mon ventre et se mêle aux nausées qui refusent de me quitter.

En arrivant, je monte à l'étage pour vérifier que Blake dort toujours, et quelle n'est pas ma surprise en tombant sur une chambre vide. Instantanément, je sors mon téléphone de ma poche et vois dix appels en absence et cinq textos, tous venant de lui.

[T'es où ???]

[Si tu rentres avant moi,
je suis allé à Donut Time
nous prendre des donuts.
Dis-moi où tu es.]

[Est-ce que tu te sens mieux… ?
Ou tu veux aussi que je passe à la pharmacie ?]

[S'il te plaît, réponds-moi.
Je suis inquiet.]

J’ouvre le dernier message, devinant d’avance son contenu.

[Je suis désolé.
J’espère que tu accepteras
de me parler…]

Ce n’est franchement pas ma priorité en ce moment. Dieu merci, je ne l’ai pas croisé sur le chemin du retour. Et je vais d’ailleurs me dépêcher pour faire ce test, je n’aimerais pas qu’il me voie avec ça à la main. Me ruant aux toilettes, je déballe l’emballage d’un geste fébrile et suis les instructions à la lettre. Je suis déconcertée par la facilité d’emploi de ce petit objet. *Comment un machin aussi simple d’utilisation peut-il déterminer en quelques minutes le reste de notre vie ?* Le regard rivé sur le cadran, sans même cligner des paupières, j’attends en tremblant le résultat. Et le verdict finit par tomber.

Un gros signe « + » d’un bleu très franc s’inscrit sur la tige blanche. Je sais ce que ça signifie, mais je n’arrive pas à y croire, au point de relire deux fois le mode d’emploi, au cas où je me serais trompée dans la signification des sigles. Il n’en est rien, évidemment. Mais c’est loin d’être le pire. Non, le pire, c’est lorsque mes yeux submergés de larmes lisent le nombre de semaines estimé.

Dix.

Un frisson d’effroi me traverse de part en part.

Je ne suis pas enceinte de Blake.

Je suis enceinte d’Aaron. Et comme si je n’étais pas assez abattue par cette nouvelle, je réalise aussi que je le suis depuis cette terrible nuit.

41

Violet

Mesdames, messieurs, votre attention, s'il vous plaît. Nous allons bientôt procéder à l'embarquement des personnes voyageant à bord du vol United Flight 747 à destination de Los Angeles…

Assise sur l'inconfortable siège en métal de l'aéroport, le regard perdu dans le lointain, j'attends la prochaine annonce de la voix féminine dans le haut-parleur. Je suis partie tellement dans la précipitation que je n'ai pas eu le temps de plier mes vêtements. Résultat, ils sont en boule dans mes valises. Mais sur le moment, j'avais pour seule préoccupation de commander un taxi qui me permettrait de filer le plus rapidement possible.

Je sais… Il y a encore quelques heures, je ne voulais pas partir. À vrai dire, je ne suis toujours pas sûre de le vouloir. Et, en même temps, je ne pouvais pas faire un meilleur choix que celui-ci. Plus déchirant, aussi. Dès que le test s'est avéré positif, je me suis retrouvée au pied du mur. C'était la goutte de trop qui m'a poussée à renoncer à ma nouvelle vie londonienne. Pourtant, je n'ai pas cessé jusqu'ici de me battre contre chaque difficulté que j'ai pu rencontrer.

Et pour preuve, quand Aaron a diffusé cette photo de moi, j'ai faibli mais j'ai continué à nourrir l'espoir d'un nouveau départ. Quand ensuite Blake m'a déçue, c'est vrai que j'ai failli baisser les bras… mais après une longue réflexion, j'étais prête à rester. Sauf qu'aujourd'hui, ce n'est pas un énième coup au cœur que je me suis pris, mais une balle en pleine poitrine. *Comment se relève-t-on de ça ?* Cette chose dans mon ventre, que je n'ai pas choisie, encore moins voulue, dont j'ai détesté chaque seconde de sa conception, est en train de grossir en moi. Je me sens brisée et terrifiée. Bon sang, je n'ai jamais eu aussi peur de ma vie. Je repense forcément à toutes les fois où j'ai vomi depuis que je suis arrivée à Londres, toutes ces fois où je pensais que c'était par simple dégoût, et je ne peux pas m'empêcher de me trouver stupide.

Tellement, tellement stupide.

Je ne sais pas encore ce que je vais faire. Tout ce que je veux pour l'instant, c'est retrouver ma mère. C'est la seule personne auprès de qui j'ai envie d'être. La seule personne au monde dont la présence pourra me rassurer, même si je ne sais pas non plus si je trouverai la force de tout lui dire. J'ai aussi besoin de retrouver un pays qui m'a certes laissé quelques cicatrices, mais qui reste le mien. Si je dois avorter quelque part ou prendre n'importe quelle autre décision, ce sera là-bas que je le ferai. Je me penche en avant pour me prendre la tête entre les mains, sentant mes pensées s'emmêler.

Bien sûr, Blake en fait partie.

Et bien sûr, je souffre de devoir le quitter malgré les inévitables tensions qui subsistent en mon for intérieur. Mais aussi horrible que cela puisse paraître, ce conflit entre nous possède un avantage indéniable : lorsque Blake s'apercevra que je suis partie, il pensera que mon départ est lié aux événements de la veille, et autant dire que ça me convient très bien comme ça. Je n'aurais jamais eu le courage de lui donner la véritable raison.

Avant de prendre la fuite, j'ai écrit quelques mots à l'intention d'Andrew et de Rachel afin de m'excuser pour ce qu'ils trouveront à leur retour : un bureau vide et les doubles de clés qu'ils m'ont confiées, abandonnés sous le paillasson. Une larme coule le long de ma joue. Là, j'en prends bel et bien conscience. Je m'en vais pour de bon et je ne reverrai sans doute jamais Blake. Il est clair qu'il m'a déçue vers la fin, mais il est tout aussi clair que je ne m'étais jamais sentie aussi vivante qu'avec lui.

Et aussi morte qu'à cet instant, bien qu'une vie soit actuellement en train de grandir en moi.

Depuis que je sais que je suis enceinte, je n'ose pas toucher mon ventre, comme s'il ne m'appartenait plus. *Qu'il m'était étranger.* Je ne sais pas si j'aurais préféré qu'il soit de Blake – sûrement un peu car, même s'il m'a écorché le cœur, lui, ne me l'a pas complètement brisé. Mais je dois arrêter de m'inventer des scénarios qui ne correspondent en rien à la réalité. Il n'est pas de lui et le haut-parleur vient d'annoncer l'embarquement immédiat. Il est temps pour moi d'y aller.

Tel un automate, je me lève, présente mon passeport et monte à bord de l'avion.

Au moment de décoller, j'observe la ville de Londres rapetisser à travers le hublot. Chaque seconde qui défile m'éloigne un peu plus de Blake et de ce nouveau départ auquel je m'accrochais tant et que je regarde à présent partir en fumée…

Retrouvez la suite des aventures de Violet et Blake dans *La Théorie des papillons* à paraître en septembre 2023.

PLAYLIST

« Happiness Is a Butterfly » – Lana Del Rey
« Dernière danse » – Indila
« Where Is My Mind » – Pixies
« Until I Found You » – Stephen Sanchez
« Broken » – Isak Danielson
« Pacify Her » – Melanie Martinez
« Daddy Issues » – The Neighbourhood
« Paralyzed » – NF
« Apocalypse » – Cigarettes After Sex
« Summertime Sadness » – Lana Del Rey
« Save Your Tears » – The Weeknd
« Another Love » – Tom Odell
« Nothing's Gonna Hurt You Baby » – Cigarettes After Sex
« Follow You » – Imagine Dragons
« Bad Reputation » – Shawn Mendes
« Moral of the Story » – Ashe
« Infinity » – Jaymes Young
« Somewhere Only We Know » – Keane

La puissance d'un véritable premier amour !

Après avoir pris la terrible décision de rentrer chez elle, Violet se sent encore plus perdue qu'avant et les obstacles à sa guérison s'accumulent. De son côté, Blake gère difficilement le départ de celle qui a bouleversé sa vie et qu'il a provoqué lui-même, par ses mensonges. Il veut réparer ses torts.
Mais comment recoller les morceaux quand neuf mille kilomètres vous séparent de la personne que vous aimez ?

Autrice : Lou Everly

Edisource – Éditions Addictives
100, rue Petit, 75019 Paris
Imprimé par FINIDR – Lipova cp. 1965 – 73 701 Cesky Tesin,
République tchèque
Dépôt légal : juillet 2023 – Achevé d'imprimer : mai 2023
Réimprimé en juin 2023
ISBN : 978-2-37126-577-6
Réf. contrat : ZVIO_001